诺贝尔奖获奖者散文丛书

旧时芳华

（比）梅特林克　著
王维丹　译

江苏凤凰文艺出版社
JIANGSU PHOENIX LITERATURE AND ART PUBLISHING, LTD

图书在版编目（CIP）数据

旧时芳华 / (比) 梅特林克著 ; 王维丹译 . -- 南京 : 江苏凤凰文艺出版社 , 2017.10

(诺贝尔奖获奖者散文丛书)

ISBN 978-7-5594-0632-3

Ⅰ . ①旧… Ⅱ . ①梅… ②王… Ⅲ . ①散文集 - 比利时 - 现代 Ⅳ . ① I564.25

中国版本图书馆 CIP 数据核字（2017）第 135886 号

书　　名	旧时芳华
著　　者	（比）梅特林克
译　　者	王维丹
责任编辑	黄孝阳　王　青
出版发行	江苏凤凰文艺出版社
出版社地址	南京市中央路 165 号，邮编：210009
出版社网址	http://www.jswenyi.com
印　　刷	三河市人民印务有限公司
开　　本	880 × 1230 毫米　1/32
印　　张	9.5
字　　数	237 千字
版　　次	2017 年 10 月第 1 版　2021 年 7 月第 3 次印刷
标准书号	ISBN 978-7-5594-0632-3
定　　价	49.80 元

目　录

双重花园

我们的朋友：狗

一

几天以前，我丢了一只小斗牛犬。它刚走完短短六个月的生命历程，没有值得大书特书的经历，才睁开慧眼去看世界、爱人类，就在死亡的残酷秘密面前又阖上眼睛。

也许是反喻其意，送我这小狗的那位朋友为它起了个让人吃惊的名字，叫佩利亚斯。为什么要给它新的称呼？一只可怜又可爱、忠诚又忠实的小狗如何能让一个真实的人或者一位想象中的英雄名声扫地呢？

佩利亚斯有个很突出、很有力的前额，像苏格拉底和魏尔伦[①]的前额长的那样，还有一只扁平的鼻子，透着粗野俗气。那略黑的小鼻子下面对称地垂着一副大下颚，这让它的头呈现巨大的三角形，给人感觉是个顽固不化、心机重重的威胁。严格地按照犬类物种法则对自身种类的自然美丑标准来看，它是漂亮的那种。而且，它的笑多么亲切和蔼、纯真无邪，恭顺中饱含款款深情和绵绵不尽的谢意。笑容

① 苏格拉底为古希腊著名哲学家，保尔·魏尔伦为十九世纪法国象征派诗人。

里的那种自我舍弃点亮了、至少是拥抱了外表那可爱的丑陋面具。那样的笑是从哪里绽放出的？是来自天真动人的眼睛？是源自竖起来聆听人类话语的耳朵？还是出自不会因欣赏与爱恋而皱起的前额，或者是由于碰到自己臣服的神明再度伸出手或是投来目光而欢乐，所以笨拙地扭到另一头、以表明小小的躯体内充斥着亲密无间和兴高采烈的尾巴？

佩利亚斯生在巴黎，被我带到了乡村，那时爪子还没成形却已经壮实，肉乎乎而不是硬邦邦的。开始新生活的它穿行在那些从未探过的小路，顶着自己平平的鼻子，缓慢地拖着自己既大又沉的脑袋，似乎脑中满是想法所以显得很有分量。

这个不知感激还格外忧伤的头脑就像一个劳累过度的孩子拥有的，正着手进行在生命之初每个大脑所承受的超负荷工作，必须在不到五六周时间内就对宇宙形成一种脑海中的印象和使自己满意的一种概念。在长辈和兄弟以其全部所知倾囊相助下，一个人需要花三四十年时间才能形成大致的宇宙观，而谦卑的狗却不得不为自身着想，在几天内解决这个问题。可是，在一位无所不知的神明眼中，狗难道没有和人类同样的分量与价值吗？

而佩利亚斯的问题在于，要了解可刨可挖的地面，那里有时会出现些让自己吃惊的东西；要放眼自己兴趣索然的天空，因为那里没什么可吃的，所以只扫视而过就一劳永逸不再凝望；要寻找草地，找到那些长势喜人的青葱草地、富有弹性的清凉草地，找到能奔跑运动的场地，找到一张宽敞舒适的床铺，这样就可以神清气爽地躺在一片郁郁葱葱的草坪上。还有一个问题就是要茫无目的地进行上千次急迫又好奇的观察。有一些是必须要掌握的，比如：没有其他方式指引，只有经受从顶部跳下的痛苦才了解怎样计算物体的高度；证明追逐会飞走的小鸟是徒劳之举，以及确信了在遭到树上的猫挑衅后，自己无法爬上去还以颜色；分辨出让自己美美入睡的阳光地带和睡得瑟瑟发抖的阴暗角落；模糊意识到雨水不会落进屋子，水里又冷又危险不能栖身，隔着一定距离的火苗是有益的，可如果太接近，它就成为可怕的事物；留意草坪、农场以及时而会有大型动物出没的道路，那些大个子长着有威胁的犄角，也许有的动物天性温和又总是悄无声息，还有的可以默许自己带着些好奇嗅对方的味道而不觉得受到冒犯，但对方会把真正的情绪留在心里计较。它有必要从那些遭受痛苦和羞辱的实验中了解到，在众神的居所里不能毫无分别地任意遵守所有的自然法则；认识到厨房是那神圣住处里最惬意的地点，享有特权才能进入，不过由于地位关键的厨娘猜忌心重，所以很难得到进入厨房的允许；明白门是重要又阴晴不定的决断物，有时能引来幸福，不过最常见的是紧紧关闭，缄默冷峻，傲慢无情，对一切哀求都置若罔闻；永远承认生活中最美好的事物、那些毫无疑义的祝福、通常都困在罐子和炖锅里的东西几乎都是无法接近的；知道如何带着努力学到的冷漠去看待那些自己不能靠近的物体，对此也不要放在心上，既然怀有敬意地仅仅稍微用舌尖舔下就足以使屋子里的所有神明一致燃起怒火，那么就告诫自己这里可能存在着一些圣物。

然后，桌子对它来说是什么，上面放的东西真多，实在无法猜出是什么；可笑的椅子又是什么，竟然不能允许自己在上面睡觉；在自己能接近的时候都是空的盘碟算什么；驱逐了黑暗的灯又算什么？……有多少命令、危险、禁忌、问题、谜团在负荷过重的记忆里无法分门别类！……而如何把它们与其他植根于内心和本能中更狂野、更霸道的法则和谜团调和？那本能时时刻刻都在迸发和滋长，源自从时间与种族的深处，侵入了血液、肌肉和神经。而且，那本能会突然确立自己的存在，其声势比疼痛、主人的命令和对死亡的恐惧更强大、更不可抗拒。

那么就只援引一个例子。当人类的睡觉时间到来时，它就要返回自己的窝，围绕四周的是黑暗、静谧与夜晚可怕的孤独。主人屋中的一切都进入梦乡。在神秘现身时，它感到自己很弱小，知道在阴暗中遍布着盘桓徘徊、伺机而动的敌人，对树木、呼啸而过的风以及月光都有疑心，喜欢屏住呼吸隐藏压抑自己。可它仍然必须保持警惕，即使听到的是最轻微的动静也必须要从藏匿处挺身而出，面对莽撞地打破地面宁静的不可见物，要独自冒着危险去打倒飒飒作响的恶魔和罪恶。不论敌方是谁，即使对方是人类，即使那人也许与自己出于职责所在而要保卫的神明是兄弟，它也必须不假思索地发起攻击，扑向那人的喉咙，用自己也许在亵渎神灵的牙齿紧咬住那人的血肉之躯，将那与自己主人相似的手和声音散发的魅力置于不顾。它绝不会哑然沉默，绝不会企图逃跑，绝不允许自己被诱惑和收买，然后因此迷失在无援的深夜，而是只要一息尚存就持续着英勇的警告行动。

这是一种源远流长的伟大责任，是根本的责任，比死神的力量还强大，甚至连人的意志和愤怒都不能叫停。人类最初同每种生物争斗的所有不堪历史都与狗的历史有关，由此人们也都不会淡忘它的存在。而今，在我们更为安全的住所里，我们碰巧因为它不适时的热情而施加惩罚时，它就会投以惊讶的责备目光，像在告诉我们错在哪里，而且，假如我们无视曾经共同居住在洞穴、森林、沼泽的时期与它订立的同盟约定，它会不顾我们违背与否，继续忠实于其中的主要条款，尽管那真理中充满了陷阱和不友善的力量，仍旧不断向生活的永恒真理靠近。

而需要投入多少的关注和研究才能成功地履行这种责任啊！从两种生物共同居于平静的山洞和荒废的湖泊直到如今，这责任已经变得多么复杂！一切曾经都那么简单、容易和清晰明了。山洞孤零零地开在山冈的一侧，所有靠近那里的、所有平原或树林中的地平线上移动的无疑都是敌人，但今天不能再这样判断了……它必须熟悉一种自己并不赞同的文明，似乎要理解成百上千无法理解的事……很显然，如此一来整个世界不再属于主人，它的财产受到莫名其妙的限制……因此必须首先了解清楚那圣域在哪里起始。谁会因自己受苦，谁会因自己止步？每个人，即使穷人都有权在路上通行无阻。为什么？它并不知道。这是它还要去探明的事实，不过这注定是它要去接受的。幸运的是，另一方面，有一条没有人可以走的畅顺之路。这条路恪守着优良传统，绝不会忽视那些传统的存在，因为通过这条路才能走入它日常生活中遇到的难题。

想要个例子吗？比如它正在一束阳光的照耀下安静地熟睡，光芒也覆盖到以珍珠装饰的厨房门槛。在纸花饰品镶边的架子一角，陶器罐彼此挤靠着取乐。铜焖锅正和光滑的白色墙壁上散射的光点玩耍。家用的炉子发出轻柔的哼响，逗弄着三只平底锅幸福地起舞。透过炉子内部点亮的小洞，那不停朝着它喷出的火舌似乎在显示出好狗勿近的轻蔑。在敲打用餐的重要时刻到来之前，那只橡木座上呆腻烦了的钟来回摇摆着自己的镀金肚脐。一些狡猾的苍蝇在戏弄着它的耳朵。光亮的桌上躺着一只小鸡、一只兔子、三只鹌鹑，还有一些被称为水果的东西——桃子、西瓜和葡萄——再就是些毫无用处的了。厨娘取出一条大银鱼的内脏，没有给它而是扔进了垃圾箱。哦，垃圾箱，你是取之不竭的宝藏、意外横财的收纳器、屋中的珍饰盒！在那里，它应该有自己的一份，秘密地留给自己精美的一份。但现在并非如此，自己那份似乎还不知在哪里，因为它被严令禁止在垃圾箱里翻找。如果人类以这种方式限制它接触很多让它心情愉快的东西，生活确实就会变得乏味。如果要被迫遵守储藏室、地下室和餐厅的所有规定，那它的日子就很空虚了。

幸好主人心不在焉，不会长久地记住随意下达的那些指示。他是很容易被糊弄的。所以，只要有耐心等待时机，它就能达到目的，还能随心所欲。狗顺从于人，视人类为神明。可它绝非毫无独立、明确又冷静的道德。那道德感大声宣告，如果自己做的事不为主人所知，不正当的行为也会变得最有合法性。因此，让我们闭上已经见到事实的警觉眼睛，装作进入美梦，梦见了月亮吧……

听！在可以看到花园的蓝色窗户上传来轻轻的敲击声！那是什么？没什么特别，是一支山楂过来看看我们在凉爽的厨房做什么。树木都有好奇心，也容易激动，但不在人类考虑中，人们不会对那些树指手画脚，因为没有背负责任的那类生命听命于风，而风是毫无原则的……那又是什么？它听到了脚步声！……起身，竖起耳朵，鼻子警觉起来！……那是面包师走到了栏杆前，邮差在打开椴树篱笆间的小门。这些人是朋友，所以一切平安无事。他们带来些东西。于是它可以打招呼，小心地摆动两三下尾巴，带着一副欢迎惠顾的微笑……

又一次警报！现在是什么状况？一辆马车赶到台阶前。这个问题就复杂了。第一反应是把那些马好好地训骂一通，可那群高傲的大块头动物毫无回应。同时，它会用眼角余光审视那些下车的人。他们衣冠楚楚，信心十足，可能会坐到众位神明的桌旁。为了显示自己尽职尽责，而且是有头脑地恪尽职守，它的得体做法是轻啸中不带任何刻薄之意，而是有着些微尊重口气。尽管如此，它还会保藏一份疑心，偷偷跟在客人背后，为了察觉到任何隐藏的动机，它以一种心照不宣的方式不断嗅着空气。

而厨房外回响起一度停止的脚步声。这次是那个拖着拐杖的穷人，那个毫无疑问的敌人、遗传了世代恶意的敌人，那个在堆满骨头的山洞外游逛的敌人突然在自己种族的记忆中再次出现，那就是敌人的直系后裔。愤怒冲昏了它的头脑，接着吠叫声大起，牙齿在仇恨与怒火中倍增，要去咬住这不共戴天仇敌的臀部。这时，厨娘抄起了扫帚，那是她一度弃用的权杖工具，如今却用来保护那个叛逆者！于是它不得不退回自己的窝，眼中尽是因为无能为力和深觉不公而燃起的熊熊火焰，恐吓却无济于事地咆哮着，暗自心想：这就是全部结局，人类的思想已经失去了公正和不公的概念……

一切就是那样吗？还没有结束。因为最渺小的生命也是由无以计数的责任组成。动物世界和人类世界分属两个不同的世界，要在这两者的边境上营造一种幸福的景象是一项长期工作。假如有一种神明并非如我们所想，不是大脑的产物，而是真实可见、一直存在着、活跃着的，就像人类相对于狗而言，是更高一等的存在，而我们被迫要为这样的神灵服务，同时还不能超越自己的世界范围，我们应该如何行事？

现在让我们再回到佩利亚斯身上。它已经非常清楚要做什么以及怎样是以主人为先的举止。但世界不是到了房门就到了边界，围墙外、篱笆外的世界没有谁来监护照管，不再像家里那样如鱼得水，那里的关系都在改变。它要怎样站在街道、田野、市场和商铺？经过困难又细致地观察，它懂得不必注意路人；除了主人以外，谁也不听从；对于轻抚我们的陌生人要礼貌却不必热络。接着，它必须对我们的兄弟和那些其他的狗认真地履行某些神秘礼仪的义务；尊重鸡鸭；即便面点师无礼地把蛋糕放在舌头够得着的地方，也不要试图对他们的作品做评论；对在荒芜台阶上做鬼脸刺激它的猫要表现出一种无声的轻蔑。但有一点不应忘记，要记得有一种行为是合法甚至值得称赞的，那就是追杀老鼠、野兔和一般说来所有不能与人类和平相处的动物（它学会以神秘的记号来认识这些动物）。

除此以外还有更多！……佩利亚斯在面对那无数问题时经常显

得心事重重，由于脑中满是担心挂念以及不能理解的问题，它谦和的表情常常如此高深莫测、严肃凝重。对此人们还会觉得惊奇吗？

噢，它还没有时间去完成漫长又沉重的任务。为了让它接近一个更明亮的地带，大自然将那任务置于它的本能之上……一种特性神秘的疾病似乎专门为了惩罚那唯一成功地离开出生世界的动物，一种来由不清的疾病带走了数百只聪慧小狗的性命，现在也给佩利亚斯的命运和幸福教育画上了句号。如今，所有那些为了实现更多点光亮的努力，所有去爱的热情、去理解的勇气，所有深情的欢乐与天真的示好，所有那些向人类寻求帮助以对抗不公死亡的那些友好和忠实的表情，所有那些不再是人类世界的无尽深渊中发出的闪光，所有那些与人类相似的小习惯都悲伤地倒在冰冷的地面，躺在一棵开花的老树下，留在花园中的一个角落。

二

人们爱狗。在自然法则那顽固不变的和谐中，将物种间相互隔绝的藩篱原本在任何地方都无法穿透，而唯一的例外就是，为了更靠近我们，一种生物成功地穿过这样的屏障，展示出对我们的爱。如果考虑到这些，人对狗的爱应该要增加多少！我们是孤独的，在这个因机会巧合而存在出现的星球，我们是绝对孤单的。而且，所有我们周围的生命形式中，除了狗以外，没有谁与我们结盟。很少有生物害怕我们，大多数都没有意识到我们存在，那其中也没有一种会爱我们。在植物世界，我们拥有哑口无言又静止不动的奴隶，舍弃自我而为我们服务，一味忍受着我们施加的法则和束缚。它们是无能的囚犯、无法逃跑的受害者，却在静静地反抗。一旦离开我们的视线范围，它们就急忙地背叛我们，回归它们从前的荒野和肆无忌惮的自由土壤。假如玫瑰和小麦有翅膀，就都会像鸟儿一样在我们靠近时飞走。

在动物中只能数出少数几种听从我们的奴隶，而唯一的驯服方法就是利用它们的无情、怯懦和愚蠢：喜怒无常又懦弱胆小的马，它只对疼痛有反应，不依附于其他任何事物；逆来顺受又垂头丧气的驴，同我们在一起只因为它不知道要做什么，也不知要去何处，但在棍棒和鞍勒之下，不管是谁都能让它牢记在耳边听到的指令；母牛和公牛，只要有食物果腹它们就觉得幸福，它们驯服是因为几百年来都没有产生过自我意识；惊恐不定的绵羊，除了恐惧以外它根本不懂得有什么主人；母鸡忠于养鸡场是由于在那里它能比在附近的森林中找到更多的玉米和小麦。我不想谈到猫，除了它体形太大，没有食用价值外不值一提：猫性情凶残，目中无人、藐视一切的它之所以容忍我们，无非是因为我们让它作了成为屋里累赘的寄生虫。至少猫会在内心诅咒我们，而以上其他的动物在我们身边生活，就像在一块石头或一棵树旁边生活那样。它们不爱我们，不了解我们，很少注意我们，不知道我们的生与死、离别与归返、悲与喜、欢声笑语。只要我们不再发出威胁，它们甚至都不会听出我们的声音。它们看着我们的情景可以用对我们不信任也不理解的马为例。第一次见到我们时，它的眼睛里仍然萦绕的是对麋鹿和瞪羚的印象。或者它的眼中带着迟钝的迷思，看到我们这件事就像牧场上发生的一件无关紧要之事，短暂得眨眼而过。

数千年来，这些动物一直在我们身边生活，对我们的思想、喜好、习惯如此陌生，我们就如同关系最疏远的星星，昨天才坠落地球，落到它们身边而已。在把人类与其他所有动物分隔开的宽广间隙中，我们不过以耐性的力量才成功地让它们朝我们迈出了不真实的两三步。而假如明天让它们回到从未被我们改变的最初感觉，假如大自然赐予它们可以征服我们的智慧和武器，我得承认自己不会相信马匆匆了事的报复，驴顽固的报复和绵羊有失常态的温顺。我会像避开老虎那样躲避猫，甚至连驯良的母牛，它的庄重严肃和昏昏欲睡都只会让我萌生有所保留的信任。至于母鸡，以它那寻找蛞蝓或是蚯蚓时圆溜溜的火眼金睛，我相信它会毫不犹豫地把我吞掉。

三

如今，在这冷漠中、在我们周围一切事物都完全缺乏相互理解的环境中；在这无法沟通的世界，这里每个事物都将自己的目标密封于内心，每种命运都固步自封，生物间的关系只有行刑者和受害者、进食方与被食方。这里没有谁能离开钢铁围墙的世界，只有死亡能在相邻生命间建立残忍的因果关系，从未有丝毫同情在物种之间有意识地飞跃传递。地球上生存的动物里只有一种已经成功地突破了预言的限制，逃离自己的领域跳向我们人类，真真切切地跨越了在大自然令人难以理解的计划下将每种生物隔绝的海岸、冰冷与静默的广阔区域。这种动物就是我们熟知的狗。今天，它所做的在我们看来也许简简单单、平凡无奇，但我们能感觉到它在越来越靠近一个本非出生于此、也非命定于此的世界，而且还做出了我们在一般生命历程中所发现的那些最不寻常、最不可能的举动。人类对动物的这种认知，这种从黑暗到光明的非凡通道是何时形成的呢？是否我们从豺狼中找出了狮子狗、牧羊犬和獒犬，或者是它们自发地来到我们这里的？对此我们无法作答。自人类有发展史以来，它就在我们身边，和现在一样。可人类的历史与人类未曾出现时的历史相比又是怎样？事实是，它依然在我们的屋中，与远古时一样理所当然地在那里，完全适应我们的习惯，仿佛它出现在地球上的时间与我们完全相同。我们不必获得它的信任和友谊：它生来就是我们的朋友，在眼睛还未睁开时，它就已经是相信我们的。甚至在降生以前，它就已经把自己献给了人类。但是，“朋友”这个词并不能确切地描述它深深的崇敬之心。它爱我们，尊敬我们，像对一个使自己从无到有的恩人那样。

最重要的是，它对我们满怀感激，比我们的眼睛还忠实可靠。它是我们亲密无间又热情四溢的奴隶，没有什么能让它对我们灰心泄气，没有什么能把它从我们身边赶走，没有什么能削减它对我们炽热的信任和爱意。假如一支神族占领我们的星球，人类会面临一个可怕的问题，而它以一种令人钦佩和感动的方式使那个人类智慧将不得不去解决的问题迎刃而解。它忠实、虔诚、义无反顾地认同人类的优越性，并且全心全意地俯首称臣，不会事后反悔，没有任何重回老路的打算，只保留小部分独立性、本能和性格，以此用于大自然规定的必要生命延续。它怀着一份毫无疑问的确信，一种开放又朴实得让我们有些吃惊的思想，把我们看得比所有其他生物更好、更有力，并且为了我们的利益而背弃了自己所属的整个动物王国，毫无顾虑地否认了自己的种族、家族、母亲和后代。

然而，它不只是以意识和智慧爱着我们，还有自身种族的那种本能、自身物种的全部无意识。似乎它想的只有我们，所追求的也只是于我们有用。为了更好地为我们服务，使自身更好地适应我们的不同需要，它已经采用各种形式，能够无限变化本领才能任我们所用。它不是在追逐赛上帮助我们吗？它的腿能极度伸长，它的鼻口又尖又细，它的肺活量能增大，能跑得比鹿还快。我们的猎物是否藏在树下？这一物种温驯的特性已经比我们的意愿还抢先一步，为我们献上了矮脚猎犬，它就像无足的蛇，能潜入最靠近猎物的丛林。我们是否需要它来放牧？同样是那顺从的特性又赋予它这项任务所需的体形、智慧、活力和警觉。我们想让它为我们看家护院？为了让自己的爪子能更强韧有力、更让敌人难以对付，它的脑袋变成又圆又大的形状。我们要带它去南方？它的毛发就长得更短、重量更轻，这样它就能在更炎热的阳光下寸步不离地陪伴我们。我们要带它到北方？它的脚会长得更大，更适于踩到雪里，皮毛也会长厚，这样它就不会因寒冷而丢下我们。只想让它供我们玩耍、供我们观看娱乐、装饰居家或是活跃家庭气氛？它会装扮得端庄雍容又优雅，它会让自己比一个洋娃娃还小巧，在火炉边睡在我们的膝盖上，或者在允许的情况下，应我们的想象要求，表现得滑稽可笑来取悦我们。

你还未发现，在自然那残酷的重大考验下，一种鲜活的生物会显示出如此类似的驯服性、相似的形态丰富性、同样适应我们愿望的惊人能力。这是因为，在我们所知的世界里，在管辖众多物种进化的各类原始天赋中，除了狗以外，没有哪个物种把心思用在人类的存在上。

也许有人会说，我们几乎已经能深层次地改变一部分家畜，比如母鸡、鸽子、鸭子、猫、马、兔子。可能是这样。但这样的改变不能与狗所经历的相提并论，那些动物为我们提供的服务可以说仍然是一成不变的。无论怎样，不管这样的印象是纯粹想象还是与现实相符合，从这些改变中我们似乎感觉不到与狗相同的那种经久不衰、防患未然的好意，以及与狗同样的睿智又专一的爱。对其余方面，很可能是狗，或者不如说是它这个种族拥有难于理解的天赋，几乎完全不会烦扰我们，而且我们只知道如何利用生活中的大量机会所提供的各种才能。因为我们对于事情的本质一无所知，所以必须依附于表象。至少，形成一种表象也是美好的。在这个星球上，我们如同不被承认的国王，生活在孤独的状态下，而这里还有一种生物爱着我们。

不过，实情也许就同这些表象一致。可以肯定的是，在有权力、责任、使命和命运的智慧生物群体中，狗是一种真正拥有特权的动物。在这个世界，它占据了一个出众的位置，足以让所有动物羡慕有加。它已经发现并承认确实存在一位无懈可击的有形神明，这是动物中独一无二的。它知道将自己最擅长的奉献何处，以及自己所投身的更上一级是谁。它不必在黑暗中、在不断的谎言、假设与梦想中寻找一种完美、出众的无限力量，因为那力量就在它前方，它就在那力量的光耀下行动。它知道我们都不了解的最高责任。它具备的那种道德能超越一切能从自身发掘的道德,并且它能全无顾虑和畏惧地将其付诸实践。它拥有全部真理,还有一种确定又高远的理想。

四

一切经过是这样。佩利亚斯患病前的一天,我看到小小的它蹲坐在我的书桌脚,尾巴小心地蜷在爪下,头微微侧向一边,更像在关切与平静地询问我,神情如同一位圣徒面对着上帝。它为之开心的幸福是什么,也许我们永远不知道,那是从微笑中迸发的,是源于肯定一种它自己的生活无法比拟的更高级别生活。它在那里,玩味着、陶醉于我的全部表情,而且严肃又平等地一一回应,让我知道。毫无疑问,那至少借助于眼睛,以这一最精神性的器官传递着我们都欣赏的深情与智慧之光。因此,每次我见到幼小、热情又有信仰的佩利亚斯,它都会给我带来些见识,从不倦的自然深处带来生命最新的消息,让人相信、让人惊奇,仿佛它是自己种族里第一个降生地球的,仿佛我们还在混沌初开的最初时日。与人类仍在黑暗中四处挣扎的命运相比,我羡慕它笃定的快乐,而且对自己说,在一位好主人和自己的狗这两者间,更幸福的是遇到这位主人的狗。

幸运的神殿

一

我做了牺牲——割舍神圣的地中海上那举世无双的星月同辉胜景就是种牺牲——我牺牲掉在阳光之地逗留的几个夜晚,去了最熙熙攘攘、最庄严华丽、最专属独有的神殿,到那里请教我们这个世界最神秘的神明。

这神殿坐落在蒙地卡罗的一块岩石上，沐浴在大海与天空的耀眼光辉中。一月里，花园中盛开着春夏秋三季的所有鲜花，令人心醉神迷。神殿的门廊前是芬芳馥郁的灌木丛，它们没有吸取任何季节的恶意气息，只吸纳了当时的香气和笑容。棕榈树、柠檬树与含羞草快乐地围绕着所有树木中最可爱的橘树。人群走上高贵的阶梯，向神殿靠近。但请注意，这建筑并不配为这位神明所辖，也配不上环绕它四周的那些怡人悦目的山丘、天蓝色与翡翠色交织的海湾和带来欢笑的草地，更当不起这神明的形象和所代表的思想。它枯燥乏味地自我表现，不堪入目地炫耀招摇，让人想起一位粗俗无礼、目空一切的势利小人，虽然已经显赫富贵，可依旧一身逢迎谄媚的习气。仔细查看可以发现，它建造得牢固结实，规模宏大，却透出一种可鄙可悲的自命不凡。在我们人类展示在世界上的伟大作品中，那种自负是短命的宫殿所拥有的。威严的命运之父被放在一种蛋白甜饼中，饼上覆盖着水果蜜饯和糖霜。这样的安置也许是在故意制造荒诞效果。建造者或许是担心不这样做就会恐吓或惊吓到人群。他们可能希望人们相信，那些最亲切、最轻佻、最反复无常又于人无害、最活泼不拘的神明就在糕点师的杰作里，在那堆蛋糕垒砌的王座上等待着自己的参拜者。啊，不。一位神秘威仪的神明统治着这里，那是一种至高无上的智慧力量，和谐又笃信。他本应在一座纯大理石造就的宫殿中登位，线条简洁、严格又规整，规模宏大，空间高远，气氛严肃、冷峻又神圣，可谓正气凛然、势贯长虹。

二

神殿的内部与外观风格呼应。房间虽然宽敞，可它们豪华的装饰显得平庸俗气。幸运之神的侍祭们是些让人生厌的赌场荷官，态度冷漠，工作单调，看似身着盛装的商店店员。他们不是身居高位的神职人员，而是赌运的办事员。祭拜的仪式和工具粗鄙又寻常：几张桌子、一些椅子；这边看来，每张桌子中心转着一种碗形或是圆柱形的器具，一个象牙小球在其中朝器具转动的相反方向滚动；那边看去，有几副纸牌，这些就是全部。无需更多就能联想到让星辰高悬空中的那股无边力量。

三

桌边围着一群忠实信徒。他们每个人都满心希望，满怀信心，心中藏匿的是各自不同的悲喜剧。我认为，这里聚集又散尽的焦虑力量和人类激情比世界上其他任何地方都多。这是个不祥之地。在其他各处，物质那终极、也许是神圣的本质会孕育出爱、力与美的多种奇迹，而在这个致命的死地，连灵魂之花这星球上最珍贵的流体都会渗漏乌有！……其他地方都无法想象会有这里如此多罪恶的浪费。这种毫无益处的力量既不知去向何处，也不知有何用处，上天无路、入地无门，没有直接目的也没有转化方式。它像死亡的阴影在桌子上方盘桓，凭一己之力营造出一种特别的氛围，不知怎么，那种让人紧张汗流的静默会使人想起真正静默的狂热。在这全无益处的寂静中，幸运之神的小记账员用鼻音道出了神圣的套语：

"下注，先生们，请下注！"

那就意味着，向隐介藏形的神明献上他要求的祭品之后他才会现身。接着，从人群里某个地方伸出一只手，急忙将一年工作所得放在那些自信满满的数字上。其他更有心机、更慎重却不那么确信的敬拜者结合了运气，分散手中的投注机会，计算着迷惑出错的可能性，并研究了桌边精于此道的能人有怎样的表情和下注特点，心照不宣地为中选设下复杂的数字陷阱。还有一些人则随意地把他们相当可观的一部分幸福或是生活都放在那些任意排列的数字上。

而现在，第二句套语回响起来：

“不再下注？”

那相当于说，神明就要发话了！在这一刻，能轻易看透表象面纱的眼睛将清楚地看到散布在纯绿色布料上（如果不是真实的，至少也存在可能性；因为单一下注是很少见的，今天投注无度的人就会冒着明天一无所有的风险。）那一片玉米地在千里之外的阳光下生长成熟；或者是在其他场合，一块草地、一片森林、一座月下的乡间小屋、某个市镇的一间商店、一群记账员和会计在昏暗的办公室俯首于账簿中、农民在雨中劳作、数百名女工从早到晚在环境险恶的工厂拼命苦干、矿工们在矿井里、水手们在船上；灯红酒绿的珠光宝气，爱情或荣耀；一座监狱，一个码头；快乐、痛苦、不公、残酷、贪婪；罪恶、贫困、眼泪。这一切都安静地躺在那浮现人们笑意的小小金堆里，在那些注定带来一生都无法淡忘的灾难的轻薄纸片中。这些黄色筹码和蓝色纸币有丝毫胆怯和犹豫的移动都会在一定距离外，在真实世界，在街道、平原、树丛，在人们的血液和内心形成放大的反弹力。于是，会有人拆除那目睹了父母双亡的房屋，夺去老人的座椅，给村庄带来一位新的乡绅而让那里的人们为此震惊，关闭一间工厂，从村里的孩子手中抢走面包，将一条河流改道，终止一个生命或者毁掉一种生活，并且以无限的时空破坏持续不断的因果之链。但没有一条能带来巨大回响的真理会在这里轻易出声。希腊神话中的阿特柔斯家族居住在紫色台阶的宫殿里，如果说复仇女神都因为这一家族的罪行而走上台阶准备杀戮，那么这里沉睡的复仇女神就比那里台阶上的还要多。可那些真理觉醒与痛苦的呼喊还藏在人们的内心深处。没有什么能泄露，也没有什么能预言到一些确定的恶意就在现场盘旋于人们头顶，挑选着复仇女神的受害者。只有眼睛在稍微注视，同时手在耍着一支铅笔和一张纸，没有一句异常的话和一个异样的手势，而期盼就大汗淋漓地坐在那里一动不动。因为这里上演着无声的哑剧、沉闷的战斗、不动声色的绝望、用静默掩饰的悲剧，在这里，阴暗的命运陷入了足以吞噬所有声音的谎言氛围。

四

同时，小球正在圆柱体中旋转，一种可怕的契约方式产生了一股难以阻挡的力量，我回想起那力量摧毁的一切。那股力量每次就通过这样寻找神秘的答案来启动，毁灭在其周围那仅剩的人类社会道德的精华：我是指金钱的价值。废除金钱的价值，以一种更高的理想将它替代，这会是件值得称颂的成就。但如果废除它后任凭虚位以待而无以填补空缺，我想那就是与违反进化规则一样严重的罪行。假如我们以特定的观点来看待它，去掉其附带的罪恶留下本真，金钱本质上是一种极有价值意义的象征：它代表了人类的努力与劳动；最重要在于，它是值得称颂的牺牲与高尚的辛劳成果。而在这里，这种象征、这留给我们最后的一份遗产却成日遭受公开地嘲弄。突然间，十年的努力、十年的认真思考、十年坚忍地工作都价值尽失，就像小孩子的玩具那样不值一哂，被任性处置。假设如此可怕的现象不只限于这块岩石上发生，那么每家社会机构都会成为它流毒的牺牲品。即使现在，处于隔离麻风病患者一般的隔绝环境下，那毁灭性的影响也是相隔一定距离的人从未估计到的。我们感受到了这种影响，它如此不可避免，如此恶毒、影响如此深远，以至于离开了这遭到诅咒的宫殿，离开这黄金不住叮当作响地敲击人类良心的地方以后，我们会疑惑日常生活要如何继续，如何那耐心的园丁会心满意足地照料那幸运神殿前的花圃，如何那可怜的守护者能为了微不足道的报酬而全力监管自己的辖区，如何在神殿大理石台阶底层的那位身材矮小的老妇人，即使在来来去去幸运或是霉运的赌徒中穿梭，仍然会年复一年向路人出售价格低廉的橘子、杏仁、坚果和火柴，坚持以这种方式过着劳碌的生活。

五

在我们回想起这些时，那象牙球正放缓进程，开始像一只聒噪的昆虫那样蹦跳在吸引自己的三十七个隔间上。这是不能变更的判决。噢，我们的眼睛、耳朵和引以为豪的头脑竟然有这样奇怪的缺点！噢，这世界上最基本的法则竟然有这样奇怪的秘密！从设定球体运动的那一秒到它落入命运之洞的那一秒之间，有一个三码长的战场，在这幼稚可笑的形式中，宇宙的神秘使人类的力量和理性不间断地承受了一场令人懊丧的象征性打击。在这桌边围聚起所有智者、牧师、先知、贤人、预言家、圣人、奇迹制造者、数学家、每个国家在各个时代出现的天才，让他们以自己的理性、灵魂、学识、信仰来寻找近在咫尺的那个数字，那个小球停止运动后就几乎显示出来的数字；恳求他们，这样他们就会为我们预告那个数字，这样就会唤起他们无所不知的诸神、他们掌管国家和和渴望洞悉世界的思想：他们所有的努力都会在这简单的谜题面前折戟沉沙，而这题目简单得小孩子都会理解，小得再无法填满那最小的时间之隙。没有谁已经可以解开它，没有谁今后会解开它。而且，无情、固执、坚决的常胜将军——“庄家”是运气的节奏与绝对智慧的盟友，其所有的力量和信心都仅仅建立在人类毫无预见能力的基础上，而将会出现在他面前的只需不过再多一秒的时间。这长满鲜花的岩石上进行这些可怕实验已有将近五十个年头。在此期间，假如已经发现某个人在一个下午揭开了覆盖在小球掷出每一面的小小未来之上的神秘面纱，庄家就会输得一干二净，这门事业就会垮台。可那样超常的人并没出现，庄家也十分清楚自己永远不会坐到赌桌对面下注。因此我们可以看到，尽管满心骄傲、满怀希望，但人类很清楚自己其实一无所知。

六

事实上，在赌徒的理解中，幸运是一位并不存在的神明。他们崇拜的只是一个谎言，每个人都将它描绘成不同的形状。每个人都将完全自相矛盾的法律、习惯、偏好归于其上，形成一个纯粹虚构的整体。在一些人看来，它喜欢特定的数字。而在其他一些人眼中，它遵守着特定的节奏，那些节奏很容易掌握。另一些人觉得，它自身有一种公正感，最终会给每组机会以相同的价值。最后还有些人认为，它不可能为了庄家获利而不确定地喜好任何简单机会的特别组合系列。假如我们试图回顾轮盘赌所有不真实的运行法则，那会是永无止境的。实情是，在实际操作时，有限的相同意外因素不确定地重复必然会形成一些巧合的组合，以赌徒们被蒙蔽的眼睛看来，从那些组合中能发现某些幻象一般的法则。而千真万确的是，在试用那些法则时，当你在依赖最确信的幻象帮助时，它会猛然无影无踪，留下你与蒙住真实嘴脸的未知面面相睹。至于另外的方面，大多数赌徒都会有意识或本能，以及绝不合理地给那绿布赋予其他许多幻想。几乎所有人都说服自己相信，幸运之神为自己准备了特别又有预谋的垂青或是不幸。几乎所有人都想象着，有某种不明确但又言之有理的联系存在于小小的象牙球、自己的激情、欲望、罪恶、美德、功绩、智力或道德力量、美貌、天赋、生存之谜、未来、幸福与生活之间。是否有必要说，没有这样的联系，那样的情形都不会出现呢？他们希望施加一种玄妙的影响力，以此乞求小球做出有利的判决，可不为所动的小球并没有沉浸于他们的悲喜，而是另有要事。它只有三四十秒的移动时间，它的生命也只有这段时间而已。在那三四十秒中，它必须遵守更永久的规定、解决更无边际的问题，其履行的责任比在人类的意识或理解中找到位置更为关键。除了重大又困难的事以外，它还必须在自己短暂的行程中协调两种无法理解和难以衡量的力量，那力量可能是宇宙两种形式的灵魂：离心力与向心力。它必须应付地心引力、摩擦、空气阻力、一切物质现象的所有法则，必须留意地面与天空最微小的突发事件。因为一位赌徒离开座位而难以觉察地扰动了房间的地板，或是一颗星星升起在空中，都会迫使它修改和重新开始自己的全部精确运行。它没有时间扮演对凡人或善或恶的女神角色。忽视无数程序仪式中的任意一个都是它触犯禁忌的行为，那些程序仪式对在它内部移动的一切都提出了数不胜数的要求。而且，当最后到达目标时，它已经完成了一项无法估量的工作，就像月亮或其他寒冷无情的星球那样，在澄澈的蓝天，威严地升起于地中海深蓝色泛起银光的水面。我们将这一长期的工作称为幸运，还没有其他名字来命名这种目前自己仍未了解的事物。

剑之赞

一

人类贪恋正义，为此尝试了数以千计的各种方式，常是凭借经验，有时棋高一着、有时任意随性、有时又迷信地以自身存在所需而想象出一位伟大的正义女神。那是一位难以捉摸却最鲜活生动的奇怪女神！一位像她那样非物质的神明是不能站立面前，只能秘密地存于我们心中的。这种神明的庙宇越多见，其拥有的真实力量就越少。也许到了除人类的许多意识以外再没有其他神庙供奉这位神明时，就会得见天光。那一天，女神会静静地真正开始统治主宰，而静默正是她生命中的神圣特质。同时，我们会增加她的器官，希望通过那些器官来让她听到自己发出的声音，为此就借用了人类庄严的嗓音。而当她对其他事物、甚至对我们缄默时，我们就会逾越自己的良知对她提出质疑。这种疑问与我们自身存在无法确定的局限有关。在这限制中，我们成为机运的一部分，并且相信正义是与上帝和我们自身的命运融为一体的。

二

从前，在那些人类的正义保持沉默以示无能为力的时候，吁求上帝裁决的正是这种永不满足的需求。今天，当我们设想那位神明的概念已经改变了形式和特性时，即使正在靠近的真理蒙着半透明的面纱，那同样的本能依然如此深切、如此普遍地坚持着。假如我们不再求助上帝来赞成或谴责那些人类所不能裁断的，那么现在就要把这个使命托付给那些无畏又难以辨识的，也就是所谓的人类的一部分未来。于是，决斗中召唤的不再是上帝的裁判，而是我们的未来、我们的运气或命运，是我们内心难以名状的一切。那么，以我们可能行善或作恶的名义，从无法解释的生命这一角度来看，正需要呼唤正义女神来宣判我们的对与错。

从我们如今遭遇的所有荒谬与幼稚中脱离出了一种不可磨灭的人性之物。尽管它也许显得并不合理，只要我们没有发现更明确的方式能衡量对与错、根本的希望以及两种希望相遇的命运平等与否，就不可能放弃这种至高无上的审讯、这种向正义之光不再点亮的黑夜发起的审问。

三

请有些人从几乎是危险鬼怪出没的幻象地带回到现实吧。可以肯定，决斗就是个人在法律以外、规则以内捍卫正义的可能行为，它响应了我们不能抹杀现实存在的一种需要。因为我们生活的社会还不足以在所有环境下都提供保护，以使我们不会失去人类本能最珍视的权力。

我认为，列出关于社会提供保护不够的事例并无必要，而举出能给予保护的例子倒费不了多长时间。毋庸置疑，那些法律上处于弱势和无自卫能力的人们会希望现状有所不同；而对那些有能力自我防卫的人来说，现在这样就是最有益的，因为没有什么会比一种太过热心和太过持续的保护更为严重地压抑人的主动性和个性。要记住，人类原先就是一种捕猎和争斗的生命。我们必须小心，不要在心中彻底泯灭了原始人类的品性，因为大自然将那时的人类安置在那里时并非毫无理由。如果限制他们的过度行为是明智的，那么维持他们当时的原则就是有远见的。我们不知道恶劣的环境和宇宙的其他力量还给我们预备着具有怎样攻击性的伎俩。在所有可能的情况下，如果有一天敌人发现我们完全缺乏报复、猜疑、愤怒、残忍、好斗以及其他许多缺点，那对我们来说就是灾难来临。因为帮助我们战胜强大敌人的根本不是那些最声名响亮、得到最多赞美的克俭美德，而是那些以人性的角度看全都值得谴责的缺陷。

四

因此，如果有些人不能允许伤害自己的人免受责罚，总体说来，我们应该对这些人表示赞美。因为这些人在我们的群体中坚持了一种法律范畴以外的正义观点，使我们都从中获益，而假如失去了他们的帮助，这些益处就会无源之水一般枯竭。让我们深深遗憾他们的人数还没有更多吧。有些本性纯良的人虽然有能力施加惩罚，却更乐意去宽恕，假如没有那么多这样的人，我们就会发现有恃无恐的坏人会少得多，毕竟，有四分之三的恶行都是源于作恶之人深信自己能享受免责待遇。为了保持一种模糊的畏惧和尊重，使那些手无寸铁的不幸人们得以生存，能在一个无赖和卑鄙小人充斥的社会中自由地呼吸，应该有人使用从未失手的暴力手段来抵制不能受到处罚的非正义行为，这绝对是他们的责任。如此一来，他们就会重建内在的正义标准。乍看来他们只是自卫，但这些防御综合起来就是在保卫人类最珍贵的遗产。我并非争辩说这是最好的方式，在更多的案例中，法庭当然应该介入进来。不过，在我们的法律变得更简明、更实际、更少资金费用和更为人们熟悉以前，虽然拳头或剑没有在我们的行为准则之列，可是为了反抗无数真实存在的邪恶不公，我们无他良策。

五

用拳头来得快又直接，可它不够一锤定音。当攻击来势汹汹时，我们会发现拳头的效力确实太仁慈、太短暂。而且，它的移动总是会给人略微粗俗的感觉，造成让人有些厌恶的效果。这只会激发残暴逞凶。它是最盲目和最不平等的武器，因为使两个云泥之别的对手能势均力敌的那些条件它全都无法抓住，反而会扩大被击败一方的报复行为，最终让他以棍棒刀枪全副武装。

特定的某些国家地区是允许动拳头的，比如在英格兰。那里的小学教育内容有关于拳击的教学部分，其总体操练是试图以一种奇怪的方式来消除自然天生的不平等。而且还有一套由俱乐部、父母陪审团和法庭组成的完整体系便于对拳击活动的开展进行确认或者采取预防。而在法国，诉诸拳头是一件遗憾的事。自远古开始剑就取代了拳，拥有了不可比拟的地位，成为更感性、严肃、高雅和敏锐的正义利器。它被一些人斥责为既不公平也没有能证明正义与否的价值，但它首先证明了我们在面对危险时有怎样的品质，并已经成为一种并非全无自身价值的证据。因为我们面临危险时的态度恰恰就是我们在迎合各种良知的苛责或鼓励时的态度。那些良知隐藏在我们内心，它们与那些比良知更肤浅的，以及比良知更高尚的融为一体，形成的精华就可以称为我们这种生命的通用元素。其次，即使一直受到偶然、错误和缺点影响，也只有我们自己才能决定它是否称为像任何人类的器具那样公平。每个健康的常人都能学会剑术，需要的既不是超强的肌肉力量，也不是出众的敏捷反应。我们中最没有这方面天赋的人只需要每周投入不少于二三小时时间，动作就会掌握足够的柔软度和精确度，很快能发现什么是天文学家所说的“人差方程”①，达到其个人的平均水准，同时也是普遍平均水准。那样的水准只有少数吞火魔术师和个别闲人才能成功地超越，而拥有那种水准的代价是长期痛苦又让人极为不快的努力。

六

达到这平均水准后，我们就能将自己的生命交付给那纤弱却令人生畏的剑。它是魔术师，会立即在两种谁都未想过拿来作比的力量间建立新的关系。它使正义方的侏儒能匹敌邪恶方的巨人，能优雅地将牛角相向一般的巨大破坏暴力引入更轻盈、更光明的巅峰。而且，面对一种与地球上卑鄙、无形、专横的操行（我是指重量、规模、数量和物质里愚蠢的凝聚力）毫无共同之处的力量，原始动物也会被迫在它面前戛然止步。在剑与拳之间横亘着一个宽广的宇宙空间和一片数个世纪的海洋，这巨大的差距就像人与兽的区别。剑是铁与慧、钢与智的结合。它使肌肉从属于思想，迫使思想尊重为之服务的

① 人差方程指由个体差异导致的观测“误差”。

肌肉。它是理想又实际的,幻想又充满理性的。它炫目明亮有如闪电,时隐时现、飘忽不定、多姿多态恰似一束阳光或是月光。它如实又多变,慧黠得高贵,虚假得忠诚,将怨仇恨意饰以微笑一抹,令野蛮残暴改头换面。剑就是一座神奇的桥梁,架在黑暗的深渊之上,连接着理智,勇气,正确的信心,耐心,对危险的蔑视,人类对爱、对信念的牺牲,一言蔽之,整个道德世界,使它们得以像主人一样进入原始的混沌天地,在那里去芜存菁,让一切井井有条。剑是人类最出类拔萃的武器。假如尝试了其他所有器械还不知道有它可用时,人们也必定会发明它,因为剑能最多样、最纯粹地为人所用,而且在以智慧、力量和公正来进行防范抵御时,它是最直接、最易驾驭又最忠实的工具。

七

而最让人赞叹的是,剑的决断既不是机械性的,也不是事先用数学方法计算好的。在使用它时,人们就像过去求问自己的运气如何那样,把可能性与可知性完美地结合:过去总是神秘莫测,把人们深深吸引,人们乐于在那样的时空了解自己运数如何。

让两种显然实力悬殊的对手面对面并非不可避免,甚至不能确定更强有力又更有技巧的一方就会胜券在握。而一旦我们能控制自我,就会剑人合一,剑就会拥有我们身上的品质与缺点,显示出我们的坚定、虔诚、意志、勇敢、信念、正义、犹豫、急躁和恐惧。我们已经用心地栽培它,将它能为我们提供的范围增加至最大。我们把自己能做的一切都给予它,它完整无缺地回以我们托付给它的一切。对此我们并无自责之处,因为我们遵循了自我保护的本能和责任。可是,剑还代表了更多,还代表着我们在生存形势更严峻的时刻被迫用来冒险的部分事物。它变成我们未知的一种分身,成为一种最让人满意、最庄重的结合，人们能在回想起它的命运时想到那种结合。那即是说，在那样的场合，在它内部的神秘实体直接服从于所有受到它的意识影响的能力。

因而，面面相对的不只是两股力量、两种智慧、两份权力，还有两个机会、两样运气、两类神秘、两种命运，它们都像荷马笔下的诸神一般居高临下，主掌着那些争斗、奔跑、闪躲、冲撞，然后在刀锋上短兵相见。当剑似乎在我们面前击打时，实际是在叩响我们的命运之门。而当死神在剑的上方盘旋时，持剑人会感到它正在脱离原有的束缚，突然间转而遵循其他的法则，并非从前在击剑学校里的那套指引规则。它完成了一项秘密的使命，在判刑以前，它裁决了我们。或者不如说，它迫使我们的命运对我们下了判决。当可怕的巨人谜团出现时，我们会挥剑乱舞，那就体现在这样的简单事实中。

死亡与皇冠

一

一九〇二年六月和七月出现的悲剧场面发人深省。说真的，每天我们周围都会见到许多这样的悲剧，不过大家没有意识到它们发生。那些悲剧没有完全显现出自身的重要意义，最后也不能抓住我们的目光，除非是在那些盛大的舞台上演出的，在舞台上汇聚的是一个民族的所有思想，在舞台上，那样的悲剧由于皇室成员的表演而显得更恢宏、更庄严。

正如一出现代戏剧里所说的：“在能够理解平凡生活以前，我们一定会向里面加点料。”这次的事例中，命运之神添加了权力与荣华，它们都属于地球上最荣耀的王位所有。由于那权力与荣华的辉煌，我们得以真切地见到一个人的内在怎样，以及在威仪的自然法则不留情面地将他剥光之后，他面对审判时还会留下什么。我们也了解到，爱恋、同情、宗教与科学的力量会在突然之间发挥到极致，也会更为了解，自人类生存在这个星球以来，在遭受不幸时能获得的所有帮助有着怎样的价值。在一场始终困惑不解的战争中，在两种不同力量之间、在物质与道德间、在可见与不可见之间存在的激烈对抗似乎注定会成为最高级别的争斗，这样的斗争至今还在为人类指路。而即便如此，我们仍然在那战争中解囊相助。

二

英王爱德华七世是命运一时奇想的著名牺牲品，处境悲惨地徘徊在王权与死亡间。这命运一手使他戴上革命所赦免的最华丽的王冠之一，另一手却让他那戴着皇冠的额头满是在死亡线上挣扎的汗水，他还要向着洞开的坟墓弓身弯腰。以这样险恶的方式，命运将这场游戏拖延了两个月左右时间。

假如我们站在更高的视角，在比生活中无数轶事展现的那些俗鄙山丘略高的位置思考这个事件，就会发现这不仅仅是个与一位君王有关的悲剧问题。这位富有的国王被自然击倒时，正是成千上万的国民热望着把自己的希望和最美好的梦想寄托小部分在他身上的时候，那希望和梦想已经超出了命运的疆域，凌驾于人性之上。这也不是关于领会讽刺意味的问题。讽刺在于，人们会声称并制造一些没有丝毫正常自然性的超自然事物，一些会与我们无需耐性居住的这个冷漠星球毫无怜悯之心的平衡法则相抵触的事物，一些只有在人们痛苦和脆弱的例外情形下才会使人们安心、让人们得到安慰的事物。不，这只是与人类有关的一个最根本的悲剧问题。在围绕人类的脆弱意志和强大的未知力量之间，在人类思想或灵魂的微小火苗这一自然难以解说的现象，以及巨大的物质这种自然界又一个同样难以解说的现象间，普遍上演着永恒的悲剧，这问题也与那样的悲剧有关。那悲剧包藏着无数浩劫灾难，自从一部分混沌又繁复的生活孕育出有些奇怪的想法、这想法还使我们意识到了它的存在以来，悲剧就从未因某个单独的日子停止演出。

这次，一桩更令人瞩目的事件在一个更高的角度展现了那出悲剧。在一瞬间将那出戏点亮的是我们这些地球居民的所有渴望、希望、恐惧、不定、祈祷、怀疑、幻觉、意志和眼神。而最终，我们的思绪正匆匆赶赴那庄严高山的山脚。

三

于是，悲剧在那里慢慢地上演了全部戏码，我们就能从中估算自己的资源，就有机会在点亮的范围里衡量我们的虚幻与现实。我们这类生物所有的自信与不幸都象征性地集中在某个小时和某个人身上。这是否又一次证明了，将那些渴望、最热切的愿望、意志与最专断的爱集于一身的人类，自身并无能力使物理法则中最微不足道的部分做出丝毫转向呢？这是否又一次说明了，与大自然面对面时，我们一定不要在道德或情感中寻找自卫的法则，而要在另一个世界里寻觅？因此，紧盯着山巅所发生的，并且以不再凡事归于魔法神力的眼睛去关注，这样的做法就是有益的。

四

有些人认为，这悲剧中展现出一位有着嫉妒心又无所不能的上帝，他将我们置于股掌，嘲笑着我们贫弱的荣光。因为人类没有更为顺从地意识到他隐匿的存在，也没有更顺畅地探察到他神秘的意志，所以激怒了这位我们长久以来忽视的上帝，这悲剧就是他做出的轻蔑手势。那些人的看法错了吗？而笼罩在我们上方的黑暗中，能从不出错的是谁？可为什么这位比人类更完美的上帝向我们要求的是一位完人不会去索取的？为什么上帝起初要制造一种太心甘情愿、一种几乎让人盲从地接受的信仰，而后又让它成为人类最必要的唯一美德？如果上帝勃然大怒是因为人们不理解他、不服从他，而他展露峥嵘的方式却需要，由他亲手以完美要求创造的人类理性不应为了膜拜他的宝座而屈服于他无上尊贵的本质特权，这是否有失公允？而今，上帝那轻蔑的手势是否向其他许多手势那样，清晰明确又意味深长得足以迫使人类的理性向它卑躬屈膝呢？可是，假如上帝如同那些以他之名宣告的人所说，喜爱人们对他表示崇敬，那么对他来说，使我们全体唯他独尊也非难事。我们只是在等待一个并不出奇的信号。上帝已经将我们的存在置于最高点，在那里，信念与真理的激情与一种热诚和与日俱增的纯真共同点燃，散发出他的光辉。那信号正因这光辉的直接反射而起，我们难道没有权力得到它吗？

五

其他一些人在深思着：面对那至今仍然未倒的最辉煌王位，这位国王正在通向那王座的阶梯上喘息挣扎；这权力近乎无边的力量粉碎了、毁掉了一个牺牲者，袭击着痛苦肉身的可怕敌人们正是以那牺牲者为猎物；运气那无形的嘲笑之手一直在模糊堆砌的痛苦不幸之上悬着一座最炫目的王冠，而肉身正是被那皇冠所摧毁……

他们从中洞察到一种可怕的新证据，它能证明人类的悲惨和无用。他们反复自吟自诵着先贤圣明的慧语高论，它们都道出：尽管倾尽全力，我们现在、可能今后也一直“不过是世间万物中的沧海一粟，不过是时间锥钻旋出的微微一转”。他们发现了一项神秘的命令：不信奉上帝，但要信奉他的影子。也许这指令是由神秘的正义女神做出的,她有时会在人类无形的历史中发布一项小小的圣令,为了人类国家内的邪恶不公而向那里的国王施加报复……

他们还在其他许多事中发现了这一点。他们没有错。因为所有那些事都在我们内心,因为我们对未知力量的那些不可理解的行为的感觉很快变成了唯一的人性现实,人们由此变得亲近那些像幽灵一般围绕我们的冷漠与虚无。

六

而我们不该否认那些充满诱惑的可怕幽灵,也许它们代表着我们本能的一种预警在进行干扰,可我们的感官并未有所察觉。让我们首先把目光聚焦到那精彩谢幕的悲剧中真实的人物与一些特定的情节。权力在幽暗的云层中心强化扩大,直至超越这地面世界的疆界,它的行动一个接着一个,带来了更接近又彼此孤立的庄严之死与一座虚幻的王冠。我们辨认出一个最终即将达到独占目标的人,他就要走到生命中最关键的时刻。突然间,一个看不见的敌人向他发起攻击,将他击倒。其他人立刻蜂拥而上。他们是科学的王子,不问阻挡自己推举的牺牲者道路的是上帝、命运、机遇还是正义中的哪位神明,也不顾那黑压压的乌云,因为他们是其他领域或其他时刻的信仰者或异教徒。他们是人类理性和理性本身的称职使者。那理性在独自游荡在浩渺宇宙时已经自我放弃,他们却特意从中去掉情感、想象,以及不适合属于它的一切。他们只采用了理性之火中动物的部分,就是那动物性的人,似乎他们已经确信,每个生命都只能以自然赋予其内在的某些具体力量来击败自然之力。于是,这理性之火就被人们擎在手中。也许这火焰光亮微弱、照亮范围有限,可是它精确、专一、难以征服,效果就像在用珐琅艺人或化学家的吹管。燃起这火焰的是事实以及微小却确定的无数观察结果。在无垠的未知世界中，它只点亮了微不足道的连续几处，但它并不迷失方向，而是去往智慧之眼指导的方向，抵达曾被称作“超自然”的影响力未能进入的地方。它顺从地打断或改变了自然预先确立的指令。未满两三年前，在同样的谜样世界里，它本还是分散混乱的，光线在黑暗之处还不够坚定和执著。而如今，这火焰在几周里已经把历史和命运高高悬起，最终扔下悬起之物时已经脱离了它们打算沿着走向终点的那条老路。从此以后，假如上帝、机遇、正义之神或其他任何我们赋予宇宙中潜藏思想的名字希望达到自己的目的，希望像从前那样畅通无阻地稳操胜券，可这条路已经禁止通行，它们就得另择其道。未来它们将不得不避开微小却难以克服的裂缝，因为那里会一直能见到让它们知难而退的理性之火在喷射。

可能这出皇室悲剧已经明确地向我们证实，在面对自然加诸意愿时，愿望、爱情、怜悯、祈祷、人类全部最优秀的道德力量都无能为力。很快，似乎是为了补偿这损失，并且在必要水平上维持对事物的思想权力，另一种道德力量，或者就是另一种形式的理性之火会迅速蹿起，发散光芒，赢得胜利。人类为获得一种信念而失去了一种幻觉，但远未有任何下降之势，而是在无意识的力量之中提高了一步。这里尽管围绕着所有的悲惨不幸，但我们看到了一种伟大的高尚景象和由此对人类命运会失去信心的人所深切关注的事物。

普　选

一

似乎所有事物都逐渐一致地证明着，最终的真理就在人类迄今为止拒绝进行探索的思想极限。这可以从道德和实证科学的角度阐明，而且没有任何理由反对向阐述中加入政治学，因为它只是道德学的一种延伸。

多少世纪以来，人类就像居住在自己行到中途歇脚的一间屋子里。以积重难返的宗教偏见为首的无数偏见向人们隐藏了人类理性和情感的高峰。由于越来越多在自己所见和真实所想之间矗立的人造山峰显然已经塌陷，人们立刻开始评价自身，评估自己在世界中所处的位置以及希望达到的目标。人们开始了解到，凭自身智慧无法得出逻辑结论的一切都不过是场半程中的游戏，毫无用处可言。人们告诫自己，明天要走遍今天未能行到的路，而就在告诫的同时，由于在途中每个驿站之间耽误了时间，除了少许幻想中的安宁以外今天一无所获。

我们的天性表明自己是极端的生物，而那就是我们进步的推动力和原因。本能必然会让我们飞到生命的极限。我们感觉不到自己生命的存在，不能构建起能自我满足的生活，除非发挥到潜能的极致。由于那种自我启发的本能，出现了一种越来越统一的倾向，人们都不再止步于中庸方法，从此以后避免使用所有半途而废的尝试或者至少要尽可能加快速度进行完这些尝试。

二

这并不意味着我们的极端倾向足以将我们引向可以肯定的必然。在我们必须做的选择中总是存在两种极端，通常难以判断它们中哪个是出发点，哪个是最终目标。比如在道德上，我们必须在绝对的自我或绝对的利他中选择，而在政治上，就要决定是选择能想象到的管理最好的政府，让它指导并保护我们生活中最不起眼的行为，还是选择无政府形式。这两个问题仍然未能解决。虽然如此，我们却可以毫无顾忌地认为，绝对的利他比绝对的自我更极端且更接近于我们的目标。同样，这就好像无政府状态比最事无巨细、无可挑剔地管理的政府更极端且更接近于我们的完美境界。比如，在一个整体社会主义的政府发展到最终极致时，就有人会想要一手遮天。我们能无所避忌地这样认为，是因为绝对的利他和无政府都是需要人达到最完美境界的极端形式。如今正以完人为发展目标，所以我们必须对此关注，因为那样正是我们希望人类为之发展的方向。经验仍然显示，着眼未来比沉溺过去更保险，目光高远比眼光短浅更妥当。迄今为止，所有我们声称已经获得的都是由那些被指责为眼光太高的人发起。因此，当存有怀疑时，明智的做法就是让自己依从于那意味着人类最完美、最高尚、最大度形式的极端状态。如此一来，当有人问起，尽管现在人们并不完美，但是否也应该彻底给予人们可能情况下最充分的自由，对此就可以做出如下回答：

“是的，所有思想走在意识尚未觉醒的大众之前的人，他们的责任就是摧毁所有对人类自由的束缚。这就好像所有人都应当拥有自由，即使我们知道，在他们得到救助很久以后才可能得到自由。只有通过长期滥用自由的惠泽，才能和谐有度地运用它。只有从起初就向着最高远的理想前进，此后我们才最有可能发现最美好的理想。”

而且，那些对自由来说成立的情形，对其他人权也就同样成立。

三

为了将这条原则运用于普选，就让我们来回顾一下现代国家的政治演化。它遵循着一条不可改变的大众路线。这些国家逐个摆脱了专制。取代独裁的是一个或多或少由贵族和财阀组成的政府，通过有限的选举产生。现在轮到这个政府让位，或几乎在各方面让位于普选成立的全民政府。后者这类政府会在何时寿终正寝？它是会又把我们带回暴政统治，还是会发展成完善的选举形式？它会成为一种少数精英官僚掌权的政府，还是变成一种有组织的无政府状态？对此我们还不能分辨，因为到目前为止还没有一个国家的政治发展超出全民选举的阶段。

四

几乎在世界各地，人们遵从着现在把我们带入极端的生效法律，正全速抵达似乎是国家政治发展的最终理想阶段：普选。由于这种理想仍然完全掩盖了可能隐藏在它背后的更佳理想，而且它没有表现出自己可能的真面目，只是一时之选，所以在我们耗尽它蕴含的所有幻象前，它仍然会承载着人类的目光和祝愿。这是必要的目标，不论好坏，国家都会向着这个目标前进。对所在国家完成了演化的大众来说，这理想是他们的本能正义不可或缺的。任何对它的束缚都只是一种短期内的障碍。在实现这理想以前，任何佯装改善它的行为都会迫使它倒退回过去的错误。像每种通行又重要的理想那样，像每种在茫茫芸芸众生中成形的理想那样，它最为重要的权力就是见到自我实现。假如在实现完成后它并未履行约定，我们就会考虑去完善或替换它。同时，所有国家自然都有权力去经历这一人类政治演化的阶段，接着它们会以自己的语言、自己特有的美德和过错来质疑这阶段可能带来的幸福。这一事实镌刻在广大民众的本能之中，就像刻在青铜之上那样不可磨灭。

那就是为什么生存责任的全部——这一理想当然会表现得最嫉妒、最褊狭和最荒唐。像每种生机勃勃的组织那样，它残暴地根除影响其纯正血液的一切。人们设法在它青春的血管中引入君主制和贵族统治借鉴来的元素，可能这些元素自身是优良的。但它们对这一组织却是有害的，因为它们把这组织首先要医治的病毒又注射到其内部。在全民政府通过与其他体系混合而变得更博识、更清明、更和谐以前,它必须以自身进化来进行自我净化。在清除了自己过去的所有痕迹和记忆后,在明确又全面地掌控了自身力量后,就到了它从过去中选择关系到自身未来的时刻。像每个生物的自然口味一样,它会根据自己的自然欲望来行事,确知什么是神秘的生命不可缺少的。

五

因此,国家暂时拒绝那些可能比普选更优越的方式并非决策失误。群众可能最终会承认,那些更具聪明才智的人会比其他人对公共财富有更清晰的认识,也会管理得更好。于是,普选就会在法律上给予他们优势地位,而目前并未把他们考虑进去。它既没有时间了解自身,也没有时间把精力耗在看似荒谬的尝试上。可那些尝试是必要的,因为它们无疑能指明最终的真理会藏匿何处。

国家的情形就同个人一样:讲述的是以自身为代价、从自己身上学到的;而且那其中犯过的错误会形成未来的遗产。对儿童或青年说这些就毫无效果:

> "不要说谎,不要欺骗,不要引发痛苦。"

那些智慧的同时也是幸福的格言不会打动他,不会丰富他的思想。直到生活向他们展示,那些格言是从未有人怀疑过的真理,是新颖又不凡的,直到这以后,它们才会成为慈善的现实。同样,对一个正在找寻自己命运的国家重复以下说法就毫无用处:

> "不要相信大多数人是正确的,不要认为谎言经一百张嘴讲

述后就不再是谎言，不要认为谬误被一群盲人公布后就自然而然成为真理。也不要相信，置身于成千上万反对知情人的无知者中你就会了解一切，或者你会迫使最平凡的永恒法则遵循你，抛弃认知它的人。

不，那法则依然会与发现它的智者在一起，而假如你转身离去不接受它，只会让自己雪上加霜！终有一天，你会在行路时与它偶遇，在想着要避开它时，你此前所做过的就会掉转头来反对你自己。”

向广大民众发表以上这席话是非常正确适宜的，但只有在听众有所经历和体验后，所有那些话才能对人完全有效，这也绝非虚言。在聚集着全部人生谜题的那些问题中，正当合理的几乎总是那些错误的民众，而不是那些正确的智者。人们拒绝相信智者的话，隐隐地觉得在最明显的抽象真理背后有无数鲜活的真理是不能以思维来预测的，因为后一类真理需要时间、现实和人类的激情去开发它们生效。这就是为什么说，无论我们给出怎样的警告，无论我们成功地做出怎样的预测，民众都首先坚持应该去尝试实验。我们能认为，在实验已得到民众公认的情况下，那种坚持就错了吗？

为考查普选中是否倾注了集体的智慧、实行普选国的公民良知、尊严和团结，需要开展一项特别的研究。普选所做的也许会与创造无异，比如在美国和法国，它就创造了真正的平等感，置身于那样的国家似乎在一个更人性、更纯净的环境中呼吸，对那些来自其他地方的人们来说，那里几乎就是让人震撼的新世界。可即便如此，它本身也是一种福音，能宽恕自己最严重的错误。无论如何，对于那些必定不可避免地到来的，普选是最好的准备。

现代戏剧

一

谈到现代戏剧，我自然指的只是那些戏剧文学的领域。在那个范畴，现代戏剧可能只是凤毛麟角，不过它们的本质都是全新的。往下一级看，在一般剧院，广为普及的传统戏剧无疑对现代戏剧产生了潜移默化的影响。可是，当我们已经有了这类艺术的先锋随时候命时，再去等待该领域落后的一方迎头赶上、齐头并进就是在虚度时间了。

现代戏剧打动我们的第一点就是那种衰减之势。有人会说，从外在的表演动作来看，那就像中风的病人正在爬行。然后，我们注意到现代戏剧极为明显地体现出一种越来越深入地探察人类意识的欲望，而且它对道德问题的处理可谓高屋建瓴。最后我们发现，在探寻一种全新的美感方面，尽管现代戏剧还很缺乏勇气，也不够坚定，但它不会像旧式戏剧那样抽象。

可以肯定，那些火爆十足的冒险场面在真实舞台上少之又少，流血受伤难得一见，感情起伏更小，英雄主义行为不再那样坚强不屈，勇气也表现得不那么重要和强烈。的确，舞台上仍然会有人死去，就像在现实中他们也必定会命归黄泉。但死亡已经不再，或者我们很快希望它将会不再被视为在每出戏剧故事里必不可少的设定场景、终极手段、不可避免的结局。在我们人生中最可怕的危机中——虽然它可能残酷，但那样的残酷是悄无声息地隐藏不见的——我们很少把死亡看做一种解决方法。在遵循人类意识的进化而发展方面，戏剧比其他艺术形式都慢。即使如此，它最终也不得不以某种方式考虑到这一因素。

我们认为，构成古典戏剧整个基础的古老悲剧传说：意大利、斯堪的纳维亚、西班牙或一些神话故事不仅为莎士比亚时代的所有戏剧而且为法国与德国浪漫主义文学（并未完全忽略相对不算自然产生的艺术）提供了剧本情节。从中会立即发现，这些传说在表现得极为自然和存在可能的时候直接使我们产生的兴趣如今已不复存在，而在那些目睹传说以另一种形式重生的人们看来，至少它们令人回忆起的境况、习俗与情感还未在脑海中荡然无存。

二

然而，对我们来说，这些冒险情节已经不再符合真实现状。假如今天的一位年轻人在恋爱中遇到阻挠时以罗密欧那样的感情来思考行事，我们也不需要用任何赋予维罗纳（罗密欧与朱丽叶故事的发生地）传说诗意和壮美的特色来渲染润色他的经历。回忆中开场时那高贵又富有激情的生活氛围、那风景如画的街道上出现的争吵口角、那悲壮负伤的插曲、神秘的毒药、肃穆又让人从此安分的坟墓都离我们远去了！跌宕起伏的夏夜以它宏大浩远、趣味横生的独特感染力让我们看到，主人公那不可避免地即将告别人世的阴影已经沉沉地罩在夜空，我们要到哪里去寻找那样的夜晚呢？不妨卸下罗密欧与朱丽叶故事中那些华丽修饰的盛装，我们看到的就只是一种很简单平常的渴望，它来自一位命运不幸的贵族青年，这深情款款的年轻人希望从一对顽固的父母手中娶到他们的女儿。这愿望里所有诗情画意、宏伟壮观和激情似火的生活都源自适宜其发展成熟的环境下的魅力、高贵和悲剧。没有一个亲吻，一句爱的呢喃，一声愤怒、悲痛或绝望的哭喊不是借助于周围的生命和物体而营造出那生活的壮丽、优雅、英雄主义和温柔，总之，每种形象都有助于它真实可见。因为能从中发现甜蜜美好的并非亲吻本身，而是它出现的特定环境、时间与地点。如果我们要挑一位现代男士，将他想象成拥有奥塞罗那样的嫉妒心、麦克白那样的野心、李尔王那样的痛心，或者像哈姆雷特那样不安与犹疑，因一种无法实现的可怕责任施加了重压而低头，就会出现同样不可为之的反对理由。

三

这些环境已经不复存在。现代罗密欧的经历——只考虑它可能引发的外部事件——不会为一些表演提供素材。与此相对的是，假如一位现代诗人希望将类似的青年爱情搬上舞台，从过往岁月中借取一种更有装饰性的背景布置，以丰富整个英雄主义的悲剧事件，这样做就是完全正当的。若真如此，这样借古利今的结果会怎样呢？那戏剧中需要充分发挥的感情和激情就不会在今天的环境下得到最完美的体现和发展吗（因为不管个人意愿如何，一位现代诗人的激情与情感一定是完全只属于现代的）？这些情绪不会突然发现自己被移植到一个所有环境都阻止其生长的土壤中去了吗？虽然对永恒判决的恐惧与希望充盈着内心，但它们不再相信。就在这痛苦的时候，它们发现了可以依靠的新力量，那些力量似乎值得信任，是人性的、公正的，而且将它们的信任带回一个世纪以前，回到那个以祈祷和刀剑决定一切的时代！也许无意中它们已经从我们取得的每个道德进步里获益——猛然就进入了连最小的手势都被偏见控制的糟糕时代，在那里它们只能为之战栗或者一笑了之。在这样一个环境下，它们能做什么，如何希望它们能真正生存在哪里呢？

四

那些无谓地结合古今的诗歌必然是生搬硬套，我们无需对它们深究，不如来思考真正代表我们时代现状的戏剧，就像希腊戏剧代表着那里的现实，文艺复兴时期的戏剧体现出那个时代一样。当代戏剧的场景是在一个现代的屋子里，故事发生在今天的男男女女之间。那些看不见的主角——关于激情与观念的那些名字，比如爱情、仇恨、野心、嫉妒、羡慕、贪婪；正义感与责任感；怜悯、美好、忠实、虔诚、自私、虚荣、骄傲等等，则多多少少与过去相似。虽然这些名称仍然大致相同，但我们在这些理想演员身上发现的层面与性质、程度与影响却有着极大差异！从中看不到一件古代的兵器，也没有远古时代里任何一个奇迹时刻。如今很少会听到哭喊，流血场面罕有，眼泪也不常见到。只是在一个小房间里，围着一张桌子，靠近火炉，就决定了人物的悲喜。剧中的人们痛苦，或者让他人痛苦，在自己的角落里爱恋、死去。如果一道门或一扇窗因为人们极度绝望或欣喜的精神压力而突然洞开，那会是最奇怪的情形。诗歌那使人意外的内在美一去不返，只留下一种外在形式，那已经不能成其诗意。追本溯源来看，什么样的诗歌不是借以全部外在的元素来展现它几乎所有的魅力、体现它的狂喜呢？在这一切的结尾，再没有一位上帝，或是主宰者来拓宽表演剧情；没有一种不为所动的命运为人最小的手势来设置一个神秘、庄严又悲剧的背景；也没有庄严又多样的气氛能使剧中人最可鄙的弱点、最无法原谅的罪行显得高尚可敬。

的确，仍然有一种可怕的未知伴随着我们。但它又如此变化万端、难以捉摸，变得如此任意妄为、模糊不清又自相矛盾，因此我们一想找到它的方位，就会导致无法收拾的危险、造成不可估量的困难，尽管试图完全忠实地将所有日常人们的手势、行为和话语变得神秘莫测，还是会让我们无功而返。我们已经做出努力。那令人难以应付、疑窦丛生的遗传之谜、那堂而皇之却未必存在的内在正义之谜，以及系统许多谜题，它们已经一个个轮流被用作替代天意或宿命这样古代最普遍的谜题。而我们会惊讶地注意到，在抵达骄傲的过程中，这些昨天刚诞生的新谜题看来已经比那些它们取代的更古老、更随性、更不可能存在。

五

正如在有形的表演或台词中已感受不到吸引力和魅力，那里同样再也找不到壮观与美丽，那么我们要到哪里寻找呢？因为台词只是一面能反射其周围存在美丽的镜子，而那些存在于我们所在的新世界里的美似乎不能将自己光线投射在有些不心甘情愿的镜子上。在神秘中依然存在着见识与诗歌，可在我们努力为之命名时就云消雾散。既然从中已无法找到，那么我们要到哪里去寻求它们呢？

现代戏剧似乎没有清晰意识到这些。它对外部行动无能为力，丧失了外在装饰，不再敢于吁求坚定的神明或宿命，只得诉诸自身之力，寻求在心理方面和道德问题中发现相当于曾经是外部生活所提供的元素。它已经更深刻地进入了人们的意识中，但意外地在那里遇到了困难。

深入人类意识是思想家、道德家、史学家、小说家，以及在一定程度上说是抒情诗人的一种特权，甚至是责任，但它却不属于戏剧家。不管有怎样的诱惑，戏剧家都不敢陷入毫无行动的状态，不敢只变成哲学家或观察家而已。表演一直都是做想做的，发现会感到惊异的、舞台上至高无上的法则及其最根本的需求。随着大幕升起，我们内心的高层次思维欲望经历了转变。在思想者、心理学家、神秘主义者或道德家的位置上站着的只是一个凭借本能的观众，一个随着众人的情绪爆发而爆发的人，一个希望看到有什么事情发生的人。尽管看似奇怪，这一转变或替代却是毫无争议的。而且，也许是出于人性的连锁影响、我们灵魂中某些不能否认的天赋，它以一种几乎无需完善的原始特殊器官表现出来，拥有那器官，人类就会思想、感受，就能被打动。没有台词能如此深刻、如此高尚和令人称道，但如果它们不能使情境有所改变、不产生任何表演动作、不带来决定性的冲突、不尽快得出明确的解决方法，我们很快就会觉得厌倦。

六

可那种人类意识表现出的情节又从何处而来？在最初阶段，它源于各种相互冲突的激情之间的对抗。但不久它就自我升级，假如我们更密切地仔细观察起初的阶段，也会发现这一事实。升级后，它似乎就会仅仅源于一种激情和道德法则间、责任与欲望间的冲突。因此，现代戏剧家已经热衷于当代道德的所有问题。可以有把握地说，此时，他们几乎完全在专门讨论种种这类问题，已经让自己局限于此。

这一运动始于小仲马的戏剧作品，由此最基本的道德冲突就被戏剧带上舞台。事实上，戏剧从整体上是以一些疑问为基础，比如由观众提出的问题。观众总被视为理想化的道德家，从不在自己的整个精神存在过程中自我提问，他们的解决方法很明显。不忠的丈夫或妻子应该得到宽恕吗？用不忠去报复不忠合适吗？私生子能享有权力吗？在一些地方被称作自由恋爱的婚姻，比金钱的婚姻更受欢迎吗？父母有权反对相爱而结合的婚姻吗？孩子已经出生后，父母离婚是否应该受到抨击？与人通奸的妻子就比有奸情的丈夫罪孽更深吗？等等类似问题。

实际上，可以说今天的整个法国戏剧和很大一部分只是在对这些戏剧进行模仿的国外戏剧都只涉及这类问题，并且相当肤浅地回答其自身所提出的问题。

而另一方面，以戏剧企及人类意识最高点的剧作家是比昂松、豪普特曼以及首当其冲的——易卜生[①]。这里我们来适当接触下现代戏剧艺术的相关信息。的确，我们越深入人类意识，发现的情感对抗就越少。除非完全启发意识，否则就不可能对任何一种意识进一步了解。在投入黑暗怀抱的心灵深处，无论我们前进十步还是一千步，都不会发现任何意外，或是新的事物，因为无所不在的黑暗只会展现它自己。但与那些停留在一般状态的意识相比，一种真正得到启发的意识会拥有远不够确切的激情与欲望、无比多的平静与耐心，更为有益、抽象和普遍。因此，在这些更高贵又更高明的激情之间，对抗要少得多，或者至少远非暴力性的对抗。这正是它们变得更博大、更崇高的原因。这正如没有什么水流比被大坝拦截的水流更涌动不安、更有破坏力、更无法阻挡，没有什么河流比河岸拓宽的河流更稳定、更善意、更安静。

七

而且，这种受到启发的意识遵循着比一般意识远远更少的法则，远远更少地承认可疑的或有害的责任。有人会说，一种不能确定的意识中的责任在时机到来时会表现为一种形式，而真正能担负起这形式的几乎不是一种错误或谬误、一种不能承担责任的偏见、似是而非的事实或惯例。由此，名誉这一有骑士风度和婚姻概念中的说法（我是指丈夫的名誉，假定他承受着妻子不忠的痛苦）、报复、病态的假正经、骄傲、虚荣、对某些神明的虔诚以及其他数以千计的幻想，都已经是、也仍然是责任的来源，无数低级意识依然将那些责任视为绝对神圣、绝对不容置疑的。这些所谓的责任几乎是所有浪漫主义时期戏剧的核心，在今天的大部分戏剧中也是如此。这些严肃无情的

---

① 比昂松为挪威戏剧家、诗人，豪普特曼为德国剧作家，易卜生为挪威剧作家。

责任使人类面临死亡与灾难，危险性足以致命，但它们中没有一个能轻易地植根于一种有生命力的健康之光完全已经渗透的意识。在那样的意识中没有位置留给名誉或复仇、需要流血方式进行的惯例，也不存在强求眼泪的偏见、带来悲痛的不公。那意识会把坚持牺牲、酷爱死亡的神明赶下宝座。因为当阳光射入智者的意识中，正如我们希望它有一天会走入每个人意识中，就会显示出唯一的一种责任。这责任要求我们尽可能少地带来伤害，像爱自己一样爱他人。而没有戏剧能从这一责任中产生。

八

让我们来看看易卜生的戏剧里讲了什么。他通常会把我们带入人类意识的深远地带，不过戏剧还陪伴着我们，可能它只是一团奇特的火焰、一种昏暗又捉摸不定的红色光芒，那红光只照耀着怪异的幻影，当然，有人可能会觉得这样说亵渎了戏剧。实际上，几乎所有构成易卜生悲剧中积极原则的责任都不在已被照亮的健康意识以内，而是在其外部。我们相信自己在这意识以外发现的责任常常会更危险地接近一种不公正的骄傲，或是一种变质又病态的疯狂。

可是，让我们不要这样想象它吧，因为这的确会让人完全误解我。无论如何，我的这些说法都不会贬低自己对这位斯堪的纳维亚伟大诗人的崇敬。假如易卜生确实没有对我们这个时代的道德做出多少有益贡献，他也许仍然是唯一注意并启用一种新诗歌的作家，那种诗歌虽然还未被大众接受，但他已经成功给它赋予了一种时代感、忧郁之美和壮观（显然太粗野和忧郁，所以无法认可与普及）。因为他没有在诗歌中借助于以激烈手段启发读者的古代戏剧或文艺复兴戏剧，是唯一一位没有这样做的戏剧家。

然而，在我们等待着人类意识能认识到更有用的激情和邪恶性更少的责任时，在等待世界的舞台因此展现更多欢乐、更少悲剧时，在每颗忠诚之心的深处仍然保有仁慈的伟大责任和使其他一切逊色的正义感。也许正是源于这一责任反抗我们自我和无知的斗争，属于我们这个世纪的真正戏剧才会诞生。在现实生活中就如同在舞台上那样，当这一目标已经实现，可能那时再提到一种和平的新戏剧以及不会伤心落泪的美就会得到认可。

未来的预言

一

我们不会了解未来，从某些方面来说这是非常难以理解的。这样说可能毫无意义：移动大脑脑叶、以不同原本的方式重组大脑中的布洛卡氏回、在那些组成人类意识的神经网中增加一个小的神经网络——这其中任一做法都足以使未来在我们面前展现其清晰度和广度，与过去我们个体的生活视野和我们所属物种的生命视野所展示的相同。一种怪异的弱点、一种我们智力上的奇特限制使我们不知道自己身上会发生什么，也不清楚何时能完全意识到那些已经降临在自身的。完全以大脑产生想象的角度来看，虽然想象不能存在于未来，但没有理由我们不会见到那些尚未存在的，关于那些还不存在的与我们的关系，这样的想法一定已经形成，而且还在某个地方展现自我。若不然，就不得不说，在时间有关的地方，我们形成了世界的中心，是自己等待事件的唯一见证者。如此一来，那些事件就会拥有权力出现并且计入因果的永恒历史。把这个关于时间的看法用在空间上是很荒谬的。空间是时空的双重神秘中另一个并非那么难以理解的形式。我们的全部生命就漂浮在那无限的神秘之中。

我们更熟悉空间，因为我们的有机组织偶然发生的状况与它的关系更直接，也让它显得更具体。我们能在其中以自己前后一定的方向非常自由地移动。那就是为什么没有旅行者会把空间从未游历过的城镇留在脑海，只会在足迹踏过那里时才会有那城镇的真实概念。这种做法非常类似于，我们说服自己相信，一件还没有发生的事就还不存在。

二

但我无意步其他许多人的后尘，不打算使自己也在最难以解决的谜题中失去方向。让我们就此止步，只来谈谈时间之谜。为了对它有所了解，我们会任意将其分为过去和未来。就时间本身，我们几乎可以确定，它只是一种无限的永恒，静止的现在，正永恒不变地发展进行。它包含着一切在发生的和将要发生的，明天也在其中。明天短暂地停留人们脑海，让人难分难辨昨天和今天。

有人会说，人类总是觉得把自己从未来中分离的是纯粹源于自身思想中的一种缺陷。他知道未来就在那里，生动、真实、完美地在一堵墙的后面。从他来到世上第一天开始就不断地在那堵墙面前转身。或者不如说，他感到未来就在内心，就像自身的一部分：纠缠不清又悸动不安的知识只有在未来那里获得一个名字、一种有用的力量，只有在那里获得人类城市的自由，才能穿过人体感官与意识间太过狭窄的通道。进入人的大脑只有借助微弱的闪光，通过意外短暂地渗透他满心所系的未来、渗入霸道的现实从方方面面包围他的未来岁月。他惊叹着，一桩非比寻常的事件已经在几乎封闭的状况下接近了未来，在那里，大脑完全投入其中，像一个封住的容器，没有与海水混为一体就扎入海洋深处，任那大海以绵绵不绝的滚滚波涛压倒它、请求它、戏弄它、拥抱它。

人类一直试图找到那墙壁的裂缝，尽力激发渗透以进入那容器，设法穿过隔离地带。他那几乎一无所知的理性，就因这些隔离区而与他无所不知却不能运用其所知的本能分离。一些梦想家、预言者、先知、女巫都存在一种身心失调，拥有一种自发或人为过度发育的神经系统。这套系统能在意识与无意识间、个体生活与物种生活间、人类与其隐藏的神明间建起绝非寻常的沟通。他们这种能力留下的证据与其他任何历史证据一样确凿可靠。另一方面，这些奇诡的阐释者，这些伟大、神秘又歇斯底里的人，能沿着自身的神经指引，循环往复于现在与过去，并把它们混合一起。像这样的人是很少见的。人们发现，或者认为自己发现，是经验得来的程序使那些预知者能几乎机械性地解读一直存在的现在和不断搅动人情绪的未来之谜。那些人自以为得意，自信以这种方式，他们就能咨询到事物与动物的无意识知识。如此这般，鸟儿的飞翔、受害者的内脏、星辰、火焰、水流、梦境的轨迹都得以破解，而所有预测的方法已经由先古的作者之手传给我们。

三

我对了解未来学如今的地位怀有好奇。它不再拥有旧日的光彩和无畏，不再是构成国家公众和宗教生活的一部分。现在和过去向我们展示了如此多的奇人异事，足以满足我们对惊奇事物的渴望。我们专注于现在或过去是怎样，几乎不再询问可能会、将会如何。但是，古老又庄严的科学在人类一贯正确的本能中深深扎根，人们是不会将它抛弃的。探究未来再也不是在光天化日下进行，而是在最黑暗的角落，在最庸俗、轻信、无知和最被鄙视的环境里找到了庇护。它采用了无伤大雅或幼稚天真的方法，但也发展出一种特定的方式，就像其他事情一样。它忽略了最初预测的主要过程，发现了其他一些通常古怪、有时荒谬的方式，而且已经能从一些绝非意图在此的新发现中获益。

我对此追寻深入到了它黑暗的隐居处。我希望见到它，不是在书上，而是在工作、在实际生活，在那些相信它并每天用它来获得建议和鼓励的卑微信仰者中。我走进它，怀有坚定的信念：并不相信，却准备相信；并无偏见，也毫无先已得计的笑容：因为假如我们必须盲目地否认奇迹存在，嘲笑它就是更加盲目的做法。而且，在每个隐藏的顽固错误中常常有一个出众的真理在等待降生。

四

很少有城市像巴黎那样为我提供一个广阔又富有成效的实验场所。因此，我的调查就在那里进行，以选择一个时刻开始。在那个时刻，一个特定的方案正悬而未决，它的实现对我极为重要，不过那并非取决于我个人。我不会深入过程的细节，那些与方案本身的利害关系很小，只要知道我围绕着它在对抗一群阴谋和许多强大的敌意就够了。力量势均力敌，而以人类逻辑判断，还不可能遇见到哪一方会胜出。所以，我向未来提出了明确的问题，这是一种必要的准备条件。如果很多人抱怨未来对他们守口如瓶，那通常是因为他们咨询时并没有在自身存在的领域做任何准备。

我相继见过占星家、看相人和虽然潦倒还为人们熟悉的女巫。那些女巫自以为能从纸牌、咖啡渣、蛋清溶于水中的花朵状凝结物等事物中解读未来（什么手段都不能忽视，虽然器械有时是罕见的，但可能碰巧一小部分事实就藏在最荒谬的实践中）。我首先去见了最负盛名的女先知。她们被冠以透视者、占卜者、灵媒和其他许多头衔，能以自身的意识替代问询者的意识，甚至还有一部分对方未察觉的意识。她们大体都是那些古代女巫最直接的继承人。在这个失衡的世界，我遇到过很多欺诈、伪装和大骗局，但也有机会在咫尺之遥研究那些不可否认的特定现象。是否人类已经从中得到将未来藏于其背后的幻觉，这还不足以判定。可那些预知者会投射某种奇怪的光，光会经过对我们来说不可亵渎的地方，我所指的地方是“埋葬的圣殿”[①]中的圣中之圣。我们不知道那里藏着自己最私密的思想和力量。在我们并未知悉的情况下，它们在那里进出来去，并且在为寻找通向未来事件的神秘道路而摸索。

五

谈起我与那些先知和占卜者之间发生的一切会让人厌烦。在那些最奇特的经历中，只简短地讲述其中一个我就已知足，因为从那一个之中可以总结出其他绝大多数的情形：她们全部人的心理都几乎一模一样。

我提到的这位女士是巴黎最知名占卜者之一。她声称自己在催眠的状态下会化身为一个不为人知的小女孩，名叫茱莉亚。她让我在桌边坐下，隔着桌子坐在对面，然后要求我用“你”来称呼茱莉亚，并且要轻言轻语，就像在和一个七八岁的小孩子谈话。随即，她的脸部、眼睛、双手和整个身体都抽搐起来，这让人不快的情景持续了几秒。她的头发散乱，面部表情完全变了，看起来天真单纯。接着，小孩子一样尖利清晰的声音从一个成年女性的大人身体里发出来，发问时还有些许口齿不清：

“你想做什么？有什么烦心的？来看我是为了你自己还是别人？”

“为我自己。”

① 此系作者的论文集名。

“很好。可以帮下我吗？用你的想法把我带到你觉得麻烦的地方。”

我集中注意力想着那个自己专心投入的方案，以及在那个潜藏的小戏剧里不同的演员。接下来，在一些初步摸索后，没有借助我的一句话或一个手势，她就真正进入了我的思想进行解读，像在读一本微微遮掩的书。她极其精确地描述了那戏剧的场景，辨认出主角，对他们做了概述，讲述时带着孩子的雀跃和稚嫩，却出奇地符合实情，在精确中还夹杂些润色。

“很好，茱莉亚，”我接着说，“不过这些我都知道，你该告诉我以后要发生的了。”

“快要发生的、要发生的……你想知道所有要发生的，那可很困难……”

“还很困难？这事情结果怎样？我会赢吗？”

“是的，是，我看到了。别担心，我会帮你的，你会开心的……”

“但你告诉我的那个敌人，跟我作对，不想我好过……”

“不、不是的，他没有那样想，那是因为另一个人……我不知道为什么。他恨那个人……噢，他恨那人，他恨他！因为你很喜欢那个人，想为那人做些什么，可他不希望你那样做。”她说的没错。

“那么告诉我，”我坚持着，“他会坚持到底还是中途放弃？”

“喔，别怕他……我看到了，他有病，活不了多久。”

“你错了，茱莉亚。两天前我还见到他，他好得很。”

“不、不是的，他病了，不过还看不出来，但他病得很重……他很快就会死了……”

“但那是怎样的情况，为什么会那样？”

“他头上有血气，血光罩着他，到处都是血……”

“血？是一场决斗吗？”（一瞬间我想到，这个对手可能会提出用刀剑解决问题。)“一次意外、谋杀、还是报复?”(他是个偏心又粗心的人,做了很多事害了很多人。)

“不、不是,别再问我了,我太累了,让我走吧……”

“我知道没多久以前……”

“不行,我不能再告诉你了……太累了,让我走……没事,我会帮你的……”

和第一次同样的一阵抽搐袭击了她的身体,小孩子的声音停止了。一张四十岁成人的面孔又一次出现在她脸上,似乎从一场大梦中醒来。

这次会面前我们彼此从未见过,像两个生在不同星球的人那样,相互间几乎完全不了解。还有必要这样补充吗?

六

这些占卜实验的确进入了真正的睡眠,大多数结果类似,细节都没有多少特性和说服力。为了从反面进行测试,我让两个智力和信誉我都放心的人去见那个选择茱莉亚为解说人的女士。他们都像我一样对未来提出了明确又关键的问题,那种问题只有机遇或命运才能解决。有一个人向她询问一位朋友的病情。茱莉亚预测到那位朋友将不久于人世,虽然在她预言时,病人的治愈希望似乎远大于死亡的可能,但事实还是证明了她的正确。另一个人问她一桩官司的结局会怎样。茱莉亚的回答有些答非所问,作为补偿,她也透露出一个地点,那里有一件对咨询者很重要的物品。那样东西之前已经丢了很久,因为寻找经常都无功而返,所以那人都已经说服自己不要再想着它了。

就我个人而言,茱莉亚的预测中已经有一部分实现了。就是说,虽然我没有在主要部分取得胜利,但整件事还在一种让人满意的方式下进行。至于我那个对头的死，到现在还没有发生。未来借由一个未知世界里小孩子的童真之口对我做出承诺。很高兴我没有让它信守那承诺。

七

让人非常震惊的是，其他人能进入我们生命的最后避难所，而且能比我们更好地解读一些思想和情感。我们虽然遗忘或否认那些想法，但它们总是存在已久或者还未确切阐明。一个陌生人洞悉我们的内心世界能比我们自己更深入，这确实让人不安。这就像一道奇异的光照在我们内在的本性中。于我们而言，不断观察自己、内心封闭自己都是徒劳：我们的意识并非滴水不漏，它会逃离，会不属于我们；不过，其他人需要置身于一种特殊环境才能拥有它。而可以肯定的是，在正常生活中，我们的精神法庭（也就是法国人所说的“内在”，凭着深深的直觉，我们常会在词源中发现它）是一种论坛，或是精神市场。大多数生意人在那里随意出入，四处观看，以一种完全不同的方式挑选其中的真理，其选择的自由度让人难以置信。

让我们在这点上就此打住，毕竟它不是研究对象。我想解开茱莉亚的预言之谜，那是与我自身无关的未知部分。是她比我知道的多吗？我不这么认为。她对我谈到那件事幸运与否时，总体说来，那正是我所预期的。我那部分自私和未公开的本能对此的欲望比赢得彻底胜利更强烈。更慷慨的情感使我将这种胜利视为责任去追求和抱以期望，但我知道就其本质而言是不可能实现的。当茱莉亚预测到我对手的死时，她只是披露了一种来自同样本能的秘密愿望。它属于那种怯懦又可耻的愿望，被我们藏于内心，从未出现在我们思想的表面。不会有谁能真正预知它，除非违背了所有预期和可能性，如果那样，死亡应该会在瞬间突然发生。但即使它很快发生，我也认为那不会是阿波罗神的预言，不可能洞察未来，只有我本人、我的本能、我潜意识的存在才能预见到一件与未来相关的事。未来应该已经读过了时间这本书。那本书不完全像通行的那种，把即将发生的一切都写在上面，而是依靠我、通过我、以我个人的直觉来诠释我的潜意识所不能与自己的思想交流的。

我想，那两个去咨询茱莉亚的人也是同样情形。关于被她预测到朋友死讯的那个人，尽管理性向友情做出了保证，但心中已经确信病人会离开人世，这或者是自然而然认为或者是推测的结果，但都强烈地压抑在内心。而占卜者察觉的正是这种在美好希望竭力蒙骗中的确定。至于第二个人，茱莉亚使他意外地找回了遗失物。可是，要了解这个人的心里想法并不容易，因为要足够精确地判断这到底是出于预见力还是简单的回忆。丢失东西的那个人是完全不知道遗失地点和环境吗？他是这样肯定回答的，还说自己对此半点概念都没有：相反地，别人还让他相信这样东西不是丢了，而是失窃了，所以他从未停止怀疑自己的某个仆人。而可能的情况是，在他的智慧、他清醒的自我没有注意到的时候，潜意识和似乎在沉睡中的他那部分自我可能非常清楚地留意并记下了物品原本放置的地点。因此，通过一种依然让人惊讶、但却属于一种不同指令的奇迹，占卜者会发现并唤醒潜伏的、近似于兽性的记忆，将这种记忆带给此前它努力达到却未果的人类之光。

八

难道这是所有预测都适用的例子？那些伟大预言家做的预测、那些女先知、女巫、女祭司传达的神谕，会满意于让自身深思、解译、提升得清晰易懂，使那些聆听它们的个人或民族凭本能的理解力就可以明了吗？让每个咨询者接受的回答或假说都是其个人经验做出的暗示。我让自己单纯又真诚，这样的心态正是面对这类性质的问题所需要的。[(作者注)：我调查的其他主题没有带来更多的好奇，经常得出类似的结果。比如，我拜访过一些看手相的人。那些凭手相预言的人住在豪华的公寓，告诉我的预测却只有无稽之谈。那些人的主顾如此天真，实在让我佩服。在巴黎老当铺附近的一条巷子里，一位朋友指着一个相术士的住所告诉我，那人自称已经最有效地培养并发展了德巴罗里斯与达佩迪柯尼①的伟大科学传统。]

接下来继续我的调查。迄今为止，关于展现在我们面前的可怕未知想象，我没有发现任何可以做结论、下定论的结果。虽然几乎不可思议，但我仍然要重申，我们不会了解未来。我能想象，我们站在未来的对面时，就像对面是被遗忘的过去那样，会试着回忆起来。这会是一个开创或重新发现道路的问题，记忆开出了那条路，并且在路上领先于我们。

我能设想，我们并不够格提前了解因素的干扰、地球这个星球以及帝国、民族和种族的命运。所有这些都与我们没有直接关系，只是由于历史的巧计妙法，我们才能从过去中对未来有所了解。而历史是关注我们的。它就在我们左右，在数年的小范围内、在一点我们精神组织的分泌物里展现自身。它把我们在时间中包围，就像壳或茧把软体动物或昆虫在空间中包裹那样。与未来有关的所有外部事件可能都与未来一起记录在时间那个领域。无论如何，被如此记录的未来都比不可理解的未来要来得自然得多。在那里，我们的现实在与幻觉斗争。在那里，没有什么能阻止我们相信，这里和其他地方一

① 德巴罗里斯为法国艺术家，现代手相学之父；达佩迪柯尼原为法国军官，是发表手相学论著的第一人。

样，现实最终会战胜幻觉。现实是那些将在我们身上发生的、已经发生在高悬于我们头顶的历史上的以及宇宙那静止又超人的历史。而幻觉是不透明的面纱，以名为昨天、今天和明天的短促丝线编织而成，我们会在上面绣着那些现实的花纹，但我们的存在并非必须要继续被幻觉永远欺骗。我们甚至可以自问，是否我们特别不适合了解像未来那样的一件如此无需伤神、无可争议、无可挑剔又无关痛痒的事。对一位将来拜访的外星居民，我们难道不能推出一个最伟大的主题让那天外来客惊讶不已吗？

在今天，一切对我们似乎都太不可能，所以我们发现自己难以想象，未来的特定现实将怎样反驳我们以思维的有机幻想之名对未来提出的反对。例如，在要做一件事的时候，我们了解到它的结果不会成功，就不会去做了。既然这件事必须被写在时间的某个地方，在我们的问题提出以前，这件事就不会发生，我们放弃了，因此就不能遇见到没有开始的事会有什么结局。

我们还是不要迷失在这条路上，它只会把我们带到那些呼应不灵的地方。对我们而言，这样说就已足够：未来就像存在的一切，它可能比人类想象包含的逻辑更连贯、更有逻辑性，而且，我们的一切犹豫和不确定都囊括在未来做出的规定中。

此外，我们绝不能相信，假如事先了解，事件的发展进行就会完全被打乱。首先，只有了解未来、或者一部分未来的人，才会不怕麻烦去研究它；其次，甚至是只了解过去、或者一部分属于自己的现在的人，也拥有勇气和智慧去考察未来。我们应该让自己快速适应这门新科学课程，就像我们自己已经很快适应了历史开的课程那样。对那些自己不能逃避的罪恶和不可避免的罪恶，我们应该尽快允许它们存在。为了自身考虑，我们之中那些更精明的人会减少后一种罪恶出现的总数，而其他人会半路就遇到那种罪恶，甚至现在他们都会遇到许多可以轻易预测到的灾难。让我们烦恼的数量会有所减少，但没有我们希望的少。因为我们的理性已经能遇见自己的部分未来。假如没有我们想要的实际证据，至少有一种道德上的肯定通常是让人满意的。不过，我们观察到，大多数人很难从这种轻易可得的预见知识中获利。这样的人就会忽视未来的劝告，甚至听到过去给出的建议时也不去遵循。

那是一幢兔窝一样不堪入目的房子，其中第六层顶楼的一间阁楼被主人用做客厅兼卧室。我在那里见到了一个坦率又温和的普通老人。他说起话来让人觉得不是位先知，倒像个看门人。我没有从他那里得到什么信息。而对我带着一同前去的几个更显得神经质的人，尤其是两三位我对其过去和品性都知根知底的女士，他揭穿了这些人思想和内心根本的成见，准确得让人惊讶。他还非常高明地看出了他们生命中重要的转折、命运中已经动摇或摇摆的十字路口，并且发现了某些极为确切又几乎是生活化的细节，比如旅行出游、爱情悲欢、遭遇的影响或意外。总之，引起我们想象的那种自我暗示都列入他的考虑，这些人或多或少都被神秘的接触激发，看手相的老人就由此立刻精确地说出最无形的线索。他以一种有些传统又象征性的计划顺藤摸瓜，对这些人过去与现在建起清晰的梗概体系。尽管并不相信，但他们还是很感激认识到自己生命中的特殊轨迹。就他的预言来说，我必须承认，在如今已经过去的那些里，没有一件成为现实。

当然，他的部分直觉不只是种幸运的巧合。从次要的层次看，那是一种神经交流，发生在一种潜意识和另一个同级的潜意识间，就像透视预言者那样。在一个解读咖啡渣的女士身上，我也碰到了同样的情形。但显示的结果中，更多是莽撞的结论，确定性更少。所以，我不会就此止步，会继续思考这类现象。

在汽车上

一

最初上路——起始阶段，以行家的眼光来看——几乎不值一提。你没有与这惊人的野兽直接交流。它真正的性格还隐而未发，因为在这疲劳厌烦的中介间有一位沉默却高明的解译者——也就是尽职尽责的驯兽师。脚下就是刹车，掌中就是变速杆，尽在指间掌握，可你还是远远不能控制这猛兽。在你的一边坐着位行家，他主导能力早就得到公认。对他而言，这动物就像一只忠实的狗那么驯服顺从地伴随左右，就是半个人类。你觉得自己有些像个驯狮人的学徒，和父亲一起走进狮笼，看着让人生畏的雄狮在命令的眼神和鞭打下变得谦卑恭顺。你昨天才和这动物相遇，现在却有一股强烈的愿望，想在空间里和并不了解的它单独相处，急于发现它有怎样的内在、需要什么又排斥什么、会允诺自己突如其来的主人以怎样的顺服，还有新的眼界会给你带来怎样的经验教训。在新眼界里的地带，一种现在正迸发的力量会投入你心灵深处，无拘无束的力量源源不竭地补给输入。平生第一次，你可以在一天中饱览众多美景，就像把从前一生时间里欣赏到的风景和天空都汇聚眼前。

二

昨天，行家开车把我们从巴黎带到鲁昂。在把我带到那尖塔林立的古老城市外围后，清晨时分他就离我而去，只留下那可怕的怪兽与我一道，一个人在空旷野外。向左望去，地平线上已是纯净的碧蓝，而右看仍见朦胧粉色。荒凉的公路兀自蜿蜒在麦海，树木的岛屿远远地变为蓝色。

加油站离我有数英里，车行或修车厂也相隔甚远。起初我隐约感到不安，那感觉倒并非魅力全无。这神秘的力量任意摆布着我，而且比我更有逻辑性。这藏匿不见的生命变化无常，在我们看来，它的变幻多么神奇，从未出差池，连人类高傲的理性也自愧不如。孤身在这茫茫绿野，巨大的谜团把我束缚，使双臂动弹不得。我告诉自己，这怪物没有什么秘密是我没掌握的。在置身于它的威力中以前，我拆开检查它的器官。现在，它在我脚下嘶嘶作响，我能回想起它的组成结构。我知道它准确可靠的轮转与精密结合，研究过它的小病微恙，了解哪些是致命重症。我让它的内心与灵魂展露无遗，探究到它生命循环的深处。它有电火花的灵魂，一分钟内七八百次迸发，将燃起炽热的呼吸传遍整个脉管。而那极为复杂的心脏首先是由化油器组成：它有奇怪的双面，预备、均衡、挥发着敏感的汽油仙子，那是从开天辟地时起就陷入沉睡的精灵，如今因它恢复力量，被空气唤醒后与之结合。这可怕的混合体被附近强大的内脏急切地吞入，内脏中包含爆发室、活塞和马达的所有动力。它们燃起了大团火焰，在火焰周围的纯水循环总在抑制着可能会吞噬它们的火爆热情，并将那激情转为熔岩流，以其悠长冰凉的安抚来平静终将逝去的狂躁——警醒的不倦奔流被散热器放在汽车前部以避免高温，并因所有山川平原的优美景致而焕然一新。接下来是控制火花的震颤片，它在掌控时也受制于马达的运动。灵魂服从于正常的机体，机体就以最巧妙的和谐来顺从灵魂调遣。可这其中表现出的奇怪弹性就在于，那命定的和谐接受了一种更独立或更智慧的意志——驾驶者的意愿在这里象征着诸神的意志——以此促进了两种彼此陌生的力量加深令人惊叹的平衡。通过“预点火”杆可以在意外情况或道路阻碍时点燃火花，给行驶带来最好的效果。

三

让我们暂且来赞叹下这套奇怪的命名吧。它如此自然又合乎情理，有些类似一种新力量的语言。以“预点火”为例。这是个最准确的词语，我们实在很难找到能把需要表达的意思体现得更简明清晰的说法。点火是指爆炸的气体被电火花点燃。这种爆炸可以适应于马达的需要而加快或放缓。“预点火”阀开启时，在点火产生的约千分之一秒前就会喷出火花。换言之，在活塞的进程结束以前已经完全压缩了气体，并利用了此前爆炸产生的所有能量。有人可能首先想到，这种并不成熟的爆炸会对上升运动产生反作用。事实远非如此。经验证明，被点燃的气体在瞬间自我膨胀使人们获益。当然，让人们受益的可能还有其他同样不那样明显的因素。不论如何，我们发现这机器的步调已经不可思议地加快了。这种器械就像劳工手中的杯酒，能使一种不寻常力量在体内发挥魔力。可这个叫法从何而来，谁是称呼它的开山始祖？这些词语能在既定时刻把我们昨日尚未觉察的造物存在带入现在的生活，它们又是来自哪里？它们从工厂、车间或仓库逃出，是那无处不在的不知名声音发出的最后回响，此前，那声音已经为树木和鲜花、面包与美酒、生与死命名。所幸这常常发生在学究们开始留意并质疑以前，那时再做任何改变都为时已晚。

四

且掠过诸如压缩、化油、加油、水循环等等不计，驾驶者特别关注的是震颤片和火花塞。假如某个调节螺丝有毫厘移位，假如一滴油或微小的氧化物使一根电线的两级与另一根的接触，这匹神驹就会气绝当场。围绕它们还有许多我不敢让自己再多想的器官。在那里，能改变速度的神秘仪器就藏在盒子中，像困在狭窄房间中的骚动鬼怪。倘若到了山脚你转动变速杆，就会在车体内产生连续的气体爆炸，使活塞如此剧烈地运动，让这怪物的每个关节都在颤动，并给缓慢的轮子带来相当于原先四倍的动力。每座高山都会为那力量折腰，谦恭地向征服者献上自己的王冠。还有那灵活的轮轴装置也是不解之谜。摒弃了链条和传送带，它却能直接向两个后轮传输狂热的心脏产生的非凡力量。在更低的部位，刹车以下躺着一个近乎神圣的盒子，那里装着微分器的绝顶秘密。通过一个新近出现的奇迹演绎，两个相同尺寸的轮子可以以同样的轮轴旋转，被同样的马达驱使，做出不同数量的转动！

五

可现在，我没有关心这些让人击节的神奇。野兽正在我战抖的手中变得灵敏又顺服。道路的两边的麦田平和地向前涌动，仿佛碧波荡漾的河流。时间已经在考验神秘运动的力量。我触碰那有魔力的手柄，这良驹遵从了，却猛然停下，一阵短促的呻吟后，它的生命潮水就全部退去，现在看来与一大堆生气尽失的金属块无异。怎样使它复活？我下车急迫地检查它的尸体。慑于我的无畏而顺从的平原开始盘算报复。既然我已停止前进，它就从更远处、更广处把我团团围住。天际的蓝色在退却，天空也畏缩了。我迷失在无路可去的田野。那里无数的脑袋压倒向前，轻柔地低语，伸长脖子看着我意欲何为。在高低起伏的野地群体中，罂粟们戴着红色的帽子不停点头，迸发出连绵不绝的大笑。这又何妨，新学的知识让我有信心对付那猛兽。它重生了，发出新生后第一声哼响，接着又一次出发，唱起自己的欢歌。我重又征服平原，让它在我面前再次俯首卑躬。我慢慢地转动神秘的“预点火”杆，小心地调节用油量。行进速度越变越快，兴奋的轮子放声呼喊出自己的喜悦。起初，道路向我靠近时如同移位新娘有节奏地挥动手臂，节拍中是欢愉的旋律。但很快，它就狂乱地跃向前方，疯狂地朝我扑来，涌入车底，有如暴怒的急流，泡沫击打着我的脸，把我淹没在波浪中，让我在激流的气息中失明。哦，那惊人的气息！它就像翅膀，像肉眼看不到的透明翅膀，属于超常的巨型鸟类。那些鸟儿安家于高山，那里终年积雪，人们无以得见。以它们席卷而来的芳香使我眼前一亮，额眉重展。而今，公路彻底跌入了深渊，魔法马车冲在它前方。那些漫长岁月中平静栖身的树木由于惧怕灾难而蜷缩后退，似乎彼此催促着要靠拢各自绿色的头，惊恐成群地商讨如何阻挡这怪异鬼魅的去路。而当对方冲过来时，它们又惊惶地四散飞走，每一个都快速寻找着自己的习惯位置。当我经过时，它们都哄乱地弓体向前，无数叶子很快呼应着力量的狂喜，应和着力量吟唱的旋律，将献给空间的赞美诗轻颂，传入我的耳朵，喝彩欢呼着自己的敌人。这敌手此前一直被它们击败，如今却赢得了最后胜利，那就是：速度。

六

时间与空间这对无形的兄弟也许是人类最大的两个敌人。若能征服它们，我们就可成为神明。时间似乎是不可战胜的，它既无躯体也无形式，没有任何器官能被我们捕捉到。它所过之处留下的几乎都是悲伤，好似某种我们从未蒙面又终将到来的事物投下的恶毒阴影。时间自身无疑是不存在的，其出现只与人类的思想有关。我们也从未成功地让这种脑海中臆想出的必要幻影屈从于自己的意愿。而空间这个兄弟却十分豪气。它套着平原的绿色长袍，围着沙漠的黄色面纱，披着海洋的蓝色斗篷，还有如洗的碧空和金色的星辰铺满周身。可能这样的空间也经历过许多挫败，但我们从未逮住过它，只觉得似乎就在身体周围，可以面对面单枪匹马地和它打斗。而这次的怪兽已经向它巨大的躯体发起了挑战，也许会占上风，不过终还会被征服。

在海上，庞大的汽船日复一日征服着空间，可海洋太宽广，而我们的肺部又不够强健，它能承受的极限速度只会让我们获得一种静止的胜利。于是我们又转到铁路上，这回空间在我们面前顺服地飞过，可还是很遥远，我们碰不到、也无福消受——它就像一个代表着异域国王胜利荣光的俘虏，而将它赶下宝座的势力手中有一群弱小的囚徒，那就是我们。而在这里，在这辆小小的火之战车里，感受着一种战车是如此轻巧又驯良、如此永不懈怠；在火焰之鸟展开的双翼下，随之低空飞过香花遍野的大地、问候麦田与溪流、邀约绿树浓荫；路过一庄又一庄，瞥过洞开的门户，看过正待开席的餐桌，数过草地上工作的收获者，绕过酸橙树间若隐若现的教堂，午后在酒馆里稍事休息，接着再度出发，哼着自己的小曲，从最后一次停留的地方开始浮光掠影地扫过三天行程中在人们身上发生的——在这里，空间的确变成了人类——与我们的目光一致，与我们永不满足索求的灵魂需求相符，一起渴求着小与大、快与慢。在这里，它最终属于我们，为我们所有，向我们呈上每个转眸处的美景。而从前，那样的美色我们只能在乏味的旅程结束后欣赏到。

而现在，不仅仅是抵达目的地而使我们眼界开阔，使对生活如此重要的渴望得以苏醒，使称道赞美如约而来。如今，整条道路就是长长一连串的抵达。旅途告终的快乐已经倍增，因为一切的结束都采用了让人称道的形式。游离的眼光不再漠然无神，而记忆成为所有最单纯的小仙子，只要一碰魔杖就能带来幸福。即使是每个人在不幸日子里默默沉思的记忆，也会珍藏大地母亲展现的绰约风姿。对于欢乐的时光与奔放的道路慷慨赠与的这些意外礼物，记忆会使它们永远成为无人能从我们手中夺走的财富。

春之讯息

一

我已见过春天如何地贮存阳光、绿叶、鲜花，为向北方挺进早做准备。在地中海和煦的海滨，海面波澜不惊，看似平滑如镜。在欧洲其他地方还是暗淡萧瑟的时日，春天已经在这里躲避了风雪，进驻了一座拥有和平、光明和爱的宫殿。发现春天怎样在永无凋敝的原野为旅行做准备，这不失为一件趣事。我清楚地看到春天的担心和犹豫，因为要再次面对二月和三月越过崇山、以寒霜为它设下的巨大陷阱。它等待着时机，与寒霜周旋，在重拾严酷的方式以前试探着自己的力量，而那种方式似乎就能使惺惺作态的冬天向它屈服。它停歇下，再次出发，像个孩子在自己的节日绕着花园奔跑，无数次地反复拜访芬芳的山谷、和缓的山冈，到访那些冰霜的羽翼从未袭掠的地方。那里没有毁灭、没有痛苦，四季繁花都沐浴在永恒夏季的湛蓝气息中，所以春天无需做什么，无需唤醒什么。可它又在寻找借口，它徘徊闲逛，来来回回，像一名空闲的园丁。它拨开枝杈，用自己的气息抚慰那带着银色微笑颤动的橄榄树，使草地光亮如新，唤起未入梦乡的花冠，召回从未逃逸的鸟儿，激励工蜂劳作不歇。瞧，它如同上帝那般，让这纯洁的伊甸园内一切完美无缺。接着，它在橘树冠的平台上稍作歇息，台上满是常见的花朵和阳光眷顾的果实。在离开以前，它最后看了一眼自己欢喜的劳作成果，然后将其托付给太阳。

二

这几天我都在追随着春天，随着它沿路博里加河两岸，顺河水从卡雷到瓦勒格尔比奥，来到梵提米格利亚、唐德、索斯帕罗那些纯朴的小镇，以及像塞特艾格尼丝、卡斯特里亚、卡斯提里奥这样位于岩石上的奇特村镇，去到芒通周围那些已经有浓郁意大利风情的可爱村庄。它穿过了几条街，这些街道上因为有了足迹遍布各地又对里维埃拉生活稍有厌恨的人而充满生机；它把露天音乐台抛在身后，台上飘出的永远是乡村音乐，围观的是芒通风尚的有闲阶层，仅仅两步之隔你还看到了一样面露惊色的人群，像是觉得此曲只应天上有；它发现树丛中迷人的静默，寻到下沉道路、清澈喷泉、睡在山坳的阴凉水池这一切美好的现实景象，都像在等待女神的眷顾。你攀上一条小径，两边的石墙被紫罗兰的明丽点亮，又被鼠尾南星花罩上特别的花冠，这花的叶色幽绿，有人会觉得上帝赋予这种色彩是用以象征井水的凉澈，而山谷中的圆形场地又像一朵娇嫩欲滴的花在绽放。高大的橄榄树以闪耀珍珠的透明幕帘覆盖着地平线。透过这些树的蓝色面纱闪耀着明暗有度的和谐光辉。那光芒是人们认为不真实也不可能实现的一切想象，只有在人们梦中和图画上才能见到，只有出现在希望描述一种永恒时刻的理想欢乐时、某种令人陶醉的岛屿时、一个失落的天堂或者诸神的居所时。

三

沿着海岸的山谷一路有数百这样的圆形露天场地。它们是月光或是介于清晨和午后间那一片安宁的剧场。使整个世界为之心旷神怡的那些无声童话剧就在那里上演。它们看似雷同，可每一出都展现出一种不同的幸福，如同是一群同样快乐又美丽的姐妹，每个人的笑容都绝不相同。一丛柏树轮廓清晰;含羞草像一股气泡不断的硫磺喷泉;橘树林的树冠黑压压一片,均匀地生长着金色的果实,出人意料地宣告哺育自己的土壤有多么肥沃;长满柠檬树的斜坡有如被夜晚堆集在山间,等待着一个新的黎明到来;星星被黄昏收集在一起;树叶门廊向大海袒露心扉,仿佛深深一瞥于蓦然间泄露了无限幽思;隐而未露的溪水像一滴欢欣的眼泪流过;葡萄架候着葡萄变紫成熟;巨大的石凹呷着绿色芦苇尖上淌下的水珠:一切就这样展现,没有什么能改变这样的悠闲、安宁、天蓝色的寂静以及正是自身欢乐的无上幸福。

四

而我还在找寻着冬天的足迹。它藏在哪里?它应该在这里。可是,在冬季统御的最无情月份,不可胜数的玫瑰与银莲花、和暖空气与露珠、蜜蜂与鸟儿怎么敢自我展现出如此的自信呢?既然已言其欲言、为其欲为,春天又何须再言、何必为之?那么它是否在画蛇添足,是否应该坐享其成呢?绝非如此。细心寻找,你会发现:这毫不懈怠、朝气蓬勃的生命就是它的手笔,而它的芳香气息比那生命更青春。看那些来自异乡的树木,那寡言少语的客人,像些衣不蔽体的穷亲戚。它们格格不入、郁郁寡欢、疑神疑鬼,还没有掌握清新明快的生活节奏,没有采纳碧海蓝天的可心习俗。它们不相信天空的承诺,揣测阳光的爱抚,怀疑这从蒙蒙天光就为它们披上外套的阳光,因为在故土冷暖不定的夏天,七月里落在它们肩头的日光也没有这外衣如此柔贴温暖。它们的反应与从前并无差别:当特定时刻到来,千里之外天降大雪时,尽管此处的无数芳草香花已做出清晰断言,尽管攀附其上的无礼蔷薇已经握有焕然生机的证据,它们也还会颤抖躯干,仍然会抖落一身茂叶进入冬眠,像步入死亡一样阴森森、赤条条,等候春天在自己周围突然现身。以这样古怪又多此一举的反应，它们对春天的等待比在巴黎冷酷、阴郁的天空下还要长，因为据说在此时巴黎的树木也已开始萌芽。在这里的山丘，到处是原地起舞的植物，人们会瞥见它们散布在那些节日狂欢般的群体中。它们为数不多，低调隐藏，其中有多节多瘤的橡树、山毛榉、法国梧桐，连人们认为更知礼、更顺从、消息更灵通的葡萄也在猜疑。它们伫立着，周身发黑，憔悴枯槁，像一群病人杵在复活节的教堂门廊，因太阳的光辉而暴露行藏。它们在那里已有多年，也许其中一些已达两三个世纪之久，但在骨子里还存着对冬天的恐惧，永远不会丧失转入死亡的习性。它们曾经沧海，因为经历太久而无法遗忘故旧，因为经历太深而无法吐故纳新。当阳光在非常规时间到来时，它们死板僵化的理性就拒不承认。它们就像历经坎坷的老人，太过自作聪明而享受不到无法预见的快乐。可它们错了。在这里，围绕在这些老者、围绕在这些清心寡欲的先祖四周的，是一个整体的植物世界，那些植物对未来一无所知，却投身那世界的怀抱。它们只为一个季节而生，没有过去、没有传统，只知道要尽情享受良辰佳期。在它们的长辈、主人和神明在愠怒、在虚掷光阴时，它们正在怒放、在相爱、在生儿育女。它们是那幽僻中绽放的平常花朵：复活节里的雏菊兢兢业业为草地着衣，打理得整洁服帖；琉璃苣青出于蓝，胜过所有天空的颜色；银莲花的猩红色好似出自染料加工；报春花贞纯无瑕；锦葵偷师树的形状；吊钟花拉响无人听见的钟声；迷迭香看似一位小巧的乡村姑娘；而稳重的百里香已经在碎石间伸出了灰色的头。

而首要的一点，这无可比拟的、清澈柔美的时刻是属于木紫罗兰的。公认谦逊的它变得野心勃勃，几近急不可耐，不再胆怯地畏缩于树叶中。它催促着青草，立于其上，遮挡其形，强迫其着以本色，令其气息充盈其身。它不可尽数的微笑带着甜蜜与天真的欢乐，橄榄与葡萄的梯田、沟壑与山弯全都被那笑容掩盖。它的芳香好似山泉之灵那般清新纯净，使空气更透明、幽静更澄澈。有如一个被遗忘的神话中所说，它是沐浴在朝露中大地的呼吸，是一位圣洁的女子，在阳光中醒来，给黎明献上自己深深的一吻。

五

在环绕农舍的小花园里有着意大利式屋顶的明亮小屋。那里的蔬菜不偏不倚、不骄不躁、不惊不惧地健康成长。此时，老农夫不断栽下树木，为橄榄树松土；菠菜摆出一副高高在上的姿态，全无丝毫预备就仓促地换上绿装；四季豆在自己苍白的叶子中睁开细长的眼睛，看着夜晚无动于衷地到来；性情反复的豌豆抽芽长枝，蝴蝶静静地黏住不放，飞满其上，似乎六月已经步入农场大门；胡萝卜像面向了强光一样脸色通红；因为把自己蓝宝石色的瓶罐倾向大地，真诚的草莓枝正呼吸着正午慷慨馈赠的芬芳；莴苣竭力炼成一颗金子般的心，在心中要锁住所有朝露与夜露。

只有果树经历了长久地反思：蔬菜的榜样就出现在它们生长的地带，并且催促它们参加大联欢，但它们那些来自北方的长者、那些出生在巨大阴暗森林的祖辈们态度强硬，训教它们要谨慎。可现在它们醒悟了，不再负隅顽抗，最终决定加入这充满芬芳和爱意的舞蹈阵容。桃树如今不亚于一个温馨的奇迹，如孩童肌肤般的柔嫩被黎明的呼吸变得清新爽气。桃树、李树、苹果树和杏树醉心于你追我赶地做出炫目的成绩。白色的榛树像威尼斯式的吊灯，成串的宝石使之华丽堂皇，立在各处将盛宴点亮。至于那争艳的繁花，似乎只有一己之私，早已放弃解决长长夏日之谜的努力，不再品评四季况味、计数岁月流逝，而是在没有阴霾的光耀时日里碌碌无为。它们唯恐担心自己受骗上当而错过了哪怕一秒的美好时光，于是决定从一月到十二月都毫不延迟地开放。大自然对此赞同，并且奖励它们以对幸福的信念、丰富多彩的美和将赢得的深情爱恋，还赋予它们一种力量、一种夺目的光彩和倾心的芬芳。而对赋予它们的这些，大自然从未给予那些畏缩和对生活显露恐惧的生命。

有关这个真相的一切都由一间小屋宣之于众。那小屋是我今天在山坡上所见，整面山丘尽是玫瑰、康乃馨、蔷薇、缬草和木樨草。这些花草都暗示着那香花漫溢的源泉所在。在那里，春天正准备在我们面前精彩亮相。而此时，在那紧闭屋门的石槛上，南瓜、柠檬、橘子、酸橙和土耳其无花果都安睡在这美好一天的庄严、荒凉又沉闷的静默中。

蜜蜂的愤怒

一

自《蜜蜂的生活》出版以来就常有人要我透露一下蜂巢里最可怕的一个秘密，也就是，在蜜蜂们那种让人难以解释、突如其来、有时足以使人丧命的愤怒情绪后有着怎样的心理。事实上，很多无情又不公的猜想都盘桓在蜂蜜那黄衣仙子的住所上空。这个长满三叶草和木樨草的围栏里有群阳光的女儿在忙碌着，在靠近它时，连那些最勇敢的花园访客都会放慢脚步，敛声静气。母亲们会让自己深爱的孩子远离那里，就像让他们远离一堆还闷燃未尽的火焰或是一个盘踞毒蛇的老窝。而初尝养蜂的新人也不会轻易接近，而是带着皮革手套，蒙着严实面纱，在团团烟雾中注视着那谜样的城堡，丝毫没有人们在重大战役到来前那种的战栗。

那些以传统眼光看待蜜蜂的人们内心有多少恐惧的理由？蜜蜂

果真那么危险吗？它会让自己被驯化吗？接近蜂巢是冒险行为吗？我们应该躲避还是该面对蜜蜂的愤怒？养蜂人有什么秘诀或是护身符能保护自己免遭蛰刺？这些问题是所有已经开始侍弄易受惊吓的蜂巢又刚接触学习养蜂的人急不可待地提出的。

二

总体而言，蜜蜂既没有恶意也并非本性冲动好斗，只是行为有些反复无常。它对某些人有种不可抑制的反感，也会遇到不称心如意的日子——比如暴风雨将至——那时它就会表现得格外容易激怒。蜜蜂的嗅觉器官极为敏锐，也极易受外界影响，所以就无法忍受任何香水，并且尤为厌恶人类的汗味和酒味。恰当地说，它是不会被驯服的。虽然我们很少接触的那些蜜蜂会因为人类的出现而变得性情乖张、疑心重重，但那些成日照料的蜜蜂却很快会习惯人类的谨慎小心地现身。最后，为了让大家能几乎毫无顾虑地与蜜蜂相处，在此我会提供一些小诀窍。它们视环境不同而有所变化，并且只能在实践中学习掌握。而现在是揭示蜜蜂愤怒这一大秘密的时候了。

三

蜜蜂本质上是平和宽容又逆来顺受的，从不会在花间奋斗工作时使用螯针，除非你要置它于死地。而一旦它携带战利品返回自己的王国，要么就会继续保持谦和容忍，要么就变得残暴又极有威胁，这都要根据它生长的那座城市是富有还是贫穷而定。正如我们在研究这种有灵性的神秘小生物时常出现的情况那样，这次人类逻辑的行进轨道又一次南辕北辙。蜜蜂自然应该奋起保护那以集体劳动积累起的财富。就像我们在一些经营良好的养蜂场所见的，那里无数巢房中漫溢的花蜜意味着有数千蜜桶从地下室堆到顶楼，从那些金色的石钟乳状宝藏里溢出的花蜜沿着发出声响的墙壁流淌，流向更远的地带，欢快地呼应着正在开放的鲜花。虽然那些花朵的芬芳短暂，但花蜜那更为持久的芳香会让花期已逝的花萼保留鲜活的记忆。可现在，事实并非如此。蜜蜂的居所越富足，它们体现的保卫财富意识就越薄弱。不妨打开或者翻转一个富裕的蜂巢。假如你在入口处用一阵喷烟小心地把哨兵工蜂赶走，相当少见其他蜜蜂会为了那流淌的花蜜与你搏斗，不管那战利品背后有多少花朵的笑靥、有美好晴空日子里的全部魅力。试下这个实验，如果只骚扰最殷实的蜂巢，我就保证你会安然无恙。你能把蜂巢转过个来倒空，巢里那些大腹便便的居民是完全没有杀伤力的。这说明什么？是那些凶猛的女战士们丧失勇气了吗？是大笔财产使它们畏手畏脚，于是以奢华王国里幸运儿的做派将有生命危险的责任托付给那些不走运的看门佣兵了吗？不，巨大的财富从未让这些英勇的蜜蜂有所懈怠。相反地，蜂巢国度越繁荣，其推行的法律就越严苛无情。在物质丰富的蜂巢里，工蜂会比那些贫穷蜂巢的姐妹更有工作热情。假如只考虑到贫穷的蜜蜂对我们的可怕行为必定需要有个野生自然的理解，那就还有些理由是我们没能完全了解的，而且那些理由会更靠谱。刹那间，自己巨大的住所被举起、倒转、大门半开，蜜蜂很可能想到这是一场不可避免的自然灾害，发生这样的灾难再疯狂的抗争也无济于事。于是它不再抵抗，也不会逃逸，而是看来已经接受了成为废墟的事实，以自己的本能看到希望建立未来居所的材料可以从残骸中取材。它当前的丢兵卸甲是为了此后重建家园。又或许它就像寓言故事里的那只狗，把主人的晚餐套自己在脖子上，知道一切都迟早要失去的，于是就宁可为自己那份辛苦所得而舍命一搏，宁可为一次代价巨大的恣意放纵而拼却性命？这我们并不确定。当我们连自己兄弟的那些最简单行为都无法理解的时候，有如何能看透蜜蜂的动机呢？

四

事实却是，在蜜蜂城市展现每一个伟大奇迹时，在每一次困难时刻，蜜蜂都必然会表现出一种性格：一旦痴迷之情在那密集抖动的群体中传播开来，蜜蜂们就会扑向巢房，疯狂地扯开那些过冬储备品的神圣盖子，一头深深扎入，整个身体都投进甜美气息的蜜桶，大口吸食花朵那贞纯的佳酿，任凭自己狼吞虎咽、醉生忘死，直到黄色纹路的身躯像一个装满水的压缩皮囊那样拉长、胀大为止。蜜蜂吞下了大量蜂蜜后就再也不能为了满足抽出螫针的需要而弯曲腹部。从这一刻起，在生理机体上说它就变得没有任何攻击威胁。因此，人们通常就会想到，养蜂人为何会用烟熏器使蜜蜂昏迷、窒息，从而在光天化日之下收集到它们的财富。这样可以在入口处向内产生一种毫无抵抗的睡眠效果，使宫殿中的无数战士进入梦乡。蜂巢的一次集体失误是这样产生的：起先，烟雾击退了门槛的卫兵，它们一直处于警惕状态，也是最聒噪的一群；接着，两三股烟在工蜂中制造了恐慌，而惊恐导致了神秘的纵欲行为，为所欲为的结果就造成了不可救药地全体缴械。由此，这样的事实也就可以解释了：赤膊直面的人可以打开蜜蜂数量最多的蜂巢，检查那里的巢脾，抖落其中的蜜蜂，把它们在一步开外铺开，堆成堆，像倒谷粒一样倾倒出来，再静静地收集蜂蜜；即便被驱逐的工蜂在周围发出一片震耳欲聋的振翅声，人也不会遭受哪怕一根毒针的伤害。

五

但是，招惹那些贫穷的蜂巢是很危险的！请远离那些缺衣少食的蜂群住处！在那里，烟雾会失效。你才放出第一缕烟雾，两万只手段毒辣的飞行恶魔就会从蜂蜡墙壁中杀出，没过你的双手，遮住你的双眼，你的脸会被黑压压地覆盖。据说除了熊和斯芬克司怪兽以外，没有生物能抵抗这些披甲军团的怒火。最要紧的是，不能反抗：怒火会燃至近旁的蜂群；而且四散的恶意气息会激怒周围蜜蜂王国的所有居民。最安全的方法莫过于飞扑到灌木丛中。蜜蜂不像黄蜂那么怨气重重、纠缠不休，它很少对敌人穷追不舍。如果无法逃跑，那么只需要静止不动就能使它平息，干扰它对人体气味的反应。这是因为蜜蜂害怕任何太过突然运动的物体，由此会发起攻击，但如果对方不再动弹，就会立刻放弃进攻。

贫困的蜂巢与其说在苟活不如说在一天天迈向死亡。正是因为那里的地下室中没有蜜藏，所以烟雾才对其中的蜜蜂毫无影响。它们不能像比自己家族幸福的姐妹那样大吃大喝。蜂巢城市的渺茫未来也没有可能激发它们的热情。它们只想着，怀着前所未有的英雄精神和绝望之心，以瘦小蜷缩的身躯灵活敏捷又毫无忌惮地抵御进犯，愤恨不已地在家园的门槛了却此生。因此，如果没有预先为这群饥饿的复仇女神准备祭品，谨慎的养蜂人就从不会移置穷困的蜂巢。他献上的是一块带蜜的巢脾，于是蜜蜂们就会匆忙出动，而接着烟雾袭来，它们就自我陶醉、自身膨胀，像丰收的巢房里那些阔气的居民一样毫无招架之力。

六

关于蜜蜂的愤怒及其独特的反感，人们可以有更多的发现。这种厌恶心理常常表现得十分特别，以至于长久以来农民们会将其归结于道德原因和深不可测的神秘直觉。葡萄酿酒业内有人深信一种说法，认为采摘葡萄要由贞洁女子来做，不能容许不洁的人、尤其是有奸情的人从事这种工作。在这尚无法为人理解的星球上，假如和我们住在一起的最理性生物太过看重外界对其通常无害的闯入，那会让我们感到惊讶。事实上，它们对此毫不在意。它们在花朵的兴衰繁芜间耗尽一生，却憎恶我们从鲜花那里窃取来的芳香。难道我们要相信贞洁并无爱味浓吗？这是不是嫉妒的蜜蜂的愤恨之源，那些有着同样妒意的复仇传说是不是也由此而来？若真如此，这些传说就属于是，以赋予自然现象人类的感情来佯表对这类现象的深深敬意。那么，反过来看，假如在面对我们不能轻易理解的一切时，尽量不夹杂丝毫人类的心理想法去找寻那些并非个人片面的解释，这样应该会找到更好的答案。因为这其中很可能就藏着我们仍待发现的肯定真相。

田野之花

一

当我们的脚步靠近时，哪里有深闭固拒的城门，满目只见欢歌笑语的热浪、姹紫嫣红的地毯和韶晖煦日下的轻歌曼舞，那是它们迎接的方式。显然，花儿一直等待我们到来。三月第一缕春光出现时，雪莲花或是孤挺花这些冰霜孕育的巾帼骄女就听到了整装的号令。接着，破土而出的是些花之游魂。它们还在挣脱严冬寒梦的回忆，身量未足，面露黯色，花名之下，其实难副。那三齿的虎耳草或是海蓬子、肉眼几乎难辨的荠菜花、两叶对生的海葱、气味逼人的嚏根草或是圣诞蔷薇、款冬、阴郁藏毒的桂叶芫花，都显出一副娇弱无力的快快病态，容颜是枯槁的蓝或憔悴的粉，踌躇未定地挣扎着。它们是大自然消解沉郁后生命的第一场狂热，是冬天释放的俘虏，面无血色，是从地下监牢出狱的病人，大病渐愈，是仍然深埋未现的晴光在战战兢兢、磕磕绊绊地搏之欲出。

但很快地，这光亮就直入云霄，与大地水乳交融的心思即昭然又专一，已经再不是粗略的试探。似梦非梦的夜像被黎明驱走的轻雾升腾。正值妙龄的野花在碧空下开始了自己的即席狂欢，欢庆在一些无人知晓它们的城市周围。不论是否有人赏光，这些花儿都在酿着琼浆蜜液，而它们那些享受人类专宠的姐妹，傲睨得志却毫无建树，此刻正在温室的深处瑟瑟发抖。当第一场雪给乡间换上银装时，它们仍然会守在洪水曾没过的田野、破落的山路，以自己的质朴装点着阡陌小道。没有人将它们播下，也没有人把它们采集。这些野花活在自己的荣光之中，又被人类踩在脚下。而许久之前、不久以前，它们还是大自然欢欣喜悦的唯一代言。而从前、几百年前，在它们光彩照人又冷若冰霜的远亲姐妹从安地列斯群岛、印度和日本漂洋过海而来以前，或是在它们面目全非、忘恩负义的亲生儿女霸占它们的位置以前，这些野花就独领风骚地使触目伤怀的人们眼中大放异彩、让农舍的门廊、城堡的周边流光生辉，还在林中与情侣们的足迹亦步亦趋。可那样的日子已经好景不再，它们被赶下一枝独秀的宝座。关于过去的幸福时光，它们只保留下了自己集万千宠爱于一身时得到的名字。

这些名字无一不显示出它们在人们心中的地位：人们对它们所有的感激、悉心地珍爱、所有的亏欠，也包括它们献给人们的一切，这些就像珍珠腹内一缕永恒的幽香。因此，它们拥有了诸如女王、牧羊女、贞女、公主、精灵、仙子这样的名字，这些从唇边流出的称呼就像一次温柔的抚摸、一道惊心的闪电、一个深情的亲吻、一声爱意的呢喃。我想，人类的所有语言都不能比这些平常花朵的名字叫得更娴静优雅、情深意长。这样的词语中饱含的总是关切小心、精细入微和满怀崇敬的幸福。它们就像是华丽剔透的物件，取本来形式铸就，其色浓淡适中，其味馥郁适度，其音抑扬适当，让人不禁想起的是复活节雏菊、紫罗兰、风铃草、芙蓉红或者就叫它罂粟：真是闻其名而知其花。多么神来的妙笔，简直是别样的呐喊、光芒与欢乐的极致：“罂粟！”可冠以这般雅号的猩红花朵却因为科学家们起的野性俗称而形象破灭，那就是：大烟！

看看那些报春花或叫立金花、长春花、银莲花、风信子、蓝色婆婆纳、勿忘我、野旋花、鸢尾、蓝铃花：无一不是名似其花，如此类比是满腹经纶的诗人也难以赋得的妙语，展示了至纯至真的鲜花之魂。这花之精魂韬光养晦、能屈能伸。不论它所附体的花朵在麦田和草地里伏卧潜形、躬身前倾还是昂首直立，它都会为抽穗全力以赴。

这些只是少部分众所周知的名字。而大多数名字虽然传递出同样柔美欢快的天才旋律，虽然我们在程程路途、条条道旁都能见到它们指代的花朵，但仍然不为人知。随着最后一茬成熟的作物倒在收割者的镰刀下，到了收获季的尾声，道路两旁却现出一片苍紫罗兰色：这是野花中最后一批开放的轮峰菊在宣告登场。它不事张扬又不卑不亢，不施粉黛却别有一种低调的风姿，像一块罩着薄雾面纱的宝石。在轮峰菊周围有一群宝藏四下散落：毛茛，又名金凤花。它有两个名字，还是个双面夏娃：可以是同月见草一道遍生于草丛中的无邪贞女，还可以是令人惧怕的有毒女巫，会使一些不留心将它误食的动物命丧黄泉。我们也会见到蓍草和贯叶连翘那些玲珑的小花，一度为人类派上过用场，而今沿着路边排开，像沉静少语的女学生，身穿单调统一的校服；还有成群结队粗俗的野滥缕菊，以及它那大块头的兄弟，田野上那些生菜；也有接触时要小心危险的黑龙葵；那潜藏形迹的南蛇藤；那枝叶顽强生长的蔓生紫菀：所有这些不爱出风头的花都带着温顺的微笑，穿着有朴实的灰色外衣，这套衣装已经让人感到了浓浓秋意。

二

在三月到七月逐批亮相的花朵中，请记住那些欢快喜乐的名字，记住那些为春天奏响的音符，记住青空与黄昏、月色与阳光的吟唱！在它们中，有那雪莲花或是孤挺花宣布了冰雪消融已至；那繁缕花或淑女领顺着篱墙一路问候着第一批传递春讯的使者，不过它们的叶子并未定形，似乎还是透明的绿色液汁；那伤感多愁的耧斗蓝和鼠尾草、素馨花、当归、蔷薇衣着好似一位乡村牧师的女仆；那可誉为蕨类之王的凤尾蕨；那莴菊、梅花衣、美人镜；那神秘莫测的剑兰或是木蓟满腹阴郁之火；那果实呈灯笼形状的灯笼花；那天仙子、颠茄、洋地黄堪称毒后，这些蒙面的埃及艳后就出没在未开垦的荒地和凉爽的森林中；还有洋甘菊这戴着漂亮帽子的修女，笑容满面地把强身健体的佳酿盛入陶制的碗中；还有海绿花和皇冠花、浅白的薄荷与粉红的百里香、红豆草与小米草、春白菊、紫红色的龙胆根与蓝色的马鞭草、春黄菊、长矛形的蓟草、五叶莓或是委陵菜、大青……列出这样一些名字就是在朗诵一首优雅明快的诗。为赞美这些花，我们特意保留了最迷人、最纯净、最清亮的旋律和人类语言能表达的所有欢歌。有人会把它们看做戏剧里的演员、虚幻神话场景中的舞者和歌者。还有人认为，不论是在莎士比亚笔下的普洛斯彼罗公爵流放的岛屿上和他执笔的另一出喜剧背景地阿尔丁森林里，还是在希腊神话英雄提修斯闯入的迷宫中，那些地方的花都没有它们美得那么让人惊叹、那么超凡脱俗。一群秀美的女演员们出演了这幕无声又无止境的喜剧，分别扮演了——女神、天使、女魔、公主和女巫、贞洁女与交际花、皇后与牧羊女。在它们的名字中蕴含着无数黎明和春日里魔幻的朝晖夕影，甚至那其中还承载着成千上万或深厚或短暂的感情，那是在已经消失得无影无踪的此前数代花朵感受到的情绪。那些光辉灿烂曾经让人类的眼光停驻凝望，而今，这一切都已被人们忘于脑后。

三

人们觉得这些田野上的花朵饶有趣味却不易捉摸，含糊地称之为“野草”。它们自然生长，本无专门的功用。而在一些古老的村庄，人们仍然认为它们中的少数拥有未得到一致公认的神奇功效。那里随处可见某种这类野草就在药剂师或是草药医生的药罐里，还等着相信传统药方的病人前来求助。今后，它们不会再遭到质疑，可是也不会再以从前的方式来采集。这场无情的争议偏方大战会在主妇们的脑海中淡忘消散。这些花朵让农夫觉得担心，会追赶着把它们犁掉；园丁憎恨它们，会用锹、耙、锄、铲、斧这些利器全副武装将它们除去。在它们最后的避难所——公路沿线，路人压伤它们，马车碾坏它们。尽管这样，它们还是永远满怀信心、平心静气、声势浩大地集体呼应着太阳的召唤。它们随着季节纷至沓来，没有一时一刻的延误。虽然由于人类征服压制而耗尽力气，但它们不以为意，一旦人们歇手，它们就在被践踏过的地方春笋般地暴长，毫不畏惧、繁衍不止、无法征服地生长。它们那大量人工栽培的儿女挤满了我们的花篮，可它们这些贫寒的母亲还保持着与千万年前相似的模样，花瓣并未多一处交叠，花蕊没有重新排序，花形依然未变，花香也一如从前。它们保守着神秘使命的秘密，是岁月难以磨灭的原始印记，开天辟地以来就扎根这片土壤。简而言之，它们是地球那一抹本真的微笑、一种不变的思想和一个执著的愿望。

这就是值得思考它们的原因。它们显然已经向我们诉说。让我们不要忘记：伴着日出又日落，伴着春华与秋实，伴着鸟鸣啼啭，伴着青丝红颜莲步轻移、眼波流转，它们首次让我们的先人懂得，这个星球上有一些无用却美丽的事物。

菊　花

一

每年十一月，时至群英凋敝，秋天展现雄奇壮美之际，我都会怀着恭敬之心，去那些机缘得见之地拜访菊花。而至于一睹芳容期间适逢匆匆羁旅还是有意逗留，于我已关系不大。菊花确实是花中分布最广、种类最多的，但其多样的面目带给人的震撼却如此一致，就像我所未知的任何伊甸园都会散发人间天堂的气息那样。这花朵如温顺的绝色佳人一般，任她如何丝缎缠身、珠光宝气、卷发妩媚，只要一个神秘的声音在时空中道出口令，不论身处哪个国家、哪里纬度，就都会立时遵从那神圣的命令。

接下来就尽可以随意步入那些水晶的博物馆中任何一间，其中都陈列着同样在十一月面纱遮盖下那些略显哀戚的珍宝。我们会立刻把握其中的主导观念，感受那夺目的美丽，体会这特殊世界的一年里意外的成就，那即使在奇特又特许的花之世界也算特别和专有的成就。而且我们会自问，这新观念是否对太阳、地球、生命、秋天或人类而言是意义深远又真正必要的。

二

昨天，我去观赏了一场优雅华丽的年度鲜花盛会。在十二月和一月的雪花到来以前，它是这一年中最后一场。因为到那两个月份，白雪会像一条集平和、睡意、寂静和黑暗于一身的宽大带子，与二月里探寻阳光的萌芽生机（虽然肉眼难见，但已蓄势待发）一道，把人们与那些再度拉开帷幕的芬芳节日分隔开来。

菊花是那无垠苍穹下、雾气氤氲时节里的高贵花朵；菊花是盛大的会场中所有庄严的秋之精灵，一句简单的密语就会叫停它们的舞蹈和行动。能辨认并已学会去爱它们的人，在愉快的初见时就会察觉，它们仍然在积极又尽职地朝着自己并未确知的理想发展进化。不妨回溯下它们最谦卑的原身：在村庄间或少有的花园中，沿着满是枯枝败叶的道路看去，那昔日乏善可陈的毛茛，那平贱哀怨却依然微笑面对的绯红或浅红色小玫瑰。将它们与大团的雪块和雪片、红铜的唱片和地球仪、年代久远的银球、石膏和紫水晶制作的奖杯相比，这花瓣缔造的奇迹似乎在极力释放自己最后的谜题，这个谜是由秋之世界造型和着色，而冬天正要把它托付给沉睡森林的怀抱。当那些不同寻常又不可预料的变化从我们眼前经过时，让我们为此惊叹，为此称赞吧。

好比在一个不可思议的星辰之家：有的星静如死水、有的星暴跳如雷、有的星飘忽不定、有的星脚踏实地，这里有银河，还有与这些星星相应的星座。这是骄傲的羽饰在等候露珠的钻石。这是让人类的幻梦都自愧不如的迷人诗篇，由虚幻的秀发谱写：有的发型一丝不苟，透出精明睿智；有的发丝蓬乱无序，让人叹为观止；似恬静的月光、金色的灌木、热情的漩涡；如各样人群蓄起的那些卷发，它们属于端庄的微笑少女、飞逝而过的仙女、狂放的酗酒女子、让人神魂颠倒的妖女、冷淡的贞女、嬉戏的女孩，天使、母亲、守护神、爱人冷静或颤抖的双手都在将它们抚摸。这里也有怪物乱作一团，无法分辨类别：刺猬、蜘蛛、皱叶苦苣、菠萝、彩球、都铎玫瑰、贝壳、雾气、气息、冰柱和雪柱、一阵跳动的火花、翅膀、闪光、像绒毛又像浆汁的肉质物体、编条、鬃毛、火葬柴堆和火箭、猝发的光、火苗、熔浆。

三

形状既已归顺，接下来就是征服那些被禁止的色彩和保留不用的明暗度。虽然秋天不允许花朵去代言，但它却慷慨地赠与菊花黄昏和深夜的所有财产和丰收季节的所有财富：给予了森林中所有雨水冲刷的作品，平原上所有雾霭的银色风尚，花园里的冰霜风雪。首先，它允许菊花自由吸收林地败叶枯枝中取之不尽的宝藏，还允许菊花给自己装扮上金片、青铜牌、银扣、铜片、精灵的羽毛、粉末的琥珀、烧焦的黄宝石、弃置的珍珠、烟熏的紫水晶、煅烧的石榴石——这些饰物都是北风在峡谷和山路狭缝中堆积，已经失去生命活力却还闪耀着光彩。但秋天坚持要求菊花忠实于自己的老主人，要它衣着单调乏味，就像赋予其生命的季节那样。而且，秋天还不允许菊花背叛那些主人，不能换上春天和黎明的着装、表现出属于那样季节和时刻的举止。即使有时会出现粉色加身，这也只可能在一种情况下，就是借自坟墓前蒙面的受苦少女那冰冷的嘴唇和苍白的额头。秋天严禁流露出丝毫夏天的迹象和太过朝气、热情、安宁的生活以及过于快乐和开放的健康心态，也绝不会准许用跳脱的朱红、艳丽的猩红、霸道夺目的紫色。至于蓝色，从曙光初放的微微浅蓝到海洋的靛蓝和湖泊的深蓝，从长春花到玻璃苣和矢车菊这些花朵中的蓝，因为不能体现死亡的痛苦，所以都是要摒弃去除的。

四

虽然如此，由于大自然的某些疏忽，那本是花之世界最不寻常又最严令禁止的绿色，原本专属于对自然言听计从因而待遇优厚的叶子，城市里花序、花瓣和花萼上唯一的这种颜色几乎只能在有毒大戟植物的花冠上看到，而现在已经深入大自然那警备森严的领域。事实上，这种渗透只不过就像叛徒、间谍或是惊惶得脸色苍白的逃兵说谎使诈。它是一种虚有其名的黄色，畏畏缩缩地浸入了月光中转瞬即逝的蓝色。它还是带来错觉的黑夜之色，像海洋深处的猫眼石，只有在花瓣末端的渐变色斑上一显真容，显示出自己定位不清又急于表现，虚弱乏力又难以捉摸。它有自己的入口进出，以此毫无争议地证明自我的存在，还将日益融入并明确目标。而且，通过由它设法攻破的缺口，那已被剔除不用的棱镜中所有的喜悦和壮美都会投入对自己来说全新的领域，在那里为我们准备有别以往的视觉盛宴。这是花之国度里一场声势浩大又具有纪念意义的征服。

我们不必认为，对一朵平凡无用的花朵呈现变化多端的形式和不见经传的色调产生兴趣是幼稚之举，也尽可不必将那些寻求增加花朵的美感和奇异度的人视为法国作家拉布吕耶尔刻画的郁金香迷或是酷爱李子的人。记得他的迷人描述吗？

“爱花人在城郊有座花园，从早到晚都泡在那里。他在那里站着就让人觉得已经在那片郁金香中扎了根，就生根在那名为‘宝石’的品种面前。他睁大眼，搓着手，弯下腰，贴近看着，那花从未像此刻那么娇美。他欣喜若狂，然后去到‘东方’那里，接着又去看‘寡妇’，再下来是‘金衣’、‘阿加莎’，最后又回到‘宝石’。如此一圈已经让他疲惫不堪，于是坐下休息，看着郁金香，欣赏着它们的色调、外形、颜色、光彩和轮廓，它们美丽的形态和花萼，甚至忘记了晚餐。而上帝和大自然都不在他此时的考虑中，因为这两者都没有郁金香的球茎重要，那是一千顶王冠都不会交换的。可到了康乃馨大行其道，这些花不再入时以后，他又会白白将它们送人。这理性的人有自己的思想和信仰，回到家时虽然已经又累又饿，却很满意于一天的工作，觉得自己见到了郁金香。”

“如果你谈起另一种农作物长势喜人，或是一场大丰收、一个收成的好年景，就会发现他关心的只有水果，你提到的他完全不解。那么转说无花果和甜瓜，告诉他今年的梨子挂满枝头，压得树枝快要断了，桃子也收获了许多，这等于是在用他完全不放心上的一种语言在进行交谈，不会得到任何回应，因为他只爱李子树一种。甚至都不要和他说起你自己的李子树，因为他喜欢的只是他那一种，提到其他种类就会嗤之以鼻，一笑而过。他把你带去看他的树，小心地采下一颗生得精致的果实，分开它，给你一半，另一半自己留着，然后感叹：‘味道多好！你喜欢吗？这不就是人间美味？其他地方你可找不到像这样鲜美的。’接着他鼻孔朝天，谦逊的外表已经不足以尽显他的喜悦和骄傲情绪。多了不起的一位人物，给他多少溢美之辞和赞誉之声都不为过，他的英名终会流芳百世！让我好好观瞻他的音容笑貌，趁他仍在世间的时候研究这样的人格精神，了解在如此平凡的面貌下一位拥有如此绝味李子的主人。”

拉布吕耶尔所言未免有失偏颇，不过我们会原谅这样的言过其实，因为在同时期作家中，是他首当其冲地为我们打开了神奇之窗，可以望见十七世纪那些出人意料的花园。我们如今能拥有精美的花坛和更多样、更丰富、更可口的菜蔬，甚至更美味的水果都要归功于他笔下那略显固执的种花人、那稍露狂态的园艺家，这是真真切切的事实。正如我们想象到，在凋残的花园里，在菊花的周围，被耐心包容的树篱巧妙收服的长长树枝中正有奇迹呼之欲出。未满一个世纪以前，它们还无人知晓，而正是一群看法也许有些狭隘、有些荒谬的探索者，他们那无数细致入微的努力才使我们如今能体察关注奇迹的存在。

由此可见，人类会得到几乎所有属于自己的财富。在自然界，没有什么是幼稚可笑的。为一朵花、一叶草、一片蝴蝶的翅膀、一个鸟窝、一瓣贝壳而倾注热情的人，就会把自己的激情赋予一种常常蕴含着大道理的小事物。假如你愿意，就可以成功地改变花朵的外形，这件事本身并不足道。但如果仔细思考，不管花多短的时间，都会发现它有多大的意义。那些长存至今的法则，它们影响深远，也许是核心地位，我们难道不能打破或是违背它们吗？我们难道不能超越那些太轻易就接受的极限？我们难道不能直接将自己短期的意愿加诸于永恒的力量？既然一种非凡的力量颠倒了事物的自然顺序，我们难道不能思索下这种近乎超自然的力量吗？而且，虽然应该谨慎防范那些野心过多的梦想，而对于其他与我们更接近、相对不算长久的法则、在完全不同的方式下显得重要的法则，难道就不能允许自己学会规避或者逾越它们吗？总而言之，所有碰到的事物、所有相联系的事物、所有遵循同样无法见到的原则、相同迫切需要的事物、所有共享一样精神和外在以及共有可怕又可叹的问题的事物，还有在对待一朵花中获得的最小胜利，这一切都可能在某一天向我们透露出那无穷无尽从未知晓的世界……

五

因为这样，我爱菊花，因为这样，我以一个兄弟怀有的兴趣去追踪它的发展历程。在我们熟识的植物中，在我们于生命旅途中相遇之物里，菊花是最言听计从、最温和驯良、最百依百顺、最专心致志的。它让花朵不断地渗透人类的思想和意志：可以说，花即是人，花人合一。假如有一天，植物世界向我们吐露我们正期待道明的话语，也许就是以坟墓上一朵花的方式。我们会以此了解生命存在起初的秘密，甚至会像另一个国度里那样，或许通过狗这种我们家园里最可能拥有思想的动物来传达，那样我们就会去发现动物生命中的奥秘。

旧时芳华

一

这个上午，我来观赏自己种的花，为了避免远处田野上放牧的牛群靠近，白色的篱笆已经把它们团团围起。看着这些花，我脑海里浮现出那些在森林、原野、花园、橘园、温室中绽放的所有花朵，想到在蜜蜂光临的奇迹世界中恩惠于我们的一切。

假如不认识花，我们能想象出人类会是怎样？假如花并不存在，假如它们藏于我们视线以外，可能与我们周围无数神话般的胜景别无二致，却无法用肉眼得见，我们的个性、才能、对美的感知、对幸福的把握还能和现在完全相同吗？在自然界，我们的确还能发现其他豪华、繁盛和优雅的壮观景象，其他无数力量的炫目展现：太阳、星辰、千姿百态的月光、蓝天与大海、黎明与黄昏、高山、平原、森林与河流、光芒与树木，最后还有与我们更接近些的鸟类、宝石和女性。这些都装点着我们这个星球。后三种属于大自然的微笑，它们如果没有了花朵赋予的温柔，在我们眼中会多么严肃古板，让人几乎为之伤感！假设我们地球人顷刻间不再了解它们：一片广大的区域，也就是我们心中最有吸引力的快乐就会被摧毁，或者再也发现不了。一切快感会永远沉睡在我们更坚强、更荒芜的心底和被剥夺了崇敬形象的想象中。这色彩和色调的无限世界只有极少数时候在空中得以展现。那奇迹般的和谐光线在闪动，不停歇地创造着新的欢乐并且洋洋自得，这些都不会为我们所知，因为是花朵首先打破了那棱镜，形成了我们视野中最微妙的部分，而谁会为我们打开那芳香的魔幻花园之门呢？几根小草、几滴树胶、几颗水果、一阵破晓时分的气息、黑夜与海洋的气味都告诉我们，在人类看不见、听不到的地方有一个紧闭大门的天堂，我们在那里呼吸到的空气会转化为无以名状的愉悦。想一想人类幸福的声音中缺少的那一切！多少世纪以来，如果没有花朵以它们的美哺育我们的语言和极力留住生命中最珍贵时刻的思想，我们心中神圣的高峰就会鸦雀无声。我们全部的词汇、所有爱留下的印迹中都洋溢着它们的气息，成就于它们的微笑。表达爱意的时候,所有我们见过和闻过的花都会以它们人尽皆知的魅力在我们的内心催生对幸福感的感悟,如果没有这些花,幸福就会无异于海洋或天空那虚无的界线。从孩提时,甚至更早的阶段,它们就在我们心中、我们父辈的灵魂中累积为一笔最贴近我们快乐的巨大财富。每当我们希望使生命中的温柔时刻更为真实,就会从中汲取力量。这些花朵在我们的情感世界中创造并传播着爱意欢腾的芬芳气氛。

关于为什么我的至爱是这最简单、最平常、最悠久又最古旧的一切,这就是原因所在。在它们的背后有着人类漫长的历史,有一系列善意又抚慰人心的行为。从我们先人的心灵中映射出它们生命的优雅与欢愉以来,它们已与我们共生了数百年,成为我们自身的一部分。

二

可它们藏身何处呢?如今,它们已变得比我们称为世上罕有的花朵还要少见,神出鬼没,大有朝不保夕之势。我们似乎即将失去它们,也许其中一些已经销声匿迹,最后只会让我们徒留失望,而留下的种子已经在废墟下胎死腹中,再也不知花园的露珠为何物,我们将只能从远古流传的书本上那些插图里的鲜亮青草或是原生的黄色花坛中得见芳容。

来自秘鲁、好望角、中国和日本的傲慢陌生者把它们赶出花坛和它们曾引以为豪的篮子。这其中尤以两个敌人最为无情。第一个是疯长得碍事的秋海棠。它们拥簇在花坛中,像一群骚动不安的斗鸡抖着无数鸡冠,样貌虽好,但美得粗野又略有斧凿痕迹。而且,无论是艳阳下、月光下还是白日里陶醉、深夜里神圣平和的静思时刻,它都在吹响刺耳的号角声,庆祝自己的胜利,声音单调、尖利又乏味。另一个敌人是天竺葵。它没有那么不知分寸,却顽固又格外大胆,假如稍有节制就会显得讨喜。有些叶子五颜六色的植物目前对大多数草坪美观的破坏近似于那些浮夸的马赛克，这类植物和一些更狡猾的外来者一道助纣为虐，渐渐地把土生土长的那些花草姐妹从长期以来因它们熟悉的笑容而生辉的地方驱赶出去。它们再没有权力在镀金的宅邸大门边以质朴的招呼迎接客人。它们不得在台阶附近闲聊，在大理石花瓶中喋喋，在湖边哼唱自家小曲，在花坛中用自己的方言拌嘴。它们中有几个已经流放到厨房菜园，无人问津，因为那些药用植物或芳香植物、鼠尾草、龙蒿、茴香已经占领了那些带来欢笑的角落。老随从百里香也以某种怜悯或呆板的传统方式黯然退场或是越发滋润。其他的已经在马厩、厨房矮小门边或地下室中避难。在那里，它们像频频索要的乞丐那样卑下地挤在一起，在野草中藏起自己亮丽的外衣，尽量掩饰自己受到惊吓的芳香，以免引起注意。

而即便如此，因愤怒而涨红脸的天竺葵和暴怒得脸色绯红的秋海棠还是突然现身，强行进入那毫无恶意的小小团体。于是，它们就逃往农场、墓地、教区长的小花园、老女仆的家宅和乡村修道院。如今，除了在古老村庄被遗忘的角落、摇摇欲坠的住宅、远离铁路的地方和幼儿园里让人高温难耐的暖房以外，很少在哪里我们能再次找到它们自然生发的微笑：没有一副受到强迫、猎物一般气喘吁吁的表情，是安宁、平静、悠闲、成群结队、漫不经心、无拘无束。而即使在昔日马车代步的时代，从房屋周围的石墙头到白色围墙的栅栏，或者从一只笼中鸟而带来生气的窗台到无人经过的沉寂道路，除了生命的永恒力量，就只有它们见证着春去秋来、阳光雨露、蜂飞蝶舞和伴随月光而至的静默与深夜。

三

多么勇敢的旧时芳华！那蔷薇、桂竹香、紫罗兰！即便是以细小之处、一丝美态、一滴香氛就可以区别开来的陌上野花，也拥有自己迷人的名字和最温柔的语言表达。它们像是小巧质朴的谢恩物品，或是人们为感激而授予的勋章，其中每种都骄傲地拥有三四个芳名。紫罗兰在墙壁中歌唱，以自身的光芒遮盖了悲伤的墙石。而庭院里的夜来香、报春花或立金花、风信子、藏红花、紫罗兰、铃兰、勿忘我、雏菊和长春花、诗人口中的水仙花、秋福寿草、九轮樱、香雪球、虎耳草、银莲花：正是有了它们才会有开枝散叶的二、三、四月随之而来，也是它们将阳光带来的第一条消息和第一阵神秘的亲吻转为人们能懂得的微笑！它们虽然柔弱又散发寒气，却像一种智慧的想法那样无畏大胆。它们使青草回春。它们新鲜得像在蓝色杯子中晃动的水，黎明正将其播撒给饥渴的萌芽。它们短暂得像孩子的美梦，无边幻想又天真率直，但由于过早出现的辉煌、太过闪亮的光晕、过于哀怨的优雅而别树一帜，风韵远超顺从于人类的那些花朵。

四

而在这里，无数缤纷多彩的夏日儿女在混乱无序、躁动不安中畅饮着晨露骄阳，正迈着艳光四射的舞步翩翩而来。其中有蒙着白色面纱的小姑娘、绾着紫色丝带的老处女、逢节日返家的女学生、初次领受圣餐的女子、脸色苍白的修女、蓬头散发的嬉闹女孩、长舌妇和刻板女。这里的万寿菊以自己的亮丽打破了绿色边际的沉默。这里有如一片雪花的甘菊，正挨着它生命力顽强的姐妹茼蒿，我们千万不要将它与秋季来自日本的菊花混淆。一年一开的向日葵，又叫太阳花，挺拔地像位牧师把圣体匣举过祈祷者头顶，并且极力模仿着自己崇敬的信教智者。罂粟全神贯注于装满自己那被清晨之风打翻的杯盏。五官不够精致的燕草身着劳作的衣衫，自认为姿色胜过青空，对怀恨自己在花朵中着以过多蓝色而大加指责的那些侏儒旋花植物，完全不放在眼里。一袭轻薄棉袍的弗吉尼亚紫罗兰顽皮地假作矜持，像身穿花边领裙的荷兰小女仆，正天真蒙昧地清洗着花坛的边边角角。木樨草一头躲进自己的实验室，默默地炼制香氛，使我们能提前闻到在天堂的门槛会嗅到的芬芳。为了迎接即将到来的怒放时刻，率性醉倒于阳光中的牡丹已释放热情，身体前倾。猩红的亚麻守卫在道路两边，形成一线血色四溅的痕迹。马齿苋像苔藓一样匍匐前进，盘算着以紫红色、琥珀色或粉色的塔夫绸覆盖高大茎梗脚下光秃一片的土地。

面庞丰润的大丽花，些许浑圆略显憨怜，像从肥皂、油膏或蜂蜡上刻出的规则绒球，会用在乡村节日中做装饰。老成的夹竹桃昂然于花丛中，一副长辈做派，肆意放声大笑着释放自己的欢喜和随和色彩。锦葵这类花葵植物宛如端庄的淑女，最轻微的娇喘下也会因为片刻谦逊而娇嫩地脸红上自己的花冠。旱金莲为自己妆以水色，或是像只长尾小鹦鹉攀上自己笼子的栏杆。木芙蓉、一丈红、蜀葵集这些高调的名字于一身，炫耀着自己比少女酥胸柔滑的花结。金鱼草和几乎透明色的凤仙花比其他姐妹更胆怯和拘谨，提心吊胆地把自己的花朵按在茎梗上贴着生长。

接着，在古老家族里不起眼的角落，簇拥着长叶的婆婆纳；红色的委陵菜；非洲万寿菊；老资格的剪秋罗或是皱叶剪秋罗；西洋松虫草或是紫色山萝卜；毛地黄或洋地黄像一支样态可悲的火箭拔地而起；欧洲毛茛或是娄斗菜；石竹那细长的脖子上扬着天真盘圆的小脸敬仰蓝天；鬼鬼祟祟的银扇草偷偷铸造“圣域货币”，那些惨白、扁平的花冠钱币无疑会被精灵和仙子们用以月光传递的神秘交易；最后还有秋福寿草、红色缬草或丘比特之须、胡须瞿麦和老石竹，很久以前，流亡的大孔代亲王[①]就曾悉心栽培它们。

---

① 曾流亡西班牙的路易二世·德·波旁，外号“大孔代”。

除这些外，攀援的植物还像活蹦乱跳的猴子和小鸟一样，在自己的上方、四周、墙壁上、篱笆里、藤架间，顺着树枝寻开心、做体操表演、荡秋千，跌落又飞升，失去了又再掌握了平衡，仰望空中，探到树冠上方去亲吻蓝天。在这里，西班牙豆和甜豆都为不再归为蔬菜而深感自豪；藤花最为恭谦；金银花的芳香代表着露之精魂；铁线莲和大豆属植物；此时，在窗前白色窗帘间，风铃草、又名水塔花正顺着拉长的帘绳创造这样一个奇迹：成束集结后扭转，形成一个无数同种花朵打造的花环，这花环浑然天成，一目了然，任谁初次见到都不敢相信自己的眼睛，都想要用手触摸那蓝色的奇诡之作，去感受那凉爽如喷涌之泉，纯净如江河之源，虚幻如臆想之梦。

同时，在灿烂光芒中，园里的老掌门——威风的白色百合是那厨房菜园、水沟、灌木丛、水池和沼泽中生长的芸芸众花草里唯一正统的王子。它在不知来自何处的陌生者中，展示着自己亘古不变的六瓣银色杯盏，那花杯的高贵血统可以追溯到诸神本尊：从远古走来的百合威严举起它那圣洁的古老权杖，在自己周围辟出一块纯洁、肃静和光明的专区。

我见到那些自己曾为之取名的花，后来我又遗忘了其中大多数名字，它们都开在一位年长智者的花园中，也是它们教我爱上蜜蜂。这些花在花坛里、在对称的椭圆形、长方形、梅花形和菱形花坛边缘集体亮相，环绕在篱笆、红砖、陶瓦或铜链周围，像珍贵的物品装在有序摆放的容器里，那容器类似于我们发现的那些刻画荷兰古诗人雅各布·凯茨作品的褪色雕刻品。花朵都成排种植，有的根据自身种类，还有的依据其外形和颜色，最后有一些是混合的标准，依照风和阳光的自然选择、最不利又凶险的颜色，这样的方式是为了显示出自然不会承认任何的不和谐，并且认同所有生命都能创造自身的和谐。

透过十二扇圆窗上亮闪闪的窗格玻璃、薄纱窗帘以及宽大的绿色百叶遮板，这长长的漆画房子如同一个耀眼的粉色贝壳，看着花朵拂晓时醒来，挣脱轻快的露珠美钻，看着它们入夜后又在繁星拉降的深蓝夜幕下阖眼。在这俗世可见的温柔仙境里，人们会获得一种智慧的快感，那快乐深深地植根于远处牧场的两条清澈水流，牧场上的随处可见静止未动的牛群。而在路边有一个壮观的磨房，像一位躬身前倾的牧师，以转动风车叶向来自村庄的路人做出熟悉的手势。

五

在我们的大地上，还有什么能比花朵的关爱更适合装点它悠闲的时光？在我那性情温和的友人家宅周围，齐聚悦目的姹紫嫣红，看着浩浩荡荡的蜂群在阳光中耕耘，从花丛中获得斑斓的色彩、花蜜和芬芳，这真是美事一桩。朋友发现那里植入了触目即是的欢乐，夏日那四散飞逝又几乎无形的快乐就固定在房门：那撩人的气息、温柔的夜晚、深情的阳光、欢快的时刻、确信的黎明、轻声细语的神秘青空。他不只享受着它们光芒四射的存在，还可能并不明智地希望，因为那神秘如此深奥又让人困惑——他还希望以向它们提出疑问，在它们的帮助下有惊奇发现。我们不知道自然的秘密法则和想法，不知道宇宙内在的思想，也许它泄露自己的意图就是在那些极力取悦其他生命、愉悦其他生命的生活并创造美的激情时刻里。

六

我叫它们古老的花，其实并非如此，它们并非来自那么远古的年代。只要研究它们的历史、调查它们的家系就会惊讶地了解到，这些花的大多数，甚至包括其中最简单、最平常的，都是新生的、获得自由的、流放的、初来乍到的、造访的、异域的。任何植物学论著都会揭示它们的起源。以郁金香为例（拉布吕耶尔提到的“孤独”、“东方”、“玛瑙”、“金衣”），它来自十六世纪的君士坦丁堡。毛茛、银扇草、皱叶剪秋罗、凤仙花、倒挂金钟、非洲金盏花或是万寿菊、蜡烛花或是大花剪秋罗、双色乌头、尾穗苋或雁来红、蜀葵和风铃草几乎是同时期由西印度群岛、墨西哥、伊朗、叙利亚和意大利传来。三色堇出现于一六一三年，黄色香雪球、宿根亚麻、大花亚麻、紫色山萝卜、具长匐茎虎耳草、长叶婆婆纳的出现时间分别为一七一〇年、一七七五年、一八一九年、一六二九年、一七七一年、一七一三年。宿根福禄考比它们稍早些。石竹在一七一三年左右进入我们的花园，而常夏石竹到来的时间是现代。马齿苋直到一八二八年才出现，一串红的露面则是到了一八二二年。如今随处可见大量生长的藿香蓟来到这里还不足两个世纪。蜡菊或是永久花甚至比它的年岁还小。百日菊刚满一百岁。原产南美的西班牙豆和意大利西西里岛移居来的甜豆在这里仅仅二百年多一点的时间。在最不为人知的村落里才会找到的春黄菊只是从一六九九年起才有栽培。我们花园中迷人的蓝色六倍利是在法国大革命时期从南非好望角来的。翠菊或叫玛格丽特皇后，它的历史可以追溯到一七三一年。如今寻常可见的福禄考是一八三五年从美国得克萨斯传来。花朵硕大的花葵看上去非常像本土植物，是一种朴素的乡野之花，而从它在我们的花园中开放到现在也只过了两个半世纪。矮牵牛花的出现仅有二十年左右光阴。而谁又会相信木樨草和天芥菜还不到二百岁呢？大丽花诞生于一八〇二年，唐菖蒲则是昨天才出世。

七

那么，在我们先人的花园里开放的是什么样的花呢？毫无疑问，种类很少，体积很小，地位很卑微，道路、田野和林地里都很难把它们分辨出来。十二世纪以前的花园中几乎是光秃荒芜的。后来，雄伟的凡尔赛向我们展示了只有在今天最贫瘠的村庄才能看到的花。那里只有些紫罗兰、花园雏菊、铃兰、万寿菊、罂粟，极少种的番红花、鸢尾和秋水仙，洋地黄、缬草、燕草、矢车菊、丁香、勿忘我、桂竹香、锦葵、玫瑰，近似于某种野蔷薇和气派的银色百合，我们的森林、风雪妄为的田野上同时生长的植被：只有这些植物在对我们的祖先展颜微笑，而且并未意识到自身的贫贱。人类那时还未学会环视自己周围，未了解怎样欣赏大自然里的众多生命。接着文艺复兴到来，伟大的航海时代、人类发现探索和侵占阳光的时期相继来临。尽管是属于我们自己的地球的神圣奇迹，却由于也因一缕阳光而生，所以这世上所有的花朵、成功的努力和最深刻、内在的美、地球上快乐的思想和祝愿都群起反抗我们。人类从僻远之地、地穴土窖、石垒砖砌的城镇和曾经睡在其中的堡垒中一步步向前奋进。人们步入花园，那里已经满是五光十色、香气袭人，于是睁大眼睛，像摆脱了夜晚梦魇的孩子那样惊喜交集。森林、平原、海洋和高山、还有花鸟，它们都以一种人们能听懂的更贴近人类的语言来迎接人的苏醒。

八

也许现在已经再没有人所未知的花了。大自然赐予爱情梦想的形式，以及在它胸中激荡的渴望美的形式，我们都已全部或几乎全都发现。这即是说，我们居住在自然最温柔的信任中，在它最动人的发明中。我们也带走了最神秘的节日中出乎意料的一部分，而那节日正是赋予我们活力的无形力量所有。从表面看来，多一点花装扮我们的花坛无疑是不足挂齿之事，这些花只不过在通向坟墓的道路两边播撒少许无能为力的笑意罢了。绝无半分虚假的是，这都是全新的、最真实的笑容，是我们的先辈们从未知晓的。这种新近发现的幸福正在向四面八方传播，甚至传到了最破败屋舍的门前。在寒门的促狭庭园里绽放笑靥的花朵与那些在深宅大院开阔草坪上的同样可喜可爱，而且它们还以地球上的极致之美包围了贫寒的窝棚，因为迄今为止，地球还未创造出任何比花更美好的事物。而花儿也彻底地征服了这个星球。由于预见到人类最终会拥有长久又平等的悠闲时光，这些花也已经承诺在健康的享受中实现人人平等。的确，花当然并非重于泰山，而且假如我们逐一扫视自己取得的小小胜利，每一件都算不上惊天动地。以表现出的来看，我们的脑海中应该更多点想法，心中应该有一种新的情感，这也算不上轰轰烈烈。而正是这些微小处才慢慢将我们引入自己所希望的获胜地带。

毕竟，这是一个千真万确的事实，即，我们生活在一个花朵比从前更美丽、数量更繁多的世界。或许我们还有权补充说，人类的思想也比起先更公正，人类更渴望了解真理。人类获得的最小快乐和克服的最小悲伤都应该标榜于人性之书。这样一来，我们就不会对自己主宰一些无名力量的证据视而不见，而且正开始掌握一些主宰万物的神秘法则，正让我们的星球完全为我们所有，正装扮我们的家园并逐步拓宽幸福和美好生活之路。

真　诚

一

唯有在绝对真诚的环境下，爱才会蕴有完全又长久的幸福。没有这种真诚，我们的爱就仅仅是个实验：人们活在期望之中，绵绵情话与卿卿我我都不过是昙花一现。而只要心怀高远、心思练达，真诚就有可能存在。可仅有此心也不足矣：假如真诚变得自然生发、不可或缺，那么心也必须要企及同等地位、同级程度、同样蕙质，爱也就会将两颗心无坚不摧地结合在一起。正因如此，多少人的生命逝水而过也从未遇见拥有真诚之心的投契之人。

然而，未学会真诚对己怎可能真诚待人。真诚是对生活中所有行为的动机产生的一种意识和分析。表达了这种意识以后，人们才能从容面对他人，与对方一起寻求真诚带来的幸福。

由此可以理解，真诚的目的不是为了完善道德，如果我们愿意，它可以使人达到更高的层次，在任何情况下都能引领我们去到更人性、更丰富的地域。正如我们常体会到的，品格的完善经常是一种不会带来实际收益的克制、一种心平气和、一种减少冲动的表现，是所有其他生命所长能成功地在我们心中融会贯通的根源。这种完善会抑制我们太过旺盛的欲望：野心、傲慢、虚荣、自私、贪图享乐。简言之，这些欲望是人类的所有激情、所有构成我们要害的原始力量和精神存在的根本，是无可替代的。如果我们在心中扼杀生命展现的一切，以仅仅想到它们的挫败取而代之，很快我们就不会有任何可供思考的对象。

因此，没有更多的激情、恶习或缺陷并非重大之事：既然我们错误地把激情、恶习或缺陷表述为构成人类天性的基础，那么只要是人类社会的一分子，就不可能与它们毫无瓜葛。但重要的是，要从它们的细节与未展现出的秘密中意识到我们所拥有的，并且在很高的立场督察它们的表现。这样我们就不会担心它们会击倒我们，或者摆脱我们的控制，信马由缰地不留心就伤害到我们或是我们周围的人。

以这样的立场来看，假如我们不是心存恶意，那么一旦见到自身本能会有最卑劣、最自私的表现时，由于我们的智慧已经有洞察潜藏暗示的能力，那种卑劣、自私的行为就很难出现。如此一来，在我们的监视下，那些本能就会变得毫无危害，像父母管教下的孩子。我们甚至可以在一段时间内忽视它们，忘记看管，它们也不会有任何恶劣的行径，因为它们肩负的责任会纠正其犯下的恶行，使它们自然而然地谨慎行事，并很快改掉那些带来危害的习惯。

二

我们已经对自己足够真诚时，并不意味着我们必定会对初识之人表露真诚。即使最坦白、最忠诚的人也有权让藏而不露的个人思想感悟比自己表达出的更多。假如不能确定人们能理解自己透露的真相，那么就不要说出它。你的心中所想在他人看来可能会大相径庭，带来的恶果会无异于一个真实的谎言。不论纯道德家如何鼓吹，只要不再处于同样的道德约束之下，如果要让每个真相产生应有的效果，就需要有所侧重。耶稣本人也不得不视信徒的类型而改变宣讲的侧重点。假如布道的对象不是中东加利利地区的渔民，而是柏拉图或塞内加这类哲学家，他与后者的交谈内容就会与前者截然不同。

所以，正确做法就是，以每个人能接受生活中真相的多少来相应地透露实情。即便如此，我们也应以十或二十倍的真相作为得知事实的交换。因为这就如同所有场合下那样，有意识地付出更多就会带动他人。

只有在这样的专注侧重不再必要时，本能才开始占据上风。于是，我们就会进入信任与爱的特区，像在一片迷人的海滩上，大家都一丝不挂地同在艳阳下日光浴。而此前，我们都像罪犯那样活在戒心中，不知道每个人都有权保持自我，也不知道每个人脑海和心田的差别都和身体的一样无可厚非。在感到囚犯被释放似的轻松后，我们就会了解，自己认为有责任隐瞒的正是生命动力中最根本的那部分。面对个人神秘的内心世界，我们不再孤独。而且，在那里发现的那些最值得同情的秘密也远没有从前那么让人伤神，却会使我们更热爱那坚定、温柔的光芒。因为正是在那光芒之上有两双手相执相扶，生死契阔，共同进退。

只要真心袒露，所有我们暴露出的邪恶、卑鄙、缺点就会全部改变性质。如同最近一出戏剧里的女主人公所说的："在一个真诚亲吻的坦承中，最不得了的错误也会变得比无辜更美好。"我不知道是否会更美妙，但那确实会更朝气蓬勃、更生动鲜活、更清晰可见、更积极向上、更情深义重。

在这种情形下，不管内心秘密的想法或情感多么粗俗可鄙，我们都不会再讳莫如深。我们不会再因它们脸红，虽然本为我们所有，我们却予以否定，与它们划清界限，证明它们将不再属于我们，再不是我们生活的一部分，不再会源于我们积极自愿的个人力量，而是出自那原始、无形又被役使的存在，那存在就像我们在大自然本身力量中发现的乐趣那样仅供娱乐。经过绝对真诚的考查后，任何仇恨的、自私的、愚昧虚荣的、嫉妒或不忠的举动就都变得与一朵单纯有趣的花无异。这种真诚有如火焰，能净化所包容的一切。它能消除危险的诱因，将最大的不公转化为一种好奇的产物，变得像博物馆玻璃匣中的一副致命毒药那样毫无危害。设想夏洛克能认识到并承认自己的贪婪：他就不会再贪心，他的贪欲会改头换面，不再面目可憎，伤害他人。

在其他方面，改正我们认识到的缺点并非绝对必要之选，因为那些缺点可以说是人们存在和自身个性必不可少的。我们的良好品性正是植根于许多自身的缺陷。而了解并承认这些缺点和缺陷会使它们的毒性发生化学反应，沉淀形成一种几乎像盐一样的成分，沉积在心底毫无作为，成为我们能在闲暇时研究的无害晶体。

三

这开诚布公的净化之力取决于坦白者的心性和接受者的内心。一旦这两方面达到平衡，这份坦率就会提升幸福，增进爱意。谎言无论新旧，只要曝光，性质最严重的缺点也会变成意料之外的饰物，如同公园中美丽的雕像，微笑地见证着、平静地展现着阳光灿烂的日子。

我们都渴望得到让人喜不自胜的真诚，可我们一直惧怕的是，如果向爱着我们的人坦承那些我们自己都不敢面对的，他们就不会像从前那样爱我们。似乎这样的坦白会改变我们在他们心目中已成的形象。若真如此，那就证明我们从他们那里得到的爱与对他们付出的爱并未处于同一层次。假如接受坦白的一方并未因此而更进一步地爱我们，那么对方一定误解了我们的爱。坦言相告的人不该自惭形秽，因为坦白的对象并未理解这种坦诚的行为正是在战胜一种错误，处在犯错位置上的已经不再是坦率认错的人，这错误本身已经与做错事的人脱离关系。除非我们对这种坦白不会再玷污自身清白还存有犹疑，否则它就再不能破坏我们的形象，它与我们的真实生活别无二致。我们无非是一个意外的目击者，见证了这种坦白而无需对此负责，就如同一片沃土不必对长出的一株有害野草负责，一面镜子不必为一晃而过的一个丑陋的投影负责。

四

任何海枯石烂的爱恋中必然存在阴影和秘密。我们不要再惧怕，这种绝对的真诚、在彼此相爱的两人之间这种双方透明的生活会破坏构成那阴影和秘密的背景。在每个人的爱之绝顶都有一座不知名的湖泊，它满足了爱人们了解彼此的渴望，这种渴望自身只是渴望得到更多爱的最激情表达形式。我们也不要害怕这样的真诚和坦白生活会使那伟大的湖泊干涸。不会出现这样的担忧。那种背景只是一种活动的临时场景，为短暂的爱情提供了无限遐想空间。把它移去，在那背后最终会显现真正的地平线，真实的蓝天大海。至于无名的湖泊，我们很快会察觉，到目前为止，我们从中汲取的不过只有几滴带来困扰的湖水。直到真诚出现，它才会向爱意喷出治愈创伤的泉水。因为相爱双方真诚以待比他们的外表、沉默和谎言更为丰富、深厚，也更绵绵不绝，这是无可比拟的。

五

最后，我们不要担心会耗尽自己的真诚，也不要设想自己不能将真诚之心挥洒到极限。当我们相信并希望它是绝对的时候，就一直是有比较而存在的。因为真诚只能在我们良善之心的范围内自我展现，而那范围的疆界每天都在改变，所以，在坦白的那一刻，我们在真诚的光环之下做出的行为或产生的想法都与我们现在归功于真诚的这些所思所为有着天壤之别。同样，我们现在并未坦白一些行为、思想或情感是因为还未有所意识，也许明天它们就会成为比我们这一刻的坦言更急于庄重坦白的心声。

一位女士的肖像

片段

……他说，这位佳人的智慧如同华丽背景下的一颗钻石。——拉布吕耶尔

一

“她真美，”他说，“流年暗换在那种美身上几乎定格。光阴带来的变化未曾减弱那样的美，只是为了让我们觉得魅力更持久而添了一分庄重肃穆，减了一分悸动摄人，以此替换了太过弱不禁风的优雅。她的娇躯允诺要活力长驻，直至迟暮之年迎来第一声惊叹，这种愿望因

那纯和柔软的线条彰显尊荣。而不知何故，我们深信那身躯会信守承诺。她慧光闪耀的肉身由神智不断更新，那神思虽加快了更迭却不敢担负一根皱纹、取代一朵鲜花或是扰乱爱为之赞美的一处曲线。”

二

“她理应与有男子气概的人做朋友，应该是地位平等的同伴，在与她自己息息相关的生活中，她应当是关系最亲密、感情最深厚的伴侣，可这些角色还不足够。她已学会接纳集合自身完美的星光，那光芒会让她在爱人心中的形象依然不可磨灭。无爱的友情正如无友谊的爱，是一种不完整的幸福，会使男士们黯然神伤。他们享受着得到的部分，只为缺失的那部分抱憾，而且在生命中那两座最美好的山峰之巅只发现了一种残缺的快乐。于是他们说服自己，人类的灵魂永远不可能拥有绝对的幸福。”

三

“在她的顶峰周围有理性在保持警惕，这是能点亮生命的最纯粹之物，但它展现出的只是优雅，不是光亮绽放。在我看来，没有什么能寒冷过理性，直到我见到它在一位年轻女子的眉间萦绕，好似一个天真欢笑的孩子手中举着圣堂明灯。这灯没有在阴暗中留下什么，它刺眼的光芒也未能穿过生活的内在，却是那些光彩的微笑使未触及到的一切美轮美奂。”

“她的良善之心如此自然又纯正，以至于我们听不到那心的呼吸，以至于她似乎没有知觉那心的存在。在全力抵制一种不公的感受或想法时，她对自己主掌的活动坚定不移却又游刃有余得像在停下小憩，或是为 朵花弓身。 个举动、 种天真活泼的表达、 滴含笑的眼泪都掩饰着心底挣扎的秘密。她已获得的一切都散发出本能的优雅，她本能的一切也都已变得烂漫无邪。在她身上，所有属于女性的激情都未被泯灭、未遭禁锢，因为不论这些激情是最低贱卑微的、最百无一用的、最高贵显赫的还是最凶险叵测的，都需要用它们调出爱恋所钟情呼吸的芳香。而尽管没有无拘无束，它们还是居住在一个有魔法施加的花园，所以它们不会向往逃离那个自身失去危害欲望的地方。在那里，较微弱又无用的情绪也不能继续沉寂，而是为较强大的情绪带来喜悦和乐趣。”

四

“因此，她将所有的激情与女性的弱点都变成自身的一种装饰。拜神明所赐，她表现出的完美并非仍处于诞生期，这完美囊括了无需因单独某个缺点而显得生动的所有美德。在怎样的想象世界里我们才能找到一种并未嫁接于缺陷之上的美德呢？美德不过是一种提升而非贬低自我的邪恶。优良的品质只是使自身成为可用之材的缺陷。”

“假若剥夺了雄心与自豪，她如何有必需的精力？假若失去了生命中合法急需时那一份私心保留的分配比例，她如何推掉不公的障碍？假若失去感性，她如何热情似火、深情款款？假若未有些许示弱，她如何善良仁和？假若并非常有太过轻信，她如何值得信任？假若不知揽镜自照、为悦人而容，她如何美貌如花？假若毫无天真的虚荣心，她如何保有自己女性的优雅？假若有些微前瞻远见，她如何此刻慷慨大方？若无严厉行，何以持公正心；若无冲动意，何以出无畏举？假若永远无法逃离无情理性的掌控，她如何投身奉献、为之牺牲？我们所说的德行与恶行是贯穿生命始终的同一种力量，只是依照它们所去的方向而更改了自己的名字：向左走，它们坠入丑陋、自私和愚蠢的浅滩；向右行，它们攀上高尚、慷慨与智慧的高地。判断它们好坏的根据是其所作所为，而不是所背负的头衔。”

五

“提到一种男性的美德时，那些描述表现的都是以行动做出努力。而那些令人称道的女性美德总能推想到那种静止不动的模特，像在大理石砌成的画廊中一尊美丽的雕像。这样的女性是一个相互矛盾的图像，一套静态的邪恶、惰性的实质、沉寂的修饰语、被动的行为、消极的力量。她纯洁，因为毫无感知力；她善良，因为毫无破坏力；她公正，因为毫无行动力；她耐心又顺从，因为毫无活力；她宽容，因为无人冒犯；她宽恕，因为毫无勇气反抗；她仁慈，因为她允许自己被人剥夺，或者因为她的仁慈已经使她一无所有；她忠实、忠诚、服从又怀有献身精神，因为所有这些美德都能存活于虚无中，就算在一具女尸身上也能发现它们。可假如这雕像有了生命，从自己的隐居地出现，进入一种存在体，其中的一切都不参与自己周围的运动，这存在体变成了可悲或危险的残骸，那又会发生怎样的情形呢？事已至此，忠诚于一种错误的选择或道德沦丧的爱，或是服从于一种愚昧或不公正的主人还是一种美德吗？事到如今，制止伤害就足以使人向善，制止说谎就足以使人忠诚吗？守于河岸所护的人有自己的道德，起于河流之势的人也有自己的道德。静动皆有德，明暗亦有德。第一种美德可以描绘成凹形美德，如果它要容身于第二种美德中，就必须升起、站立，变成凸显自己的美德。物质与线条也许还是相同的，但价值已经完全颠倒了。如果我们把耐心、温和、恭顺、自信、忘我、服从、奉献、牺牲以及所有这类消极美德的产物都原原本本地移入环境严峻的外在生活中，就会无异于弱点、奴性、冷漠、神志不清、懒惰、放纵、愚蠢和怯懦。而为了保持与它们原本美德来源的必要标准，这些美德产物就必须演化成为活力、坚定、执著、谨慎、愤慨和叛逆。只要没有扰动，忠诚就无所畏惧，但必须格外小心，以防它遭到蒙骗，向敌人缴械。纯洁坐在一边双眼齐闭，两手交叠，它有权变为激情，进而决定并安稳命运。不论以上有名称的还是未命名的美德，都会接连发生同样的状况。接下来的问题是，要知道积极和消极生活中哪种更合适，是与男性和一些事件有纠葛，还是对此回避。这样的选择中是否强加了一种道德法则，或者每个人是否有权力按照自己的品位、性格和资质来做出选择？积极和消极的美德中，哪个应执牛耳，两种效果孰优孰劣？我认为，也许可以宣称前者常常含有居于其后的一方，而反之则不然。因此，我提到的那位女士更有能力去奉献牺牲，因为她比其他人更擅长避免这两种美德来势汹汹地成为必需之物。她不会含糊不清地酝酿伤感和承受痛苦，不会以此方式来赎罪和净化心灵。但是，为了拯救所爱的人，为此需要承受一种小折磨或是一种大的悲伤，而她感到自己坚强得足以独自面对并且能默默地在内心克服它们时，她就会接受并以坦率的热情追求那样的伤悲和痛苦。我已经有多久没有见到她在面对不公的指责时强抑将要涌出的泪水，那时她的双唇绽耀着热情的微笑，以几乎无形的勇气强忍着本可以为她正名的话语，而那些言语可以使误判她的人一败涂地。这是因为，她就像所有正义仁善的生命那样，自然经历了在正邪间徘徊之人所作所为中的些许不公和些许不义，那些人在仓促地滥用着屡屡获得的宽容或是宽恕。宽恕要好过任何散漫又泣不成声的顺从，它显示出爱的那份炽热有力的保留。”

六

“伊菲革涅亚、安提戈涅[①]或是姐妹慈善会的修女们同每位平凡

① 伊菲革涅亚为史诗《伊利亚特》中阿伽门农之女，被自己的父亲作为祭品献给狩猎女神；安提戈涅为希腊神话中忒拜国王俄狄浦斯之女，曾随父亲流浪，后因不顾禁令埋葬兄长的尸体而惨遭活埋。

女性一样，假如需要，在最后的斗争中，为了最终能衡量那在一颗未勘察过的心灵中也许是惊人的力量，她不会请求命运女神让自己负伤而死。因为她已经学会平静又内心确定地了解那些力量的数目和重量。除了生活以宿命的无情阻碍或一种不可抑制的自然法则使我们止步，除了这类情形下的考验之外，她会本能地选择另一条道路来到达责任指明的终点。不管怎样，她都永远不会放弃奉献和牺牲，永不自暴自弃于背信弃义的悲伤甜蜜中。她一直在警惕、在防卫，充满奋发的信心，到最后一刻还会在让自己走向毁灭的事件中寻找弱点。与那些放弃反抗命运羞辱的人一样，她的眼泪也是那么纯洁和轻柔。可是，那些眼泪并不会模糊她的视线，而会使目光聚集，使其中倍增慰藉或拯救之光。”

七

“至于其他的，”他总结时补充说，“我依你所愿而努力刻画的阿泰尼丝拥有我赋予她的特征。根据你们每个人各自内心存在的或是自认已经遇到的理想形象，她会表现得极度可憎或者显得极为动人。除了消极美德以外，其他都无法统一认同。以绘画的角度看，这种优点是其他人欣赏不了的。唤起顺从、自制、恭顺、贞洁的羞怯、谦逊、虔诚、忘我、奉献、牺牲精神、质朴、天真、坦率并不是难事，因为这整群沉默又常常无人问津的女性能力都惊吓地躲去生活的阴暗角落。我们怀着感情用眼睛去辨识那些数百年岁月冲淡的熟悉色彩，而这幅画里总是密布一种哀伤的雅致，看上去好像那些美德不能被误解，它们的超越使自身显得更为动人。然而，那些引起大家注意的人显得自信满满，却毫无头绪地乱斗混战，他们的面孔多么特别又令人厌恶！这些人一文不名，蓬头乱发，衣衫的每处褶皱都不在习惯的位置，肌肉紧绷，不讨喜或可疑，自命不凡或严厉古板。女性长期卑躬屈膝地生活在这种阴影下，以至于我们带有偏见的眼睛很难捕捉到她冒险在白日天光里起身的第一个动作。可是，当极力绘出一个生命的亲密肖像时，一个人所有能说的只是一种不完美的相似，只是类似于一幅更为精确的图像。当我们谈到他的时，在我们脑海中就形成了这种图像的思想。而且，以这最后的图像来看，它不过是一种极为相像的素描，生动又深刻，但无法表达，其存在已铭刻于我们心底，犹如光照在感光版上。把最后的证明与头两种相比较：无论我们认为它们多确切、印象多深刻，它们都不再仅仅是有些契合它们所期待的主题的那些花环和蔓藤花纹的框架，而是真实的面孔，真正基本的生命。这生命具有唯一真实的善恶，他将那善恶置于自己表面的实际善恶之下，只有在两个生命即将接触的刹那才从阴影中浮现。最精纯的能量和最恶劣的缺点也不能让这自我显示的神秘实体有任何增减，而且揭示出的正是这实体命运的性质。于是，我们认识到了自己面前的存在。那些只有通过我们眼睛抵达自己灵魂的一切隐藏的可能性，的确是它所希望成为的，或者从未是它忠实地努力不要留存的。”

八

“关于一个人应该是好是坏，应该行善还是作恶，假如我们承认那种赋予他生命的神秘力量，那对友情和爱情就至关重要，却对我们本能的同情无足轻重。那神秘的力量通常会在初次见面时自我展现，有时我们只有长期习惯之下才能有所了解。它很少与外在的行为和真实个人的思想有共同之处。这真实的个人似乎不能严格算它的代表，而碰巧是它的解释者，其诠释方式就是它极力自我体现的。我们度过的时光像一个跷跷板，把我们的存在与一些人相联系。在那些人之中，我们都有自己很少尊敬的朋友和同伴，他们为我们做的不计其数，因而我们知道自己对他们并不信任。不过，我们并未让自己鄙视他们，因为是他们把自己推向我们的道路，他们应受此待遇。凌驾于、无视于分离我们的一切和丑化他们的一切，我们将一种比所有经验和理性的争论更可靠、更自然的信念置于一份声明中。这含糊却坚定的声明向我们证明，在普遍又永恒的生命计划中，使我们陷入最真实、最重大灾难中的人并非我们的敌人。也许这些同情和反感无人认可。而且，不管是在构成我们存在的有形或无形的现象中，还是在形成和维持我们形体或道德健康、喜悦或悲伤的感情以及在我们命运之舟上流动的和最受影响的已知或未知的流体中，都不会找到关于那同情和反感的任何答案。事实仍然是，有一种不可否认的力量在我们幸福的成就中、在友情和爱情中发挥决定性作用。这第三种力量与年纪和性别无关，也不关乎美丑。在外形或性的吸引力、心智与性格的亲和力上，它是独立存在的。它本就是一种有益又包容的环境，吸引力和那些亲和力就沐浴在那样的环境下。缺失了这第三种力量，这生动的环境，两个彼此尊重、理解和热烈相爱的生命间就会萌生误解、悲痛和欺骗，进而一拍两散。由于这种力量的性质还不为人知，人们给它起了各种难以理解的名字，称之为灵魂、本能、无意识或潜意识，甚至还叫它神性。它可能源自未有定义的器官。那种器官都使我们与未直接与我们个性相关的一切紧密相关，与它延伸至时间与空间、过去和未来以外的一切息息相关。”

橄榄叶

一

我们不要忘记自己处在一个富有决定性意义的时代。可能后人会羡慕我们拥有今天这样的黎明，只是当时我们并未知觉已成惘然，正如我们也会羡慕那些经历伯里克利[①]领导执政的先辈，那些生于罗马盛世荣光时代的先人，那些恰逢意大利文艺复兴时期的前人。遮蔽了人类伟大运动的辉煌尘埃在人们记忆中灿若星辉，却使那些集结并呼吸着此类尘埃的人盲目莫辨，使他们前行道路的方向隐没不见，尤为重要的是，引导人们的必需思想和本能因此而隐蔽。

想及此不禁让我们心怀忧虑。几个世纪以来，人们已经获得一定的生存便利，而串起日常生活点滴的网络却鲜见变化。在这网络表面，充斥密布的恩惠和邪恶仍同往昔，而网络的内在则是展现它的时代主流思想不同而表现为光明或黑暗。此外，无论有着怎样的形式或伪装，在最根本的问题上，这种思想总在自我退化，直至成为某种可疑的宇宙观。只要并未改变以神明、无极、广大的未知世界以及世界经济为主题而滋生和启蒙的大众思想，个人和公众的灾祸苦难或兴盛发达对人类的幸福和不幸就不会产生持久的影响。因此，假如要了解一代人是在黑暗还是在光明、在痛苦还是在快乐中度过一生，就不能从战争和民生纷争着手，而必定要从那关键的思想中寻求答案。从中我们会发现，为什么一个历经重重逆境的民族会给人们留下难于计数的美好欢乐之象，而另一个民族虽然物华天宝或是威名远扬，却只有阴沉乏味又惊恐万状的生活竖起的纪念碑遗赠后世。

二

仅以现代文明的近三四个世纪而言，我们才刚从伟大的宗教时期走上前台。在此期间，尽管也有希望长眠不起，但人类生命还是在因威胁不断而略显阴郁的背景下卓然崛起。这样的背景使多样多变

---

① 伯里克利为古希腊民主政治家，在其管理执政期间，雅典的奴隶主民主政体日益完备。

地被遮盖的艺术和形而上学帷幕得以随心所欲地在人类新生代和背景那褪色的褶层之间进行干扰。从某种程度上说,人们已经遗忘了它的存在。只要没有出现巨大的裂缝,它就不再会出现在视野中。纵然如此,它还总是无所不在的,给环境和风景赋以一种统一的色彩,给人类生活赋以一种向外散播的意义。对于那些极为急迫的问题,这意义提出应采取暂时性耐心的建议。

而今,这背景正在一片支离破碎中烟消云散。有什么能接替它的位置,为我们的视野赋予一种可见的形式、一种崭新的意义呢?

那本是谬误又被人们认为在自转的轴已经突然喀嚓断为两半。在我们惊惶的想象中摇摆了一段时间后,人类登场的广阔平台已再次平静安定,以此开动了始终支撑它的真正轴心。除了某个我们为掩盖自己并不了解而使用的那些无法解释的表述以外,一切都未改变。迄今为止,在我们看来,世界的轴心是由精神力量构成的。如今,我们确信它是由纯粹的物质力量组成。让我们自得的是,一场伟大的革命在真理的王国内已经获得成功。事实上,这革命在我们以无知建造的国度里只有一些修饰语的堆砌,一种言辞说法上的政变,“精神”与“物质”这两个词在那里只是具有了可互换同样未知事物的属性。

三

但假如真有其事,这些修饰语本身应该仅有一种文学价值,因为那两个词可能都不准确,它们表达现实事物的效果就等同于用“大西洋”或“太平洋”来指示海洋。不过,以我们将其特意视为数一数二的排序来看,它们也对我们的未来、道德以及随之而来的幸福产生着巨大影响。我们在真理周围兜兜转转,指引方向的唯有火把点亮的假想而已。那烟雾缭绕的火把就是些魔幻色彩的词语,它们很快变成许多生动的实体,占据了我们生理、心理和道德行为的前沿。倘若我们认为思想在指挥着宇宙,那么我们所有的研究和希望都会集中于自己的思想,或者专注在其言辞和想象的能力上,这样就会沉溺于神学和形而上学。假如别人使我们相信,宇宙之谜的最后一个词就藏在物质中,我们就会全神贯注于探询物质,仅仅将信心投注于实验科学。而我们正认识到"唯物论"与"唯心论"无非是两个对立又相同的名字,是我们理解领悟后费尽心思的产物。可是,两者中任何一个都会将我们带入似乎属于不同领域的道德世界。

四

且让我们忽略附带产生的后果不计。唯心论主张的巨大优势在于,它赋予人类生命一种道德、一种目标和想象的意义,比那些后天培养出的本性所带来的远胜一筹。如今那或多或少令人无法相信的唯心论仍然从这一优势引起的反响中获得灵性,对至高无上的终极和思想那无法预测的胜利保有深厚却无形的信仰。

相反地,另一种论说没有提出任何道德、任何超越我们本性的理想、任何于我们自身以外的目标以及空间之外的视野。若不然,试看其范畴中人类提出的唯一理论,我是指进化论,它源自无数零星片段的实验说明,正是这些说明构成了大量令人难忘又毫不张扬地征服我们的科学。如果我们能从该理论中生发出一种道德,那会是种可怕又怪异的自然道德,即是说,物竞天择,适者生存,为求生存,罪恶必要。现今,这种理论同时显示出另一种必然,由于其影响永恒晶体的缓慢活动时也激发了灵敏又短暂的人类活动,所以如果地球上一切生命的核心道德得到极致展现,那么它对人类来说就足以致命。所有的宗教、哲学、神示和智者都别无他求,全被引入这过于火热的环境。假如那里是纯净无杂的,就可能会使我们的物种和能减少环境毒性成分的元素荡然无存。更为显著的是，这些是对公正和让人生畏的神明的信仰，是一种报应的希望和一种永久惩罚的恐惧。这也是些中性物质和解毒剂，伴随着某种令人不解的预见。大自然为它们而在人类心中保留了立锥之地：我指的是善良、怜悯和正义感。

这不可容忍又唯一独有的环境曾是我们自然而平常的环境，为何它不会、可能也永远不会洁净无瑕？即使如此，今天在其中呈现的还是一种奇怪又值得留意的景象。这环境像一种液体那样微微激荡，冒出气泡，并沉淀凝结，因为机遇已经向其中滴入了几滴不知名的化学试剂。宗教在那里添加的补偿原则正渐渐蒸发并在其顶部消于无形，而在底部正凝成厚重的惰性物质。然而，随着这部分消失，尽管纯粹的人类解毒剂在宗教因素的消解中得到氧化，也还是获得了更多的活力，并极力维持了混合标准。在这混合物里，一种隐晦的命运栽培着人类这一物种。在依然神秘的助剂到来以前，这些解毒剂就占据着蒸发掉的力量留下的位置。

五

起先，虽然减少了宗教情感，也降低了对人类理性带来的必要影响，行善时再也看不到能获得任何超自然的利益，可从中得到的自然利益还大有争议。这难道不令人惊讶吗？正义、善良和大众良心品性这些总和远未消减，反而毋庸置疑地增加，这难道不令人惊讶吗？尽管事实无疑会遭到质疑，但我还是这样无可争辩地认为。为了说明这一观点，我们必须要回溯整个历史，或者至少回顾最近的几个世纪，将不幸者此前的地位与现在的作比较，将昨天出现的所有不公与今天出现的作比较，对比奴隶、半奴隶、农民、劳工在旧体制政府统治下的生存状态与他们现在的生活环境，以土地所有者从前的冷漠、无意识、轻松又必然的刻薄对照他们今天的同情、自责、不安和顾虑。

这一切都需要细致漫长的研究，可我觉得任何公正的思想都会顺理成章地认同：虽然存在着太多广泛又真实的痛苦，但可以相当肯定的是，比痛苦更多一些的正义、团结、同情和希望不仅存于人们的愿望中，也体现在实际行动里。

对人类道德环境下这种不合逻辑的进步，我们应该归功于什么宗教、什么思想、什么新的因素呢？这很难准确描述，因为尽管可以确定是以一种显而易见的方式在发挥效力，它们仍然太新潮，远未成形，极不稳定，使我们无法定性。

六

虽然如此，我们还是尽量找出些线索。首先要表明，我们的宇宙观得到了最有效地极大改变，重要的是，这种改变正呈现出越来越快速的趋向。无需解说，无数科学发现中的每一项——不论影响到的是历史、人类学、地理、地质学、医学、物理学、化学、天文学还是其他学科——都在改变我们习以为常的环境，将某种关键物质加入一种我们尚未能分辨的形象里。我们能见到那形象在自己上方若隐若现，遮挡了全部视野，由此可以预感到它的巨大。它的特色正趋于散乱无章，好似我们在节日的夜晚看到的那些灯火。建筑正面、柱廊、穹顶和门廊都不连贯地突现于天空。我们不知道它们代表着什么、属于哪里。它们不合情理地悬在静止的云霄之上，是那静寂未动的天宇中不协调的梦。而一线微光蓦然蜿蜒划过蔚蓝夜空，眨眼间连接起穹顶与圆柱、门廊与面墙、台阶与地面。这宏伟建筑仿佛丢下黑暗的面具一般突如其来，在夜色中昭然而起。

这微光一线、这决定性的波动、这普通又互补的火焰闪亮仍旧是我们智慧的夜空所缺乏的。可我们感觉到它的存在，它就在黑暗的阴影中显露轮廓，并且只是一种不足挂齿之物、一星火花。我们不知道什么样的科学足以点燃这火花,也不知道怎样的科学足以使我们漫无边际的预感和在深不可测的空间中彷徨四散的所有观念都精确无误。

七

在宗教思想冰消瓦解后,这空间作为人类无知的栖身处早已空虚得可怕。此时,模糊又庞大的形体正逐渐充斥着它的内部。每每有一种这类新形式膨胀时,它所移动的无限广度是以这些形式轮流的无限比例来增加,因为在人类想象中,那种无限的范围一直在发展扩大。可以确信的是,神明视为积极正面的那些宗教有时是非常伟大的。以犹太教和基督教的上帝为例。他称自己无法比拟,包罗万象,并且首要的特质就是永恒和无限。但无限这个概念假定了生命抽象又晦涩难解,而且只能以取代我们越来越退回至有限的那些疆界来解释。它形成一个无形的范围,这范围属于我们只能借助极少数现象而获得的一种意识所有。而那类现象出现在多少远离我们想象核心的个别地方。只有通过多样性才能使无限产生效力,即以我们展示其深层内在的未知事物所拥有的那些真实有形的表面形式为途径。一些空间的问题与我们所有的不确定性越来越遥远、越来越陌生,直到在那些问题的众多范围内显示出生命力、运动和激发,无限才会令人可以理解和察觉。为了让我们的生命进入它的生命,无限必定不断质询我们,并且不停将我们置于自己无尽的无知中。而无知是唯一可见的服装,我们得到无限的允许,可以在那服装下推测出它存在的无限性。

如今,关于那些我们无休止地被问到的问题,即便最不可比拟的神明也很少能提出与之类似的疑问,因为发问的是敬神者们称之为现实中虚无的大自然。这些神灵满足于统治一个死气沉沉的空间,那里没有事件和形象，相应地也不涉及我们的任何想象，只是对我们的思想和情感产生一种毫无改变的静止影响。因此，我们对有限的感知在心中已衰退，而那样的感觉是我们所有更高层次活动的源泉。我们的智慧为了在其自身界限中存在，并在其中完成自身最崇高的使命，我们的思想为了填充大脑的全部空间，就需要得到来自未知事物的新鲜记忆的不断刺激。当新出现的事实已不能在平日里召唤我们的智慧到达自身力量的极限时——在众神主宰的领域中就鲜有新的事实——智慧就沉睡了，收缩了，让位并沉沦衰退。唯有一样能在新事实的所有部分和我们大脑的所有脑叶中同样地膨胀，那就是我们看待自身存在之谜的积极思想。如果声称这种思想的活动永远不能与今天发生的活动相比，会不会就有错误的危险？无论在印度教、犹太教和基督教神学曾经繁荣发展的时期，还是在古希腊和德国玄学吸纳人类全部天才之力的往昔岁月，我们的宇宙观都从未因如此意外、如此充满神秘感、如此富有活力、如此真实的证据而生机勃勃、丰富多彩、宽广开阔。可以说，它至今仍间接地得到滋养，或者在自己的错觉中自给自足。它在自己的呼吸中自我膨胀，在自己的浇灌中润泽成长，少有自身以外的资助。今天，宇宙自身已开始渗透进入我们形成的观念中。我们的精神食粮已经改变。思想所获得的来自于其外部环境，并且增加到其存在中，这是在借入而非出借。它再也不在自己周围散播自身伟大的映射，而是吸收其周边的伟大事物。迄今为止，我们一直借助于自己不可靠的逻辑或随意的想象，围绕这个谜借题发挥。今天，我们正从内心最深处努力与谜建立关联。它向我们发问，我们尽量做以回答。我们对它提问，作为回应，它常常在我们活动的无边黑暗圈子里展现出一种光明无涯的前景。有人会说，我们曾经是一群盲人，在一个封闭的房间中想象着屋外的世界。而现在，我们还是这样一群盲人，正被一位永远沉默的引路人带入森林，穿越平原，爬上高山，走在海边。我们的眼睛还未睁开，但心怀渴望的颤抖双手已能感觉树木，弄乱玉米穗，采集花朵或水果，为岩壁山脊赞叹或投入那清凉的水波。这时，我们的耳朵无需理解也学会了辨认阳光与阴影、风和雨、叶子与水流那无数真实的歌唱。

八

假设我们的幸福如上所说，取决于我们的宇宙观，这在很大程度上是因为我们的道德就由此决定，而且它对宇宙观的依赖远多于对自然的依靠。与处在一个人类理想臻于完美，却限制并缺少神秘的宇宙中相比，我们在一个经证实毫无道德，却被视为有无限规模的宇宙之中会更合适、更高尚、更有道德。首要的是，这种开发我们一切思想和情感的地带要尽可能宽广，而这样的地方与我们所描绘的宇宙别无两样。我们想着已经为自己创造了一个运动其中的世界，没有这样的想法我们的活动就不能进行。那里是一切的开端和源头。在我们道德心之巅有一种无比巨大的力量，它的高度和广度改变着我们的一切行为。而这些行为绝大多数还都不为我们自己所知。

九

我觉得，我们可以说从未有更大的空间，也未有过更高的地位。当然，关于权力无限的机构和政府，我们为自己提出的构想没有此前那么精确。但这是出于好意，是为了高尚的理性不再错误地接受那些界定的传统限制。它不再囊括任何固有的道德、任何慰藉、任何承诺、任何特定的希望。它荒秃空荡，因为除了一些最初事实的根基以外没有什么能在其中存活。除非宣告并说明自身的无边无际，否则它就没有声音和形象。此外，它也不再向我们透露任何事。可这种无限已保存了自己专横霸道又无可辩驳的独有属性，在充沛的活力、品质的高尚和雄辩的证明方面超越了所有特性、所有美德和至今我们用在自己所未知事物身上的完美。它没有让我们背负任何责任，却使我们保持着一种绝佳的状态，以此让自己更轻松、更大度地履行那些即将到来的责任。通过令我们更接近于自己在世界体系中的真正位置，它把从我们的物质和个体重要事物中带走的又添加到我们的精神和集体生活中。它越让我们认识到自己的渺小，我们内心认识到的这种渺小就提升得越伟大。一个新生命会比原有的生命更公正，也可能更接近于某一天会宣告自己是最新生代真理的事物。原有生命已在征服自己的观念中消散无踪，并且正逐步被新的生命取代。

十

对这一新生命而言，在永恒力量的无限中，该生命和围绕它的所有人如今都只是沧海一粟，因此这两者都再也不能引起那无限的注意和兴趣。我们的兄弟、我们的直系后代、我们举目可见的邻居、我们新近才标示界限的所有同情心，这一切都渐渐将优先地退位让给一种更恣意过度又更崇高的生命。我们几乎是微不足道的，但我们所属的物种却占据了一个在广袤生命之海中有辨识度的位置。我们几乎是不名一文的，但我们作为其中成员的人类正获得一种此前我们被剥夺的重要地位。这种感觉刚开始为我们思想和潜意识的习惯环境让位。它已经在打造我们的道德，并无疑在筹备着革命，其声势可以媲美最有破坏性的宗教革命。它会慢慢替代我们大多数善恶的核心位置，替换掉虚幻的个人理想，代之以无私欲、无条件又依然有形实际的理想，这种理想还未能预见到会带来的影响和产生的法则。而无论情形怎样，我们甚至现在就能断言，它们所具有的普遍性和决定性会超过在它们之前那些地位优越的、可以说位列人类灵魂史的影响和法则。不管怎样，难以否认的是，这一理想的目标比此前照亮我们黑暗世界的那些最出色的理想更为持久，更为确定，因为它契合的不只是宇宙自身目标的一点而已。

十一

我们处于这样一个时刻，此刻，上千的新理由让我们相信降生在自己周围的同类的命运。我们占据这个星球已有数百个世纪，似乎已度过最严重的危险时期。那些危险极有威胁性，我们能逃脱只是抓住了历史上千分之一的机会。地球还很年轻，在平衡自己的大陆、岛屿和海洋以后才能趋于稳定。地心之火作为星球上第一批主宰者还时刻从自己花岗岩的囚笼中喷发。地球在太空踌躇不定，漫步于众多不知自身法则又不怀好意的贪婪星辰中。我们尚未确定的天赋之能像星云在寰宇中那样盲目在体内游走。当大脑成形、神经网络开枝散叶时，就没有什么能摧毁人类的未来。今天，海洋的不稳定和地心之火的喷发远非那样可怕。无论如何，它们不可能带来任何波及面广的大灾难。至于那撞上迷途之星的第三种危险，我们可以相信自己能获准几世纪的缓刑，争取到学会如何躲避凶险的必要时间。

我们希望终有一日能掌握世界的核心秘密。当我们知道自己做了什么，以及正在做的是什么时，这样的愿望就并非荒唐可笑。而眼下，为了安慰自己的无知（像哄一个孩子睡觉那样，嘴里重复着毫无意义的单调话语来抚慰），我们现在称那秘密为万有引力。假设这至高无上的力量之谜就藏于我们内心或我们周围，在我们触手可及的地方，这也不算疯癫呓语。它也许像光和电一样驯良顺服，也许是纯精神的存在，由一种简单的成因而决定，出现在我们面前的也许是那成因的替代物。发现一种物质的意外属性就类似于我们刚揭示出镭那种让人不安的性质。那会直接引导我们找到能源和星体生命。从那一刻起，人类的命运就会改写，地球当然就得到拯救，成为永恒之星。它就可以如我们所愿，去靠近或远离热与光的核心，逃离疲惫不堪的太阳系，在新辟的轨道和无穷尽的世界中寻找未知的流体、力量和生命。

十二

我承认，这一切全部是可疑的希望。以对人类命运的绝望观点看，这几乎是合情合理的。但它仍然是有可能性的选择，而且此前一直没有出现负面影响。逝去的每小时都增加了我们掌握并征服奥秘的机会。有人会说，以美、欣赏和对生活的和谐理解来看，我知道有些国家——例如古希腊和罗马帝国建立时——优于我们。仍然存在的事实是，那时传播全球的文明总和都不能与今天的相提并论。一种非凡的文明，比如雅典、罗马或亚历山大统治时期的文明，只形成了一个灯火闪亮的小岛，但那里各处都受到威胁，最终被环绕岛屿的惊涛猛浪吞没。如今——除了似乎不算严重的“黄祸”外——能使我们在几天的关键争夺中一败涂地的野蛮入侵已经不复存在。再也没有来自外部的野蛮人：他们来自我们的田野和城市、来自我们自己生活的淡水区。他们会被自己原本宣称要摧毁的文明渗透，并且，只有利用这样的征服，他们才能从我们这里夺走那文明的成果。因此，从最坏处考虑，会突然出现暂停，随之而来的就是重新分配财富。

既然我们在两种理论主张中做出了选择，为我们的文明搭建了光明或阴暗的背景，那么犹豫不前就并非明智之举。即是在生活最琐碎的环境中，我们的无知也经常只提供同一种选择，并且这种选择本身并没有施加更强有力的影响。绝不能把乐观理解成虔诚或幼稚。它并不是像农夫离开酒馆时那样没头脑地开心，而是打破了存在与已发生的和会发生的事物间、存在于希望和恐惧间的平衡。并且,假如最后破坏得还不够严重,它会扔进生命的重量。

对其他方面,这种选择甚至都不必要:我们能感受到自己的伟大期盼就已足够。因为我们人类生活的壮美国度里,有米开朗基罗曾将先知与旧约中那些义士绘在西斯廷教堂的天花:我们生活在期望中,也许就在期许的最后时刻里。实际上,期待是有不同程度的,其程度始于一种茫然的顺从,并未希望出现由于期待对象最接近的举动而引起的兴奋。似乎我们听到了那些行动:超人的脚步声,一扇大门打开,我们感到有气息吹拂过,或者是光亮在靠近。我们不知道是否如此。但这样程度的期待是种热烈又绝妙的生活状态,是幸福最美好的时期,是幸福的青年、童年……

我要再次表示,对于盼望,我们从未有如此多的合适理由,让我们对此好好珍惜。我们的先人在创出丰功伟业时靠着并非如此重要的理由而经受住考验,那些伟大的业绩给我们留下了人类命运的最好证据。在找不到信心时,他们就从不合理的理由中寻找并拥有了信念。今天,当那类理由中的某些的确来源于理性时,如果表现出的勇气还逊于那些先辈们当时环境下获得的理由,尽管我们从前人的理由中只能感到泄气失望,那种勇气不足的表现也还是错误的。

至于连我们最细小的想法都明察秋毫的那位上帝,我们不再相信这个世界是他的掌上明珠。不过,我们知道它服从于那些极为强大、对法则和责任极为熟悉的力量,由此就需要我们去洞察了解。而这就是我们在面对这些力量的秘密时态度有改变的原因。这种态度不再是提心吊胆,而是无所畏惧。它不再要求奴隶在主人或造物主面前卑躬屈膝,而是允许平等地对视,因为我们自己内心拥有着同样最深刻、最伟大的秘密。

花的智慧

Ⅰ

对于我在此仅回忆的少数事实，各位植物学家都不陌生。我没有任何独立的发现，我微薄的贡献也仅限于做少部分初级观察。无需表明，我无意查实植物赋予我们智慧的所有证据。这类证据数不胜数，源源不绝，在花朵中表现得尤为明显。花集中地体现了植物生命向光和领悟的努力。

虽然有些花草树木处境尴尬或者遭遇不幸，但它们都不缺乏智慧和创意，都投入地完成自己的工作，都以无止境地增加自身代表的存在形式而扩张、征服地球表面，以此展现它们的万丈雄心。为达到这一目的，它们必须克服的困难比动物大量繁衍要面对的困难大得多，因为自然法则将它们困在土壤之中。于是，绝大多数植物都会借助一些化合物、一种机器、某些陷阱。这些方式涉及机械、弹道学、航空领域和对昆虫的观察，通常都在人类的发明和技能之先。

Ⅱ

对于花朵受精的庞大系统，再一次描摹它就显得多此一举：雄蕊与雌蕊拥舞、花香诱人、和谐又鲜明的色彩魅人、花蜜酿制。蜜原本对花毫无用处，酿蜜不过是为了吸引和挽留外界自由来去的生物、爱的使者——蜜蜂、大黄蜂、苍蝇、蝴蝶或者飞蛾。它们给花儿带来的香吻来自远方那无法移动也无法让被吻之花见到的爱人……

在我们看来，植物界如此平静、如此顺服，一切都是那么百依百顺，循规蹈矩，仿佛能陷入沉寂冥想。其实正相反，这样的世界烦躁不安，植物与命运的抗争最为激烈、最为顽强。植物的核心器官、营养器官——根部与土壤紧密相连。伟大的自然法则压制着我们人类，如果说人难以发现哪种法则是自己肩头最重的负担，那么对植物来说，最重的法则就无疑是宣判了自己从生到死无法自主行动。因此，它比我们更清楚首先要反抗什么，不像我们那样四处出击，分散自己抗争的努力。从根部的黑暗中升腾，直至长成有机的形体，成为盛放的花朵，它明确的想法中有这样一股力量，那是一种无可比拟的奇迹。它全力投入于唯一的目标：为了摆脱处在地下的命运而向地上逃离；触犯沉重严酷的法则以求解放自我；冲破狭小的空间；生发或是激发而生可比作双翼一样的花瓣，逃逸得越远越好；征服命运强加的禁锢空间；靠近另一个国度，穿入一个移动的活力世界……它如此达成了目标，就好像我们人类成功地在不同的命运加诸的时空生活，或者开拓了一片空间，在那里不会受到最重苛的法则束缚，这不也值得惊奇吗？我们会发现，花朵为人类树立了惊人的榜样，这榜样不屈、勇敢、坚韧又机智。对于花园里任何一朵小花表现出的力量，假如我们将其中的一半用于消除那些压倒我们的各种必经之苦，比如病痛、衰老、死亡，那么我们就会深信，自己的命运将和现实完全不同。

Ⅲ

大量的植物将运动的需要、对空间的渴望都体现在它们的花朵和果实中，或者无论如何都会透露出少数不那么复杂的经验和远见。和动物界的情况相反，由于遵循着完全无法移动这个可怕的法则，种子最大、最致命的敌人就是父母亲族。我们仿佛看到这样一个奇怪的世界：在那里，父母无法四处移动，也知道会遭到说自己放任后代挨饿或窒息的谴责。每颗落到树根或者其他植物根部的种子要么会不知所踪，要么注定在悲惨的处境中发芽。因此，它会付出极大的努力摆脱牵绊，征服空间。也因此，我们会在森林、在平原随处见到它们在空中播散、前进、飞行的非凡方式，在此略举少数最令人称奇的例子：比如槭树那"飞行的螺旋桨"——翅果，椴树的苞片，蓟草、蒲公英和波罗门参的"飞行器"，大戟那一触即发的"弹簧"，喷瓜超群的喷射，钩毛植物的"钩子"，还有其他上千种让人意外、让人震惊的方式。可以说，无论哪颗种子都发明了自己独门绝招，有一整套方法可以摆脱母本植物的影响。

实际上，如果没有实践一些植物学原理，就不可能相信所有这些植物赏心悦目的绿色背后耗费了多少想象和天资。想一想蓝繁缕的"种子罐"，凤仙花的五片花瓣，天竺葵蒴果裂开的五个果瓣。到一定时候，别忘了看看在哪个中草药师傅那里都能弄到的罂粟。罂粟有颗硕大的头颅，这颗头脑的谨慎小心和深谋远虑值得得到最高的褒奖。我们知道那其中有数千颗微小的黑色种子，而罂粟的目的就是尽可能灵巧地把种子播散到远处。如果包含种子的果荚开裂、落下或者朝地面张口，那么这些宝贵的黑色微粒就只能在母体植株的地步形成无用的一堆颗粒。可它唯一的通道出路正设在果荚顶部的缝隙，罂粟成熟后会弯下茎梗，一有风吹过就像个晃悠的香炉，把种子撒向空中，用的正是播种机的方式。

我可以提到那些托付鸟儿、诱惑鸟儿播撒的种子吗？它们都藏在荚壳里，像槲寄生、杜松、花椒的种子就是如此。我们在此会发现，这展示出如此有力的推理能力，对最终动因有如此超常的理解力，以至于我们不敢不依托这个主题，尤恐再出法国作家贝尔纳丹·德·圣皮埃尔(Bernardin de Saint-Pierre)犯下的那些聪明人的错误。但这些事实却没有其他的解释。对种子而言，甜味的果荚就像花朵用来吸引蜜蜂的花蜜，没有多少用处。鸟儿因为水果味道甜而啄食它，同时也吞吃了不能消化的种子。鸟飞走后不久就会排出和它摄入时一样状态的种子，不过，这时的种子已经剥去了外壳，远离了出生地伴随它的危险，随时可以发芽生长。

Ⅳ

让我们回过头来谈谈花朵那些更简单的巧思。从路边见到的第一丛草里拾片草叶，你会见识到植物在独立、顽强又出人意表地运用智慧。比如一些匍匐生长的植物，多少次在路边都会见到，无论在哪里，即使在最不像样子的角落，那种只有一小撮土的地方，都可以找到这样的两株植物，也就是两种野生苜蓿，字面上最卑贱的称呼是“病怏怏的野草”。它们一种开着微微泛红色的花，另一种的花朵是豌豆大的黄色小球。看着这些苜蓿攀爬、躲藏在自豪的青草中，谁都不会怀疑，它们早在意大利锡拉库萨古城里杰出的几何学家和物理学家之前就发现了阿基米德螺旋，并且没有将其用于抬升水，而是努力用在飞翔的艺术上。苜蓿们让种子轻松地在空中盘旋三到四周，极其巧妙地设计延迟了种子的坠落，随后在风的助力下延长了它逗留半空的路线。在空中回旋时，黄色花的苜蓿种子边缘带着双排点饰，显然意图在随风飞舞时钩住行人的衣服或者动物的皮毛。这样一来甚至完善了红色苜蓿的结构。苜蓿的这种方式明显是希望增强钩毛的优势，即除了以风力散播的风媒法以外，还利用绵羊、山羊、野兔等动物传播种子。

对于这种了不起的尝试,最打动人的一面在于它是徒劳无益的。红与黄两种苜蓿都犯了错。它们那超群的螺旋飞转对自己毫无用处:只有当它们处于一定高度,从比较高大的树木或者高高的繁缕植物顶端落下才有效力,可因为这些苜蓿生来只有草的高度,它们的种子在落地以前很少能完成四分之一的旋转过程。这里,我们有了一个惹人好奇的例子,它体现了大自然的错误、摸索、实验和多次误算。只有那些几乎从未研究过自然的人才会依然认为自然从不出错。

让我们顺带观察下其他种类的苜蓿(不必提三叶草,那是一种蝶形苜蓿,几乎与上述苜蓿一模一样),它们没有采用飞行方式,仍然用种子在果荚中散播的原始方法。其中有一种类似黄花苜蓿的品种,我们可以很清楚地从它身上见到扭旋的荚果到螺纹形或者螺旋形的转变过程。另一种叫蜗牛苜蓿的则是以球形绕圈演绎着螺旋方式。因此,我们正协助激励一种发明产生,帮助一科命运飘忽不定的生物寻求拥有明确未来的最佳途径。在这一追寻过程中,黄色花朵的苜蓿也许没有被这种螺旋方式蒙蔽,它增加了点饰或者钩子。这对它来说并非毫无理由,既然自己的叶子吸引了绵羊,那么绵羊不就势必应当担负照顾自己后代的责任吗?最终,开出黄色花球的苜蓿比自己那些更强壮的亲戚——红色花朵的苜蓿传播得更广,这难道不应该归功于它创新的努力和带来幸福的构想吗?

V

如果我们稍花时间弯腰观察下就会发现,不仅是种子、花朵,还有叶片、茎梗、根须在内,从整个植物身上都能找出许多其自身谨慎又富有急智的证明。想一想生长受阻的枝条为了赢得阳光照耀所进行的伟大斗争，或者那些面临生存危险的树木英勇机智的战斗。就我看来，我永远不会忘记在普罗旺斯的一天见到了一个英雄榜样，它是一棵巨大的月桂树，历经百年风雨，生长在卢普河原始风光如画的峡谷，那里弥漫着紫罗兰的花香。从这棵树扭曲的身躯、被扭转的树桩上。我们不难读到它那戏剧般顽强不屈的艰难一生。一只鸟或者一阵风充当了月桂树命运的主宰者，把月桂的种子带到一块铁幕一样根基不稳的石板上，下方不到二百米就是湍急的水流。月桂树就诞生在那里寸草不生的石缝间，生长在太阳炙烤石块中，人迹罕至，遗世独立。从一出生开始，它就派自己茫然不知该去何处的树根展开了漫长又痛苦的搜寻，寻找无法稳定供应的土壤和水。但这只是一种遗传而来的担忧，是出于这个物种对南方干旱的了解。新生的树干不得不解决一个更艰巨、更出乎意料的问题：生在一个近乎垂直的平面上，所以树冠并没有向着天空往上生长，而是朝着洪流深沟弯曲生长。尽管枝干重量不断增加，但月桂还被迫要纠正第一次横空飞来安身时留下的错误，张皇的树干顽强地在岩石附近弯成肘部形状，像个游泳的人头部后仰，凭着绵绵不绝的意志力、张力和伸缩力，让自己厚重的树冠直挺挺地伸向天空。

此后，这株植物所有的精力、所有的能量、所有下意识的自由天资都倾注于那至关重要的节瘤。过度肿大的可怕肘部逐渐暴露了月桂树接连的焦虑想法。这棵树了解如何从风雨的警告中获利。年复一年，枝繁叶茂的树冠越来越重，一心只在光和热中拓展自身。此时，一种隐而未发的溃疡病正从深处侵蚀着支撑枝叶向四周生发的不幸躯干。接着，遵循着我未知的某种本能指令，树肘上方零点六米多的地方长出两根纤维缆绳一样壮实的树根，靠在墙壁似的花岗岩上。它们果真是受了月桂树悲惨境遇激发而生吗？或者，也许它们从降生时起就处心积虑地等待重要的危险时刻到来，以此提高它们协助的价值？这会不会只是个愉快的巧合？与人类短暂的生命历程相比，这些无声的演出如此漫长，人类的观察怎样才可能推动这一幕幕上演呢？

Ⅵ

有一些植物体现出了自身具有智慧与首创精神的最明显迹象。在这些植物当中，有的堪称“栩栩如生”或者“知觉敏锐”，值得细致研究。我只想回忆下敏感类植物那让人觉得有趣的神经过敏性惊恐，众所周知的例子是一受惊就收缩的含羞草。其他具有自发运动特性的草木不那么为人所知，比如岩黄耆草。这种可移动的小型豆科植物就会以一种非常惊恐不安的感觉运动。它本是孟加拉土生土长，而今常被我们种在温室，在那里不停地跳着难以理解的舞蹈，就这样向阳光致敬。岩黄耆的叶子分三类复叶，一种叶片宽大，长在顶端，其他两种细长的生长在前一种的底部。这些叶子活动时，每一种的运动都各自不同。它们活在一种有节奏的持续惊悸状态中，发作时刻几乎像经过了精确地计时。它们对光线极为敏感，因此，随着云朵遮挡或者揭开它们注视的天空一角，它们的舞蹈速度就相应地放缓或加快。在我们看来，它们就是真正的光度计，比克鲁克发明自然光度计早得多。

Ⅶ

而它们当中还应该算上茅膏菜、捕蝇草和其他许多植物。假设有一条神秘的山岭将植物与动物分隔为两个王国，那么这些有神经敏感性特质的植物已经稍许越界。我们不妨从另一方面考虑，看看那些在低洼地带生长的植物，虽然它们几乎与泥土和石块看来无异，但也会发现它们有同样无穷的智慧，它们的行为同样有着显而易见的自发性。这就是了不起的隐花植物，因为只能在显微镜下观察到，所以我们会略过不谈。不过，论起活动机敏，蘑菇、蕨类植物和木贼的小孢子确实无法与隐花植物相提并论。而在原生于沉积淤泥中的水生植物里，我们看不到太多神秘的奇迹上演。这些植物的花朵只有在水下才能传播，因此它们都想方设法，用各自不同的系统实现干燥环境下进行的那种传粉。比如人们常用来填充床垫的海草——大叶藻，它就会小心地把自己的花朵包在一个标准潜水钟那样的容器里。睡莲会将莲花送到池水之上，它的茎随着水位升高而长长，茎的顶部撑起花朵并供给养分。而荇菜类的一种植物就没有睡莲那样生长的茎，它只能任花朵探出水面，像泡泡一样脆弱地绽放。水菱则是用一种膨胀的肿瘤状组织供养花朵，让花在那上面生长开放。传粉完成后，瘤状组织里的空气就会被一种比水重的黏液取代，再次整个沉入淤泥中，果实将在那里成熟。

狸藻体内的系统甚至更为复杂。法国医生 M. 亨利 · 博基永(M. Henri Bocquilon)在他的《植物的生活》这样描写狸藻：

“这些植物通常生长在池塘、沟渠、水洼、泥炭沼泽，冬天见不到，因为那时候它们都埋在泥里。它们细长下垂的茎梗上点缀着一些分叉成丝丝缕缕的叶子。那些叶子的叶腋已经变形，看来就像小小的梨形口袋，它的顶部有道缝隙。这条缝有个阀门，只能从外向内打开，边缘长着分散的绒毛。口袋内里覆盖着另一些分泌出的绒毛，让内壁呈现出丝绒那样的外观。当花期来临，叶腋的口袋就会充满空气，越多空气要从中逃逸，阀门就关得越紧。结果这植物就拥有了极大的浮力，可以自身漂浮在水面，那时迷人的小黄花就会开放，像一张张奇特的小嘴，嘴唇或多或少地嘟囔着，上腭有橙色或锈色的线条穿过。六、七、八月期间，这些花就在泥泞的水上、在周围衰败的植物之中优雅地展示自己鲜艳的色彩。但传粉完成、果实发育后，一切都变换了角色：四周的水压迫口袋的阀门，迫使水流入，冲进其中，让植物变沉下坠，被迫再次陷入泥土。”

见到人类最富成果的最新发明——阀门或者塞子的运动、流体和空气的压力、阿基米德定律研究并得到验证的理论都集中体现在这种古老的小装置中，难道不是很有趣的现象？正如我们刚引用过观察描述的那位医生所说：“第一个将漂浮装置装到沉船上的工程师几乎不会想到，类似的方式已经应用了几千年。”在一个我们认为全无意识、缺乏智慧思想的世界，我们最初设想以最少的思维可以构建出新的组合与关系。进过深入了解，似乎可以确定，我们什么都不可能创造出来。作为最后来到地球的成员，我们只是发现了地球上一直存在的事物，如同惊奇不已的孩子，再度游历在我们之前的生命曾经游走的道路上。所有这些都非常自然，也理当如此。不过我们会回到这个主题。

Ⅷ

如果没有简要介绍这些水生植物中最有浪漫色彩的生活，我们就绝不会脱离这个话题：传说般的苦草，这种水鳖科植物的婚姻是花朵爱情史上最悲戚的一页。它是极为平凡的一种草，丝毫没有睡莲或者某种水生绿色植物那样脱俗的优雅。可大自然似乎乐于赋予它美好的思想。苦草整体都在水下生活，处于一种半睡眠状态，直至它期待的新婚时刻到来，从那时起开始新的生活。然后，雌花就慢慢地生长出螺旋的长梗，长高，在池水上出现、漂浮、绽放。从阳光照射的水面可以看见，旁边梗的雄花也随后在水下生发，满怀希望向着那些撼动睡意的雌花而去。此时，雌花正等待着它们前往、召唤它们去向更美妙的世界。但这样的前进只完成了一半，雄花就突然觉得遭遇阻拦，因为它们的生命之源——茎梗太短。雄花永远无法抵达光明所在的居所，而那里却是雄蕊和雌蕊唯一能实现结合的地带。

自然界有没有比这更残忍的疏漏或者折磨？想象这样一出悲剧：双方如此渴望、如此接近却不能企及，如此赤裸裸的宿命，无法结合全因肉眼见不到的阻碍。假如没有一种意外的因素参与，就没有化解这场厄运的可能，而会像人类自身在地球上演的悲剧那样。雄花是否预见到自己将会受制于此、因而幻想破灭？有一点可以确定，它们心中留着一个气泡，甚至就似我们在心中存着一种孤注一掷的想法。雄花们好似曾有犹豫，此后经过卓绝的努力、伴随着我从昆虫与花朵的一切华丽表象中了解到的最精彩、最为超越自然的努力，最终为了向幸福进军而主动摆脱与生俱来的束缚。它们从自己的茎梗上挣脱，以无可匹敌的飞跃，穿过承载快乐的气泡，花瓣破水而出，窜起于水面。这样的伤痛足以致命，却光彩照人、无拘无束。雄花与自己那随心所欲的新娘身边漂浮了片刻，双方结合后，牺牲自我的丈夫就飘逝而去。已做了母亲的妻子则关闭自己留有夫妇最后共同气息的花冠，卷起螺旋的茎梗，退回水底深处，在那里会孕育成熟这一场英雄式接吻带来的果实结晶。

从光明的一面看，这种做法格外准确，难道我们一定要站在阴暗的角度观察，破坏这迷人的画面吗？为什么要这样看待？有时，避光面的真相与光亮面的同样耐人寻味。只有考虑到物种的智慧与愿望时，这幕动人的悲剧才是无可挑剔的。可是，当我们审视生物个体时，常常发现它们笨手笨脚，这套计划固然理想，但执行方法不当。雄花曾在附近并没有雌蕊花朵的水面探出头。还有时，因为水位不高，与雌花可以轻易结合，雄花却还是机械地不问来由就挣脱茎梗。

我们再度坚定了一个事实，一切天资都体现在物种、生命和大自然中，而生物个体几乎总是愚蠢的。仅在人类身上的确存在着两种智慧体之间的确竞争，它在向着某种平衡发展，这种趋势越来越清晰活跃，是人类未来的巨大秘密。

Ⅸ

寄生植物富于心机的表现也令人称奇。比如通常称为菟丝子的植物就让人惊讶。它没有叶子，一旦茎梗长出几寸就自动放弃根部，与选定的受害宿主纠缠在一起，将吸根探入对方体内，由此一门心思靠自己猎物生存。精明的菟丝子不会上当，如果不合心意，任何可以依靠的支持它都拒绝。如有必要，它还会在越过一定距离搜寻适合自己脾性和口味的大麻、啤酒花、苜蓿或亚麻的茎梗。

菟丝子自然而然地引起我们对蔓藤植物的关注，它们的习性尤其突出，值得一提。那些在农村呆过一阵的人经常可能会称赞这类植物的本能，他们能看出这种力量，是它让北美爬山虎或者旋花的卷须伸向靠墙的锹把或者耙柄。如果挪开锹，那么第二天卷须就彻底转个身又找到了锹的方位。在自己的专论《论大自然的意志》中，叔本华用一章篇幅论述植物的生理，概括了它们的上述本能和其他许多观察与实验结果，相关内容太多所以就不做引用。我在此向读者推荐这章，其中可以为自己找到许多原始证据和参考资料。过去六七年间，这类证据不可思议地倍增，由此引申的话题几乎可以源源不绝，还需我再赘言？

在花儿如此多样的发明、妙招和防范中，我们会再以菊科鬼针草表现出的长远眼光为例。这种黄色花朵的植物与蒲公英并没有什么不同，通常可以在南欧里维埃拉地区的墙壁上见到。为了确保自身种族的后代传播和稳定发展，它同时孕育了两类种子：一种长着翅膀，可以轻易脱离母株，让自己随风飞走；另一种没有翅膀，藏身于花序中，直到花序腐烂才会获得自由。

而刺苍耳则显示出传播种子的系统可以多么精妙又见效。刺苍耳是种难看的野草，浑身长满肆意乱生的刺。不久以前，西欧地区的人们还不知它是何方神圣，自然也没有谁想到要让它适应当地环境。靠着蒴果上的钩刺，它可以附着在动物的皮毛上，展开自己的南征北战。俄罗斯土生土长的刺苍耳就这样跟随成群的羊毛从俄国大草原腹地来到我们身边。人们可以在地图上追随这个伟大移民征服新世界的脚步。

再看看意大利捕虫草。这种草开着朴素的小白花，大片成长在橄榄树下，却是另一种思维方向。它显然极为胆小又多疑，为了避免鲁莽大意的昆虫打扰，它的茎梗上长出了腺体毛，那里会渗出黏液，可以捉到寄生虫。由于这种捉捕确实成功，南方的农民就用它作为家里的捕蝇器。有些捕虫草还巧妙地简化了自身系统。出于对蚂蚁特别惧怕，它们发现，只需在每个茎节的底部布下一圈黏液，形成一个宽宽的圆环，就足以阻止蚂蚁入侵。这种方式与园丁为阻挠毛毛虫进犯而在苹果树树干上涂一圈柏油的做法可谓异曲同工。

这会引发人们对植物采取防卫手段的研究。想全面了解具体方面的读者，我向你们推荐亨瑞·库品的《植物起源》。这本优秀的科普作品考察了植物采用的一些武器，新奇有趣又让人咋舌。首先，我们面对着关于刺的启发性问题。巴黎一大的学生洛特里尔做过不少有趣的实验，从中得出结论认为避光和潮湿会抑制植物有刺的部位生长。从另一方面看，只要长在干燥的地方，有阳光炙烤，无论何时植物都会竖起毛刺，并且长出更多的刺，似乎它们感到自己几乎是岩石中或炙热的沙漠里唯一的幸存者，情势需要它打起十二万分精神加大御敌力度，因为这时的敌人别无选择只有以自己作为猎物。还有一个引人注目的事实是，人们种下生有荆棘的植物后，大多数这类植物会逐步放下自己的武器，任由影响自然力的超级保护者把自己安置在有围栏的场地，让对方操心自己的安全。

还有些紫草科植物，它们坚硬的刺毛就充当了荆棘。有一些则在刺上增加了毒素，比如荨麻。至于天竺葵、薄荷、芸香，为了防止动物接近，它们会让自己产生遍体浓烈的气味。而最奇特的还是那些机械性地自卫的植物。我只想提下木贼，它用微小的植物硅让自己周身披上一套真正奏效的铠甲。此外，为了挫败蛞蝓和蜗牛吞食自己的企图，几乎所有的禾本科植物都会在体内增加石灰成分。

X

讨论异花受精必需的复杂装置形式以前，在充斥我们花园的数千场花朵婚礼之中，让我们来谈一些很平淡无奇的花朵，这些花生来注定会做夫妻，在同一个花冠上相爱相守与香消玉殒。让我们来讲讲它们的巧思妙想。典型的植物系统大家都很熟悉：雄蕊或者叫雄性器官，通常脆弱又数量众多，它们成群地包围着强壮又耐久的雄蕊。可这类器官的位置、形式、习性都随着所在花朵的不同而各异，好像是大自然还没有一种固定的想法，或者有着一种以永不重复自身为荣的想象力。花粉成熟后一般会自然而然地从雄蕊顶端落到雌蕊上。但更多时候，雄蕊和雌蕊要么高矮相当，要么两者相距太远，要么雄蕊的高度是雌蕊的两倍。于是，它们就得不懈努力才能成功相遇。有时，雌蕊会在花冠底部，比如荨麻的雌蕊那样，缩在茎梗上。到了受精的时刻，茎会像弹簧一样笔直地弹起，聚集了花粉的花粉囊就在茎的顶部，会随之在柱头上方弹射一片花粉。有时，雄蕊的婚礼只能在万里无云的晴朗日子举行，比如伏牛花雄蕊。它距离雌蕊太远，由于自身湿润的腺体重力作用而靠在花朵的边缘：太阳出来，蒸发了水分，雄蕊就东倒西歪，倒在柱头上。在其他植物身上，情况又截然不同：比雄蕊高或者矮的一方是报春花的雌蕊；而百合花、郁金香和其他一些花的雌蕊又是太过瘦削的新娘，只好竭尽所能地聚拢、留住花粉。然而，最有创意、让人不可思议的要属芸花的系统，这种药用植物气味难闻，属于恶名昭彰的通经草一族。它那与世无争的驯服雄蕊围绕在矮胖的雌蕊周围，满怀期望地在黄色的花冠中等待。在结合的时刻，雄蕊遵从雌蕊的命令，一个个就像被叫到了名字，分别靠近、触碰柱头。分别是一、三、五、七、九这样的顺序点名，直至奇数顺序的整排雄蕊都完成任务。接下来，轮到偶数的雄蕊，二、四、六依次排下去。这是真真正正的命令式爱情。这种知道如何点数的花朵让我感到太不寻常，以至于起初我根本不相信植物学家，直到确定不只一次地测出它对数字的感觉才接受这一事实。我已经可以确信，这种雌蕊很少出错。

举出无数这类例子显得多此一举。只要在森林中或者田野上散步，就能观察到数以千计的这类现象。每一种都和那些植物学家提到的一样让人好奇。可是，在结束本章以前，我还要提到一种花：不仅因为它表现出了非凡的想象力，还由于它爱的行动令人欢快愉悦，有一股轻易可以察觉到的优雅。我要说的是黑种草，它还有些引人遐思的俗名："雾中爱人"、"灌木丛女魔"、"乱发姑娘"。对于这种人见人爱的小花，流行诗歌中还有许多快乐又动人的歌咏。它是南方的野生植物，在路旁、在橄榄树下都可以见到。到了北方，人们一般把它种在老派的花园里。它的花朵呈浅蓝色，像人们在历史上早期的绘画中看到的那种小花，朴实无华。法国民间以"维纳斯的秀发"或者"凌乱的头发"称呼这位"乱发姑娘"，因为它朦胧、翠绿丛生的花冠由轻盈、柔弱又纷乱的叶子簇拥。在开出花朵的部位有五根极长的雌蕊，紧密地群聚在天蓝色的花冠中心，好似五位披着绿袍的皇后，傲慢得高不可及。雌蕊的四周围着数不胜数的爱人——雄蕊，它们都没有接近皇后的希望，连膝盖都碰不到。而今，在宝蓝色与碧绿色的宫殿核心，夏日的快乐时光里，一场没有言语的戏剧或是可能预料到的灾难拉开了帷幕，这出戏软弱无力、毫无用处、没有行动，只是等待。而花朵那些逝去的年月光阴：它的绚烂褪色、它的花瓣凋落，高傲的皇后最终似乎在生活的重压下屈服折腰。到了一定时候，皇后们好像遵从了爱情那神秘又无法抵抗的命令。当爱情认为已有足够长的时间证明爱意，它们就均衡一致地行动，运动恰似五重水柱喷射出的和谐抛物线，全都向后弯曲，屈尊优雅地采集金色的花粉——那是它们卑微的爱人新婚时双唇献上的吻。

XI

正如我们所见，到处都是让人意想不到的事实。如果要写一写植物的智慧，那可得长篇累牍，甚至就像自然学家罗曼斯论述动物的智慧那样。可我没有打算让这篇概要性的文章成为研究植物智慧的指导手册，只希望以发生在我们周围的少数趣事引起关注，它们就出现在这个我们有些自命不凡地认为拥有特权的世界上。这些实例没有经过特别挑选，而是观察时随意环境下的结果。不过，我自己会在这些短小的叙述中留意所有的花卉，因为正是花朵展现了那些最伟大的奇迹。为了着力于真正的花朵，即那些无法移动、毫无知觉、任由摆布、没有生命迹象的花朵，我会把茅膏菜、猪笼草等食虫植物的花朵搁置不提，因为它们已经接近了动物界，需要广泛的专门领域研究。

为了将事实与理论区分开来，在谈论花朵时，让我们设想花已经可以像人类那样预测和思索，形成意识。稍后我们就会了解，有多少必定是留给它表现的事实，有多少是要与事实区别的理论。现在，就让我们把花儿独自留在舞台上，让它像一位天赋理性与意志力的公主，风采夺目。毋庸置疑，它看来兼有两种品质，要剥夺其中任一种，我们都不得不诉诸令人极为费解的假想。而此时，它正一动不动地端立茎上，在华盖下遮蔽着植物的繁殖器官。花朵无疑只是要让雄蕊与雌蕊在这爱的帐篷中完成神秘的结合，许多花也的确认可这样做，但还有很多花遇到了可怕的巨大威胁，那就是异花受精这个通常难以解决的问题。花粉从同一花冠包围的花粉囊上落下，完成了雌蕊的受精，即自花受精。经过无数早已进行的实验，花朵是否已经观察到这种自花受精迅速导致了物种退化？我们得知，它们什么都没注意到，没有从中汲取任何经验。对于那些因自花受精而弱化的种子和植株，万事万物中蕴藏的力量只是简单地将它们逐步淘汰。很快，只有那些生长异常的植物，比如有的因为雌蕊长得特别高，雄蕊根本无法够着，所以无法自花受精，这样才存活下来。经历了无数进化，唯独这些例外才得以长久生存。遗传最终肯定了偶然带来的成果，正常的植物类型消失了。

Ⅻ

我们不久就会看到这些解说展示的意义。现在，让我们走入花园或者田野，更近距离地研究两到三种体现花朵天才的奇妙发明。而且，无需远离这座蜜蜂常来拜访的屋子，这里芳香的花丛中就住着一位技巧最纯熟的机械师。即使乡村生活经历最少的人也知道高明的鼠尾草。这种唇形科植物平易近人，花朵很朴素简单，开放时就像饥饿时拼命张开的嘴，捕捉着所有照射的阳光。它有大量的变种，但不是所有的都采用我们将要考察的那种完美的受精系统，或者将那种系统提升到完美的地步。而我在此只会关心最常见的鼠尾草。它此刻正用紫色的帷帐覆盖了我住处那个橄榄树阳台的所有墙壁，好像在庆祝春天的光临。我保证，等待国王大驾的宏伟大理石宫殿也没有我的阳台那么奢华、那么芬芳馥郁、让人快乐。似乎它捕获的那些香气就来自正午时分最酷热的阳光……

说具体点，雌蕊或者说花朵的雌性器官就包含在车篷盖模样的上唇里，其中还有两根雄蕊—雄性器官。为了防止雌蕊在自己所处的新婚帐篷里受精，它会比雄蕊高出一倍，这样一来雄蕊就没有可能够得到。而且，为了避免任何意外，花朵还会让雄蕊比雌蕊成熟得早，即雄蕊先熟。如此这般，在雌蕊适合受精时，雄蕊已经殒命了。因而必须有外部力量介入，将外来的花粉带给被雄蕊丢下的柱头，完成与雌蕊的结合。有些花朵，比如风媒花就是让风来操心这项工作。但鼠尾草是虫媒花，属于更大众化的类型。这即是说，它喜爱昆虫，只依靠与昆虫合作。它知识广博，很清楚对自己生活的这个世界最好别指望什么同情和仁慈的帮助。因此它不会把时间浪费在徒劳地吸引蜜蜂眷顾上。蜜蜂如同我们这个世界里抗争死亡的一切生物，只是为自己和自己的种群而活，不可能为了养育花朵而专门服务。怎样让蜜蜂不心甘情愿地被迫或者至少不知不觉地完成它在花朵婚姻中的责任呢？请看鼠尾草设下的奇妙爱情陷阱：就在它紫色的丝绸帐幕背后，它分泌了几滴花蜜，这就是诱饵。而两根平行的梗挡住了接近这甜蜜液体的去路，它们看上去和一架荷兰吊桥的立柱类似。在每根梗的顶端都有花粉囊这个大袋子，里面满是花粉，底部则有两根较小的梗，起着平衡作用。当蜜蜂进入，为了靠近花蜜就必须用头部推开小的梗。联动轴的这两根梗立刻倒下，上方的花粉囊倾倒，黏到蜜蜂的身体两侧，正待受精的花粉就这样覆盖昆虫全身。蜜蜂一飞离，弹性轴就回到原位，让整个装置回到初始位置。一切都准备就绪，为下一位到访者重复同样的工作。

可好戏只演了前半场：后面的部分会在另一个场景上演。旁边有朵花的雄蕊刚刚枯萎，正等着花粉到来的雄蕊就此登上戏台。它缓缓地从罩盖里探出来，伸展、弯腰，长成叉子的形状，挡住了帐篷的入口。蜜蜂在靠近花蜜时，头部会自由地在高悬的叉子下方穿过，而叉子擦碰的背部和两侧正是雄蕊接触过的地方。分成两部分的柱头贪婪地吸收着银色的花粉，完成了受孕。在这种情境下，如果插入一根稻草或者一截火柴头，就不难让整个装置运转，并可以判断其全部运动的组合及其精确性有多么醒目，又是多么绝妙。

鼠尾草的种类繁多，有五百种左右，比如草原鼠尾草、洋苏草（我们的庭院鼠尾草）、彩苞鼠尾草、胶质鼠尾草、快乐鼠尾草、牛舌草、一串红（我们篮子里漂亮的那些鼠尾草），大多数学名我就不提了，也不是都那么好听。也许，它们体内的机制相比我们刚查看的那种没有任何细节上的改变。极少数雌蕊的长度加倍或者是一般长度的三倍，这样的雌蕊不仅伸出了罩盖，而且在花朵的门户面前形成了羽毛样的一片宽宽的弯曲形状。我怀疑这算不算一种进化。它们这样做固然可以避免同一罩盖中的花粉囊给雌蕊带来自体受精的危险，但另一方面看，如果雄蕊先熟的做法没有严格执行，那么昆虫离开花朵时就可能在柱头上留下柱头所在花朵的花粉。有些鼠尾草会用杠杆运动让花粉囊传播得更远，更准确地击中昆虫的两侧身体。还有些鼠尾草最终未能成功地安置和调整体内装置的各个部件。比如我在井边发现的一种白色带粉边的丁香花，它离我的紫色鼠尾草不远，在一丛夹竹桃树下，没有体现任何杠杆作用或者利用杠杆的迹象。柱头和雄蕊杂乱地堆在花冠中间，全都没有章法，等着碰运气。

我毫不怀疑，谁如果收集这种唇形科植物的众多变种信息，就可能重建整个植物发展史，从我所见的原始类白色鼠尾草的无序到草原鼠尾草的最新进化，可以跟进了解这项发明的所有阶段。那么，我们会得出怎样的结论呢？在芳香植物家族中，这样的系统是否还处于试验阶段？它是否像红豆草类植物的阿基米德螺旋那样，还停留在模型和“试飞”阶段？对于芳香植物的这种杠杆装置，它的优异性是否还没有得到一致认可？一切都不是一成不变的，也不是预先设定的？在这个我们认为命中注定在有机地规则运行的世界，是否还有人正商议并进行实验？

XIII

无论怎样，大多数鼠尾草的花朵在面对异体受精这个大问题时都给出了富有吸引力的解决方法。即便在人类社会，一项新发明也会立刻被一小群不知疲倦的追寻发现者获取、简化并完善，而在我们可以比作机械设备的花朵世界，鼠尾草的专利也有了详尽的表现，在许多细节方面还得到了不可思议的完善。在小树林和灌木丛的阴凉处必定会注意到一种极常见的玄参科植物，就是普通的虱子草或者叫马先蒿，它已经对鼠尾草的发明做了一些极其巧妙的改动。它的花冠形状几乎与鼠尾草相同。雄蕊和两个花粉囊都包含在上方的罩盖中，只有又湿又小的雌蕊端深处罩盖，花粉囊还困在罩盖内。因此，雌雄两性的器官在这丝绸般的帐幕里挨得格外近，甚至可以直接接触。不过，由于和鼠尾草生长的构造完全不同，根本不可能实现彻底的自体受精。实际上，花粉囊由两个盛满花粉的袋子组成。每个袋子都只有一个开口，它们的开口碰巧重合，彼此完全重合，这样并列在一起。这样的花粉囊生在弯曲的弹性茎梗上，一种齿形物把它们牢牢地封在罩盖内部。落入花中的蜜蜂或者黄蜂为了饮到花蜜，就必须把齿状物推到一边。这样一来，盛花粉的袋子就随着昆虫飞起而获得自由，抛撒到罩盖外，落在昆虫的背部。

但花朵的才华与远见不止于此。正如第一位完整地研究虱子草神奇机制的人——赫尔曼·穆勒观察到的（以下是我引用他的概述）：

“如果雄蕊触到昆虫时保持与昆虫的相对位置不变，就不会在昆虫身上留下一颗花粉，因为花粉囊的开口是彼此堵塞的。可是，一种简单的设置就能巧妙地克服这个困难，花冠的下唇不是对称、水平的，而是不规则的、倾斜的。这样，它的一边就会比另一边高几毫米。落在花冠上的黄蜂就必须保持在歪斜的位置。结果是，黄蜂的头部会首先撞到花冠的一边，然后再是另一边。雄蕊就相继解放出来，它们的开口一个又一个地开放，碰到黄蜂，然后把受精期的花粉撒在它身上。

当黄蜂接着经过了另一朵花，它就不可避免地在为花朵受精。我故意省掉了这部分的细节，大致说就是因为它的头部顶入花冠入口时首先碰到的就是柱头，柱头擦过它的部位就是稍后雄蕊会碰到它的部位，那里就是它最后飞离的那朵花的雄蕊触碰的确切部位。”

XIV

这样的例子举不胜举，没有止境。每朵花都有自己的思想、自己的系统、自己习得后可以转化为优势的经验。当我们密切注视它们小小的发明和多样的方式时，脑海里就会浮现那些吸引人的展览。那里展示了机械工具和制造机器的机械，体现出人类机械方面的全部天分。但我们人的机械才能从昨天才开始，而花的机械装置却已经运转了几千年。花朵在地球上出现时,它们周围还没有可以模仿的榜样,于是不得不一切都从自身而来。在我们还没有摆脱棍棒、弯弓、连枷这些工具的时期,在我们构想出纺车、滑轮、辘轳、活塞这些工具的较近时代,还可以说就在去年,在我们的杰作是弹射器、时钟和纺织机的年月,鼠尾草就已经设计出精准的直立杠杆和平衡锤。而虱子草的花粉袋闭合,紧接着又弹跳释放、斜面结合,一系列运动好似在做一项科学实验。一百年前,哪个人会想到螺旋桨的特性?而这正是枫树和酸橙树自诞生时起就开始利用的。我们什么时候能成功地造出像蒲公英那样坚固又轻便、灵敏又安全的降落伞或者飞行器呢?我们何时能发现在花瓣的丝绸那样易破损的布料上切割的秘诀,能发现把西班牙金雀花的金色花粉喷射到空中那样强有力的弹簧诀窍?至于我在这篇小文章开头提到的喷瓜,它会向我们吐露它神奇力量的秘密吗?你知道喷瓜吗?这种不起眼的葫芦科植物在地中海沿线很常见。它的果实有刺,看上去像小黄瓜,有着人们无法解释的活力和能量。它成熟时,只要碰一下就会突然以痉挛性的收缩而脱离自己的茎梗,从挣脱茎出现的洞眼中喷射出包含许多种子的高密度黏液,把种子带到离母株四五码远的地方。这一举动多不同寻常,它相应地类似于我们只用一次痉挛就成功地把自己体内清空,自己所有的器官、内脏、血液都突然被送到距离皮肤和骨骼半米远的地方。

除此之外,还有大量种子身怀弹射绝技,运用或多或少不为人所知的能源,比如油菜籽和石南。而精通植物大炮的一位大师就是大戟。它生长在我所在地区,属大戟科,是一种装饰性的野草,高度甚至会超过常人的身高。此刻,我的桌上就摆着一枝插在水杯里的大戟。它长着三裂的绿色浆果,其中含有种子。时不时就有颗这类浆果一声大响爆裂开,让种子得到巨大的初速度,打中各处的家具和墙壁。如果有粒种子打到人的脸，会感觉到像被只虫子叮了下。这些微不足道的种子竟然有如此惊人的穿透力，每一颗都不足针头大小。端详这样的浆果，寻找它的生命之源，却无法找出这股力量的秘密。它如同人体的神经，肉眼看不到。

西班牙金雀花不仅长着豆荚，而且生出带有弹簧一样装置的花朵。也许你已经注意到这种妙不可言的植物。强大的金雀花一族里，它是最值得骄傲的代表，谦卑、冷静、强壮又渴望生机活力，不拒任何土壤条件和麻烦考验。它沿着南方的道路生长，也丛生在南方的崇山峻岭之间。这种大团的球状植物五、六月时有将近三米高，开满了纯金色的花朵，一片壮观景象。花香中混杂着它的老邻居杜鹃花香味。这些花朵在骄阳下怒放，只有想到天国的甘露、净土的涌泉、清洌的溪流，以及透过天青色岩洞望见的星光才能表达它们带给人的愉悦。

这种金雀花与所有蝶形豆科植物的花朵相像，看起来简直是人们园子里的豌豆花。它较低的花瓣好似鸟嘴形的船头，内封着雄蕊和雌蕊。只要花朵没有成熟，寻花的蜜蜂就无法探入。可一旦关在内的新郎新娘青春萌动，船嘴就会落在花上的蜜蜂体重压力下弯曲，金色的新房猛然洞开，向远处喷出一片光灿的花粉，笼罩了来访者和花朵四周，一派诱人景象。而雨篷形状的宽大花瓣就在垂在要受孕的雄蕊上。

XV

假如坚持认为不存在什么智慧生物，有的只是一种散布各处的大众化智慧、某种通行的流体，它可以根据自己或好或坏的理解指引而渗透自己遭遇的多种有机体。我想这样说不算太唐突。人类会是到目前为止地球上的一种生命模式代表，在抵制这种宗教称之为神的流体方面做得最少。人的神经可能就是线路，传导着这种更灵敏的电流。脑回的构造就像感应线圈，电流的力量就在线圈中倍增，但这种电流不会有其他性质，除了石头、星辰、花朵和动物以外不会流经其他地方。

但这些神秘事物没有得到问题的答案，因为我们没有可以收集回答的器官，就让我们满意于观察到人类以外的生物表现出了这种智慧吧。所有我们观察自身的结果理所当然地会遭到怀疑：我们既是法官又是原告，我们太过热心地让自己所处的世界充斥着美好的想象和希望。就让我们重视、珍惜最细微的外部智慧迹象吧，相比那些仿佛会与人倾诉的山川、海洋、星辰，花朵给予我们的确实微乎其微，而它们生命的奥秘却令人惊奇。不过这也让我们满怀极大的信心，认为赋予生物生命力的灵魂或者生物体内的精神正是带给人体活力的精魂。如果这种精魂与我们相似，如果我们就可以代表它，如果它有着我们的习性、偏好、倾向、我们对更好事物的向往，那么它希望得到我们凭着本能不屈不挠地希求的一切，这难道就不合逻辑吗？当我们发现遍布生活中的一种智慧群体如此伟大，这种生命有不应该有任何智慧的作品吗？或者说，它不应追求幸福、完美、战胜我们所说的邪恶、死亡、黑暗、消亡，而只是去战胜自身面对的阴影和自己的睡眠？

蜜蜂的生活

一、在蜂巢门槛

[1]

我没有打算写一篇关于养蜂业的论文或者有关实践养蜂的文章。在所有文明国家里，这个领域的优秀作品比比皆是，试着去再写一篇也无裨益。业内名家不胜枚举，法国的有查尔斯·达旦①、乔治·德拉耶斯②、博尼耶③、伯特兰④、阿梅⑤、韦伯⑥、克莱芒⑦、阿贝·柯林⑧等人；英语国家的有朗斯特罗什⑨、贝文⑩、库克⑪、夏蒙⑫、考恩⑬、鲁

① 查尔斯·达旦(Charles Dadant)：出生于法国的美国养蜂企业家。
② 乔治·德拉耶斯(Georges de Layens)：法国植物学家、蜂学家。
③ 加斯顿·博尼耶(Gaston Bonnier)：法国植物学家。
④ 查尔斯·伯特兰(Charles Bertrand)：法国植物学家、里尔大学植物学会主席。
⑤ 雷蒙德·阿梅(Raymond Hamet)：法国植物学家。
⑥ 弗雷德里希·阿尔伯特·韦伯(Frederick Albert Weber)：法国植物学家。
⑦ 吉勒·克莱芒(Gilles Clement)：园艺家、园艺设计师、植物学家和法语作家。
⑧ 阿贝·柯林(Abbe Collin)：发明隔王板的法国养蜂人。
⑨ 劳瑞恩·朗斯特罗什(Lorraine Langstroth)：美国养蜂家，活棍蜂箱的发明者。
⑩ 爱德华·贝文(Edward Bevan)：英国内科医生、养蜂家。
⑪ 阿尔伯特·约翰·库克(Albert John Cook)：美国昆虫学家、动物学家。
⑫ 弗兰克·夏蒙(Frank Cheshire)：英国养蜂家。
⑬ T. W. 考恩(T. W. Cowan)：英国养蜂家。

特[1]等人；德国有齐尔聪[2]、贝尔列斯波赫[3]、波尔曼[4]、弗格尔[5]等养蜂学专家。

这本书既不是一部关于意大利蜜蜂、埃及蜜蜂和大蜜蜂等各种蜜蜂的科学专著，也不是为了收集有关蜜蜂的新观察和研究而写。对蜜蜂略知一二的人并不知道的那些事，我在这里也几乎不会提及。至于二十年养蜂经历中做的那些实验和记录，因为只有专业人士才会对它们产生兴趣，而我又不急于这次传达太多的科普讯息，所以会留到一部更偏重于技术的作品里描述。像对不甚了了的人提起自己了解和喜爱的某种事物一样，我就想这样简单地去讲述蜜蜂，并不打算美化事实。对进行蜜蜂研究的那些前人，法国昆虫学家雷阿乌姆尔曾公正地提出批评，指责他们以一己之见代替现实发生的惊人奇迹，做学问全凭个人想象，只在似与不似之间。我这么做也没打算要落他的口实。蜂巢是蕴藏无数奇迹的地方，但我们没有理由要想方设法地为这个事实锦上添花。而且，我本人很长时间以来都没有发现这个世界上有什么事物比真相，或者起码比带来真相的努力更养眼、更有趣。因此，如果一些现象未经亲自证实，或者教材未有定论，我就不会对此发表任何言论，免去进一步过多的证明。我陈述的事实会像实用指南或者专题科学论文里的那样精确无误。不过，我会在这类作品允许的范围里用一种更生动的方式去讲述，把它们更和谐地分组集合，然后在其中融入更自由和更成熟的思想。这本书的读者不会从中学到如何管理蜂巢，却必定会或多或少地了解蜂巢的居民，发现它们那让人好奇、发人深省又不露于人的一面，而这一过

① 阿莫斯·鲁特(Amos Root)：美国养蜂家。
② 扬·齐尔聪(Jan Dzier Zon)：德国养蜂家。
③ 范·贝尔列斯波赫(Van Berlespoch)：德国养蜂家。
④ 波尔曼(Pollmann)：德国养蜂家。
⑤ W. 弗格尔(W. Vogel)：德国养蜂家。

程也不会以学习尚未掌握的知识为代价。关于蜂巢的传奇从许多书中、从一个国家流传下来的古老传统中应运而生，可在此我会对它只字不提。涉足未知领域时，不论何时出现怀疑、反对或者猜测，我都会如实地说明。你会发现我们通常都会在未知事物前刹住脚步。对蜜蜂的生活，除了显而易见的那些事实，我们的了解实在微乎其微。而与蜜蜂越熟悉，就越明白我们在深入地了解它们的真实存在方面有多无知。只不过与那种毫无意识、满足现状的无知相比，这样的无知还胜一筹。

有没有一部关于蜜蜂的书和我的类似呢？我相信自己已经读过几乎所有这一领域的作品，但如果要从中找出有亲缘关系的文字，据个人所知只有米什莱[1]的《虫》一书的结尾章节，以及路德维希·毕希纳[2]在他的《动物的头脑》里的论述。米什莱只是围绕着蜜蜂这一主题隔靴搔痒，毕希纳对相关论题倒表达得足够全面，但其中既有很多带来有害影响的说法，还有很多人们早已弃用的闲言碎语和道听途说。我不由得怀疑他是否从未离开书堆、从未对自己的主人公产生疑问。在数百个被无数蜜蜂翅膀照亮又嗡嗡作响的蜂巢中，他又是否打开过某一座蜂巢的大门。要知道，在我们的直觉能感应蜜蜂的秘密以前，在感受这些勤劳的纯真生灵们所具有的灵魂、所身处的环境、所散发的气味和所携带的奥秘以前，就非叨扰拜访它们的家园不可。

这本书非但感觉不出蜜蜂或者蜂蜜的味道，而且还有许多学术著作的一些通病，那就是提前得出结论，并且从各方面收集大量来历可疑的逸闻以佐证自身的科学性。但我的这篇文章与那类作品不谋

① 儒勒·米什莱(Jules Michelet)：法国历史学家。
② 路德维希·毕希纳(Ludwig Büchner)：德国医生、哲学家。

而合的几率很小,不管是从出发点、从目的还是从观点上都是截然不同的。

[2]

关于蜜蜂的参考书单可以列出很长,我们之所以首先提到这点是为了能尽快一带而过直奔源头。这种不寻常的小生物在一个法规复杂的社会居住,在一片黑暗中群体劳作,人们的注意力最初正是被此吸引。亚里士多德①、老加图②、瓦罗③、普林尼④、科卢梅拉⑤、帕拉迪乌斯⑥这些名家都研究过蜜蜂。阿里斯托马科斯⑦就更不必提了,按照西塞罗⑧的说法,他曾经观察蜜蜂五十八年之久。至于萨索斯岛的那位菲利斯库,他的相关作品已经散佚。这些先贤对蜜蜂创造的传奇费了大量笔墨,而涉及蜜蜂的知识却少之又少,仅有的那些集中在维吉尔⑨的《农事诗》第四卷里。

蜜蜂研究的真正历史始于十七世纪,这一领域最初的发现来自伟大的荷兰博物学家司文模登。有必要在此补充一个相关细节,目前它还鲜为人知:在司文模登之前,有一位名叫克拉迪斯的佛兰德自然学家已经探查接近了一些重要的真相,比如蜂王是唯一能产卵的蜜蜂以及它拥有雌雄两种性别的特性,不过克拉迪斯并未证明这些

① 亚里士多德(Aristotle):古希腊哲学家、科学家、教育家。

② 老加图本名马库斯·波尔基乌斯·加图(Marcus Porcius Cato):罗马政治家、演说家及拉丁语散文作家,后世为了把他与他的曾孙——另一位名叫加图(Marcus Porcius Cato Uticensis,又有"乌提卡的加图"一名)的政治家和演说家加以区分,也将他称为"老加图"。

③ 马库斯·特伦提乌斯·瓦罗(Marcus Terentius Varro):古罗马诗人、散文家。

④ 加伊乌斯·普林尼·塞坤杜斯(Gaius Plinius Secundus)古罗马科学家、作家。

⑤ 科卢梅拉(Lucius Junius Moderatus Columella):古罗马作家。

⑥ 帕拉迪乌斯(Palladius):古希腊医学作家。

⑦ 阿里斯托马科斯(Aristomachus):希腊英雄赫拉克勒斯的后人。

⑧ 马库斯·图留斯·西塞罗(Marcus Tullius Cicero):古罗马演说家、政治家、法学家、作家。

⑨ 维吉尔(Publius Vergilius Maro):古罗马诗人。

观察到的现象。司文模登发现了科学调查的真正方法,发明了显微镜,创造出注射防腐法,成为第一位解剖蜜蜂的人。而且,他在蜂王体内发现了卵巢和输卵管,明确了这种此前被视为雄性的蜂群之王本是女王。基于蜂王的母性特质,他得以公开蜂巢的行政架构,其详尽程度让人最为始料不及。最后,他还制作了木刻画和雕版画。它们是如此的完美,即使在今天的许多养蜂著作中仍然被用作说明图示。在司文模登生活的时代,阿姆斯特丹还处于动荡混乱中,他曾遗憾不能拥有"居住乡间的甜蜜生活",在四十三岁时就因过度操劳而离开人世。他的作品用语正式,写作时怀有虔诚的信念,将所有的荣光都归于造物主,尤恐背弃疏离。这样的信仰在字里行间美丽又质朴地迸发。司文模登将自己的观察研究收入一部不朽的作品《自然圣经》中。一个世纪后,波哈夫[①]医生促成以同名标题将它从荷兰语翻译为拉丁文。

下一个探究者是雷阿乌姆尔。在自己位于查伦顿的花园中,他采用类似于前人的方法做了大量新奇古怪的实验和研究,在个人作品"昆虫史笔记"中对蜜蜂着以整整一卷的笔墨。今天的人们读到时依然会有所收获,不会觉得劳心费神。那部分描述清晰直白,语气诚恳,文字中特有一股不事雕琢的平实魅力。对先人的错误看法,他特别予以纠正;对新提出的很多错误观点,他负有不可推卸的责任;对蜂群的形成和蜂王确立自己的统治这一事实,他有部分了解。总之,他发现了许多难以探寻的真相,为后世更多的发现铺平道路。雷阿乌姆尔极为推崇蜂巢非凡的建筑结构,他对此的评述无人能出其右。正是他提出了玻璃蜂巢的创意,此后这一想法也一直得到完善。我们由此能跟踪这些性情凶猛的昆虫,揭开蜜蜂所有私密生活的面纱,

① 赫尔曼·波哈夫(Herman Boerhaave):荷兰植物学家、医生。

了解它如何在夺目的阳光中开始工作，又如何在黑暗的空间里得到王冠。为全面起见，还应该提到查尔斯·邦纳[1]和解开蜂王卵之谜的施拉克。不过这两人随后的作品和调查我会泛泛而谈，立刻过渡到当代养蜂学殿堂级的大师——弗朗克斯·哈伯。

哈伯于一七五〇年出生在日内瓦，刚步入青少年时就双目失明。雷阿乌姆尔的实验激起了他的兴趣，于是他设法证实，并很快被这些研究深深吸引。在一位聪明伶俐的忠实仆人弗朗克斯·比尔南的帮助下，哈伯最终将毕生精力献给了蜜蜂研究。翻阅人类忍受痛苦获得成功的历史，没有什么比这段故事更打动人心，也没有什么发人深省的经历比他更让人心生敬意。这两位拍档耐心地合作，其中一位眼前只有不能视物的模糊微光，全凭个人精神指引正常视力的另一位观察和操作。我们确信，哈伯从未亲眼见过蜂巢。对建起他无法看到的蜂巢的天才生物，尽管真实存在的眼疾和包围一切事物的自然表象双双蒙住自己的眼睛，他却能看穿那些天才背后深不可测的秘密。这就好像在告诉人们，无论发生什么都没有理由放弃对真理的向往和追寻。我不会列举养蜂学有多少成果应归功于哈伯，要说出那些不归功于他的倒会更简明扼要。在他的《蜜蜂的新观察》一书中，一七八九年执笔的首卷以致查尔斯·邦纳的信为形式，第二卷直到二十年后才问世。这部作品至今仍是一个无穷无尽的富矿，后世每位作家都从中发掘取材。虽然能从其中发现少许错误、少许不够全面的事实，而且在哈伯以后的时代里，显微照相技术、实际的蜜蜂产业和蜂王的管理都丰富了很多内容，但他的主要观点无一不被验证属实，无一被发现有误。在我们的实践经历中，那些观点的地位没有动摇，并且是我们经验的最终根本。

---

① 查尔斯·邦纳(Charles Bonnet)：瑞士自然学家。

［3］

经历以上发现，接着沉寂了一些年。随后不久，出现了一位德国牧师齐尔聪。他发现了单性生殖，即蜂王未交配就进行繁殖的现象，还设计出第一座可移动的蜂巢。有了这项发明，养蜂人此后就不必在收获蜂蜜的时候严重影响产量最好的蜂群正常生活，不会让全年的努力毁于采蜜那一刻。这种蜂巢仍然很不完善，后来在美国人朗斯特罗什手上得到了巧妙的改进。朗斯特罗什还发明了名副其实的可移动框架，在美国推广后获得了极大的成功。其后，鲁特、奎恩比、达东、夏蒙、德拉耶斯、考恩、希东、霍华德等人又进一步在朗斯特罗什的基础上做了精巧的改进。经过这些人的努力后，梅林想到如果蜜蜂生活的蜂巢是人工蜡基的，那么它们就能节省用来制蜡和搭建巢房的劳力，而这类工作会耗费它们大量的蜂蜜并且牺牲生命中黄金段时间。他发现蜜蜂接受了这些大部分已经成形的蜂巢，并且使蜂巢适应了它们的自身需要。

其后，赫鲁什卡少校发明了分蜜机。它能在离心力的作用下获取蜂蜜，而无需破坏巢脾。由此在几年时间内，养蜂方式经历了一场剧变。蜂巢的容量和产量较之前增加了两倍。规模大又产量高的蜂巢在各地涌现。对最勤劳的蜜蜂来说，它们居住的一些城市因此不会再被无谓地破坏，而其中最不适宜人类利用的城市也不会再被残忍地选择淘汰。人类真正地成为蜜蜂的主人，而这都不露行迹，让它们毫无觉察，没有下达一条命令却指导了一切，未经识别是敌是友对方就已顺从。起先，蜜蜂的命运被季节操纵，而后，人类的意愿代替了季节的位置。一年中大自然给蜜蜂带来的不公得以改变，敌对的蜜蜂王国得以联合，财富也在蜜蜂成员中得以平均分配。蜂群的人口增长得到限制或促进，蜂王的繁殖得到调节，蜂王的退位及拥立新王也尽在人类掌握中。而这些都是在有技巧地征得了这个生物种族并非心甘情愿的同意后进行的。因为一旦怀疑生活不可思议地被外界介入干扰，哪怕只有少许怀疑，这个种族也会变得狂躁起来。只要人类认为适合，就会兵不血刃地破坏那些神圣巢穴的秘密以及宫殿中那精密复杂又千回百转的政策。人类根据春天里漫山开放的花朵数量来分配蜂巢中可采的蜂蜜储量和供蜜蜂食用的蜂粮量。对那些会守候着未来蜂王出生的现任蜂王求爱者，人类会强制性地不让它们的数量过多。总而言之，只要所追求的不与蜜蜂的法律和美德相违背，人类就会为所欲为，得所欲得。对这位奇怪的上帝而言，尽管蜜蜂已经归自己所有，但它们的群体太广，视野内不能一一看到，而且又与自己完全不同，难以理解。它们的眼光比它们的上帝更远，一心只想着以不知疲倦地牺牲风险成就自身种族的神圣职责。身为上帝的人类哪怕汇集全部欲念，在这些方面也无法企及。

[**4**]

关于书本上想教导的一段古老历史，我们已经从中了解到。那么现在就把其他人已经掌握的科学知识放在一边，用我们自己的眼睛去观察蜜蜂吧。在养蜂场中度过的一个小时也许不会那么有指导意义，但我们将看到的一定会更为刺激，更加真实。

如今我还没忘记自己第一次看到的那家养蜂场，因为就在那里爱上了蜜蜂。那是很多年前，地点是荷兰佛兰德斯很大的一个镇子。在那个甜蜜美好的地方，人们对明亮色彩的喜爱几乎不逊于丹麦西兰岛的岛民。那里就是整个荷兰的一块凹面镜：它在我们面前快乐地铺展开来，地面那些被阳光照亮的山墙、马车和塔楼就如同很多漂亮又贴心的玩具；那里的碗柜和时钟在通道尽头闪闪发光：那里低矮的树木沿着码头与运河两岸成排生长，有人可能会想，它们是在等着某种安静的慈善仪式举行:那里的小舟和游艇尾部都有雕花;那里的门窗形状像花朵;那里的水坝尽职尽责地发挥功用;那里的吊桥设计精细,颜色多样;那里小巧的房屋涂着清漆,像新做的陶器一样光亮四射;那里如此这般的小屋中走来身着钟形衣裙的女子,她们穿金戴银,在白色篱笆围起的田野上给奶牛挤奶,或者在开满鲜花的草坪摊晒亚麻布;那里的草坪被这样的女子剪成椭圆形或者菱形,都有着最令人惊叹的绿色。

如果人们的活动的确会越来越局限于某些地方,那么在这样的地方生活似乎比其他那些地方的活动区域更有限。一位年长的哲学家就在这里深居简出。这位老人已经隐退,有维吉尔笔下描述的如此神韵——

“此人与君王平起平坐,与诸神越来越近。”

拉封丹[①]也许还会在这句后再加上——

“如诸神一般,满意知足,安然自若。”

他将这里建成个人心灵的庇护所,怀着些许倦意却并非觉得反感,因为智者不会心存深深的厌恶之情,只不过有些厌倦了问询人们。关于自然和真正的自然法则这种唯一有趣的问题,人类的答案远远比动物和植物给出的简单。他的快乐就像斯基泰人质朴的哲学观那样,都在花园里的那些美好事物之中。而他最钟爱,也最常去参观的就是养蜂场。那里由十二个圆顶草屋组成,有些被他刷成亮粉

---

① 让·德·拉封丹(Jean de La Fontaine):法国诗人。

色，有些是明黄色，不过大多数还都是浅蓝色。这是因为早在约翰·卢伯克[①]爵士向人们演示以前，他就已经注意到蜜蜂喜爱浅蓝色。

这些蜂巢靠着某间厨房的墙壁形成斜角。这种厨房正是舒适又漂亮的荷兰厨房，那里的陶制碗柜中全是铜器和锡器，它们散发的光亮透过敞开的门反射到平静的运河上。而白杨的倒影本已为河水做了帷幕，如今又有这些熟悉的图像铺衬在下，把人的目光由此引向天边宁静的地平线，那里有磨房与牧场点缀其上。

这里和其他所有地方一样，蜂巢为鲜花和处处静谧、和风和缕缕阳光增添了新的意味。人似乎已经与自然的节日氛围拉得格外近。人会满足于歇在这向四面八方散发光芒的十字路口，空中的航路在这里汇聚又分散，所有自然芬芳的背负者从黎明到黄昏不停奔波，忙忙碌碌又发出悦耳的声音，航路的那些聚散正是因它们而起。人会听到花园里响起的音乐，在那里最可爱的时刻，它展示出歌者的心花怒放，唱出了歌者的欢欣喜悦。人会来到这里，去到蜜蜂的学校，学习无所不能的自然在何处最投入精力，了解三个和谐一致的王国、生命不倦地组织构建、热情无私的工作中得到的教训经验。这其中也另有一门具有美好德行的课程，它由那些品德崇高的劳作者教授，授课时以无数翅膀热火朝天地扇动回旋来让学习者强调注意。这门课是欣赏休闲中的朦胧情趣，在那些与一个个空间彼此交织的纯真日子里享受几乎无以言表的欢愉，由此产生一个透明的世界，就像没有掺杂其他情绪的快乐一样，记忆是一片真空。

[5]

为了尽可能简单地追踪蜜蜂全年的生活，我们会以一个春季觉

① 约翰·卢伯克(John Lubbock)：英国博物学家、银行家、政治家、作家。

醒后适时地开始劳作的蜂巢为观察对象，接着就会按自然发生的顺序见证蜂巢成长中所有重要的事件：蜂群的形成与分开、新城的奠基、年轻的蜂王从出生到争夺王位再到婚配飞行、雄蜂被大量屠杀以及最终整个蜂巢回归冬眠。在每一次重大事件中，对相关的自然法则、生活习性、生物特性和与它同时产生的事件都会做出必要解释。这样一来，从四月到九月结束，度过蜜蜂那短暂的一年时，我们就能饱览那座蜂蜜的宫殿中所有的秘密。因此，在叩开宫殿大门整体环视内部以前，我们唯一需要知道的是：蜂巢的成员有一位蜂王、数千只工蜂和几百只雄蜂，其中蜂王是所有臣民的母亲，工蜂是发育不全，没有生殖能力的雌性，而不论现任蜂王是否自愿，一旦它卸任，工蜂就会从雄蜂中选出一只作为蜂王唯一的配偶，这只雄蜂注定是不幸的命运。

［6］

第一次打开一座蜂巢时，我们会产生一种切肤的感受，感觉自己在亵渎某些未知的事物，就像闯入坟墓一样，也许会有惊恐遭遇。而讲到蜜蜂仍然绕不开一段危险又骇人的故事。它的刺会让人想起被螫的痛苦，它带给人那种特别的疼痛是其他任何情形下都无法比拟的。那种干燥感具有破坏性，好似一团沙漠之火蹿遍受伤的四肢，又像太阳神的女儿们从父亲愤怒的强光中提炼出一种炫目的毒药，以此更有效地保护她们趁父亲和善的时候收集起的财宝。

的确会有人既不了解也不尊重蜜蜂的习俗和性格就猛然揭开蜂巢，那样就会立即燃起一片英雄主义的怒火。不过，只需要少许最容易上手的技巧就能处理得当，免受惩罚。只要娴熟地燃上少量的烟火，再配上足够的冷静和温和的动作，我们那些全副武装的劳作者们就会乖乖妥协，丢下伸出螫针的想法。有人一直以为，蜜蜂认得自己的主人，它们害怕人类，事实并非如此。然而，如果在烟熏的味道下，用不给蜜蜂带来生命威胁的大幅度缓慢动作，这样在它们的住所中反复来回，蜜蜂就会以为这并不是能抵御的敌人来袭，而是一种外力或者自然界的灾难，在那样的环境下它们最好顺从。

因此，它们并不会做无用的争斗，而是尽其所能守护自己的未来。此外，因为服从于一旦陷入错误时必不可少的远见，所以它们飞到储藏蜂蜜的地方时都会急迫地蘸上些蜂蜜，以备原有的城市被摧毁或者自己被遗弃后不论在哪里立刻创建新城时自用。

[**7**]

在一位此前从来没接触过蜂巢的人面前揭开一座蜂巢观察时，这位新手的第一反应会是略有失望。之前人们告诉他这个小小的玻璃盒子里有一种无与伦比的活动，有无以计数的睿智法规，有见者无不惊叹的结合体，集神秘、经验、天才、计算、科学于一体，而且综合了各行各业，融合了确认无误和预见先知，还有那些聪明的习性、好奇感以及美德。所有他看到的只是微红色的一些小群体混乱地聚集成团，有些像烘烤过的咖啡豆或者成串的葡萄干靠着玻璃堆积在一起。它们看上去不像还活着，更像已经死亡。它们行动缓慢，前后不连贯，活动范围又很局限。看到蜂巢以前的那一刻，他还见到那些迷人的光点，在上千金黄色和珍珠色盛放的花萼间不停地闪烁发光，难道它们就是现在眼前这样的吗？

观察蜂巢是一个被黑色帘子或挡板遮住的玻璃蜂巢。最好的观察蜂巢内只有一个巢脾，这样可以从它的两面进行观察研究。这些蜂巢可以放置在画室或者图书馆等地方，没有丝毫不便和危险。我在巴黎有一间蜂巢，那里居住的蜜蜂甚至能在广袤的石漠中找到自给自足、繁衍兴旺的方式。

蜜蜂们看起来似乎在黑暗中颤抖，气息微弱，全无知觉，紧紧地拥在一起。有人会想，它们是不是染病在身的俘虏，或者被废黜的蜂王。在阳光明媚的花园中，那些王者曾拥有荣光的一刻，如今被迫回到局促的屋里，对肮脏和贫穷忍气吞声。

蜜蜂就和那些最真实的事物一样，人们必须去研究它，也必须学会如何研究它。这些在另一个天地里的居民们目睹人类的男男女女来来去去，以人们几乎察觉不到的方式穿越街道，看着人们在特定的时候围绕特定的建筑聚集，或者等待着谁也不知道的什么，没有明显动作，待在住处远离外界。它们也许会由此得出结论，他们也够可怜、够沉闷的，而且要花些时间才能从这种死气沉沉中辨别出多种复杂的行为。

的确，这些在蜂巢中几乎一动不动的小群体在不停地工作，每个都有不同的职业，每个都不知休息为何物。以那种看上去最迟钝的为例，这似乎失去生命的一群靠着玻璃悬着身体，却为整个群体担负着最神秘又最辛劳的任务：正是它们分泌了蜂蜡，让蜂蜡成形。而这种普遍的行为只有在身临其境才能捕捉到其中细节。此刻，我们只需要留意到蜜蜂天性中最关键的特性，这种特性能解释各种工蜂为何格外地团结。在这方面，蜜蜂首屈一指，在更广的范围看，即使是蚂蚁这种群居的生物也无可比拟。蜜蜂只能在群体中生存。因为蜂巢的空间太密集拥挤，它不得不在穿过嵌着自己住所的墙壁时用头来拼命开道，所以如果它离开了蜂巢就舍弃了适合它的环境。它会瞬间跳入满是鲜花的世界，就像游泳者会跳入大海，海里满是珍珠那样的泡沫。但慑于死亡的痛苦，它会定期中途返回到群体中呼吸，也像游泳者必须回到水面呼吸空气。如果将它隔离，即使有充足的食物和适宜的温度环境，它也会在几天内香消玉殒。这不是因为它饥饿或者寒冷，而是出于孤寂。从群体和居住的城市中，它汲取到一种无形的滋养品，对它来说那和蜂蜜同样重要。对这种滋养的追求也有助于解释蜂巢的法则有怎样的精神。在它们的世界，个体无足轻重，它只是在一定条件下存在，而它自身不过是在某个无关紧要的时刻里在种族中一个带翅膀器官。它整个生命都彻底奉献给这个结构复杂的集体，它永远是其中的一员。奇怪的是，我们注意到并非总是如此。在膜翅目采蜜动物中，即使到今天我们还能发现，人类饲养的蜜蜂在生命的所有阶段都发展着自己的文明，不断进步。在进化规模的最底层，我们发现它在悲惨地独自工作，经常看不到自己的后代（叶舌花蜂、分舌花蜂等），有时它居住在成员有限的家族中（野蜂就是一例）。下一阶段，它会与其他的蜂种暂时交往。到最后，穿过其后各个阶段，我们会到达几乎最为完美也最无情的蜂巢社会，在那里，个体蜜蜂完全融入了群体，而群体又绝无例外地会为未来那个抽象又永恒的城市牺牲。

[8]

我们可不要就此将这些事实归纳为用于人类身上的结论，人拥有能够抗衡某些自然法则的力量，而且，要了解这样的抵御是对还是错就触及到了人类道德中性质最严重、概念最含糊的部分。可是，要是去发现在另一个世界里大自然有怎样的意志，那就相当有趣了。这种意志极为清晰地展现在这种膜翅目动物的进化中。地球上所有生物里，这类动物的智力水平仅次于人。大自然的目的显然是这个物种的进化。而同样显而易见的是，假如不是以牺牲个体的自由、权力和快乐为代价，大自然就不能或者拒绝让这种进化实现。随着社会组织自身不断完善、在规模上不断扩大，社会中每位成员的私人生活空间相应地就会缩小。哪里的群体有进步，哪里的个体就最终只能越来越彻底为整体利益而牺牲。首先，每只蜜蜂会被迫放弃独自行动这种恶劣的行为。例如，在蜜蜂文明进化中最后阶段，我们会发现野蜂就属于这一阶段的蜂种，它类似于人类中的食人族。成年野蜂的工蜂不停地围着蜜蜂卵盘旋，想把蜂卵吞入腹中，雌蜂因此就不得不以最顽强的意志抵抗到底。摆脱了最危险的敌人后，每只蜜蜂还必须习得一定数量的美德，这些美德已经让它越来越痛苦不堪。比如，野蜂的工蜂并未放弃对爱的向往追求，而人类饲养的蜜蜂中，工蜂一直是贞洁之身。事实上，我们很快就会看到工蜂不得不自身做出多少放弃，以此来换取蜂巢的舒适和安全，完善蜂巢的建筑、经济和政治体系。在专门提到种族进化的章节中，我们会把视线转向膜翅目动物的进化。

二、分　蜂

［**9**］

一个普通蜂巢蜜蜂数量是观察蜂巢的十到二十倍，而且那个群体中的蜜蜂完全自由，无拘无束。因此，为了更接近大自然的现实，我们就来了解下普通蜂巢中蜂群发展的各种重大事件。

在这里，蜜蜂们已抖掉冬季的慵懒迟钝。蜂王开始在二月初的那几天再度产卵，工蜂已经在柳树与坚果树、金雀花与紫罗兰、银莲花与疗肺草生长的地方成群集结。而后，春天裹挟着蜂蜜和花粉踏遍地上地下每块土地、每条溪流，每天都有数以千计的蜜蜂降生世界。体形发育过大的雄蜂如今都从自己的巢房中爬出来，在各自的巢脾中玩耍。这个人丁兴旺的城市实在拥挤，以至于数百只因为采花而夜晚迟归的工蜂寻不到栖身之处，迫于无奈只好在门槛度过一夜，大量如此处境的工蜂会被寒冷夺去生命。蜂群焦躁起来，年老的蜂王开始骚动不安。它感到宿命正在酝酿一个新的开始。作为创造一切的优秀母亲，它已经虔诚地尽到了自己的职责，而在完成的过程中，它感受到的只是痛苦和悲伤。一种不可抵抗的力量让它心神不宁，因为它很快就被迫要离开这座属于它、由它统治的城市。可这城市是它的作品，是它自己的。它并不是人类口中的那种“女王”，没有下达过命令，而是像它那些平凡的子民一样温驯地服从于不知真面目的力量，听命于至高无上的智慧。当我们现在试图探明这种隐形的力量和智慧时，会对此命名为“蜂巢精灵”。尽管如此，蜂王还是城市内独一无二的爱的器官，是所有城市居民的母亲。在惶惶不定和穷困贫乏中，它建起了城市，以一己之力给城市带来居民。那里的墙壁中所有活动的生命，从工蜂、雄蜂、幼虫、蜂蛹到即将出生的年幼公主最初都来自蜂王的侧腹。在那些公主中有一位已经被“蜂巢精灵”选定为蜂王的继任者，它的出生会加快蜂王离开的脚步。

[10]

“蜂巢精灵”是什么，又在哪里呢？它可不像某些特殊的本能。那种能力可以教小鸟学会建造一只设计精致的鸟巢，而后又让小鸟能在迁徙日子到来时飞去寻找其他地方的天空。它也不是蜜蜂种族的一种机械性的习惯，或者盲目地求生。如果是那样没头脑地行为，在发生没有预计到的事件，所有想象的习惯秩序被打乱时，蜜蜂就会失控，陷入危险的境地。相反地，如果突发的事件并非那么专横强悍，“蜂巢精灵”就仍然会步步尾随，像一个机灵的仆人。哪怕主人做出最危险的指令，这位仆人都能从中受益。

这位精灵毫不留情地处置蜜蜂王国内一切有翅膀的臣民所拥有的财富、幸福、自由和生活，就好像受到一些重大责任的管束。日复一日，它调控着出生蜜蜂的数量，设法使这一数量严格地与给乡间增光添彩的花朵数量保持一致。它宣布蜂王退位，或者警告蜂王必须离位。它强迫蜂王把自己王位的竞争对手带到世间，并且在王室的待遇下抚养长大，受到保护，不会被亲生母亲的政治敌意所害。也因此，为了与花朵的多少、春季的长短和婚配飞行中可能存在的危险相协调，它允许或禁止刚出生的公主们残杀尚未出世的妹妹，那些妹妹还在卵中唱着蜂王的歌。在其他的情况下，当花季将止，开花时间变短时，它会命令工蜂亲手屠杀全部皇族血脉，因为变革的时代就要来临，工作成为唯一的目标。“蜂巢精灵”谨慎又节俭，但绝不吝啬。它似乎意识到，对所有与爱相关的事物，自然的法则是有些狂热无度的。所以，在蜂蜜丰收的夏季，它会容许蜂巢中出现有三四百只雄蜂存在的尴尬场面，即将出生的蜂王会从这些雄蜂中选择自己的爱人。那三四百只蠢笨无用又吵闹的生物既自负又贪吃，既肮脏又粗俗，彻头彻尾地风流成性、游手好闲，还贪得无厌、品行恶劣。

而在蜂王受孕后，当花朵开始闭得更早，开得更迟，这位精灵就会在某个清晨无情地宣布对雄蜂在同一时间进行集体屠杀。它根据工蜂的年纪调节它们的劳动力，分配它们进行不同工作。有的做护士，去看护幼虫和蛹，成为御前女卫士，为蜂王待命，蜂王没有一刻离开过它们的视野；有的处理屋内事务，通过扇动翅膀为蜂巢通风、换气或者加温，使那些含水量过多的蜂蜜加速蒸发水分；有的负责设计奠基、炼制蜜蜡、添砖加瓦、雕砌钻刻，分别从事着建造巢脾的一条龙工程工作；有的寻找食物，飞往花丛采掘可以酿成蜂蜜的花蜜、喂养幼虫和蛹的花粉、接合与加固城市建筑的蜂胶以及青年蜜蜂需要的水和盐。“蜂巢精灵”的指令会传达给蜜蜂中的各种专家和工人：如果指令发给化学家，化学家就会把自己螫针底部流出的一种蚁酸滴入蜂蜜，以此来确保蜂蜜的储存安全；如果指令传到胶囊制作家，制作家就会在蜂蜜宝藏成熟时封住藏宝室；如果清洁工收到指令，它就会让公共场所和街道都洁净得无可挑剔；如果搬运工得到指示，就会尽职搬走尸体；如果无数卫兵接到指令，它们就会在门槛日夜看守，盘问来往进出者，辨认第一次飞行归来的新手，驱逐所有的入侵者，团结一心向可怕的敌人发起攻击，必要时还会在入口设下路障。

最后，是“蜂巢精灵”为蜜蜂种族的天才们定下一年一度伟大的牺牲时刻：这是属于整个蜂群的时刻。我们会发现，这一族蜜蜂在发展到繁盛的极致和权力的巅峰时突然会放弃自己的财富与宫殿、房屋和劳动成果。在把这些全部留给下一代后，它们自己又心满意足地为建立遥远的新国度去面对困难艰险。不论是否有意如此，这种举动无疑都超越了人类道德的既向。有时它会导致一片废墟，但通常它会带来贫穷。服从于一种超越自身幸福的法则，幸福无边的城市如今散布他乡。我们很快会发现，这种法则绝非我们想象的那样让人盲从、那样命中注定，而它是哪里定下的，又规定了什么呢？这位精灵让所有蜜蜂都绝对臣服，是通过了怎样的议会、怎样的委员会、怎样的知识与道德范畴来实现的？它自身又听命于一种崇高的职责，附庸于一种不懈地紧盯未来的智慧。它究竟仙乡何处？

发生在蜜蜂身上的事就同世界上大多数事物所发生的一样。我们注意到它们的某些习性，我们讲述它们的行为，比如它们以怎样的方式工作、它们的国王出生、它们的工人是处子身、它们在特定时刻聚集。接着我们会想象已经了解了它们，不再有疑问。我们注视它们在花朵间忙碌，目睹蜂巢里不断爆发骚乱。对我们来说，它们的生活似乎很简单，而且像其他生物一样受限于对繁殖与食物的本能关注。然而，如果我们把眼光拉近，仔细去看看，所有最不起眼的现象立刻就变得复杂至极。我们会遭遇关于智力、命运、意志、目的、方式、原因的谜题，会面对难以理解的组织，它体现在生命中最无关紧要的行为中。

[11]

接下来，我们观察的蜂群在为分蜂做准备，它们向蜜蜂种族那些严苛的神灵们献上了不起的祭品。蜂群遵从于“蜂巢精灵”的指令，蜂巢的全部八九万蜜蜂中有六七万只会在预定的时间抛下哺育生长自己的城市离去。这在我们看来根本无法理解，因为那彻底违背了人类所有的本能和情感。它们的离开并非是由于绝望，也不是意外和贸然地决定要遗弃一个因饥饿与病魔缠身而废弃的家园，更不是为了发起战争。这次流浪是一直在长期计划中，在耐心地等待一个合适时机。如果蜂巢遭到外界掠夺或是遭受风暴洗劫，如果皇室成员发生不幸，由此导致蜂巢食物匮乏、人丁稀少，蜜蜂们是不会弃它而去的。只有在蜂巢发展到繁荣的顶峰时，蜜蜂才会离开。那时，经过了春季辛勤的劳作，巨大的蜂蜡宫殿中有着十二万个安排妥当的巢房，其中流淌着新鲜采酿的蜂蜜，堆放着颜色繁多的花粉。这些花粉被称为“蜜蜂的面包”，幼虫和蜂蛹就以它为食。

在这次崇高的大放弃发生的前夜，蜂巢格外美丽。这正是它最充裕、成员最开心的时刻，实在前所未有。表面看来一切都兴奋激动，更衬托出它的安宁。

[12]

让我们努力为自己描绘一幅画面，不是在蜜蜂看来的情景。因为我们不能了解，经过它两侧的眼睛和眉毛上巨大的三层眼睛上那六七千个面反射后，那些情形会以怎样神奇又可怕的方式来显现。不过，我们会以它们的高度和视角来观察。那里的一个穹顶比罗马圣彼得教堂的穹顶更宏大，而蜂蜡墙壁有从那个穹顶一直到地面那么高，在黑暗的空间中维持着平衡。这里的建筑外观巨大又外形多样，垂直和平行的几何构造兼有。以相对的精确度、设计建造的大胆突破和庞大的工程量来比，没有一座人类的建筑可以媲美。蜂蜡墙壁的材料完美无瑕、芳香四溢，透出纯银色的清新。每一面这样的墙壁上都有数千蜂窝，储存着足够全体蜜蜂食用数周的供给口粮。存放在这些透明蜂窝中的是花粉，也就是每朵春花的爱情酵素，它们闪动着红与黄、黑与紫的亮光。在那附近有二万个仓库，四月采下的蜂蜜就被封存于此，只有到了最为艰难不幸的日子才会解封。这是最为清纯芳香的蜂蜜，长长的、华丽的金色装饰将它四面包裹，边缘硬挺僵直。再往下是五月的蜂蜜，它被放在一个敞口大桶中自然成熟。在这些大桶周围有着戒备警惕的卫兵，它们负责保证大桶附近不断有空气流动。蜂巢只有一个开口，钻石一样的阳光就从那里偷偷泻下。蜂巢的中心位置远离光线，那里是它最温暖的地带，蜂巢的未来就在此栖身、在此沉睡、在此苏醒。那里的孵化巢房是皇家特区，专属于蜂王和它的助手们。在这个特区里有大约一万个巢房里沉睡着蜂卵，一点五万或一点六万个巢房里居住着幼虫。此外，在四万个巢房里生活着白色的蜂蛹，数千名看护的工蜂照料着它们。最后，在这些神圣地带里最神圣的地方是三、四、六或者十二座被封住的宫殿。与特区中其他地方相比，这些宫殿规模宏大。躺在那里的是少年时代的公主，它们浑身裹着某种尸布，全都一动不动，苍白无力，等候着属于自己的时刻，给它们喂食也是在黑暗中进行。

＊作者注：这里给出的数字极为精确。它们适用于一个处于全盛时期并且满员的蜂巢。

接着，在“蜂巢精灵”已经确定的某一天，依据确定不变的法则选出的一定数量蜂群会启程出发，为当天还没有成形的希望奋进开道。这些蜂群离开的那座城市还在沉睡，那里会留下雄蜂，它们中会诞生蜂王的爱人。那里也会有极年轻的工蜂，它们负责照看孵化巢房。

那里还有数千名工蜂继续在外搜寻食物，保卫聚集起来的财富，保持蜂巢的美德传统。每个蜂巢都有自己的道德准则，它们有的德行良善，有的德行乖张。失职的养蜂人经常会让自己驯养的蜜蜂堕落失德，唆使它们不再尊重他人的财富，煽动它们抢劫掠夺，诱导它们形成武力征服、不思劳作的恶习，使它们成为周围所有小邻邦的危险源头。而这些行径源于蜜蜂自身的发现：数百只蜜蜂必须远赴千里去花丛中工作，才能酿成一滴蜂蜜，这并不是获取财富唯一的、最快的方法；运用谋略侵入防卫疏漏的城市，或者强行攻入无力自卫的城池更容易攫取财富。要为这样已经堕落的蜜蜂重修蜂巢职责的正道并非易事。

［**13**］

这一切都证明着，左右蜂群的并非蜂王，而是“蜂巢精灵”。我们提到的蜂王就像人类中的首领一样，虽然看起来是他在发号施令，但他本人也不得不服从于一些命令，那些命令远远比他向下属发出的神秘、难以解说。一旦时机确定，“蜂巢精灵”可能会在破晓时分或者前一晚公布于众，但这种决定不会提前两晚宣布。太阳才开始吮饮第一颗朝露，在这个嗡嗡响声环绕的城市内外就已经上演了一场最不寻常的骚动，而养蜂人几乎不会理解到它的意义。有时，人们大致能察觉到有争论、犹豫、退缩的迹象。日复一日，这个透明的金色群体中会爆发出一种奇怪的情绪，它出现后又消失，没有明显的原因。是一团乌云逼近这片天空被蜜蜂观察到了，而人们没有看到吗？或者是那些智慧的生物在抵制刚刚产生的遗憾情绪？还是由一群有翅膀的成员组成的议事会在辩论离开旧城的重要性？我们对此毫不知情，就像我们对“蜂巢精灵”向蜂群传达决定的方式一无所知那样。可以确定的是，蜜蜂是彼此沟通交流的，当然我们不知道那是否以人类的方式进行。甚至可能蜜蜂自己也听不到自己唱的副歌：喃喃低语满载着蜂蜜芬芳飘至我们耳畔；潋滟夏日里令人陶醉沉迷的悄语让养蜂人如此钟爱；在水晶般纯粹美好的时间里，蜂巢周围工蜂们此起彼伏的节日歌声；也几乎可能是急不可耐的花朵在吟唱自己快乐的圣歌，它们温柔的花香也在回响，回音中听得出有白色康乃馨、马郁兰和百里香。而在它们唱出的全部音阶中，我们能分辨出从由衷的喜悦到威胁、痛苦和愤怒的各种情绪。它们唱过蜂王的颂歌、祈愿丰收的歌、悲伤的圣歌，最后还有神秘的战斗长吟，那是少年公主战斗时以及婚配飞行前发生大屠杀时发出的呐喊。这会不会是无法获得内心平静而偶然出现的音乐？不论哪种情形，这些声音似乎都不是我们在蜂巢附近制造的噪音中干扰环境最少的那种。不过，蜜蜂也许觉得它们不属于自己的世界，所以对它们没有兴趣。有一种可能是，站在人类的角度，我们只听到了蜜蜂发出的一部分声音，有许多传入我们耳朵的旋律我们无法听到。这些声音响起后，很快我们就会看到蜜蜂能彼此理解，并且采取协调一致的措施，速度之快让人震惊。比如，当身形庞大的蜂蜜强盗，那只像谜一样的巨型阿特洛波斯①，就是一只背上背着死者头颅的凶险的蝴蝶穿透了蜂巢时，会发出它特有的奇怪音符，这就会像一种无法抵挡的咒语。这个消息很快在蜂群间传开，从在门槛的卫兵到在最遥远的巢房的工蜂都会知道，整个蜂巢的居民都会因此颤抖起来。

［14］

长期以来，人们都认为蜜蜂很聪明，通常如此谨慎、有远见又节俭的它如果抛弃自己王国的财富，投身到不确定的生活中去，那么它

① 阿特洛波斯(Atropos)：希腊神话中命运三女神之一。

就在屈从于一种无法抵制的愚昧荒唐、一种机械性的冲动、一条物种的法则、一道大自然的指令，或者是迫于隐藏在时间之轮旋转的背后、那作用于所有生物的力量。我们的习惯是，把自己还不能理解的一切都认为是宿命，在蜜蜂的问题上也是如此。而既然现在蜂巢已经透露了它的二三条重要秘密，我们就已经发现了这种大批迁移既不是出于本能，也不是必然发生。它不是盲目移居，而显然经过了周全考虑，是这一代蜜蜂为了即将来到世界的新一代做出的牺牲。养蜂人只需要毁掉那些还没有活跃的年幼蜂王所住的巢房，与此同时还有大量幼虫和蜂蛹能扩大仓库和蜜蜂王国内的住处，这种无利可图的骚乱就能烟消云散，工作就能很快恢复，工蜂会再度光顾花丛。而老蜂王没有了可以寄望或者忌惮的继任者，现在地位再度重要，将放弃这一年看到太阳光的想法。它对立刻投入生活的未来满怀信心，会平静地恢复生育活动。这种活动主要是有条不紊的螺旋光顾各间巢房，一间不漏而且一刻不停地每天产下二三千个卵。

除了今天活着的种族对明天出生的种族的爱以外，这种宿命又在哪里呢？人类也有这样的宿命，但它的广度和力度似乎要小得多。人类之中从来没有出现过如此伟大、如此一致又如此彻底的牺牲。而如果不是这种富有远见的宿命，我们遵从的又是什么呢？我们不知道答案，就如同我们不知道谁像我们观察蜜蜂一样观察着自己。

［**15**］

可是，我们选的这个蜂巢此前没有因人类的干预受到骚扰。随着美好的日子以光芒四射又悄无声息的步履从树下倏忽而过，它的热情还沐浴在露水中，这使得约定的时刻迟迟未能到来。在蜂巢的王国中，金色的走廊分隔开平行的墙壁。就在整个走廊的表层，工蜂们正忙碌地为长途跋涉做准备。它们中每一只都会先自己背负足够五六天食用的蜂蜜口粮。然后，它们会把一些蜂蜜留在体内携带，这些蜜未来能以一种至今无法解释的化学过程提炼出立刻施工建筑用的蜂蜡。它们也为自己备了一定量的蜂胶，这种类似树脂的材料能封堵所有新住处的裂缝，加固不够牢固的地方，使墙壁漆光锃亮。蜂胶还可以遮挡外界光线，那是因为蜜蜂偏爱在几乎完全昏暗的环境下工作。它们以自己多面的眼睛或者以触须来指引方向。蜜蜂探察和估测黑暗的感觉似乎就源于此，而这种感知能力人类还不了解。

[**16**]

因此，它们并非没有预见到最危险的日子会降临。它们完全陷入这种忧虑、这种对未来冒险历程中巨大危险的担忧，所以现在不会有时间去造访花园和草地。也许后一天、再后一天会下雨，或者刮风，它们的翅膀会冻伤或者花儿不再开放。如果没有这种先见之明，未来等着它们的就会是饥饿与死亡。不会有谁来提供帮助，它们也不会向谁求助，因为蜜蜂的城市之间互不认识，也从来没有其他城市伸出援手。即使养蜂人聚集起老蜂王及其成群的随从蜜蜂，把它们放入一个蜂巢，就挨着它们从前居住、如今被安排离开的家园，而如果不是经历前所未有的灾难，这些蜜蜂也就完全不会记起它们曾经在故园和睦又幸福地生活、曾经在那里拥有大量的财富和足够的安全感。由于饥饿与寒冷，所有这些蜜蜂会在它们不幸的蜂王周围一只只丧生，直到最后集体消亡。即使危难时能闻到那里无穷的甜蜜气息和由过去它们辛勤劳作而产生的芬芳香味，它们也不会返回自己的出生地。

[**17**]

有人会说，那种事人类不会做，这证明蜜蜂除了有惊人的组织以外还是缺乏智慧和真正的意识。确实如此吗？当然，其他的生物会拥有不同于人类的智慧，由此产生不同的结果，但并不会因此就低人一等。而且，就算在人类自己的小圈子里，涉及精神世界的事务时，我们就真的能做个绝无误判的法官吗？假如偶然在一扇关闭的窗子后看到有两三个人在走动和交谈，在他们的对话没有传到耳内以前，我们能如此轻易地了解他们所遵从的崇高思想吗？或者可以这样设想：一位金星或者火星的居民站在山顶注视我们，观察我们在空间中形成的那些小小的黑色斑点，类似情形比如我们在大街小巷和集镇广场聚散来去。而仅仅通过观看我们的行动、建筑、机器和运河，就能传达给这位外星居民任何准确的想法，使他了解我们的道德、智慧、思维方式、爱、希望，了解我们真正的自我和内在的自我吗？与我们观察蜂巢时一样，这位外星客人所有能做的就是记录下那些看起来很让自己惊讶的事实，从这些事实中推断出的结论也许和我们从蜜蜂身上得到的结论一样不正确、不确定。

至少有一点能肯定：我们那些“小小的黑色斑点”不会透露出广阔的道德方向，而在蜂巢里却显见惊人的统一。如果那位外星来客对蜜蜂观察了许多年、好几世纪之后，应该会这样发问：“它们要去哪里，去做什么？”“它们的生活目的、生活轴心是什么？”“它们信什么神灵吗？我看它们的行为不受任何约束。”它们今天收集后建成形的那些材料，明天就摧毁丢弃了。它们有来有往，有聚有散，但没有谁知道它们在寻找什么。它们展现的景象完全无法解释，这样的实例数不胜数。比如，它们中有一些蜜蜂几乎很少原地移动，要凭比其他同类更有光泽的外套和一般更为庞大的身躯来辨认。体形大的那部分蜜蜂住宅宽大，比一般蜜蜂的住处大十或二十倍，也更富有，装扮得更精心时尚。每天还会花好些小时用餐，进餐时间有时会拖至深夜。周围的蜜蜂对它们极为敬重。居住在附近房子的蜜蜂为它们带来给养和无数礼物，甚至还有的东西来自这个国度最偏远的地带。旁观者只能推测，这些蜜蜂一定对种族极为重要，它们为这个种族做出最关键的贡献，虽然人类的调查手段不能让我们发现这种服务的确切性质。还有一些蜜蜂无休止地从事最劳累的工作，工作地点要么是巨大的库房，其中满是永远在转动的轮子，要么是装运地点附近，要么是光线暗淡的杂物间，要么是从日出到日落不停探究挖掘的小块土地。这些现象使人们相信，做这种劳力肯定是在洗刷罪过，是惩罚性的，因为负罪的人才会住在又脏又破的小屋里。这类蜜蜂披着没有颜色的外衣。它们工作投入，很少给自己时间吃饭睡觉，从如此有害健康或者至少是无用的工作内容来看，这种投入的热情实在太高。在数量上与其他类蜜蜂相比，它们是一千对一。在如此不利于自身发展的环境下，这一类型的蜜蜂还能存活至今，真是不可思议。然而，值得提到的是，除了不知疲倦地投身劳动这种性格外，它们还性情温顺，毫无恶意。对自己种族的拯救者，或者说是公认的监护者留下的残羹冷炙，它们都感到满足。

[18]

我们从另一个世界高高在上含糊不明地审视这个蜂巢，在投出带有疑问的第一瞥后就得到如此确定又深刻的一个回答，难道不觉得奇怪？蜜蜂那以惊人的信念铸就的宏伟建筑、它们的习俗和法则、政治和经济组织、德行甚至残忍都能即刻流露出它们遵从的思想或是体现出信奉的神灵。对这样一种展现方式，我们难道不应该钦佩赞叹吗？这也许是人类唯一从未正经崇拜过的神灵。尽管如此，无论怎样看，它都仍然是人们能想象到的最不合理或者最不正统的神灵。蜜蜂的神灵就是它的未来。研究人类史的过程中，在努力地衡量一个民族或种族的道德力量或者伟大与否时，我们只有一个权衡标准，就是衡量对象的理想是否高贵和持久，以及在追求理想时是否有牺牲舍弃。我们是否会经常遇见一种更适宜于宇宙的意愿、更广的明白昭示、更无私或更崇高的理想？我们是否会经常发现一种更彻底、更英勇的舍弃？

[19]

这古怪的小国家，集它的逻辑性与严肃性、它成熟的坚定信念与谨慎明辨于一身，却仍然因为一场漫无边际又危机四伏的梦想而成为受害者！这身形小巧的民族啊，如此深怀信念、坚定不移，你由温暖和光亮哺育，受自然界的至纯至真滋养，你这花朵的精魂啊，当时已良辰美景两不误，此时又为何起身苦奔赴？关于对美和幸福最强烈的渴求，谁能告诉我们，你已经解决了什么我们未解决的问题，你已经确信了什么我们仍然不得不去征服的？而如果在一些盲目又原始的冲动、而非智慧的帮助下你确实已经解决了这些问题，对一些现象确信无疑，那么哪些更难以解开的谜题是你没有敦促我们去破解的？富有信仰、神秘和希望的小小城市啊，为何你无数的贞洁人民甘愿进行一项连人类中的奴隶都从未接受的任务？假如它们少些浪费力气、热情投入劳作时少些忘记自我，哪怕程度只减轻少许，那么又一个春季、又一个夏季也许就是它们的。在花朵向它们集体呼喊的盛大时刻，它们似乎就彻底沉浸于工作的极度狂喜中。而在未满五周时间里，它们几乎都会从世间消失，它们会翅膀折断，形容枯槁，满身伤痕。

“这就是它们对花的爱啊，这还是酿蜜的荣耀！”

维吉尔在《农事诗》第四部中这样吟叹蜜蜂。在那部分文字中，他对蜜蜂有着力描写。我们当时的先人仍然以想象着诸神存在并为之倾倒，在观察自然时就带着那样的有色眼镜。维吉尔的描绘也把这些先人们因迷于神灵而犯下的错误展现在我们眼前。

［**20**］

为什么蜜蜂要舍弃睡眠以及蜂蜜和爱带来的欣喜？为什么它们不像那些长着翅膀的远亲兄弟蝴蝶那样享受优雅的闲适？为什么它们不像蝴蝶那样生活？它们并不受饥饿驱使。两三朵花就能满足它们的营养所需。一小时内它们就会造访二三百朵花，采集一种它们从来不会去品尝的甜美珍宝。为什么要如此这样辛劳和痛苦，这种强大的信心从何而来？蜜蜂啊，你就如此确定你以一生努力奉献的下一代值得你做这样的牺牲，它们会更美丽、更幸福，会去做你未能做的那些事吗？我们清楚你的目的，与了解我们自己的目的相比，那要清楚得多。你希望活得像这世界一样长久，活在未来的世界中。可成就这样伟大的目标是抱着怎样的目的呢？这种生存的使命永远延续着，是什么样的使命呢？

而且，也许这些问题并非一无是处，提出问题的人还并非只是一些幼稚的幻想者，也不是那些陷入错误和疑惑中的人呢？然后，如果不断进化真的已经使你能力无限，幸福无边，你已经占据了最后的进化高地，那时你能凌驾于自然法则之上，并且成为永生的女神，我们依然会问你渴望什么，你前进的观念是什么，依然会好奇你想象中自己会在哪里停歇，宣布你的愿望都已实现。我们被造物主造成这样一种永不满足的生物，认为没有一样单独的事物是以自我抑制为目的，仅仅简单的存在而已，没有能超越这种存在的思想。到今天为止，在人类所想象的所有神灵中，不论是最俗不可耐的还是最心思缜密的，有没有一种神灵是人类没有要求必须活跃躁动、必须创造无以计数的事物以及必须在自身目标以外另有无数目标的？假设为了给这个世界呈现一种有趣的物质表现形式，我们会无声息地离开个把小时，接着，几小时过去，我们会坦然无悔地呈现一些无意识、未知悉、沉睡的、永恒的形式。这样的情形会不会到来呢？

［**21**］

即将起飞的蜂群已经开始失去耐心，而我们正在遗忘这些蜂群居住的蜂巢。在那里，振荡的黑色波浪正在冒起泡沫，泛滥溢出，像烈日下的一只黄铜杯。现在是中午，高温使聚集生长的树木看起来快要蜷缩起它们的叶子，好似一个人在一件很脆弱又很重要的东西面前会屏住呼吸。蜜蜂将自己的蜂蜜和有着甜蜜香气的蜂蜡献给照料自己的人，而更珍贵的礼物却是它们为养蜂人召唤来六月的喜悦，唤来了这个美丽月份的欢乐。这是因为蜜蜂投入参与的事只发生在天空澄澈的时候，那是一年中鲜花有如节日狂欢一般绽放的迷人时刻。蜜蜂是夏季的灵魂，是刻录着许多时辰的钟表。它们是娇弱馨香上浮动的翅膀，在不知疲倦地扇动着。它们是颤动的光线在领路，是死寂沉闷的空气在歌唱。它们的飞行是一种标志，是稳定不变的美妙音符，同其他许多转瞬即逝的快乐一样，诞生于炎热中，栖身于阳光下。它们教我们调整自己的耳朵，去聆听这属于自然的美好时光中最轻柔、最私密的低语。对一个了解并深爱它们的人而言，没有蜜蜂的夏季就如同没有鸟语花香的夏季一样，是如此的忧伤和空虚。

［**22**］

如果有人此前从未见过一个蜜蜂众多的蜂巢出现分蜂现象，那么他一定会在看到这种骚动混乱的景象时感到恐惧和胆怯，几乎不敢靠近。他可能会奇怪，这些行迹一路被自己跟随的生物难道就是严肃认真、热爱和平又辛勤劳作的蜜蜂吗？就在刚才他还看到它们从乡间各处成队飞过，看上去就像全神贯注的小小主妇，除了家务事操心就没有别的心思。他看着它们涌入蜂巢，几乎察觉不到上气不接下气、急切或是疲惫，充斥着小心翼翼的兴奋情绪。他还见到在它们经过时，门口的年轻卫兵向它们致敬，用触角最轻微地挥动。接下来到达内庭，它们匆忙将采获的蜂蜜交给一直守候那里的少女看门人，交接过程中最多说了三到四句非说不可的话。或许它们情愿赶去围绕着孵化巢房的巨大仓库，把两篮沉沉的花粉从自己大腿上卸下来，然后立刻再度出发，丝毫不会去考虑在皇宫、工作室或者蜂蛹熟睡的巢房里是怎样的情形。在酷热的时候，清洁工常常聚集在大门前的公共场地闲聊，但这些工蜂不会在此停留，花哪怕片刻工夫加入那片喧哗。

[**23**]

今天，这一切已经变样。有一定数量的工蜂的确还会平静地飞向田野，就仿佛什么都没有发生，然后再飞回，清洁蜂巢、照料孵化巢房，拒多数蜜蜂的狂喜情绪于千里之外。这些是不必陪同蜂王离开的工蜂。它们会继续留守原来的家园，喂养九千到一万只蜂卵、一点八千只幼虫、三点六千只蜂蛹和七到八位公主，今天离开的蜂群已经将所有这些后代全部抛弃。为什么这些工蜂会被选出来承担这个艰巨的责任，它依据了哪条法令或者是听命于谁的旨意，这些都不是我们有能力推测的。留下的工蜂们仍然不折不扣、镇定自若又忠诚地对待这项使命，虽然我很多次尝试一个实验，想把一种染色的物质喷在这些逆来顺受的“灰姑娘”中的某一只身上，这样就能更容易在狂欢的蜂群中以它们的严肃和稍显笨重的步态而把它们区分出来，可实际上我很少能在兴奋狂热的蜂群中找到它们中那只标记色彩的。

[24]

然而,这种吸引力一定是无法抗拒的。这种也许是无意识的牺牲带来的狂喜是神灵的旨意。它是蜂蜜的节日,是蜜蜂种族的成功,是未来的胜利:这是喜悦的一天,这是遗忘和荒唐的一天,是蜜蜂所知的唯一的星期日休息日。它似乎也是孤独的一天。在这天,全体蜜蜂都会尽情饱餐,狂欢作乐,为亲手集聚起的财富而欢欣开怀。这就简直像一群囚徒最终被赐予自由,随后被意外带上一块物资丰富的大陆,可以在恢复精神。它们喜出望外,抑制不住发自内心的欢乐情绪。往常它们的一举一动都精准,有目的性,而现在却漫无目的地往返来去,返回后又再度出发,看看蜂王是否准备停当,让自己的姊妹也兴奋起来,打发等待时的无聊感。它们回到比以往更高的高度,周围大树的叶子都抖动起来为之响应。它们把烦恼和担忧都抛在脑后,不再多管闲事、狂热急躁、惹是生非、胡乱猜疑、桀骜不驯、怒火中烧。作为对它们还一无所知又正在改变这种无知现状的主人,人类要驯服它们,只有通过服从于它们的每条法则、遵循它们劳动的习性,以及一步步追随记录着它们生活点滴的道路,追踪这条路需要一种对目标百折不挠、坚持到底的智慧,以及一种永远以美好的明天为目标的精神。在这一天,人类可以靠近他们,可以拨开它们围成圈环绕飞舞欢歌形成的幕帘,还可以把它们放在手上,像捋一串葡萄似的把它们凑到一起。这都是因为它们在这天开心,除了对未来满怀信心以外什么杂念都没有,只要没有与那身负着蜂群未来的蜂王分开,它们会向一切低头,而且对谁都不会伤害。

[25]

可是,明确的信号还未发出。而在蜂巢中正是一片难以描述的混乱，是一种我们捕捉不了其中意义的失控无序。在平常时候，每只蜜蜂回到巢中都会忘记自己还长着翅膀，而是按照任务的安排积极地投入劳动，就在蜂巢中任务所在的特定地点，很少到其他地方活动。但今天它们似乎都中了魔法一样，密密地围拢，一圈圈环绕锃亮的墙壁飞行，有如一只看不见的手在搅动一种有生命的胶状物。蜂巢内的温度急剧上升，在那个时候的温度已经能把建筑物的蜂蜡材料软化，扭曲变形。蜂王平常在巢脾中心从不挪动，现在却左突右奔，激动得呼吸吃力。群情激昂的子民在它的下方自己绕圈飞来飞去，这是在催促蜂王离开还是试图延迟行期呢？这是蜂王的旨令还是它在求饶？这种声势浩大的集体情绪是由蜂王一手造成还是让它成为受害者？关于蜜蜂的大众心理学，我们所拥有的知识会让自己确信分蜂是违背原有统治者意愿的。事实上，这些苦行僧式的工蜂和蜂王的女儿们都把这位高高在上的君王看做爱的器官，是不可或缺、确定无疑、神圣不可侵犯的，但它自身还有些不明所以，内心还没有坚不可摧。它被看做年老昏聩的母亲。对它的尊重和温存都是崇高和宽广的情怀。那些最纯净的蜂蜜经过了专门提炼几乎可以完全消化吸收，都是留给蜂王独享的。它有一支日夜看护的卫队，帮助它完成母亲的职责以及准备好用于产卵的巢房。它还有忠诚的侍从，亲切地爱抚它、侍候它进食、沐浴，甚至还吸走它的排泄物。在它身上发生哪怕最轻微的状况都会在群体间不胫而走，整个群族会哀天恨地东奔西走，去抓住它、囚禁它，把它从蜂巢中拖走。那时，蜜蜂们还没有办法填补它的空缺，可能因为它还没有留下未来注定的后继者，或者蜂巢中还没有年龄超过三天的幼虫（一种特别的营养物质能使这种幼虫脱胎换骨，成为有皇室血统的蜂蛹，这就是蜂巢至为重要的民主原则，也是在平衡拥有母性命运的特权。）。由于整个城市太大，所以失去它的消息会在二三小时后传遍，而一旦得知这样的消息，几乎各个区域的工作都会停止。幼小的后代不会再得到照料；部分居民会到处乱窜，寻找它们的母亲，其他一些会从蜂巢出发踏上寻母之路；专事建筑巢房的工蜂会四散离去；寻找食物的工蜂也不再飞去花丛；大门的卫兵会擅离岗位；而那些一直伺机劫掠的外来劫匪，就是所有觊觎蜂蜜的寄生虫们，会自由闯入，却没有哪只蜜蜂想到去保卫那些洒下无数汗水累积起的财富。随后，贫穷的阴影会渐渐笼罩这个城市，城市的居民数量会锐减。虽然夏季的每朵鲜花都依然在它们面前盛放，但这些不幸的居民们还是会很快在痛苦与绝望中告别这个世界。

那么，在失去蜂王还没有既成无法弥补损失的事实以前、在蜜蜂们还没有过于陷入士气涣散的境地之前，就让蜂王复位吧。在这点上，它们同人类相似：长时间的遗憾或不幸会影响它们智慧的判断，磨去它们个性的棱角。于是，在事发仅仅几小时后就让蜂王再登王座，它们会以非同寻常的方式欢迎蜂王回归，其情可悲莫过于此。它们会热切地在蜂王身边聚集，为了更加接近它们的国王，激动的蜂群会焦急地彼此爬到一起。当蜂王从这些蜂群中穿过时，它们以长长的触角爱抚国王，在那些触角中有许多现在还无法解释的器官。它们会为蜂王呈上蜂蜜，欢声叫嚷着护送它来到皇宫。接下来，整个蜂巢的秩序会立即恢复，工作会继续，从孵化巢房的中心到贮存着剩余蜂蜜的最偏远处仓库都会再度井然有序。筹集食物的工蜂排成长长的黑色队列一一出发，在不到三分钟时间内就满载花蜜和花粉归来。街道被清扫干净，寄生虫和劫匪被处死或者赶走，蜂巢很快回荡起音调简单的轻柔旋律，那是不同寻常的喜悦赞歌，是皇族成员在场时才响起的歌声。

「26」

工蜂向蜂王展示出绝对的依恋和忠诚，这种实例不胜枚举。倘若这个小小的王国有灾难降临，倘若蜂巢或者巢脾崩塌，倘若有人在向蜜蜂证明自己的无知或鲁莽，倘若它们遭遇饥荒、寒冷或疾病，成千蜜蜂由此丧生，就可以发现一个几乎不为一切外力所动的事实——蜂王始终是安全的，存活的，纵然它那忠心耿耿的子女已经有累累尸骨在它身下堆积。这是因为子民会保护它，帮助它逃生，子民们的尸体会充当壁垒和遮蔽。最后一滴蜂蜜、最有益身体的食物都由它享有。即便重大的灾难史无前例，只要蜂王尚在，整个蜜蜂王国的贞女们就不会难过伤心。即使巢脾遭到二十次连续不断地破坏，二十次从它们身边夺走年幼的后代和它们的食物，你仍然无法让它们对未来产生怀疑，尽管它们在忍饥挨饿，它们的数量减少到难以为它们的母亲挡住敌人的目光，它们仍然会着手重组这个国度的法则，提供最急迫的供给。它们的分工会与当前危难时刻下新的需要相一致。于是，它们的工作会以一种热情、耐心、坚定和智慧立即重新进行。在自然界中能发现这种程度的综合品质并不多见，而且绝大多数拥有这种品质的生物确实都表现得比人类更自信、更勇敢。

不过，如果要驱散它们的灰心丧气并且延续它们的种族之爱，蜂王的存在也并不是最关键的要素。在蜂王离开世界或者离开蜂巢的时候，哪怕只要它留下尚有继任者的一丝最微弱希望就已足够。在可尊为现代养蜂学之父的专家们中，朗斯特罗什曾说："我们见过一个蜂群，没有足够的蜜蜂来将建造一个三平方英尺的巢脾，却在努力孕育一只蜂王。整整二周时间它们都在紧紧抓住这个希望。最后，当群体的数量减少了一半时，蜂王出生了，可它的翅膀还没有发育完全，不能飞行。尽管它不具备足够履行职责的能力，但蜜蜂们对它的尊重并没有相应减少。又过了一周，只剩下不到十几只蜜蜂。再过了几天蜂王撒手人寰后，巢脾上就留下了个把只沮丧痛心的昆虫。"

［27］

还有一个例子，它最为清晰地展现出儿女的孝道之爱与忠诚可以达到怎样的极致。最近，我们对这些命运多舛却毫不退缩的女英雄们进行了粗暴地干预，而这个例子就出现在这场暴行带给蜜蜂的重大考验中。同所有业余养蜂人一样，我已经不止一次收到来自意大利的受孕蜂王。意大利种的蜜蜂比我们本地的蜜蜂更多产、更活跃也更驯服。通常的运送做法是将它们装入打孔的小盒子。在盒子中会放些食物，尽可能从蜂巢中选出最年长的工蜂，然后将蜂王同这些工蜂一起关进去。（蜜蜂的年龄可以从它的身体上轻易辨认，年龄越大身体长得越光亮，身形越瘦，而且头部几乎光秃。从翅膀上判断尤为容易，因为艰苦的工作需要更多地运用翅膀，所以这个部位的撕扯就越多。）在运输的旅行途中，工蜂的使命是给蜂王喂食，照顾并保护它。我经常发现，盒子送到时，里面几乎每只工蜂都失去了生命。有一次，它们都因饥饿身亡，而与其他几次一样，蜂王还活着，毫发无伤，精力充沛。而蜂王的最后一位随行可能才一命呜呼不久。从临终前的样子判断，它在把自己液囊中的最后一滴蜂蜜献给蜂王，献给比自己的性命更宝贵、意义更广泛的生命象征。

［28］

人类已经注意到这种绝不动摇的同族感情，并能把这种由蜜蜂表现出的，或者也许就是蜜蜂自身拥有的品质为己所用：那令人钦佩的政治意识、对工作的热情、对未来的奉献、坚韧不拔、宽容大度。由此，在最近几年中人类才可以一定程度上驯化这种难以驾驭的昆虫，而这些昆虫本身并不知情。那是因为它们并不屈服于任何外力，只听命于它们自身的法则，无意识地被这些法则奴役。人们认为，如果支配了蜂王就能将蜂巢的命运和灵魂玩于股掌之上。只要按照人们对待、玩弄蜂王的方式，就能增加分蜂次数、提前分蜂时间或者限制分蜂次数、拖延分蜂时间，也就能合并或者分割蜂群，下令蜜蜂王国举国迁移。同样千真万确的是，蜂王实质上只是一种活着的标志、象征，如同所有的标志一样，都象征着一种更博大却不易感知到的原则。而只要不会让自己置身于不止一处逆境中，养蜂人就会充分考虑这种原则，因为蜜蜂是绝不会被蒙骗的。蜂王的存在并不会使蜜蜂盲目地认为，它们那独立的国家在精神上永久地真实存在，而这种认定恰恰是它们根深蒂固的想法。为什么要追问这种想法是有意识还是无意识呢？只有当人们渴望确定是否应该更加正当地推崇蜜蜂的思想，或者说是大自然根植于它们内心的那些思想。不论这种思想所在何处，是在不为人知巨大的躯体中还是在人们眼前这微小的身躯中，它都值得我们给予最深切的关注。人们习惯于把真正的奇迹归为偶然发生的事件，这常会使我们失去深彻地崇敬的机会，其实能产生如此崇敬的事在世界上对我们最有帮助。而观察到这种习惯恐怕也并非不合时宜。

［**29**］

这种推测可能会被看做太过大胆，也可能会被认为是太以己度“人”了。有这一推想的人可能会听到劝导说，综合所有的可能性看，蜜蜂是不会有这种思想的。它们对未来的关切、对种族的热爱和其他许多我们自作主张归于它品性的情感，都根本无异于为生活所必需、对痛苦和死亡的惧怕和被快乐所吸引，只是所有这些后者的表现形式罢了。姑且如此认为，把它看做是一种修辞手法，我对此并不看重。就像在其他实例中能确定的一样，这里也可以确定这样一件事，那就是蜜蜂会在特殊的环境下以特殊的方式对待蜂王。其他的就都是未知的秘密，我们只能围绕它们编织出多少有些巧妙和讨喜的猜想。而假如我们用谈论人类的方式去谈论蜜蜂是明智的做法，那么我们就能有更多可说的吗？人类也只屈服于为生活所需、被快乐所吸引和对痛苦的惧怕。我们所说的“智慧”，与我们自做主张为动物定义的“本能”有着同样的起源和使命。我们做一些事时会设想自己知道这些事的结果。当其他一些事发生时，我们自夸装备得比动物更好，能辨析出事情的起因。可事实是这种假设建立在不够牢靠的基础上，除此之外，与其他为数甚众让人无法理解的事情相比，这种性质的事件数量极少，极不起眼。那么，最渺小的和最崇高的、最熟悉知晓的和最不可理解的、最近在咫尺的和最遥不可及的，这一切都可能在一个深夜与我们擦肩而过。在那漫长无边的黑夜里，我们的盲目几乎就完全与我们假设蜜蜂时的盲目一样漫无边际。

[30]

布封[①]对蜜蜂存有一种略为有趣的偏见，他曾这样说：“每个人都必须同意这种看法：单独来看，这些两翼昆虫没有狗、猴子或者其他许多动物那么有天赋，驯服、依恋或者情感在它们身上体现得更少。总之，只要是与人类有关的那些品质，它们拥有的都更少。从中我们可以得出结论，它们那显而易见的智慧仅仅来自于群体集合。甚至是这样的联合也称不上智慧，因为它并未受任何道德考量的约束。没有征得它们自身的同意，它们就已经聚集到一起了。因此，它们的社会不过就是大自然发号施令的一种物质形式集合，既不是知识，又算不上理性，也没有目的可言。蜜蜂母亲在同一时间、同一地点产下一万只蜜蜂孩子。假如这一万只蜜蜂比我料想的还愚蠢一百倍，只

① 布封(Georges Louis Leclere de Buffon)：法国博物学家、作家。

为了生存下去,它们也会被迫去筹划某种解决安置的方式。而假设它们已经开始互相伤害对方,由于每只个体拥有的力量都完全相同,所以它们很快会停止彼此的伤害行为,换句话说,它们不得不互相帮助。它们看起来相互理解,在为一个共同目的而工作。观察者因此就容易把理性和智慧赋予它们身上,而这些是它们自身完全不具备的。观察者会自称每个行为都能解释,每个举动的背后都有一个理由。由此,等级之说就可以轻易地将它们解释为奇才或是怪物,认为它们有着无以计数的想法。而真相却是,这一万只蜜蜂同时出生,群居一处,几乎同时经历蜕变,所做的无非就是同一件事。尽管内心情感有稍许不同,但它们不得不养成共同的习惯,团结一体和谐相处,为它们自己的住处忙碌,结束飞行旅途后又返回处所,以及一系列同样的行为。以此为基础就有了建筑、几何学、秩序、远见、对国家的爱,一句话,一个共和国。所有出现的种种这些,正如我们见到的那样,都是一位观察者的溢美之词。"这番话对蜜蜂做了截然不同的解读。乍看起来,这样的说法似乎更自然,可这难道不是仅仅因为这话实际上几乎什么都没有解释吗?我不会去暗示在这一段话中包含的主要错误,只想请问,蜜蜂接受共存的方式,彼此尽量不互相伤害,这一事实本身是否具有某种智慧。这"一万只蜜蜂"避免彼此伤害,最终互相帮助,当我们更深入地研究其中的方式时,难道就不会觉得这种智慧更了不起吗?再者,这不就是我们人类的历史吗?如上那位愤怒的老自然学家所说的难道不适用于人类社会的每个成员吗?再一次指出:如果蜜蜂确实未拥有我们所赋予它的那些情感和想法,我们不就应该非常心甘情愿地改变自己惊叹的理由?如果我们不必钦佩蜜蜂,我们就会崇拜自然。当我们不再拒绝崇拜,这种感觉一定会常常出现。我们已经退却或是等待,这不会给自己带来任何损失。

尽管如此,这些现象与我们不会放弃的那种推测也许至少有一样益处，它们能联系起我们大脑中那些事实上有着明显联系的特定行为。蜂王代表着种族的无限未来，而蜜蜂对蜂王个体的崇拜远逊于对那种未来的崇拜，这是肯定的。它们并不感性，如果有一位同伴工作中返回时严重负伤，无法今后再提供服务时，它们会无情地将它逐出蜂巢。然而，也不能说它们全部对自己的母亲不存在一种个体的依恋。它们会从蜂群中认出母亲。即使那位母亲已经年老体残，处境悲惨，守候大门的卫兵也不永远不会允许另一位蜂王进入，就算那另一位年富力强，多子多女，仍然如此。这的确是蜜蜂的政治制度中最基本的原则之一，除非蜂蜜产量丰富时，对一些将会采集到充裕食物的外来工蜂会有例外，否则执行的尺度绝对不会宽松。

［**31**］

当蜂王已经彻底绝育，蜜蜂会培养一定数量的皇室公主来顶替蜂王的位置。而前任蜂王下台后又会怎样呢？对此我们并无确切了解。不过，这种情况时有发生。有一次，养蜂人发现蜂巢的巢脾中心有一只正处花季的显赫蜂王，而就在它背后，一个不起眼的角落里，有一位憔悴又年迈的老蜂王，诺曼底人将它称为“老情人”。在这样的情形下，蜜蜂们不得不最大限度地保护这位老蜂王，使它免受渴望夺去它生命的强壮竞争对手——现任蜂王的仇恨所伤。蜂王间的恨意极深，两只蜂王如果碰巧生活在同一屋檐下，就会立即扑向对方，展开空中厮杀。因此可以欣然认为，蜜蜂正是给自己曾经的王者在城邦的偏远角落提供了一处简陋的庇护所，在那里它可以平静地度过余生。在这座蜂蜡城市的数千谜题中，这里我们又碰到了其中的一个。而且，它又一次地向我们证明，蜜蜂的习性与政策绝非眼光狭隘，或者事先已确定的那种死板僵化。它们的行为背后有自己的动机，而且那些目的比我们惯于设想的复杂得多。

[32]

但我们一直在破坏被蜜蜂视为不可改变的自然法则，不断地把蜜蜂摆在一个可以与某种情形类比的位置，这种位置就类似于周围的空间和引力的法则、光和热的法则突然解除限制后，我们应该给自己摆的位置。我们以蛮力或欺骗方式为蜂巢请进第二位蜂王时，蜜蜂会怎样做呢？在自然的状态下，多亏了看守大门的蜜蜂卫兵，自它们降生世界以来这样的事件还从未发生。而这种大胆的推断并不会干扰它们的智慧，它们仍然能设法协调自己视为神圣指令的两条原则。第一条是独一无二的母性专权，这一权威永远不可侵犯，除非现任蜂王丧失生育能力，而即使是这种例外情形也极少有两位蜂王共享大权的。第二条原则更为奇怪，虽然从未有蜜蜂越雷池一步，却容易让人把它叫做“犹太人的回避”。这条法则规定，不管蜂王是谁，它都是不可侵犯的。对蜜蜂来说，用身上的无数毒针刺向入侵者是很简单的事，使用后它会当场丧命，其他同伴只需要把尸体移出蜂巢即可。虽然这螫针随时准备着用于攻击外敌，也不停地用在它们内部战斗时，但它们从来不会用毒针对付蜂王。而一位蜂王也永远不会对人类、其他动物或者一只普通级别的蜜蜂使用自己的毒针，几乎永远不会拔出自己的皇家武器。那枚针与普通蜜蜂的不同，不是直的，而是弯曲的，像一柄半月形的弯刀。蜂王唯一使用它的场合是在与势力相当的同类搏斗时，换言之，当时的对手是另一位蜂王。

看来没有蜜蜂胆敢以身犯险，将自己置于弑君的血腥恐怖境地。因此，无论何时，一旦王国的正常秩序和繁荣兴旺需要一位蜂王献出生命，蜜蜂们就会极力让蜂王的驾崩有些类似于自然原因死亡，并且不断地细分导致君王辞世的这项罪行，让它的性质几乎成为普通正常死亡。

用养蜂人生动的表达来说，蜜蜂们会为这位外来的王位争夺者“举办舞会”，换言之，会整群将它团团围住，无数蜜蜂身体由此交叠在一起。这样它们就形成了一种活监狱，使里面的囚徒动弹不得。而且，必要时这种监禁会持续二十四小时，直至囚徒因窒息或饥饿而死。

而如果在这一刻，合法的现任蜂王靠近了现场，嗅出有敌手存在，表现出要决一死战的意愿时，监狱的活动墙壁会马上飞移出开口，蜜蜂们会成圈包围两位劲敌，急切地观察着一场不一般的对决随后发生。不过，它们会严守公平，无一参与战斗。原来，在蜂族中已有规定，刺中蜂王的螫针只能由另一位蜂王击出。看来只有在身侧能孕育出将近二百万生命的它才有权力一击终结另外将近二百万条生命。

但是，如果这场争斗进行得太久，仍然毫无结果，如果那些圆形的弯刀武器对厚重的护甲没有表现出杀伤力，如果其中一位蜂王看来急于逃逸，不论企图逃跑的是合法蜂王还是外来者，都会被立刻抓住，押回活监狱里，直到表现出在此攻击敌人的想法。而应该补充说明的是，就这一问题进行了无数次实验，它们都几乎无一例外以现任蜂王获胜而告终，也许是因为知道处于主场，身边围着自己的子民，这使蜂王迸发出超乎寻常的勇气和战斗热情，或者是因为蜜蜂们虽然在蜂王对决时一视同仁，但随着对抗的进行，它们可能会在囚禁两位斗士时表现出某种偏袒。事实是，它们的母亲似乎很少遭受这种限制之苦，而外来挑战者几乎都有明显的伤势，身体处于虚弱状态。

[33]

有个简单的实验能证明蜜蜂会认出它们的蜂王，并且对它怀有深深的依恋之情。把蜂王从蜂巢中移走，很快就会出现我在前一章中描述的所有痛苦和忧虑景象。几小时后又送回蜂王，所有它的子女都会迅速向它献上蜂蜜。有些蜜蜂会组成一条通道让蜂王穿过，其他的蜜蜂会深深地低下头，腹部高高地挺在空中，在蜂王面前聚集成大型的半圆形状，发出有节奏的声音。那无疑是在唱赞歌，在无上的幸福时刻或庄严的尊敬时刻，它们进行的欢迎仪式中就会唱起这样的歌声。

而我们不能想象，一位外来的蜂王会免受囹圄之苦就取代合法的现任蜂王。蜜蜂们会立即探察到冒名蜂王，擒获入侵者后会立刻将它关入乱糟糟的可怕监狱。只要这位囚犯一息尚存，监狱的铜墙铁壁就不会撤掉。在这种特别的事例中，被囚禁的外来者很少能有生还。

我们会奇怪地注意到，为了迷惑这些聪明的小昆虫，使它们屈服于自己的意志，人们被迫采取怎样的交际手段和精明策略。蜜蜂的忠诚始终不渝，它们会以打动人心的勇气接受最不能预料到的境况，视作自然界中某些反复无常的新现象，全都无法避免，足以致命。人类的所有使用的交际手段，这些都铤而走险的权宜之计都会有危急的混乱状况随之而来。而实际上，尽管已祭出这些手段，人们仍然总是根据经验去依仗蜜蜂那值得赞美的优秀意识，依靠它们蔚为大观的法则和习俗中取之不竭的宝藏、对和平和秩序的热爱、对公共财富的奉献投入、对未来的忠诚，依赖它们性格中机敏的长处、最真挚的大公无私，以及最重要的，依靠它们履行职责时从无懈怠的奉献精神。然而，如数列举以上做法完全属于养蜂学技术专著的范畴，会使我们太过偏废主题。

＊作者注：混入蜂巢的外来蜂王通常被放进一个小铁丝笼子里，挂在两个巢脾之间。笼子的门是蜂蜡和蜂蜜做的。当发现入侵者的怒气过去后，蜂巢中的工蜂会开始啃咬笼子的门，这样就放出了关在

其中的蜂王，它会受到工蜂毫无恶意地迎接。位于罗廷迪安的一家大型养蜂场场主西明斯先生近来发现了另一种引入蜂王的方法，非常简单，还几乎百试不爽，很可能将被大多数重视养蜂艺术的养蜂人采用。通常来说，让引入过程格外困难的是蜂王的行为。它总是难以集中精力，飞来飞去，东躲西藏，常常自己表现得像个入侵者，这就会引起蜜蜂们的怀疑，很快就会有工蜂检查确认它的真身。西明斯先生最开始会把打算引入的蜂王彻底隔离，让它禁食半小时。接着，他会在已无蜂王的蜂巢中选择偏里层的一个盖子，抬起盖子的一角，将外来的蜂王置于某个巢脾的顶部。起先的孤立惊吓到了这位蜂王，当发现自己身处于蜂群中时，它会转忧为喜，而腹中空空的它也会热切地接受工蜂们献来的食物。蜜蜂们被它的自信欺骗，并不会去验明正身，而更可能会以为是老蜂王回归，会开心地欢迎它。因此，这看起来似乎说明蜜蜂不能辨认出它们的蜂王，与哈伯和其他研究者的观点相反。不管怎样，两种解释都同样能自圆其说，虽然真相也许藏在我们尚未知悉的第三种解释中。这些解释再一次证明，蜜蜂的心理学有多复杂难解。此外，如同所有关于生命的问题一样，我们能从其中得出唯一的结论是，在有更好的证据以前，统治着我们内心的仍然必定是好奇心。

［34］

关于我们提到的这种个人好感，还有更多可讲。那种好感的确存在，而同样可以确定的是，它的持续时间极为短暂。人类竟然敢在蜂巢中用别处的蜂王偷梁换柱，而真正的蜂王已经在外流亡几天了。看到这位真蜂王的子民们后来将它当做来历不明的蜂王送入专门的囚禁所，真让人不禁想尽快把它从那绝命的囚所内解救出来。迎接了新蜂王后，蜜蜂会有时间将十几位工蜂的住处改造成皇家巢房，整个种族的未来如此就不再处于险境了。它们对蜂王的好感会增加或减少，这要以蜂王代表未来的能力高低来定。我们经常发现，当一只处女蜂王在进行之后我会谈及的“婚配飞行”这种危险仪式时，子民们由于非常担心失去它，所以会全程陪伴它面对那悲剧性的遥远求爱过程。而如果得到了一块含有孵化巢房的巢脾，能够培养出其他蜂王时，它们就永远不会做这种护驾伴随的事。的确，假如蜂王未能履行被我们称之为未来社会的抽象神性职责，蜜蜂对这种职责远比我们看得严肃，它们对蜂王的好感甚至会转为暴怒和仇恨。有时会发生这样的情形，因为各种理由，养蜂人会通过在蜂巢中插入一个格子架来阻止蜂王加入分蜂行动。灵活纤瘦的工蜂能穿过格子架，不会觉察它的存在，但受爱奴役的可怜蜂王比它的子女更笨重，也更肥胖，格子架会成为蜂王无法逾越的屏障。当飞离的蜜蜂们发现蜂王没有跟随，就会返回蜂巢，训斥那位不幸的囚徒，推搡并虐待它，斥责它的懒惰，或者也可能怀疑它意志不坚。第二次飞离后，当它们发现蜂王仍未跟随时，就会明显认为蜂王的信念不定，它们对蜂王的攻击会更加猛烈。最后，当它们又一次出发，依然是同样的结果时，它们会认为蜂王对自己的命运和种族的未来毫无信心，已经不可救药，会据此对蜂王判刑，然后在皇家监狱中将其处死。

［**35**］

因此，在蜜蜂的一生中，居于首位的是未来。蜜蜂拥有着一种远见、一种协调一致的合作、一种解读事件并将其转化为自身最大优势的能力，这些一定会让我们发出最由衷的赞叹。当回想起我们最近的干扰让蜜蜂感到多么惊讶和超自然的神奇时，这种赞叹就尤其发自肺腑。也许有人会说，在给出的最后一个例子中，蜜蜂们对蜂王未能跟随它们产生了误解。可假如是一种结构与我们完全不同的智慧生物，躯体巨大，行动起来几乎像自然现象的发生那样难以察觉，正要以给我们设下那样一个陷阱来取乐，我们的洞察力就会比蜜蜂更敏锐吗？我们不是花了数千年时间为雷电现象找到一个足够合理的解释吗？每种智慧在自己的领域崭露头角时，面对着并非自己制造的事件，一定会彻头彻尾地觉得无能为力。再说，倘若这种格子架的考验在蜜蜂中运用得更频繁也更常规，那么很可能它们最终会察觉这个陷阱，并且采取措施避开它。它们已经了解可移动巢脾的复杂构造，那其中的部分结构迫使它们将剩余的蜂蜜存入对称堆放的小盒子。在蜂蜡巢础进行了更为离奇的革新后，巢房仅以一个纤细的蜂蜡圆周来指示，而蜜蜂们能很快学会利用这种新体系展现的优势，极为小心地拓展了蜂蜡的覆盖范围，以此不费时间和劳力地建造出完美的巢房。只要遇到的不是由某种精明又不怀好意的神灵设下的陷阱，就可以相信，蜜蜂总会发现最好而且也是唯一人性化的解决方法。请让我引用这样一个例子。这种事件虽然在自然界发生，但它本身完全是异常的现象。我指的是蜜蜂对误入蜂巢的老鼠或鼻涕虫会如何处置。入侵者被处决了，蜜蜂还必须处置尸体，否则其中的毒性物质很快会危及它们的处所。蜜蜂不可能驱逐或者肢解尸体，不过它们会采用密封的方法把尸体围住，以蜂胶和蜂蜡建起一座真正的坟墓。在蜜蜂城市的普通纪念碑群中，那样的坟墓会格外显眼。去年，我在自己养的一个蜂巢中发现了三座这样的坟墓并排在一起，彼此间竖着隔墙，就像巢脾中的巢房那样分隔开来，如此一来就没有任何蜂蜡会浪费。在一个孩子丢进蜂巢三只蜗牛，那里谨慎的掘墓者们就在蜗牛的遗骸上建起了坟墓。按规矩，它们处理蜗牛时只需要用蜂蜡封住蜗牛壳的开口就足够。而这次的几只蜗牛壳多少有些裂缝和破损，因此它们认为更简单的方法是用蜂蜡掩埋整只蜗牛。为了让入口大厅的气流不会受阻，它们还开通了许多走廊，走廊的宽度不是以它们自己的腰身为比例设计，而是以腰围差不多是它们两倍的雄蜂为标准。看到坟墓的例子和相关蜗牛的例子，我们难道不会由此确信蜜蜂终会发现蜂王不能跟随飞离是因为格子架的缘故吗？它们有很好的比例感，对躯体移动所需的空间也有很好的把握。在凶险的死亡之首怪物——阿特洛波斯一般的面形天蛾出没的地区，那里的蜜蜂会在蜂巢的入口建起小小的蜂蜡柱，严格限制蜂蜡柱的尺寸，阻止那位夜间出现的掠夺者，使它巨大的腹部无法通过。

[**36**]

关于这点的表达已经足够，如果引述所有例子，我就无法继续整篇文章了。再说回蜂王，以它在蜂巢中的地位和在那里扮演的角色，我们最合适的表达就是称它为蜜蜂城市里被俘获的心脏，以及这座城市里智慧围绕运转的核心。尽管蜂王是独一无二的君主，但它也是皇室的仆人，是一位尽职尽责的代表，代表着种族之爱及这种爱所囚禁的监管人。它的人民服务于它，崇敬它，但也从未忘记自己致以敬意的并非蜂王本身，而是它所完成的使命，它所代表的种族命运。我们难以找到一个人类的共和国会更多地以我们星球的欲望构建自身的体系，也难以找到一个民主政体能提供一种更完美、更理智的独立，并且这种独立还结合了一种更有逻辑性、更彻底的服从。当然，我们也不能在任何地方发现更痛苦、更绝对的牺牲。请不要想当然地以为，我对这种牺牲的大力推崇已经到了要推崇它带来的结果的地步。如果这些结果能以更少的舍弃和痛苦为代价获得，那显然求之不得。然而，一旦这一原则得到接受，而且在人类世界的体系内也许正需要它，这个原则的组织形式就会使我们不得不惊奇。无论在这点上人类的真相如何，蜂巢中的生活都不会被看做一段多多少少有些愉快的时光，在那样的日子里，那些时刻只该变得酸楚和痛苦，这才是明智做法，因为这对维持生存至为重要。蜜蜂将它视作一种伟大的共同职责，这种职责在它们之间公平地分配，而且朝向一个回溯到世界初创时的未来。为了这个未来，每只蜜蜂都舍弃了自己一半以上的权力和快乐。蜂王作别了自由、日光和花萼。工蜂献出了五六年所有在世的时间，并且永远不知道如何去爱，也不了解做母亲的欢愉。为了生殖器官得益，蜂王的大脑变成了浆液。而工蜂的生殖器官会萎缩，这样就会有助于智力发展。要说在所有这些舍弃中，个体的意愿没有起到任何作用是不公平的。我们已经发现，假如以皇家的食宿计划安排，每只工蜂的幼虫都能变身为一位蜂王。同样，假如蜂王的食谱改变，居住的巢房空间缩小，那么每位蜂王的幼虫都会沦为工蜂。这些神秘的选择每天都在蜂巢的金色阴影下发生。控制它们的不是偶然，而是一种智慧。对这一智慧中深厚的忠诚、严肃以及无休止的警觉，只有人类能窥见：这样的智慧能制造也能破坏，还小心翼翼地关注这蜂巢内外发生的一切。假如花朵突然大量开放，或者蜂王衰老，或者蜂王产卵有所减少，假如蜂群数量增加，受到蜂巢空间的挤压，你就会发现，蜜蜂会着手培养皇室后代。而假如采蜜量下降，或者蜂巢扩建，那些皇室后代就会被毁灭。只要年轻的蜂王还未完成，或者未成功结束它的婚配飞行，皇室后代一般就会保留下来。而当蜂王返回，身后明智地拖着战利品，显示出绝对可靠的受孕迹象，它的那些皇族亲戚们就会立刻毙命当场。这是能平衡过去与未来的智慧，它青睐还未能见到的，而非已经看见的，谁知道这样的智慧所在何方？这是出处不明的谨慎，它选择也舍弃，抬高也贬低，拥有它的无数工蜂造就了无数蜂王，拥有它的无数母亲造就了一个处女人民的民族，这样的谨慎又所在何处呢？我们已经在其他地方提到它于“蜂巢精灵”处容身，但如果不是在工蜂的集体中，又能去那里寻觅这位精灵呢？确认“蜂巢精灵”所在的位置，我们也许不需要深入研究这个君主制国家的习性。像迪雅尔丹①、勃兰特②、吉拉德③、弗格尔及其他昆虫学家做的那样，将处女工蜂那形状古怪又忧心忡忡的小小头部、蜂王那有些空洞的头颅和雄蜂那闪烁着二点六万只眼睛的硕大脑壳并排放在显微镜下就足够了。在这小小的头颅中，我们会发现蜂巢中最庞大又最精密的大脑在运转。在人类以外自然界中的发现里，它最美丽、最复杂、最完美，处于另一种序列，有着一种不同的组织构造。同我们所知的世界中每种体系一样，这里也是哪里有大脑，哪里就有权威和胜利，哪里就有真实的力量和智慧。我们也又一次在这里发现，正是这种神秘物质那几乎不可见的原子在组织和控制着物质，并且，它能在虚无与死亡那毫无活力的巨大力量中成功地创造出属于自己的永恒处所。

*作者注：据迪雅尔丹的数据演算，蜜蜂的大脑占总体重的一百七十四分之一，而蚂蚁的大脑占其体重的二百九十六分之一。另一方面，大脑的发育通常与智慧成功战胜本能的发展同步。而这种重要性在蜜蜂身上体现得没有蚂蚁多。由这些统计数据似乎可以得出一个结论：蜜蜂的智商值与蚂蚁差几乎相同。当然，这样的数据只是一种假设，而且这里用它们来处理的是一个极为模糊的问题。

[37]

现在让我们回到正在分蜂的蜂巢，没有等到我们的这番思绪回味完，那里的蜜蜂已经发出了离别的信号。信号发出的那一刻，就像突然有一种疯狂的冲动同时使城市的每一扇大门洞开。城市中流出黑色的蜂流，不如说是群群蜜蜂洪流一般倾泻而出，而这些蜂流到底

① 迪雅尔丹(Félix Dujardin)：法国动物学家。
② 勃兰特(Johann Friedrich von Brandt)：德国自然学家。
③ 吉拉德(Maurice Jean Auguste Girard)：法国昆虫学家。

是刚出发时的两倍、三倍还是四倍都取决于出口的数量。这些密集的、笔直的、正在震颤的、不间断的蜂流立即散开，溶于空间中。在那里，无数透明的、激动的翅膀交织成一种组织结构，同它们发出的声音一起有节奏地律动。这种组织结构会在蜂巢上方持续颤动一段时间，伴随着蛛丝一般细长的丝绸发出的巨大沙沙声，这样的声音就像有无数电动的手在不停地撕扯又修补着那些丝绸。它飘荡起伏，摇晃飘动，仿佛一层快乐的薄纱被看不见的手指托上天空，从鲜花到蓝天间来回挥动，期待着崇高的降临或分别。最后，一个角下落，另一个升起，这发光的披风把自己被阳光照射的四个角结为一体。如同神话故事中提到的神奇飞毯一样，它遵循主人的命令在空中掠过，调整飞行方向，略微向前弯曲，似乎是要把未来的神圣模样藏在自己的折角褶皱中。它向着柳树、梨树或者酸橙树飞去，那里是蜂王降落的地方。每一阵有节奏的波浪都在蜂王的周围停止了波动，仿佛是被钉在一根黄金钉子上。然后，发光的翅膀像珠光宝气的布帛一样被悬挂起。

接着又一次出现沉默。一瞬间，这场巨大的骚动、这显然满是不可言说的威胁和愤怒的可怕帘幕、这混乱地降在周围每个物体上的金色冰雹——所有这些都不过变成了一大群温顺又安静的蜜蜂，由数千个纹丝不动的小群体组成。它们从树枝悬挂下来，耐心地等待着寻找栖身处的侦察员返回。

［**38**］

这是被称为“主要群体”的第一阶段，在这个群体的前方通常能找到老蜂王。这群蜜蜂会按惯例停在离蜂巢最近的灌木或是树木上。因为除了体内的卵使蜂王负重难飞以外，它从婚配飞行或者是上一年的分蜂以来一直处于黑暗中，实际上已经差不多忘记了如何使用翅膀，所以自然就不愿在空中历险太远距离。

等蜂群完全集齐后，养蜂人会在头上盖一顶大草帽（如果被卷入人的头发，蜜蜂会认为自己掉入陷阱，即使是最温顺的蜜蜂也必定会使用自己的螫针。），而假如他有类似经验，就不必戴面具或面纱，只需要把双臂浸入齐肘深的冷水中做好预备，就可以开始收集蜜蜂了。收集时，他会大力摇动蜜蜂所在的树枝，同时树下会放一个倒置的蜂巢，成群的蜜蜂会重重地掉入蜂巢，如同一个熟透的水果落地。如果树枝太粗壮，或者也可以用个勺子伸入蜂群，舀出满勺的蜜蜂放到任何想放置的地方，如同在舀出玉米粒。对那些围在身边嗡嗡叫的、落在脸上和手上的蜜蜂，他无需害怕。空气中回荡着蜜蜂们欣喜若狂的歌声，与它们愤怒的呼号大相径庭。我要重申，在这个日子里，节日的激情会鼓舞这些神秘的工蜂，自信的激情会让它们觉得不会发生任何麻烦。它们已经和那些自己不得不保护的财富分开了，也不再去分辨敌友了。它们由于幸福感而变得温顺。不过，除了出于遵循自身法则的原因外，我们并不知道为什么它们会觉得幸福。当大自然企图达到自己的目的时，有时就会把这样盲目的幸福感在一段时间里带给各种生物。蜜蜂这时受到愚弄，我们也无需有任何讶异。人类已经在过去的无数世纪里研究大自然的运动规律，并且拥有比蜜蜂更完美的头脑，也还会上自然的当，也不知道自然是仁慈还是冷漠，或者只是卑鄙又冷酷。

蜂群会停留在蜂王降落的地方，而如果蜂王独自撤回蜂巢，一旦蜜蜂们的智商已经告知它们母亲的离开，它们就也会排着长长的队伍跟随而去，大部分蜜蜂会迅速追赶蜂王，殷切之心无以复加。而还有很多蜜蜂会在未知的住处门槛停留片刻，在那里组成一些庄严又洋溢喜悦之情的圆形，这是它们庆祝幸福事件的习惯方式。法国的农民说："它们在击鼓备战。"接着，陌生的家园会立刻被蜜蜂们接受，它们会探查到那里最偏远的角落。那里在养蜂场的位置、形状、颜色都会被这数千只谨慎又忠诚的小小生灵彻底了解，并留在它们的脑海。附近的地标会被它们仔细地做上记号。新城建立起来，它的位置也会在所有居民的头脑和心房中扎根。城墙间回响着皇族成员出现时唱起的爱之赞歌，蜂群的工作已然开始。

［39］

如果人类不收集蜂群，它的历史也不会就此终结。蜜蜂们会继续挂在树枝上，直到工蜂中的侦察员和有翅膀的军需官返回。这些特殊工种的工蜂在分蜂的第一时刻就向各个方向进发，去寻找未来的家园。它们会一只一只返回，汇报自己使命的进展状况。由于我们显然不可能了解蜜蜂的思想，所以只能以人类的方式来解读它们所表述的场面。因此，我们认为大概情况是，各个侦察员的报告都得到了最细致的关注。它们中有一只可能报告说，看到某棵空心的树有适合居住的优点。另一只有意于一面残壁上的一道裂缝，一处岩穴里的一个空洞，或者一孔被废弃的地洞。蜂群会稍作暂停，再做思考，这样直到第二天早晨，最后做出了决定，得到了全体通过。在一个既定的时刻，整个蜂群会骚动起来，分散开来，行动出发。接着，进行一次风风火火的持续飞行，这次没有什么可以阻挡。虽然目的地总是那么遥远，它们仍然会调整飞行路线，越过篱笆和玉米地，越过干草堆和湖泊，越过河流和村庄，到达那最终确定的目标。人类的确很少能跟踪这第二阶段。蜂群回归了大自然，而对它的目的地，我们已经迷失了踪迹。

三、城市的基础

［40］

让我们好好考虑下蜂群生活的所有阶段，它们已经被养蜂人在蜂巢中一一收集。而首先，请不要忘记这五点五万贞女们已经做出的牺牲，正如龙沙①在他的诗中歌颂的——

“小小身躯里怀有如此真心——”

那么，让我们又一次赞叹它们着陆沙海后再度开始新生活的勇气吧。它们已然忘记自己出生的那座城市有着怎样的壮美和富庶，那里的生活曾多么美妙地井然有序又真切可信，那里每朵花的精华都能勾起对阳光的回想，使它们在寒冬威吓时能无惧地微笑。在那里，它们留下千千万万的儿女在摇篮中沉睡，此后会永无再见之日。它们抛下的不只是采集的花粉和蜂胶这笔巨大财富，还有一百二十多磅的蜂蜜，这一数字是那里全体蜜蜂体重的十二倍以上，几乎是单只蜜蜂体重的六十万倍。假设以人来类比换算，这相当于四点二万吨供给食物，在人类而言，那将是一只庞大的船队，满载着目前所知最为珍贵的营养品。而对蜜蜂来说，蜂蜜是一种液体生命，一种乳糜，它一经吸收就几乎不会有任何浪费。

而在这里，新的居所中一无所有，没有一滴蜂蜜，没有一小块蜂蜡，既没有方向基准也有没有支撑点。这个规模庞大的史迹环顾皆四壁，仰望唯屋顶，容纳的只有沉闷无趣的空洞，光滑的圆形墙壁里只有黑暗，巨大的拱门跨立于空虚之上。但蜜蜂的字典里没有无用的遗憾，或者说不管怎样，它也不会让这样的想法阻碍自己行动。在任何其他生物的勇气都会退缩的考验面前，蜜蜂非但没有低落丧气，还展示出比以往更高涨的热情。蜂巢刚确定位置，或者是蜜蜂混乱的降落后产生的无序状况刚有好转，我们就能看到那本已杂乱不堪

① 龙沙(Pierre de Ronsard)：法国诗人。

的群体出现了最清晰、最未预料到的分类。其中较大的一部分组成团结的纵队，像一支服从于一项明确命令的军队那样爬上蜂巢垂直的墙壁。到达穹顶后，首先抵达的蜜蜂会用前腿的脚爪紧抓住屋顶，那些随后的蜜蜂会挂在第一批蜜蜂身上，如此不断延续，直到形成长长的链条，爬上来的蜂群可以以此做桥梁。这些链条的数量慢慢增加，互为支撑，不断交织，接成环形，在蜜蜂源源不断地一直攀爬下，环形的链条形成了一块厚实的三角形幕布，又像一种倒置的紧凑圆锥体，锥顶直抵穹顶的最高处，而它不断加宽的基底会降至蜂巢整体高度的二分之一或三分之二处。一批批蜜蜂在内心声音的驱使下融入黑暗中悬挂起的幕布，当这一群体吸纳了最后一只蜜蜂成为了其中一员时，攀爬就停止了。在圆顶以下的所有活动都慢慢结束，在长长的数小时里，这个奇怪的倒置圆锥体就在那里等待着神秘的蜂蜡出现，沉默得几乎让人觉得可怕，静止得让人视为宗教般虔诚。

与此同时，留在蜂巢下方那些剩下的蜜蜂并没有显示出些微意愿要加入在高处的同伴行列，也根本不留心那非凡的幕布已经形成，其中的折叠处会很快降下神奇的礼物。它们只要检查整个建筑，负担起必要的工作就心满意足。它们细心地清扫地面，一一挪走树枝、沙粒和枯叶。蜜蜂的洁癖几近疯狂。隆冬时节，严重的霜降将养蜂人所说的“清洁飞行”推迟得太久。数千的蜜蜂宁可被一种可怕的肠道疾病夺去性命也不愿玷污蜂巢的环境。只有雄蜂不注意卫生，简直无可救药。它们的排泄物遍布巢房表面，毫无顾忌，工蜂不得不紧跟在它们身后清扫污迹。

这些做俗务的蜜蜂与带着某种狂喜的心情悬在高空的圆锥体井水不犯河水。清洁结束后，它们就开始细致地工作，彻查公共居所下层部分的环境。每条裂缝在经过检查后都要用蜂胶覆盖加以修补。漆墙上光的工作也已经从顶部到底部展开。卫兵被指派到大门站岗，很快就会有一定数量的工蜂飞去田野，满载花粉而归。

［41］

这块神秘的幕布下遮盖着蜜蜂家园真正的基础。在拉起幕布的那些折叠之前，让我们试着对这些小小的移民形成一些基本的看法，了解到它们为了使新住所适应自己的要求而展示出了确定的眼光、精确的计算和勤勉奋进。在一片空洞的四围中，它们必须为自己的城市制定规划，对那些必须尽快地以经济实用的方式建设的建筑，它们必须有逻辑性地标示出这些建筑的地址，因为急于产卵的蜂王正在地面到处产下蜂卵。这迷宫似的复杂建筑群到目前为止还只是想象，工程中通风、稳定和牢固的规则都必须有所考虑。蜂蜡的耐用性也绝不能忽视，此外还有储存食物的特性、蜂王的习性需要关注。所有地带都必须设计得进出方便，仓库和住房、过道和街道的占地分配会得到慎重的考量。不过，这些在某种程度上是提前制定的，已经确定出最能有机地实施的规划。而且，此外还会考虑无数的问题，而如果一一列举它们会占用太长篇幅。

从亚洲和非洲仍在使用的空心树木或陶制容器，到能在农民自家菜园或窗下发现的稻草制钟形物，以及那些遗忘在大片向日葵、草夹竹桃和蜀葵下、可以真正称作现代模范养蜂人工厂的蜂巢，如今，人类为蜜蜂提供的蜂巢形式可谓千变万化。这种建筑能储存三百磅以上的蜂蜜，容纳分三、四层叠在一起的巢脾，它们被围在一个框架里，这样蜜蜂就能移动和操作巢脾，也有利于通过涡轮机产生的离心力分离炼制采集到的蜂蜜，并且易于把蜂蜜再次送回原先存放的位置，就像把一本书放入井然有序的图书馆中一样。

有一天，一些勤快或任性的人可能会将一群驯服的蜜蜂迁入这类会让居民惶惶不安的处所。而这些小小的昆虫会在那里把握自己的方向，找到路线，建立家园，改动那些由本来属性决定的看似不可改变的布局。在这个它们不熟知的地方，需要确定越冬仓库的地点，并且不可逾越那些失去一半知觉的居民散发热气的区域。还必须推算出孵化巢房将集中分布的具体地点，那里距门口不能过高或过低、过近或过远，否则就会发生灾难。蜂群也许刚离开一棵倒下的树的树干，那里有一条又长又窄、扁平的水平走廊。而现在它们发现自己正处于一座塔形的建筑内，塔顶消失在一片黑暗中。或者也许可以举个更常见的例子，这会让我们对蜜蜂惯有的惊讶有所了解：多少世纪以来在蜂巢中的稻草圆顶下度日，如今突然被移到一种巨大的碗柜或是衣柜里，是它们出生地的三四倍大。它们置身于一种脚架一样的叠层框架中，不明所以。有的框架与入口平行，有的则与它垂直。整个结构形成一个混乱难解的网络，盖住了它们住所的表面。

［**42**］

可尽管面临所有这些状况，却没有一个例子能显示蜂群会拒绝履行职责，或者被所处环境的古怪罕见而泄气受挫，除非是新的住所完全不适宜居住，或者到处都散发出有害的气味。而即使这样，蜜蜂们也不会灰心失望或是困惑无措，即使这样它们也不会放弃自己的使命。蜂群只会抛弃不宜居住的处所，去寻找一段距离以外更好的家园。同样，也不能说蜜蜂会受到引诱而去承担任何不合逻辑或荒谬可笑的任务。它们的常识从不会让自己出错。它们从未丧失明确的决断，从未胡乱或者超出常规地搭建危险的建筑。你尽可以将蜂群放入球体、立方体或金字塔形状的容器中，放入一个椭圆形或多边形的篮子里，几天后再去观察蜜蜂就会发现，这些独立的小智慧生物已经群体接受了新的处所。它们会立刻毫不犹豫地一致选择最有利的位置，一般按人性化的角度说是在这种荒诞的栖息地选了唯一可能正常生活的地带。蜜蜂们遵循那种方法看起来原则性很强，不够灵活变通，但成果却格外鲜活生动。

我们刚提到的那些框架被直立装入巨大的工厂群，这些框架唯一引起蜜蜂兴趣的是，它们会给自己提供一种基础或者出发点，可以返回自己的巢脾。很自然地，它们也不会有丝毫注意力放在人类的欲望或意图上。而如果养蜂人提前采取措施，在这些框架部分上方的板条边缘涂上一层薄的蜡条，蜜蜂们就很快会发现这一有诱惑力的恩赐有可用之处，于是就会小心地抽下蜡条，以自身的蜂蜡作为焊接剂延长巢脾，让它与已指示的规划相一致。在现代养蜂业中也常见类似的例子。如果蜂巢的所有框架从顶部到底部都由做基础的基蜡覆盖，在其中聚集的蜜蜂不会浪费时间在这些框架的对面或旁边大兴土木，或者去制造无用的蜂蜡。但如果发现工程已经完成了一半，它们就会满意于加深和加长设计在基蜡上的每个巢房，仔细地矫正那些与最笔直的线路有最轻微偏离的位置。因此，以这样的方式进行下去，它们就会在一周内拥有一座同此前离开的家园一样奢华又架构合理的城市。而如果利用它们自身的资源，就需要二三个月时间才能建起如此恢宏的处所群和闪闪发亮的蜡制仓库。

［**43**］

这种为己所用的能力足以视为超越了本能的局限。的确，我们在本能和智慧间做所谓合理的区分实在无异于随心所欲。约翰·卢伯克爵士对蚂蚁、蜜蜂和黄蜂做的观察很有趣也很有个人色彩。从发现蜜蜂放弃自己惯常的劳作那一刻起，他就不愿承认蜜蜂有任何洞察力和推理能力。他的这种态度也许在某些程度上出于对蚂蚁的偏爱，他对蚂蚁投以更为特别的关注，由此导致对蜜蜂产生了一种无意的偏见。昆虫学家总倾向于将自己投入更多精力研究的昆虫视为更有智慧的生物,而我们不得不提防这些许的个人偏好。作为个人理论的佐证,约翰爵士引用了一个例子,那是个所有人都可以去做的实验。如果在一个瓶中放六只蜜蜂和同样数目的苍蝇,然后水平放下瓶子,让瓶底朝着窗户,你就会发现蜜蜂会留在瓶中,在拼命寻找玻璃瓶的出口,直到因力竭或饥饿而丢掉性命。而苍蝇在不足二分钟时间内就会全部从瓶底对面的瓶颈出口胜利大逃亡。从这个实验中,约翰·卢伯克爵士得出结论,认为蜜蜂的智慧极其有限,而苍蝇在摆脱困境时显示出比蜜蜂高得多的技巧,并找到了生路。不过,这个结论并非看上去都无懈可击。假如把透明的玻璃瓶转动二十次,一会是瓶底,一会是瓶颈,轮流让它们朝向窗户,你就会发现蜜蜂会相应地转向二十次,总是朝向对着光线的一面。那是因为蜜蜂喜光,那就是它们的智慧,而正是这种智慧使它们在这位英国绅士的实验中无所展现。蜜蜂显然以为,每个监狱的出口都一定在光线最亮的地方,于是它们这么做了,坚持着最合乎逻辑判断的行为。对蜜蜂而言,玻璃瓶是一个超自然的神秘物体,在自然界从未碰到过。它们对这种突然降临后无法穿越的环境全无经验。而且,它们的智商越高,就对这种奇怪的障碍物表现得越不能接受、越无法理解。而那些愚不可及的苍蝇根本不关心那水晶样透明的谜中有什么逻辑,不在意光线的召唤,只是来回乱扑腾翅膀,就遇上了通常等着头脑简单者的好运气,在智者将神灭形消的死地发现了自我拯救的方法,最后找到了那个友好的开口,恢复了自由身。

同样是这位自然学家,还引述了另一个证明蜜蜂缺乏智慧的例子。在值得无上尊敬的美国大养蜂家朗斯特罗什如下的表述中也能找到那个例子:

“因为苍蝇无意于鲜花盛宴,而是以那些享用时容易掉进去溺死的某些物质为食,所以它会小心地在任何盛有液体食物的器皿边缘降落，警惕地独自品尝。而可怜的蜜蜂却一头扎进去，很快就一命呜呼。同伴的不幸命运根本未能阻止其他蜜蜂在靠近那有吸引力的诱饵时克制疯狂情绪，一具具即将和已经与死神拥抱的躯体都有着同样悲惨的结局。在亲眼看到一家糖果店被无数饥饿的蜜蜂袭击以前，没人能理解它们的那种迷恋到了何种程度。我见过上千只在糖浆中极力挣扎的后仍然丧生的蜜蜂。还有上千只蜜蜂甚至落到煮沸的甜食里，地板上都是它们的尸体，窗户上黑压压的一片蜜蜂，有的爬行，其他的在飞动，还有的浑身是糖稀，既不能爬也不能飞了。十只蜜蜂中不足一只能把来之不易的战利品带回去，而空中还到处都是新的一群不经思考的来访者。”

然而在我看来，这就如同战场上出现的某个场面，或者酗酒对健康的损害，在一位决意建立人类理解力极限的超常观察者眼中，并不能起决定性作用，也许事实上还作用更小。与我们人类相比，蜜蜂对这个世界是陌生的。它本应生活在没有喜恶区分、没有主观意识的自然界中，并不该生活在一种特别的生物身边，这种生物一直在破坏最持久的法规，在制造一些堂皇又无法解释的现象。在自然规律主宰的事物身上，在森林里单纯的生活中，朗斯特罗什描述的那种疯狂现象只可能解释为一个满是蜂蜜的蜂巢突然由于某种意外而被破坏。而即使在这样的意外中也不会有致命的玻璃，没有煮沸的糖稀或是甜腻的糖浆。因此，除了每种动物在追逐猎物时可能面临危险以外，也就没有死亡或其他危险。

倘若某种奇怪的力量步步将我们的理智诱入陷阱，我们在保持脸面不失时会比蜜蜂做得更成功吗？请不要太急于苛责蜜蜂，因为我们正是它那愚蠢表现的始作俑者，也不要贬低它们的智慧，那种智慧还没有掌握足够的本领能挫败我们的诡计，正如我们自己也不能挫败那些我们至今一无所知、却未必不可能存在的更高级生物的设计捉弄一样。目前我们还不知道有这样的高等生物存在，由此我们得出结论，以为我们已经站在地球生命形式的最高点。而这种观念毕竟不是天衣无缝的。我并非在此假设，当我们的行为不合理，或者卑劣时，只是掉入了这样一种生物设下的陷阱。然而，即使某一天会证明这是真实的，也并非不可思议。另一方面，因为蜜蜂还不能成功地把人类与大猩猩或熊区分开就否认它的智慧，这也并非明智之举。可以肯定，在我们之间和我们周围，有一些影响和力量也不是我们能很快分辨出差别的。

在为蜜蜂辩解时，我似乎有些犯了自己指责约翰·卢伯克爵士所犯的那种错误。最后，结束这一辩解时，我想问下，能做蠢事本身难道不是一种智慧的体现吗？因为如此一来，就是处在智慧未知的领域，那明显是事物最摇摆犹疑、最不安无依的状态。照耀在智慧上的光亮同样也照在激情上，没有谁能确定那是火焰上冒的烟还是灯芯燃的烟。在上述提到的例子中，力促蜜蜂大快朵颐一顿蜂蜜的不仅仅是动物的欲望。它们也可以在蜂巢的储藏室里这样惬意地享受。在一种类似的环境中观察它们、跟随它们，你就会明白，一旦它们的液囊已满，就会返回蜂巢，把采集的成果添加到仓库中，再飞去蜜藏丰富的所在，又离开，也许在一个小时中会往返三十次。因此，它们那值得赞美的劳动是由一种单一的欲望、一种热情激发的，那就是把尽可能多的财富带给为家中的姊妹、同时也是家园的未来。当我们为人类的愚蠢行为找到一个像这样公平的理由时，就会用另一个名字来称呼它。

[44]

尽管如此，也一定要讲出全部事实。在蜜蜂的勤劳、策略、牺牲构成的奇迹中，有一样必定会经常阻止并削弱我们的称颂，那就是在对待同伴的不幸或身亡时表现出的冷漠。蜜蜂有着奇怪的双重性格。在蜂巢内，所有蜜蜂互爱互助，团结一致，就像同一个灵魂产生的美好想法。如果它们中有一只受伤，其他一千只蜜蜂就会挺身而出，为受伤同伴复仇。可是在蜂巢外它们就不再认同彼此。如果有人残害它们、碾死它们，或者不如说不必做类似的事，因为那种残忍不会招致任何反应。因为事实已经无疑摆在眼前，如果在离它们的住处几步之遥的一块巢脾上，人们摧残或者碾压二三十只从同一个蜂巢中飞出的蜜蜂，那些没有被伤害到的蜜蜂甚至连头也不会回。它们会以那像一把中国武器一样的古怪舌头为工具，静静地吮吸着它们视作比生命还宝贵的液体，毫不理会那临终前的同伴所遭受的痛苦，也不在意四周响起一片痛苦的哀号。当巢脾空虚时，它们变得格外焦虑，觉得不能再失去什么，会急迫地要夺取遇害同伴身上采到的花蜜。这种急切的情绪会诱使它们冷静地爬过死去和将死的同伴，不为惨状动容，也永远不会动救助其他伙伴的心思。因此，在这种情势下，它们没有意识到在经历危险，完全没有因周围到处发生的死难而困扰，也没有分毫的团体意识和同情心。对这种危险的解释手头就有。这是因为，蜜蜂不知道什么是恐惧，除了对火发出的烟会害怕以外，世界上没有什么让它们畏惧的。在蜂巢外，它们表现得极为自降身份和自我克制，会避免任何情况的干扰，只要状况出现地点不是太接近自己就装作忽视不见。这就好像它们明白，这个宇宙属于大家，每个个体都有自己的位置，必须谨小慎微、安静平和。而在这种宽容放纵之下却藏着一颗自信的心，因为这种信心所以不会想到去反对抗争。如果受到威胁，它们会改变自己的路线，但绝不会试图逃避。可在蜂巢内，它们不会让自己陷入被动地，不会忽略危险存在，而会一跃而起，对胆敢亵渎神圣家园的任何生物，无论对方是蚂蚁、狮子还是人类都会燃起熊熊怒火。我们会以脑海中想到的说法，对此称之为愤怒、可笑的固执或是英雄主义。

但谈到蜂巢外蜜蜂对团结精神的缺乏，谈到其中的同情心时，我就找不到事例可解释了。我们能不能相信，每种智慧形式都存在自身奇怪的局限，而那伴随着巨大困难从大脑中迸发出来的微小火苗，会照亮自己穿越惰性物质的道路，如果它把某一处照得更亮些，那么其他地方是否就被迫变得更黑暗，对这点我们是否仍然不确定呢？现在我们发现了蜜蜂（或者操纵蜜蜂的大自然）已经组织安排了共同的工作，即对未来的爱和崇拜，而安排的方式比其他地方发现的更完美。这是不是它们对其他一切视而不见的原因呢？它们将爱给予那些先于自己的，我们把爱献给那些自己周围的。而且，如果我们爱着此处，也许就不会有爱留给别处。最为变幻莫测的就是怜悯或慈悲的趋向。对蜜蜂的麻木无情，我们此前受到的震撼比如今小得多。在许多先人看来，这种行为看起来不应受责难。进一步来看，就像我们观察蜜蜂那样，可能会有生物在观察我们，我们能说自己没有做多少会让观察者震惊的事吗？

四、蜜蜂的生活

[45]

为了对蜜蜂智慧的力量有更清晰的认识，现在让我们来想想它们之间彼此交流的方法。可以毫无疑问的是，它们彼此理解对方，而且，在一个如此大的共和国内，劳动工种如此多样又如此惊人地结合在一起，如果其数千生物处于沉默和精神上的隔绝中，它是绝不可能存在的。所以，这些蜜蜂一定能表达思想和情感，表达方式可以是一种语音词汇，更可能是某种触觉语言或者磁性的直觉，也许对应着我们完全未知的一些事物的感觉和特性。而这样的直觉可能就藏在那神秘的触角中。以工蜂为例，根据夏蒙的计算结果，一点二万根触须和五千个“嗅觉腔”，蜜蜂用这些来探测和了解黑暗。蜜蜂之间的相互理解并不仅限于它们通常的劳动，非同一般的事件在它们的语言中也有名称和一席之地，从消息无论好或坏、平常或超常都会立即在蜂巢中传播开的方式就能证明。这类消息比如失去蜂王或蜂王归来、入口出现敌人、外来蜂王入侵、一帮抢劫者在靠近、发现宝藏等等。它们的态度表现得如此有特征，它们对以上这些特殊事件中的每一件都会发出本质上不同的低语。因此，有经验的养蜂人能毫不费力地分辨出是什么困扰了蜂群，让它们在阴影里徘徊。

如果想得到更确切的证据，你只需要在窗台或是桌边滴上几滴蜂蜜，然后观察一只蜜蜂会怎样发现这些蜜就可以了。发现蜂蜜的蜜蜂会立刻饱餐一顿，因为它非常地急切，所以你会有时间用一点油漆在它腰部做上记号，同时不必担心会惊扰到它。可它的贪吃都是表面现象，蜂蜜不会直接进入胃部，也就是我们所说的它自己的胃里，但会留在液囊这第一个胃中，可以称之为集体的胃。蜜蜂在蓄满集体的胃以后就会离开，而不会像苍蝇或蝴蝶那样茫无目的到处飞。相反地，它会头朝房间倒着飞一段时间，在桌子或者窗户上方焦急盘旋。

那是它在勘察路线，在记忆中确定宝藏的具体位置。随后它就会飞回蜂巢，把战利品卸到一个供给品巢房中，三四分钟内返回，在那个幸运发现财宝的窗边继续掘宝。就这样，只要那里的蜂蜜不绝，蜜蜂就会两处往返，每五分钟来回一次。如果需要，它会一直工作到夜晚，不停不休，从蜂巢到窗口，又从窗口回到蜂巢，固定在两点间飞行。

[46]

对蜜蜂极力着墨的人中有很多都认为美化事实是适宜的做法，

我本人却无意于此。如果要让这类描述的研究产生吸引力，关键就在于它们应该保证绝对的真实。假如有结论认为，对发生在蜂巢外的事件，蜜蜂不能彼此交流消息，这样的发现应该会让人多少有些失望。而假如要把这样的结论强加于我，为抵消此类失望情绪，我会再次认识到毕竟人类才是我们星球上唯一真正的智慧生物，从中获得一定程度的满足感。现在也是一个说出事物真相比仅仅对此表示惊奇更快乐的时代。所有的事例中都有这样一个原则，即如果与我们赋予了想象去粉饰的事物相比，赤裸裸的事实看起来不够有趣、不够伟大和崇高，那么错误一定出在我们自身，是我们仍然不能察觉真相一直与人类的存在和世界普遍的规律相一致，这其中有着令人震惊的联系。而在这种情形下，需要美化形象和拔高地位的不是真相，而是我们的智商。

因此，我会坦白承认，做了记号的蜜蜂经常是独自返回的。我们能不能认为蜜蜂与人类同样存在着性格差异，它们中也有的会多嘴多舌，其他的会沉默寡言？一位站在我身边看着我实验的朋友说，显然是因为自私或虚荣心导致了如此多的蜜蜂隐而不报它们财富的来源地，也明显出于这样的原因，对于在蜂巢中一定会被视为奇迹的成就，它们不会与其他同伴分享这一成就带来的荣耀。这确实是让人难过的不道德行为，因为它，数千姊妹的家园中不会飘出那些甜蜜的气味、那如此芳香和忠诚的味道。而无论出于什么原因，也会经常出现运气好的蜜蜂会与二三位伙伴一起采回蜂蜜的情形。我注意到，在约翰·卢伯克爵士的《蚂蚁、蜜蜂和黄蜂》一书中，附录里有长长的观察结果表格，记录得细致入微。从中我们能推断，单独一只蜜蜂会跟随着发现蜜源的蜜蜂是相当少见的现象。这种博学的自然学者并没有透露他选做实验的蜜蜂是什么品种，也没有告诉我们是否实验处于极为不利的条件下进行。至于我自己，本人只能说，我的表格是精心编制的，做了各种可能的预防措施，避免蜜蜂被蜜的气味直接吸引。这些表格数据显示出，平均来看，一只蜜蜂会带来其他同伴的情形在十次中会出现四次。

有一天我碰到了一只特别小的意大利蜜蜂，用一点蓝色油漆在它的腰部做了记号。第二次飞回时，它带来了两个姊妹，我把那两位都关起来，没有惊扰到做记号的蜜蜂，让它又一次离开。这次回来时有三个伙伴，我也困住了那三只。就这样，知道那天下午实验结束时，我数了手下的囚犯，发现这只小蜜蜂将消息通知到不下十八只蜜蜂。

事实上，你会发现，如果亲自做这个实验，就会发现蜜蜂间的交流即使不是普遍通行的，也至少是频繁的。美国的蜜蜂猎人对蜂群的这种能力十分了解，并将这种优势应用于寻找蜂巢中。乔塞亚·埃默里先生就此曾表示（罗曼尼斯[①]在自己的作品《动物的智慧》中做过如下引用）："这些猎人带着装有蜜的盒子去田野或是森林，那里离他们人工饲养的蜜蜂有一段距离。然后，他们收集花朵，把花朵上的一只或多只蜜蜂关在盒子里。等那些蜜蜂享用了足够的蜜后，让它们带着轻易获得的战利品回到自己的家园。猎人通常都会看到蜜蜂或者带着同伴的蜜蜂返回，赶来的蜜蜂都会再次被关起来直到它们收获满满。接着，把这些蜜蜂在相隔一定距离的地方放飞，猎人会记下蜜蜂飞走的方向。通过三角测量法，就能大致确定蜂巢所在的树在哪个位置了。"

［**47**］

你也会在实验中注意到，那些似乎听从好运气召唤的蜜蜂朋友

---

① 罗曼尼斯(George John Romanes)：英国生物学家、生理学家。

们并不总是一起飞来，在到来的不同批次间经常会有数秒的间隔。关于这种同类间的交流，约翰·卢伯克爵士已经解开了关于蚂蚁的问题。因此，我们在这里必须要自问蜜蜂的这类问题又是怎样。

这些群体飞向宝藏的蜜蜂伙伴只是追随着第一个发现财宝的蜜蜂而来呢，还是那只蜜蜂派遣而来？这群蜜蜂是否发现了同伴留下的记号，其中有着对财宝位置的描述，于是就循着标记指示而来？这两种假设直接涉及蜜蜂智商的高低程度和这种智慧的工作原理，两个假设显然有极大的不同。通过天才地精心排布过道、走廊、水量充足的壕沟和浮桥，英国学者卢伯克爵士已经成功地得出结论，在这样特别安排的环境下，蚂蚁只是跟随着开路先锋的足迹而已。蚂蚁能在安排下按实验者的意愿通过一些路径，就可能进行上述实验。而蜜蜂的翅膀可以飞向任何一个敞开的路口，必须设计其他一些便利的实验方式。我想到了下面这种方法，虽然可能无法给出确切的结果，但如果更细致地策划，在更适宜的条件下就会得出让人满意的精确结论。

我的书房在二楼，楼下是个层高比较高的房间。除非在栗树和酸橙树开花的时节，蜜蜂一般的飞行距离都不会超出那个房间的高度。进行这个实验前大约一周，我在桌上一直敞开放着一窝蜜，没有让香味吸引到或诱惑到一只蜜蜂前来。接着，我在房子附近的一个玻璃蜂巢中取走一只意大利蜜蜂。把它带到书房，放在那块蜜上，趁它进食蜜的时候给它做了记号。

心满意足地饱餐后，它飞回蜂巢。我跟上去，看见它飞过了蜂群，一头钻进一个空巢房中卸下蜜，然后准备再次启程。在蜂巢的门口，我已经放了一个玻璃盒，用一道活动门将盒子分成两个隔间。做了记号的蜜蜂飞进了盒子，它是孤身一个，看来没有其他蜜蜂陪伴或尾随。我就把它关起来，让它独自在那儿。接着，我又在二十只蜜蜂身上相继重复实验步骤。当做过记号的蜜蜂独自再次出现时，我就像对待第一只蜜蜂时那样把它关起来。不过这其中有八只出现在蜂巢门槛时有另外二三只蜜蜂陪伴。通过活动门，我可以把有记号的蜜蜂与它的同伴分隔开，把它囚禁在第一个隔间里，然后把它的伙伴用不同颜色做上记号，再打开第二个隔间，把它们放走，而我自己就快速回到书房等着放飞的那些蜜蜂到来。现在就明显能看到，如果蜜蜂间进行了一种语音或磁性交流，指明了位置，描述了路线等等，那么一定数量的蜜蜂就已经得到这个信息，应该会找到通往我房间的路。我不得不承认，是有蜜蜂来了，不过就一只。这仅仅是巧合，还是它循着收到的指示而来呢？这个实验并不足以说明，环境使我无法将它深入进行。我放了"诱饵"蜜蜂，书房很快被发出嗡嗡声的蜂群围住，它们已经得知了财宝的所在。

大家不需要在意我这个不完整的实验，因为其他很多怪异的特质使我们不得不认识到，在蜜蜂的精神交流问题上，远非仅仅"是"或"不是"的回答这么简单，而且，在那些仅靠人们举举例子或做做手势已不足够的事例中，这都有体现。这类事例比如蜂巢中蜜蜂工作时异常和谐一致、蜜蜂的劳动有着不一般的分工、交接工作的工蜂体现的规律性，不一而足。我经常在清晨给筹措食物的蜜蜂做记号，然后发现，除非花开得格外多，否则下午它们都会投身于为孵化巢房增温和扇风，或者可能会成为一道静止不动的神秘幕布的一部分，制蜡蜂和雕刻蜂正在幕布中工作。同样，我已经注意到，当日全天采集花粉的那些工蜂不会在次日带回花粉，而会专门投入在搜寻花蜜的工作上，反之亦然。

［**48**］

进一步来看，我们会提到杰出的法国养蜂家乔治·德拉耶斯，他提到了“蜜蜂在产蜜植物上的分布”。日复一日，在太阳初升的头一个小时，破晓时出发的探险家们归来了，蜂巢因此苏醒，收到来自大地的喜报：“运河两岸的酸橙树今天开花了”、“路边的绿草地被长出的白色的三叶草染灰了”、“鼠尾草与荷花就要开了”、“木樨草和百合开得正旺，满是花粉”。得到消息后，蜜蜂们必须很快组织行动，安排分工。五千只最强壮的会奔赴酸橙树，而三千只年轻的会飞往白色的三叶草。那些昨天在花冠上吮吸花蜜的今天会休息下自己的舌头和液囊腺体，只在木樨草中收集红色的花粉或者去高高的百合中采集黄色的花粉。你永远不会看到一只蜜蜂会采集或者混合不同颜色或种类的花粉。的确，蜂巢全力解决的最主要问题之一就是如何有条不紊地把这些花粉分放到储藏室中，并且严格依据花粉的来源和颜色分类。蜂群中隐藏的天才如此发出指令后，工蜂们长长的黑色队伍就立即出发了，每位成员都会直接飞赴自己分配的任务所在地。德拉耶斯说：“蜜蜂似乎非常清楚地点、相对的产蜜价值以及从蜂巢到每种产蜜植物这一特定半径范围内的距离。”

“假如仔细记录这些觅食蜜蜂飞的不同方向，并且细致入微地观察它们从周围不同植物上采来的战利品，我们就会发现，工蜂分布在花朵上的数目不只是与一种花朵的数量成比例，还会根据它们的产蜜价值按比例分配。不但如此，它们还会每天计算，以此方法来尽可能获取最多甜蜜的财富。例如，春天里柳树已经开花之后，田野还是光秃一片，森林中第一批开放的花成为蜜蜂们的一个蜜源，我们会看到它们急匆匆地拜访金雀花、紫罗兰、疗肺草和银莲花。而几天后，当卷心菜田和油菜田开出足够多的花朵时，我们会发现，虽然森林中的开花植物还处于全盛期，但蜜蜂几乎完全放弃了它们，只一心放在菜花身上。一天又一天，蜂群以这种方式调节自己的成员在植物上的分配，以此在尽可能最少的时间内采集到最有价值的蜜。”

德拉耶斯这样认为:“因此,完全可以这样宣称,蜂群在采蜜的劳动上同在蜂巢内部的管理一样,都能对工蜂数目做出合理的分配,从不会扰乱劳动分工的原则。”

[49]

有人会问,可我们对蜜蜂的智慧又能怎样?它们的智慧多一点或少一点与我们有什么关系呢?为什么投以如此多的注意力,去重视接近于无形的一个微小部分,就像那是决定人类命运的一种液体那样呢?我毫无保留、也毫不夸张地说,我们对此的兴趣是最重要的。如果发现我们自身以外存在真正智慧生物的迹象,就会让我们产生一种激动的感情,类似于鲁滨逊·克鲁索看到自己所在荒岛的沙滩上有一个人类的脚印。我们并不像曾经以为的那样孤独。通过努力去了解蜜蜂的智慧,我们确实在它们身上学习到自身最宝贵的物质:这种原子来自非同一般的物质,不论这样的原子依附在哪里,都拥有巨大的力量,能改变盲目的需要、能组织、美化、繁殖生命,而且,这力量最突出的一点是,能暂停死神顽固的脚步,暂时止住放任无忌的巨浪,那巨浪几乎能将一切存在的物质笼罩在一种永恒的无意识状态中。

当这种微粒保持在一种特殊的成熟或热情的状态时,就被称之为智慧。假如我们是这种物质微粒的唯一拥有者,应该会在某种程度上把自己视作有特权的生物,并且认为大自然在我们身上达到了某种目的。不过我们会发现,在膜翅目动物中,在这整个种类的生物身上,大自然也多少达到了类似的目的。也许这个事实不能起什么决定性作用,但它仍然在无数细微的事实中占据着可敬的位置,正是那些事实在帮助我们了解自己在世界上所处的位置。从某个角度看,它甚至还提供了一种新的证据,证明我们自身存在着最神秘莫测的部分。在观察蜂巢时，我们站在一定的高度来审视命运的重叠，这种高度甚至比我们在思考人类命运上所站的角度还要高。在蜂巢中，我们眼前看到的是一个微型世界，那里巨大又简单的线条是在我们自己不成比例的世界中从未有机会理清并追寻到底的。那里有精神和物质、种族和个体、精华和永恒、生与死、过去与未来，所有这些都聚集在一个我们可以一手举起、可以一眼望尽的隐居之地中。我们可不可能这样合理地问自己，以不过一个躯体的大小和充盈着时空的房间是否就能把大自然的神秘思想调整到我们设想的程度？我们试着发现蜂巢的小小历史，在几天之内今时已成古昔，而在人类的伟大历史中，三代人就重叠出一个漫长的世纪，这样看来两者并无多少差别。

［**50**］

那么让我们继续蜂巢的故事，把放在一边的话题再拾起来。当我们尽量高地把那以花结彩的幕布拉起时，会发现在折叠的幕布中有一种奇怪的汗水，它洁白似雪又轻盈赛过翅膀上的绒毛，正开始从蜂群上落下。现在正在诞生的蜂蜡不像我们所知的那种蜂蜡，它纯粹单一，没有重量，看上去真是蜂蜜的灵魂，而它本身也是鲜花的精灵。这种静止的咒语已经发出召唤，让我们知道此后它能为我们所用，也无疑唤起我们关于它来源的记忆，在那里有着蔚蓝色的天空，满是壮丽与纯洁的芬芳，如同我们祭坛上最后一道芳香的光芒。

［**51**］

在一个刚开始建设的蜂巢中，要跟进蜂蜡分泌和使用的各个阶段是相当困难的。所有一切都发生在最黑暗的蜂群深处。蜜蜂集结在一起，聚得越来越紧密，形成分泌蜂蜡所需的温度，这项工作是最年幼的蜜蜂特有的权力。第一个研究这种现象的是哈伯。他拥有难于想象的耐力，不断地身临险境，以二百五十页以上的篇幅着墨于此。他的叙述虽然让人产生极大兴趣，却可以肯定有几分混乱。而我不打算技术性地处理这一主题，必要时虽然会提到哈伯那令人赞叹的研究，但只会大致提到一些有限的内容。至于这些内容，任何一位曾经把蜂群收进一个玻璃蜂巢的人都会明白。

首先，我们不得不承认，在高悬起的神秘蜜蜂团体中，对蜂蜜是怎样的炼金术变为蜂蜡仍然无从得知。我们只能说，蜂群会一直悬着，时间从十八小时延长到二十四小时，其中的温度非常高，以至于几乎让人以为空空的蜂巢中在燃着大火。随后，在每只蜜蜂腹部以下会出现白色的透明鳞片，它们具体位于四个蜡腺囊的开口。

无数蜜蜂的躯体组成了这个倒挂的圆锥体，象牙片一样装饰着锥体。我们会看到其中一只蜜蜂似乎突然受到触发，猛地从蜂群中挣脱出来，从那些一动未动的蜂群背上爬过，一直爬到圆顶内部的最高点。抵达后，它会牢牢地在那个位置固定住身体，头部不停撞着圆顶，像它周围的邻居妨碍了自己行动一样把附近的蜜蜂都赶走。然后，它会用嘴和爪子抓住悬在自己腹部的八个鳞片中的一片，把鳞片切断、铺平、延展、加上唾液一起揉搓，再折弯后展平，卷起再拉直，像木匠处理一块软木板的技法。就这样，处理到最后看起来达到需要的尺寸和韧性后，它会把蜂蜡附着在穹顶的最高点，如此就铺上了第一块砖石，也就是新城的基石。从我们的角度看去是一个倒置的城市，从天空向下倒悬，不像人类的城市那样从大地母亲的胸膛中升向天空。

这基石起于虚空之中，奠基的蜜蜂会从自己触角环下方不断取出其他蜂蜡片，添加到基石上。在蜡片上用舌头舔下最后一口，触须挥压最后一下后，它就和到来时一样突然地离去，消失在茫茫蜂群中。

另一只蜜蜂很快会替代它的位置，继续着奠基蜜蜂在那里留下的工作，接着往上添加自己的蜡片，改动和调整任何不符整个群落理想规划的地方，接着也离开，第三位、第四位、第五位依次继续跟上。所有的蜜蜂似乎都没有预料地突然出现，一个接一个，没有一只能完成全部工作，但每一只都为那联合所有成员的任务献出自己的一份力。

［**52**］

还未成形的一小块蜂蜡从拱形的最顶端悬下来，直到它看来已到足够厚度，我们会看到从蜂群中飞来另一只蜜蜂，外形与它以前的奠基蜜蜂们有显著不同。它的飞落方式显得如此确信无疑，它的举动使整个圆锥体的蜂群都急迫地随之行动，由此我们几乎可以把它想象成某位杰出的工程师。它得到召唤，需要在空中确定蜂巢中第一个巢房的位置，其他巢房必须精确地以此为依据。这位工程师属于工蜂中的雕刻家或是雕刻匠，自身不分泌蜂蜡，只处理其他蜜蜂提供的蜂蜡材料。它设定了第一个巢房的所在地，很快在已奠定的蜂蜡块上挖掘，将挖出的蜂蜡留在因掏出蜂蜡而形成的洞口边缘。随后，它就像奠基蜜蜂那样迅速离开，遗弃自己做出的模型。很快会有一位耐心的工蜂替代它的位置，这只工蜂继续前任的工作，第三只会将这一任务最后完成。而其他这附近的工蜂正在蜡基表面其余的地方和对面的墙壁工作。每只蜜蜂都遵循着间断又连续的普遍工作法则，就如同蜂巢固有的原则那样，认为劳动产生的自豪感应该在所有成员中分享，每一项成就应该是匿名的，是所有劳动者共有的，这样就会更加增进群体间的友爱情谊。

［**53**］

很快就能推测出新生巢脾的轮廓了。形状上看，它还是会像个透镜，因为组成巢脾的棱柱形小管长度并不相同。从中心到边缘，它们的长度成比例地减少。目前的厚度和外形有些像人类的一个舌头，这个舌头的两面由一些六角形的巢房构成，巢房们彼此临近，背靠着背。

第一个巢房已经在建，奠基蜜蜂们继续在屋顶打下第二块蜂蜡砖石，就这样层进添加第三块和第四块。这些一块接一块的砖石有均匀的间隔。由于间隔计算得十分精准，在很长一段时间过后，当巢脾全部竣工时，在平行的墙壁间就会有充足的空间留给蜜蜂活动。

因此，他们的规划中一定会包括每个巢脾的最终厚度，那将是在八千八百分之一英寸到九千二百分之一英寸间。而巢脾间过道的宽度一定会在半英寸左右，也就是一只蜜蜂身高的两倍，因为必须有空间能让蜜蜂在巢脾间背对背通过。

然而，蜜蜂并不是绝无差错的，似乎也不是机械地确定一切。当周围的环境非比一般地难以施工时，它们有时会犯下严重错误。那些错误通常是在巢脾间留下了太多或太少的空间。对此它们会尽其所能进行补救，或者是让彼此靠得太近的两个巢脾中有一个发生倾斜地弯曲，又或者是在两个巢脾的空隙中加建一个不规则形状的巢脾。“蜜蜂有时会犯错，”雷阿乌姆尔就这一问题表示，“可我们却会因此发现另一个事实，这些错误似乎就证明了它们是有理性分析的。”

［**54**］

我们已经知道蜜蜂会建起四种巢房。首先是皇家巢房，它们有别于一般，外形有些类似一颗橡子；然后是一些大型巢房，它们会用作雄蜂的生长地，花朵开放量极大时会用来储存充裕的供给品；还有些小巢房，那里是工蜂的摇篮和普通的储藏室，在蜂巢表面建成的建筑中，它们会占大约五分之四的空间。而最后，为了连接大巢房和小巢房，蜜蜂会建起一定数量的过渡巢房。这些过渡巢房必须是不规则形状，而第二类和第三类巢房的尺寸却十分精确，不差分毫。当建起十进制体系时，需要在自然界找到一个固定的测量标尺作为一个出发点和无可争辩的标准，雷阿乌姆尔就由此提出了选择蜜蜂的巢房。

*作者注：或许这种标准未被采纳也好。虽然巢房的直径规则得让人不由赞叹，但它就像一种生命组织制造出的所有物体一样，在同一个蜂巢内的巢房也不是精确如一，一成不变的。正如吉拉德进一步指出的，巢房的边心距在不同种类蜜蜂中各有不同。因此，这一标准会根据居住其中不同的蜜蜂种群而在蜂巢与蜂巢间变化。

每个巢房都是建在金字塔形基础上的一个六角形管，两层这样的管就组成了一个巢脾，两层的基础彼此相对。金字塔形巢房基础的每一面都由三个斜方形或菱形构成。由于两层巢房相对，在这一面的每个斜方形或长菱形都同时也是它对面三个巢房的基础之一。蜂蜜就储存在这些棱柱形的小管中。如果小管处于绝对水平的位置，蜜成熟后会流溢而出。而为了防止这种情形，蜜蜂让小管略微倾斜了四到五度角。

整体来看这种奇迹般的建筑时，雷阿乌姆尔这样说："巢房的布局使蜂蜡得到了经济的使用，这种安排也使蜜蜂在填充巢房时不会留下任意一个空置的地点。除此之外，在这项工程的牢固性方面还有其他的优点。每个巢房基部的角度和金字塔形洞穴的顶部都由另一个六角形巢房的两面形成的脊形支持。三个长菱形围起形成一个洞穴，填充了洞穴其中一个交角的是两个三角形或是六角面的延伸，它们切面的一侧交合成一个平角。这些平角中每一个都凹陷进巢房，而它的凸面支撑着形成另一个六角形巢房的一面。这个面压在这个平角上,可以抵挡平角向外挤压的力量,这些角就以这种方式被加固。就每个巢房的牢固性而言,建筑中的每个优点都是由巢房自身结构和它相对于其他巢房的定位来体现的。”

[55]

里德博士说:“只有在三种可能的形状下,巢房才不会出现任何无用的空隙,而是完全相同或相似。这些形状是等边三角形、正方形和正六边形。数学家都知道,如果要在不产生任何无用空间的前提下,将一个平面切分成相等、类似又等边的小空间,除以上三种形状外是没有第四种可能的。在三个形状中,六边形在建筑上的便利性和强度都最合适。蜜蜂似乎已经知道了这点,所以将巢房都建成正六边形。”

“我们又一次证实到,如果巢房的底部由交于一点的三个平面构成,那么材料和劳力都会节省,这种方法的节省量不可低估。蜜蜂就像已经熟知这些可靠的几何学原理,毫厘不差地遵循执行。为了尽可能多地节省材料和劳力,或者说以最少的材料和劳力进行施工,构成巢房底部的三个平面应该在具体多少角度才相交,这是个让人困惑的数学问题,属于高等数学的范畴。它已经被一些数学家解决。这其中就有备受瞩目的天才数学家麦克劳林①,他的计算方式在《伦敦皇家学会学报》上可以看到。他算出了所需角度的精确数字,并且发现,以几何学承认的最确切求积法来看,那个角度就是蜜蜂巢房底部的那三个平面真正相交的角度。”

*作者注:雷阿乌姆尔认为如下问题由知名数学家柯尼希②解决:“金字塔形基础的所有六边形巢房都由三个相同的长菱形组成。

① 麦克劳林(Colin Maclaurin):英国数学家。

② 柯尼希(Samuel Koenig):瑞士数学家。

在这种情况下找出耗材量最少的建筑方式。"柯尼希的答案是,在这种以三个长菱形为巢础的巢房内,最大的角度是109°26′,最小角度为70°34′。另一位学者马拉尔第[①]尽可能精确地丈量了蜜蜂建起的那些长菱形的角度,发现其最大角度为109°28′,而最小角为70°32′。这两个数据的确不同,可差别只有2′。存在的这个误差很可能归因于进行测量的马拉尔第,而不是蜜蜂,因为还没有任何仪器能不差分毫地测出巢房的角度。

关于柯尼希解决的问题,另一位数学家克莱姆[②]也给出了结果。Cramer的数字更接近于蜜蜂的:109°281/2′为最大角,最小角度为70°31 1/2′。

[**56**]

我本人不认为蜜蜂会沉迷于这些深奥的演算,而另一方面,将如此令人惊讶的结果只看做偶然或者仅仅是环境的外力作用,我也同样觉得不可能成立。以黄蜂为例,它的巢脾也是六角形巢房,这样它就和蜜蜂面对着相同的问题,不过它的解决方式远远不够巧妙。黄蜂的巢脾只有一层巢房,不像蜜蜂巢脾的那样有相对的巢房层,缺少两个巢房层的共同巢础。因此,与蜜蜂的巢房相比,黄蜂的不只是更不规则,而且更不牢固,建造时十分浪费,除了材料耗用以外,它还必须牺牲三分之一的可用空间,并投入四分之一的精力在这类空间上。无刺蜂和麦蜂是现实存在的人工驯养蜜蜂,在这两种蜜蜂身上我们又有所发现。它们的文明程度更低,只能建起一排养育巢房,水平的巢脾相互重叠,支撑着巢脾的蜂蜡柱子既没有规则形状又费力费工。

---

① 马拉尔第(Giovanni Domenico Maraldi):法国天文学家。
② 克莱姆(Cramer):瑞士数学家。

它们存放供给品的巢房只是些大罐子，都被无序地摆放在一起。那些罐子间相交的地方本可加以利用，能节省空间和材料，但麦蜂却拙劣地插入了一片平面墙壁的巢房。的确，假如将它们的窝与蜜蜂那符合数学原理的城市做比较，就有如看到一个由原始社会的棚屋组成的小村庄和一个现代化的城镇。在现代城市里，规则毫无人情味，也许稍缺魅力，却有着逻辑条理，那是人类才华的结晶。而如今，人类比以往更狂热地追求去征服空间、物质和时间。

［**57**］

原本由布封提出的一种理论现在又死灰复燃。按照这种假设，蜜蜂在金字塔形的巢础上建起六边形的巢房，根本毫无用意，仅仅是想在蜂蜡里做出圆形的巢房。只不过，因为它们的邻居，也就是那些在对面巢脾工作的蜜蜂，正抱着同样的想法在同一时刻挖掘，这些巢房必定相聚的那些点就变成了六边形。此外，据说晶体、某种鱼类的鳞片、肥皂泡也正是这样产生，正如布封提到的一个实验所展现的那样。他说："如果你将豌豆或者其他圆柱形的豆子放入一个盘子，向其中倒入水，使豆子之间容纳尽量多的水，小心地将盘子扣上。然后把水煮沸，再打开盘子，你会发现所有这些圆柱形都变成了六面柱形。原因很明显，纯粹是由于机械性的作用。每颗圆柱形的豆子都会膨胀，在既定空间中尽可能占据最大的空间。由此产生的相互压力使它们成为六面形。同样，每只蜜蜂都在既定空间内追求占据尽可能最多的空间，而它的身体是圆柱形的，导致的必然结果就是，巢房变成了六面形，其理由同上，就是一种互相阻碍的作用。"

［**58**］

这些互相阻碍看来能带来奇迹般的成就。以同样的原则来看，人类的失德行为无疑产生了一种普遍的美德。由此看来,人类这个物种的个体经常是可恨的,而作为整体就不再面目可憎了。首先,我们会回应布鲁厄姆、卡比和斯宾塞以及其他人,豆子和肥皂泡的实验什么都不能证明,因为在这两种情况下,压力只产生了不规则的外形,却不能合理解释巢房中棱柱巢础的成因。而对此最重要的回答应该是,关于处理严格的需要,方式不止一种,因此,虽然环境和自身的意图与蜜蜂并无差异,黄蜂、野蜂以及墨西哥与巴西的无刺蜂和麦蜂却得到了截然不同的结果,体现出与蜜蜂相比它们更逊一筹。也许可以进一步主张,如果蜜蜂的巢房的确遵循着适用于晶体、白雪、肥皂泡以及布封那些煮沸腾的豆子的法则,那么以巢房整体的对称、对立两层的排布和倾斜的角度来看,还需要遵守其他很多法则,而那些法则是无法在一种物质中找到的。我们难道不可以说,人类所有的天赋也正蕴含在处理相似需要的方式中?而如果看来似乎是,人类处理需要的方式是所有可能方式中最好的,那么形成这种表象的原因只是在于缺少一个比人类更高明的裁决者。不过,论辩应该让位于事实,这是好事。要对一项实验表示反对意见,最佳回答一定是进行一项与之对立的实验,此言不虚。

为了得出六边形建筑确实折射出蜜蜂的内心这一满意的结果,有一天,我从一个巢脾的中心切下了一块五法郎硬币大小的圆切片,并把它取走。切下的部位既有孵化巢房又有存满蜂蜜的巢房。在金字塔形巢房的交叉点,我切下圆片的外圈,在其中一个切面的巢础上插入一块锡片,让它的外形完全符合尺寸,使它足够强韧,不会被蜜蜂折弯和扭曲。在恰当地插好的锡片后,我把这部分切下的巢脾放回刚刚移走的位置。如此一来,巢脾有一面看起来毫无异样,毁坏的地方已经被修复了,而另一面出现一道深坑,大约占了三十个巢房的面积,因为在它的基部有那块锡片。起初,蜜蜂们很奇怪,它们成群来检查测试这种少见的裂口。时间一天天过去，勘察的蜜蜂不安地来回飞动，显然不能做出决定。不过，我每天晚上都会为它们提供大量食物，直到已经没有多余的巢房能储存它们得到的供给品了。由此，它们召集起最优秀的工程师、杰出的雕刻家和制蜡工，让它们变废为宝，利用起这个暂时无用的坑洞。

制蜡工已经在洞口周围聚集，它们组成了一个紧密的环形，这样能保持必要的高温。其他的蜜蜂下到洞中，牢牢地附在金属上，用通常分布在洞表面的那些小小的蜡钩连接起旁边巢房的墙壁和金属。接着，在圆片上半部分半圆范围内，它们开始建造三四个巢房，让它们与蜡钩相连。这些新建的过渡巢房或者说是住宅巢房中，每一间的顶部都多少有些变形，以使它能与巢脾内相临近的巢房焊在一起。而它那设计在锡片上的下层部分已经形成三个非常明显的角，从那里伸出三根小小的直线直接指向下一个巢房的上半部分。

四十八小时后，尽管只有三只蜜蜂能同时在洞内工作，锡片的整个表面也已经覆盖上了已经轮廓成形的巢房。当然，与普通巢脾中的巢房相比，它们不那么规则。蜂王在检查了那些巢房后，明智地拒绝在其中产卵，因为在那里降生的后代必然会长成畸形。但每个巢房都是完美的六边形，其中没有一根线是弯曲的，没有一个形状或者角度是弯曲的。可是，施工的一般条件已经全部改变，这些巢房既不像哈伯描述的那样是从一个蜡块中挖出，也没有如达尔文解释的那样，在一个蜂蜡罩里设计，最初是圆形，后来由于旁边的巢房施加压力而逐步转变成六边形。这里也不存在互相阻碍的问题。巢房已经一个挨一个建成了，它们起初的线条实际上是在一张光秃的桌面勾勒出的。因此，这看来已经无可争议，六边形不仅仅是机械需要的结果，而是蜜蜂规划、经验、智慧和意愿的真实体现。关于工蜂的洞察力，这里我还可以给出另一个让人好奇的例子。除了锡片本身，它们建在锡片上的巢房没有任何基础。施工蜂群中的工程师显然判定锡片足够承受蜂蜜的重量，并且认为这种做基础的物质是无法渗透的，因此不需要在金属上覆盖一层蜂蜡，浪费它们极为重视的材料。然而，不久以后，一些蜂蜜从锡片上的两个巢房中滴下来，蜜蜂们在尝过后发现，蜂蜜与金属接触后会发生变质。这使它们不得不重新考虑这种物质的影响，于是就用蜂蜡把锡片表面全部遮盖住。

［59］

如果我们希望了解这座几何图形建筑的全部秘密，就应该还考虑不下一个困惑不解的问题。比如紧紧贴着屋顶的第一批巢房是什么形状。为了与屋顶有尽可能多的接触点，这批巢房在施工时做了调整。

主干道的设计是由巢脾的平行结构决定的。可我们一定会称道巢脾内部和周围的那些小巷和过道，它们建得实在别出心裁，设计得如此巧妙，在各个方向都有近道，由此避免了交通堵塞，同时还保证了空气流通。最后，我们不得不研究到过渡巢房的建造，在那里我们会看到蜂群工作时有着某种一致的本能，它会迫使蜜蜂在既定的时刻扩大住所的规模。有三个原因可以说明这个步骤的起因：一场不同寻常的大丰收需要更大的存放空间，工蜂认为蜂群数量已足够多，或者是到了必须有雄蜂降生的时候。在这些情况下，我们禁不住会赞叹那天才的经济节约手段和那准确又和谐的信念。有了它们，蜜蜂就能从小到大、从大到小在各处来回穿梭。建造时可以从完美的对称转为不可避免的极不对称，而只要生活的几何学可行，就会又转回理想的匀称规整。这一切过程中不会损失一个巢房，不会使无数建筑中任意一座蒙受损失，不会产生可笑、不确定或粗俗的效果，也不会出现任何不适用的构造部分。而我担心自己已经在太多细节上费笔墨，这已使读者的兴趣减少。读者的眼睛也许从未追随过蜜蜂的飞行，或者看蜜蜂只是过眼一瞥，兴趣稍纵即逝，像我们所有人看待花朵、小鸟或者奇石那样，对它们的问题不过是泛泛地表面了解。我们在自然界发现了那些非人类的生物有着最细微的秘密，而我们最迫切、最充满热情去研究的是那些关于人类激情的秘密，这两者相比起来，也许前者才与人类起源和终结的深奥谜题有更近的联系。这一点，我们已然忘记。

[**60**]

我不希望这篇文章显得太过说教，所以会跳过蜜蜂的一种非凡的本能不提。在扩大或延长巢脾的边际地带时，这种本能使蜜蜂有时会削薄和拆毁那些地区。然而必须承认，在这种情形下，“盲目建设的本能”不能明晰地解释蜜蜂的拆毁行为是为了能进行重建，或者拆除那些已经建好的，就能建起焕然一新的，就能建得更有规则。我会满足于蜻蜓点水地介绍一项引人注目的实验。在这项实验里，靠一块玻璃就能迫使蜜蜂在一个正确的角度上开工建巢脾。它们会天才地设计出在巢脾凸面上扩建的巢房数量会与巢脾凹面上减少的巢房数吻合。

在结束这个话题前，让我们暂停下来，花片刻工夫考虑一下。蜜蜂会分别在巢脾的两个对立面上同时开工，因此两边的工蜂不能彼此碰面，但它们却能和谐工作，并能把两部分工作结合起来，这是怎样的一种神秘方式呢？把一个已经完工的巢脾拿到灯光下，注视着那半透明的蜂蜡，你会发现那是极为清晰的设计，由切割规整的棱柱构成了一个网络，整个系统和谐一致、不差分毫。有人可能会认为这是在钢板上压模成形的效果。

我不知道那些从未观察过蜂巢内部结构的人对巢脾的布局和组

成能否形成一个完整的概念。不妨让他们这样设想。我们取来一位农民的蜂巢，那里的蜜蜂完全为了自身资源而采蜜。请他们这样想象，有一个稻草或者柳条做的圆顶，从顶部到底部被蜂蜡条分为五、六、八，有时是十层，有些像大块的面包片，从圆顶最顶端到地面都严格地平行排布，严实地支持着卵形墙壁。在这些蜡条中间设计了一个约半英寸的空间，蜜蜂由此能在其中容身和通行。当它们开始在蜂巢顶部建起其中一根蜡条时，蜂蜡墙壁（现在只是草创模型，以后会削薄和延长）现在还很厚，在内墙工作的五六十只蜜蜂完全与同时在外墙卖力的五六十只蜜蜂隔绝，除非它们的视力能穿透不透明的物质，否则一组蜜蜂就根本看不到另一组。然而，内墙面上没有多挖出来一个洞，也没有多垒一块蜂蜡，都在数目上与外墙面上的凸起和凹洞精确地相同，反之情况亦然。这是怎么产生的？一边挖得不太深，另一边挖得太不深，这是怎么做到的？菱形的所有角之间始终不变地吻合，这样魔术一样的手法从何而来？必须在这个点开始，在那个点停止，是谁在这样告诉蜜蜂呢？我们必定会再一次自我满足于这样一个没有做出回答的回答：“这是蜂巢的秘密。”

哈伯试图解开这一秘密。他提出，在固定的间歇，蜜蜂的钩和牙齿的压力可能在巢脾的另一面制造出轻微的凸出物；或者是它们能根据灵活性、弹性或者其他一些蜂蜡的物理性质估量出蜂蜡块的厚度；又或者是它们的触须似乎格外适宜于了解物体更精细、不那么明显的一面，可以在看不见的状况下充当指南针；最后也可能是每个巢房的位置都以第一排巢房的布局和尺寸为依据，用数学方法推算出的，这样一来就不需要再进一步做测量。不过，这些假设显然都解释得不够充分：第一种不过是不能证实的假想，其他的无异于让这个秘密移位。尽可能频繁地把秘密移来移去也许能起到作用，但如果因为我们把秘密转移别处，就认为它不再是秘密，这种想法并不明智。

[61]

现在让我们把这些枯燥沉闷的地面工程、这一望无垠的几何巢房群放在一边。巢脾已经开始动工,也正将迎来入住。虽然它在这里的空间中显得如此渺小,看不到什么生机希望,但它自身还是给微小的希望之火增添了光亮。虽然我们所见有限,现在还什么都看不到,但蜂蜡上的工作却不分日夜更迭,从未停止,进展速度快得不可置信。性急的蜂王已经不只一次在黑暗中发出白色亮光的围栏边踱来踱去,第一排宅第刚完工,它就同一群顾问、亲卫队和仆从们杀入其中进驻,不过我们并不知道蜂王是带路指引还是接受指引,是受到敬重还是受到监督。到达地点后,蜂王或是那些急迫的顾问们如果认为环境适宜,它就会拱起后背,躯体向前弯曲,将它长长的纺锤形腹部极力伸入其中一个巢房。同时,那些随从们小小的脑袋会焦急地在它周围热情高涨地形成一个圈,用它们巨大的黑眼睛注视着蜂王,支持它,抚摸它的翅膀,兴奋地挥动触须像在鼓励、打气或是祝贺。你很容易就会发现,蜂王所在的地方如同一个闪亮的帽徽,或者我们慈爱的祖母曾经佩戴的椭圆形胸针。而且还要提到的是,工蜂总是避免把背部朝向蜂王,这实在让人不解。

蜂王一靠近蜂群,工蜂们就会无一例外地调整身形,让眼睛和触须面向它,在它面前后退行进。这是一种尊敬或是关怀的象征,虽然看起来并不可能,但却是不变的、普遍的。回到说蜂王。在它一阵轻微的痉挛中,可以看到有一个蜂卵排出体外,这时蜂王的一位女儿通常会环抱住它,似乎在对它抵御,眉毛对眉毛,嘴对着嘴。而蜂王此时完全不会被这种大胆的行为表现干扰,它宁静平和地投入着,全身心于自己的使命,那带给它的似乎不是劳累而是情爱的快乐。几秒钟后,它会起身,非常安静地后退一步,微微转过身体,在下一个巢房继续产卵。在把腹部送入巢房时，它会首先把头探进去确信一切条件就绪，并且没有在同一个巢房两次产下卵。与此同时，二三名它的随从会扑向蜂王已经完成自己的职责而离开的巢房，照料并轻轻地盖住产下的蓝色小蜂卵。

从这一刻到秋季第一场霜降期间，蜂王都不会停止产卵，就算在进食时、甚至睡眠中也会产下蜂卵，如果的确睡着了，产卵仍然会继续。因此，蜂王代表着对未来如饥似渴的力量，那种力量侵入了蜜蜂王国的每个角落。一些工蜂正热火朝天地建起因为蜂王多产而不断需要的摇篮，而蜂王会一步一步地追赶那些已经精疲力竭工蜂的脚步。这里，我们看到了两种伟大本能的联合。蜜蜂们的工作虽然展现无遗，但却留下了很多关于蜂巢的谜题悬而未解。

比如，工蜂们的工作进度有时会超过蜂王，于是就开始着手其他工作。它们就像一个细心的主妇那样未雨绸缪，对自己的职责格外留心，从贪占空间的同族那里抢取巢房，把蜜装满其中。而如果蜂王的进度接近它们时，对物质财富的攫取就必须让位于自然的规划。多种工作在身的工蜂被迫全速移走那些不断索取的财富。

蜂王代表着工蜂们看不到尽头的专制日子，可是，假设面前是整个的巢脾，不再是蜂王，我们就会发现，它们焦急地忙着为雄蜂兴建一片大型巢房的特区。那种建筑非常简易，建设速度也快得多。而当蜂王驾临这个不讨喜的地区，它会在那里产下几个卵就惋惜地不再产卵，飞过别处，叫着要求更多的工蜂巢房。它的女儿们会遵命，一点点地缩小巢房的面积，接着重新开始赶超蜂王的进度，直至最终那位不知足的母亲足迹遍布整个蜂巢，又回到第一批建起的巢房中。当它这次归来时，那些巢房就会是空的了，因为第一代蜂卵已经升华为另一种生命，很快整装待发，从出生地那阴暗的角落飞散到附近盛开的花丛中，沐浴在阳光中，让快乐的时光更快到来，接下来就会轮到它们为已经占据自己摇篮的新一代奉献牺牲。

[**62**]

那么蜂王又听命于谁呢？它受献给自己的那些营养物支配，因为它并非自己获取食物，而是像孩子一样被工蜂喂养，而这些工蜂正是因蜂王多产而疲于奔命的那群。工蜂们呈献的食物正好与开放花朵的多少成比例，与造访花萼的工蜂们带回战利品的多少成比例。这里就像世界上其他任何地方一样，圆形的一部分被包在黑暗中，这里就像所有地方一样，发布最高指令的是一种未知的力量。蜜蜂就像我们人类一样，遵从于一种无名的王者，这位王者转动着命运之轮，轮转不停，碾碎设定轮动的那些意志。

不久之前，我带了一位朋友取看我的一只玻璃蜂巢，向他展示那命运之轮的转动，那就像时钟上的巨大齿轮一样明晰易见。我让他看到在每个巢脾中赤裸裸的那些普遍性焦虑骚动：孵化巢房周围那些看护蜜蜂永远在疯狂无措地忙乱；制蜡蜜蜂组成的活动过道；整个蜂群无休止的大量活动、无悔又无用的努力、狂热兴奋地来来去去。我让他发现，这些蜂群常有的睡眠只出现在摇篮中，在摇篮周围是不间断地劳作，甚至会否认死亡带来的长眠，因为在那个家园中不允许出现任何疾病也没有一处坟墓。我的朋友陷于震惊中，很快就移开他的眼光。从他的眼睛中，我能读出自己所未知的悲伤和忧虑。

的确，在蜂巢中我们最初看到的全都是欢乐，那些关于美丽日子的灿烂回忆成为盛放夏季最珍贵珠宝的仓库，那幸福的旅程与鲜花、流水、天空和所有组成美丽与快乐的宁静富足交织得如此紧密。而在所有这一切、在这些外在的喜悦背后，支撑着它们的是一种人类亲眼可见的悲哀。我们以自己盲从的眼睛朦胧地注视发生在那里的一切，内心非常清楚我们极力想看的并不是蜜蜂本身，我们不了解的也不只是它们本身，而是在我们面前呈现的一种让人怜悯的形式，这种形式来自那伟大的力量，那也是催促我们脚步的伟大力量。

悲伤就悲伤吧，当我们的眼睛靠近观看时就会发现，自然界所有的事物都是令人悲伤的。只要我们还不了解它的秘密，甚至不知道是否真的存在秘密，它就会一直那样悲伤下去。有一天当我们发现没有秘密，或者是天大的秘密，其他的职责就会出现，也许还是叫不出名字的职责。如果这些悲伤之物愿意，同时让我们在心里重复说“让人难过啊”，而我们的理性却会满足于再说一句“本来就是如此”。现在这一刻摆在我们面前的是去找寻也许那些隐藏在这悲伤背后的。而且，在这种努力的推动下，我们一定不能把眼光移开，而要坚定地牢牢观察这些悲伤，研究它们，怀着极大的勇气和强烈的兴趣，就像它们是快乐的事物一样。在评判自然、发出抱怨以前，我们至少应该问出每个可能提出的问题，这才是公正无误的做法。

[63]

我们已经看到，在应付蜂王多产带来的威胁没有降临的时候，那些工蜂会急忙建起供给品的巢房，那些建筑用料更经济，空间也更大。我们也看到，蜂王偏爱在更小的巢房产卵，那也是它不停要求的环境。而如果那类巢房紧缺，或者在尚未提供时，它就会屈尊，在路途找到的大型巢房中产卵。

这些蜂卵的外形与孵化出工蜂的那些完全一样，不过却会孵出雄性，也就是雄蜂。现在的情况与工蜂变身为蜂王发生的情形相反，造成这种改变的既不是因为巢房的形状，也不是因为那里的大小。在一个大型巢房产下的蜂卵随后会被移到一个工蜂巢房中（这是一项极为困难的任务，因为蜂卵本身是微中之微，又格外脆弱，我有四五次看到一颗蜂卵能成功地被挪走），不可否认的是，那里会诞生一只雄蜂，虽然多少体形有些萎缩。因此可以认为，蜂王有权在产卵时了解或者判断蜂卵的性别，并且能让蜂卵适应它弯曲其中的那个巢房。这方面它很少会犯错。蜂王是如何想到在自己卵巢里无数的蜂卵里把雄性从雌性中区分出来，以自己的意愿，通过唯一的一根输卵管把它们产下的呢？

这里我们再次遇到一个蜂巢的谜题，这是最深不可测的谜题之一。我们知道处女蜂王是没有生育能力的，而这时的蜂王如果产下蜂卵，这些卵中就只能孵出雄蜂。只有在婚配飞行中受精以后它才能随意产下工蜂或雄蜂。婚配飞行使蜂王能从那不幸的爱人身上获得精子，并终生拥有它们。卢伯克爵士估计这些精子的数量有二千五百万，它们被鲜活地保留在一种被称为受精囊的特殊腺体中，位于卵巢下方，也就处在产雌雄蜂卵共用的输卵管入口。可以想象到，在偏小的巢房里开孔偏在，这样的孔使蜂王不得不向前弯曲身体，对受精囊产生了一定压力，精子随之射出，使蜂卵受精。在大型的巢房不会出现这种压力，受精囊也就不会张开射精。另有些人相信，蜂王能很好地控制阴道中负责开闭受精囊的肌肉，那些肌肉当然为数不少，结构复杂，很有力量。尽管我并不想暂时装作能判定以上哪种假设更正确，但个人会倾向于其中第二种。的确，我们了解的越深，研究得越接近事实，就越明白地觉得，在大自然的海洋上，我们只是沉船后漂流海上的幸存者，不久后，突然一个比以往浪潮更透明的大浪打来，这带来了一个事实，让我们一瞬间对所有自以为知道的事物产生了困惑。而我偏向于第二种理论的理由是，一方面，法国波尔多的一位养蜂人德劳利先生从自己做的实验结果中发现，在蜂巢中所有的大型巢房全部移走的情况下，到了应该生育雄蜂的时期，蜂王会毫不犹豫地在工蜂的巢房中产卵。而相反地，如果只留下大型巢房，没有其他巢房可以可用，它就会在为雄蜂蜂卵准备的这些巢房中产下工蜂卵。我们还进一步从法布尔[①]先生有趣的观察中了解到，野生的切叶蜂不但会预先知道即将产下卵的性别，而且这种性别的"选择权在蜂王手上，性别与它所处的空间相符，这个空间通常是偶然遇到，不会有改动，蜂王会在这里产下雄蜂卵，又把工蜂产在那里。"我不会深究这位法国昆虫学家的实验细节，那会太偏离主题。但不管我们选择哪种猜想，都会有助于解释蜂王在工蜂巢房产卵的倾向，不必将此归结为它是因为对未来有些许担心。

我们会同情这位被生育工作奴役的母亲，也许它确实风流成性，贪图享受，但它并非没有可能从成婚飞行时雄性与雌性结合的法则中获取某种享受，并且此后还有回味。大自然从未如此绝妙、如此富有心机地谨慎和多变，因为在设计爱的陷阱时，它是不会向那些物种提供了某种做诱饵的快感后获取不到任何好处的。不过，让我们暂停片刻，不要被自己的解释所骗。的确，把这样一种想法归结到自然身上，觉得这样的解释就够了，这就像我们在一个洞穴的深处发现一条深不可测的鸿沟，将一个石头投入沟中后会想象石头落下发出的声音就能解答我们所有的疑问，或者会向我们透露那无尽深邃以外的一切。

如果我们对自己说，"这是大自然策划的，这个奇迹是因它的指令而生，我们眼前看到的那些都是它的意愿"，那这只是表明，在一种物质无尽的表面生活着某种生命，那种生命有某种细微表现特别吸引我们，而那种物质在我们看来没有活跃迹象，所以我们就选择以显然不够精确的方式去描述那现象，就像在形容虚无和死亡时那样。一些事件纯粹偶然地链接在一起，展现出特殊的现象，吸引了我们的注意，而其他上千的事件链接也很有趣，可能形成它们的智慧也同样

① 法布尔(Jean—Henri Casimir Fabre)：法国昆虫学家、动物行为学家、作家。

高明，但那些都已经消失了，没有那么好的机缘被我们碰上，也就永远失去了激起我们好奇的机会。轻易就确认身边一切事物是很鲁莽的。我们的方式、我们执著地追寻最终成因、我们的崇敬和希望，所有留下的这些事实都不过就是我们无力的哭喊，如同在一个未知的深渊中，我们与一种自己更不了解的静止物体相撞。而这种脆弱的喊叫就宣告着，在那个既无声息又不可穿越的表面，我们是最高级别的存在个体，就像秃鹰在展翅翱翔，夜莺在放声歌唱，那都在体现着它们是这些物种最高级别的存在。不过，对人类的这种呼喊召唤，任何时候只要有机会，都是我们最正确的职责之一，我们不应由于这一行为明显无用而自觉失望泄气。

五、年轻的蜂王

[**64**]

现在让我们把蜂巢关上。那里的生命正再次进入循环，不断地扩展繁衍，一旦达到幸福和力量的巅峰就又一次走向分离。让我们最后一次再度打开这座寄望于母亲的城市，看看分蜂后那里正发生着什么。

骚动已经平息，三分之二的子民已经弃城而去，降临如此不幸的城市变得衰败又空虚，濒于死亡边缘，就像一具血液被抽去的躯体。不过，还有几千只蜜蜂留守，虽然它们可能显得有些无精打采，但仍然会毫不动摇地忠诚履行命运明确指派给自己的职责，仍然意识到它们自身扮演的角色。因此它们会继续工作，竭尽所能地填补离去同伴们留下的空缺，处理掉所有狂欢的遗迹，小心地放置好逃过劫掠的供给品，然后再次冲向花丛，细心地看护着代表蜂群未来的人质。

那一刻，一切似乎都是忧郁压抑的，可只要目光所及之处却都是希望满溢。我们也许会进入一座古典的德国城堡，砌成那里墙壁的无数小管中包藏着即将诞生者的灵魂，降生之前的生命就在那里栖身。这里随处可见精巧重叠的六边形巢房，数千洁白赛过牛奶的蜂蛹正沉睡在巢房内密封的摇篮中，它们手臂抱起，头部向前低下，等待着苏醒的时刻到来。这些蜂蛹身处的地方像坟墓一样规整，与外界隔离，身体变成接近透明，看来几乎像是灰白色的土地精灵，陷入了城市，又像是因为被尸布反复包裹而身体变形的一群贞女。它们被埋在六角形的棱柱里，那些柱体似乎是某位接近精神错乱的几何学家坚持己见不停复制而成。

整个区域上方有垂直的墙壁包围，重重包围之中的这个生命世界正在不断生长，这些生命变身的速度极快，接连四五次换上新装，而后就在阴暗中转动缠绕身上的尸布。在那里，数百工蜂正挥动翅膀飞舞着，似乎在制造必要的高温，完成某种如今更不能明确意图的其他任务。它们的这种舞蹈中包含着某种非同一般的动作，看来如此有章法，让人觉得一定是在为某种目的做出回应。我相信至今为止还没有一位观察者能明确这个目的。

一个相当规模的蜂巢中会有六至八万个骨灰缸样的这种容器，再过几天，它们的盖子就会破裂，两只神情迫切的大眼睛就会出现在缸口。眼睛上的触须正是生命在探索的迹象，而活动的脚爪也在急着不断从缸里扩大开口。看护的工蜂立刻会看过来，帮助年幼的蜜蜂从囚所中脱身。工蜂们把小生命清洁刷洗干净，在它们舌尖点上新生后的第一滴蜜。而这些从另一个世界到来的蜜蜂还混沌不解，颤抖不已，苍白无力，那孱弱的神情就像一位矮小的老人刚刚逃出坟墓，或者像是一位旅行者，在步入这个生命的道路上遍身粉尘。不过，它们从头到脚都是完美的，很快就知道了必须要了解的一切。就像人类的孩子那样，它们会在出生时就开始学习。对它们来说，永远没有时间玩乐或是大笑，而是立刻在关闭的巢房外奔去，拍打着翅膀，有节奏地起舞，它就这样可以在轮到自己时以此催促还在埋在缸中的姊妹。它会破解自己命运中或者种族中令人惊讶的谜题，没有一刻停歇。

［65］

不过，新生蜜蜂首先不会被分去做最辛苦的工作。从出生日起，还必须要过一周时间才能飞离蜂巢。到那时，它就能进行生命中第一次的"净化飞行"，将空气吸入体内气管，身体会因为吸足气体而拉长，宣告拥有这具躯体的它是空间的新娘。随后它会飞回蜂巢，再等一周过去，接着，与和它同天出生的姊妹一起生平第一次拜访花朵。到那时，会有一种特别的情绪操纵它。法国养蜂人把这种情绪称为"转轮烟火"，而更正确的叫法应该是"焦虑的太阳"。因为蜜蜂们是群体生物，也是隐蔽的黑暗中生长的生物，在面对太阳时，它们就明显会害怕在那蓝色的穹顶下、在那光亮的无边孤独中萎缩。因此，它们不是纯粹尽情地欢乐，那其中还夹杂着惊恐的情绪。它们飞过蜂巢门槛后会停下，离开又返回，这样反复二十次。在空中，它们会高高盘旋，头还一直朝着家的方向，在上空绕着大圈飞行时会突然遗憾地重重坠落。它们那三万只眼睛会疑问、反思然后记下树木和喷泉、大门和墙壁、附近的窗户和房屋，直到最后，它们返家时滑翔而过的空中航路会无法磨灭地印在脑海，仿佛是在空间中用两根钢铁的线路做了标记。

［66］

这里我们遇到了一个新的谜题，我们会好好去挑战它。因为虽然不会回应我们，但我们所意识到的无知仍然会被它的沉默扩大范围，在我们行为所知的一切中，那是最有创造性的一个领域。通往蜂巢的路可能被树木遮挡，这会使蜂巢形成空间中一个不可一望而见的点，蜜蜂不可能直接看到，那么它们又怎样能成功地找到返回那里的路呢？假如把蜜蜂装入盒子，带去一个距离蜂巢二三英里的地点，它们会无一例外地成功找到回巢的路，这又是如何做到的？

是障碍物对它们的视线没有阻碍吗？是它们通过特定的指示和路标得到指引吗？或者它们拥有那种特别的、人类不能完全理解的感觉，是那种我们在燕子和鸽子身上看到的那种感觉，比如就是被我们称作“方向感”的感觉？法布尔、卢伯克，尤其是罗曼尼斯（一八八六年十月二十九日发表于《自然》）做的实验似乎都确定了引导蜜蜂的不是这种奇怪的本能。另一方面，我已经不只一次地注意到，它们似乎并未留意蜂巢的颜色或者外形。在蜜蜂家园中那个平台的一般外形、入口的位置以及着陆板倒是吸引到它们注意。不过这并非主要因素。假如在蜜蜂离开时，蜂巢的正面从头到底都做了改变，即使远在天边，它们的航路仍然会毫不犹豫地指向那里。只有当碰到无法辨认出的门槛时，它们似乎会有一刻停住脚步。我们能进行这种实验，这正可以指明，蜜蜂有一种非比寻常的能力，可以细微又精确地认出地标，以此来指引方向。蜜蜂要记住的并不是蜂巢，而是它所在的位置，那位置以周围的物体做参照，经过了最精准的计算。这种辨认能力如此强大，在数学上如此精确，在它们的记忆中印象如此之深，以至于经过在某个昏暗巢穴中度过了五个月的冬眠以后，当蜂巢换了平台，比从前的位置稍微偏左或是偏右，所有的工蜂从最早开放的花朵上返回时，仍然会准确无误地调整它们的方向，路线毫不动摇仍然会落在前一年同样的地点。只经过了稍许迟疑和摸索，它们就发现了那个位在曾经位置上的大门。这就像是那一片空间此前已经被珍重地保存下来。整个冬季里，它们的飞行轨迹始终没有抹去，仿佛是它们小小的、洒满汗水的脚印重重地印在天空。

因此，如果蜂巢被移位，很多蜜蜂就会迷路。而如果让它们远离从前的家园，然后让它们发现整个环境与它们生长熟知的方圆二三英里完全不同，它们却未必会迷失。因为那时假如有心提醒它们，用一小段过道与位于蜂巢入口的着陆板相连接，透露出发生了某些改变的信息，蜜蜂们就会立刻寻找新的方位，设立新的路标。

［**67**］

现在让我们回到那个正再度恢复人丁兴旺的城市，那里无以计数的摇篮正接连不断地破开，就连坚固的城墙似乎也被移动着。但这个城市还缺少一位女王。从某个巢脾的中心升起了七八个奇怪的结构，散布在普通的巢房表面。那圆形和凸起的形状如此奇怪，让我们想起月球表面的照片。它们是一种密封舱模样的物种，由皱起的蜂蜡或是倾斜的腺体组成，密封起来与外界隔绝，占据着三四个工蜂巢房的空间。按规定，它们围着同一点聚集。那个地方看起来有一股难以形容的威仪，由许多警惕性极高的护卫蜜蜂看守着，一刻也不松懈。这里是蜂王成形的地方。在分蜂前，这些密封舱中每一个里会被蜂王放进一个蜂卵，或者更有可能是一位工蜂放进的，对此我们无法确定。这个蜂卵是从附近的巢房中取来的，与那些孵化出工蜂的蜂卵完全相同。

三天后，一个小幼虫会从这个蜂卵生出，并受到既特殊又丰富的营养物滋养。于是我们就能一步步看到大自然最通俗的一种方式，它用在人类身上时会被我们冠上宿命这个威严的名字。多亏了这种自然安排的规则，小小的幼虫生长得格外出众，不只躯体，连思想都有了极大的改变，它将要诞下的蜜蜂几乎就属于完全不同类的昆虫。

那只幼虫会在世上生存四五年，而不像工蜂那样，一般寿命只有六七周。它的腹部是一般工蜂的两倍长，颜色更偏金色，也更透亮，螯针是弯曲的，眼睛有七八千个面，而不是一点二、一点三万个。它的大脑更小，却有更大的卵巢，除此外还有一个特别的器官——受精囊。那使它几乎变成雌雄同体。它身上没有一种本能是劳苦者拥有的。它没有毛刷、制蜡的蜡囊和收集花粉的篮子。我们认为与蜜蜂生来就有的习性和热情在它身上都找不到。它不会渴求空气或是阳光，至死都不会去品尝一朵花。它的生命在阴暗中、在不安的蜂群中度过，唯一占用生命的就是执著地寻找摇篮，然后产卵填满。另一方面，只有它了解爱的骚动。在它生命中，除了分蜂时绝不会避免见到光亮以外，这样机会也许不会超过两次。只有在一种情形下，它会用到自己的翅膀，不过那时是飞向自己的爱人。它的器官、想法、欲望、习性乃至整个命运都不是由胚芽决定，尽管胚芽在每种植物、动物和人类身上都创造了奇迹，但它的一切却依靠的是一种奇怪的惰性物质：一滴蜂蜜。

＊作者注：今天人们普遍认同，蜂卵孵出后，工蜂和蜂王吸收的是同样的营养物——一种富含氮元素的牛奶，那是看护蜜蜂头部的一种神秘腺体特别分泌出的。不过几天后，工蜂的幼虫就会断奶，换以比牛奶更粗糙的蜂蜜和花粉为食。而直到完全发育成熟以前，未来的蜂王会进食大量的珍贵牛奶，那就是人们所说的“蜂王浆”。

［68］

老蜂王离开后大约过了一周。在密封舱内沉睡的蜂蛹并非同样年纪，它们按出生时间被清晰地分类摆放，在固定时间间隔内来到世界。这样的安排有利于蜜蜂可能发生的第二次、第三次甚至第四次分蜂。在最成熟的巢房里，工蜂几小时内一直主动挖薄墙壁，而在蜂王的囚所里，年轻的蜂王也同时在内部啃噬着囚所的圆盖子。最后，它的头露出来了，身体奋力向前冲出来。护卫的蜜蜂匆忙赶到，为它洗刷、安抚，清洁它全身。全部挣脱出后，蜂王迈出了自己在巢脾的第一步。像工蜂一样，出生那刻它也是浑身颤抖，苍白无力。但过了十分钟左右，它的腿就变强壮，它的心中涌起一种奇怪的不安，觉得自己不是孤独的，自己还未征服这个王国，冒牌王者就在附近藏着。为了找到竞争对手，它在蜂蜡墙壁上焦急地来去。可是，“蜂巢精灵”或是成群工蜂的神秘决定和本能智慧给予了干涉。我们观察到玻璃蜂巢里发生的那些现象中，最让人惊奇的特点是蜜蜂们完全没有犹豫迟疑以及丝毫的意见分歧，没有丁点争议或不和谐的迹象。统治这个城市的氛围是绝对的全体一致，并且已经事先注定。每只蜜蜂似乎都已经提前了解到自己姊妹的想法。而在它们的整个历史中，这一刻是最为严肃的也最重要的。它们不得不在三四条道路中做选择。在不久的将来，这些道路会导向迥然不同的结局，而这其中最轻微的事件也会带来灾难。对于保护蜂巢和其中的居民，蜜蜂们不得不使这种行为妥协于种族的繁衍，因为那是它们的激情所在，或者说是它们与生俱来的职责。有时它们会出错，会接连不断地派出三四支蜂群，这会彻底削弱生养它们的母亲城市。那些蜂群又太没有战斗力，无法组织起来，也许就会在冬季到来时屈服于我们所知的这种天气，因为蜜蜂们永远不会忘记自己原本所在的天气，而冬季又与那相差太远。在这种情形下，它们会遭受“分蜂热”的折磨，这种状况就像通常的狂热情绪那样，过度关注自身，不计生活目标，走完生命历程后发现只有死亡而已。

［**69**］

摆在它们面前所有的决定中没有一个是必须之选。如果人类只扮演观察者的角色，就也丝毫不能预测到蜜蜂会采用其中哪一个。

但它们的选择是在最细致的考虑下做出的。这一点可以得到证明，因为我们可以影响甚至决定它们的决定，只要通过减小或者扩大给它们的空间，或者移走巢脾中全部的蜂蜜，然后放置已经配置工蜂巢房的空巢脾，就可以做到这点。

蜜蜂们必须考虑的问题并不是第二支或者第三支蜂群该不该立刻动身，因为如果要确定这一点，它们会仅仅盲目又不假思索地顺从于任性妄想或是一个有利时刻的诱惑。最需要它们考虑的是要立刻一致地采取措施，能让第二支蜂群在第一只蜂王出生后三四天就出发上路，第三支蜂群会在第二批离开三天后，由那位新出生的第一只蜂王带领着飞离蜂巢。因此，我们必须要承认发现的是一个完全理性的系统，是一种多个计划的综合体，比起蜜蜂生命的短暂，这种成熟的组合计划的确花了一定时间去考虑。

这些措施关系到照料那些还禁锢在蜂蜡中的年轻蜂王们。让我们来设想下，“蜂巢精灵”已经下令不允许第二批分蜂，摆在面前的还有两条路可走。蜜蜂们可以允许第一批出生的皇族继承者终结其未来姊妹劲敌的生命，终结者中就包括我们已经目击了出生过程的那只。或者也可以选择等待，等到年轻的蜂王进行了冒险的“婚配飞行”仪式，因为那场仪式决定着蜜蜂王国的未来。仪式后通常会授权批准立即开始大屠杀，不过也会经常否决这一行动。假如是后一种情形，我们就不容易判断是否蜜蜂的决定是处于想进行第二次分蜂，还是它们认识到婚配飞行中存在的危险。因为有时会出乎意料地发生变天的情况，或者有一些我们不能确定的其他原因，蜜蜂们会突然改变心意，放弃已经做出的决定，摧毁曾经悉心留存的皇室后代。而现在我们会假设它们已经决定放弃第二次分蜂，承担婚配飞行的风险。在强烈的欲望作用下，年轻的蜂王会很快冲向那些巨大的摇篮，卫兵们会在它面前让开道路。这时的它听任自己狂暴的嫉妒心驱使，会直接扑向碰到的第一个巢房，疯狂地用牙齿和爪子扯掉蜂蜡，剥掉铺盖在巢房上的茧，扯去熟睡的公主身上所有覆盖物。如果蜂王的竞争者已经面目可辨，它就会转用自己的螯针刺进密封舱，以自己有毒的武器拼命刺入其中，直到被害的公主身亡。接着，蜂王会冷静下来，竞争对手的死平息了它的恨意，于是撤回它的螯针，匆匆赶到旁边的巢房，发起攻击、破坏密封舱。如果发现其中只是一只未发育完全的幼虫或蜂蛹，就会转去下一个目标。它会一直这样破坏不停，直到最后精疲力竭，喘不过气，爪子和牙齿只能在蜂蜡墙壁上毫无威胁地滑过。

围着蜂王的蜜蜂们平静地看着它怒气冲天，，除了给蜂王让路以外都站在一边没有行动。可一旦有一个巢房被洞穿，成为废址时，它们就会急忙涌过去，拖出被劫蜂蛹的尸体或是仍然活着的幼虫，从蜂巢中把它扔出去，接着狼吞虎咽起黏在巢房周围的那些宝贵的蜂王浆。最后，当蜂王已经无力坚持自己的破坏热情时，这些蜜蜂们会亲手完成对无辜后代的屠杀。于是，统治蜜蜂王国的一族和它们的住所全都会荡然无存。

这是蜂巢的恐怖时刻。在对雄蜂进行更无可争议地处置时，工蜂们中出现了不和，并且在它们中有成员过劳死，这也是唯一发生的情况。这里就如同大自然中常见的那样，那些受爱情眷顾的会招来暴力致死的绝命利剑。

[**70**]

有时两位蜂王会同时孵出的情况，这种状况几率很少，不过蜜蜂们会特别留意，防止它发生。但无论何时出现那样的情形，一场恶斗都会从蜂王们从摇篮中钻出时就拉开帷幕。对这种战争，哈伯是做了绝妙记述的第一人。每次在交手时，蜂王都会彼此亮出盔甲，以那种亮甲的方式警告对方，如果拔出螯针就会给双方都带来致命伤害。有人会相信，就像一位天神或女神会介入荷马史诗中伊利亚特的战斗那样，蜜蜂种族的神灵也不会在这种场合置身事外。两位斗士同时被对手吓退后又飞到空中，不久后狭路相逢，如果那时双重的灾难又一次威胁到它们子民的未来，就又再次分开。如此这般直到最后它们中有一位能成功突袭较笨拙或较大意的对手，在不危及自身的情况下击毙对方，因为这个种族的法律要求只有一次牺牲。

摇篮已经被摧毁，对手也都被赶尽杀绝，年轻的蜂王得到了子民的承认。可在婚配飞行完成以前，子民们不会真正地被它统治，或者像它的母亲一样看待它。因为直到它受孕前，蜜蜂们不会极为崇敬地对待它，怀有的敬意只是浅浅的一带而过。不过，蜂王的历史不会像这样波澜不惊，因为蜜蜂们不会经常放弃它们第二次分蜂的愿望。在做了第二次离开的打算时，如果像从前一样，蜂王在同样的欲望驱使下靠近皇室巢房，那么就不会遇到支持它的顺服侍从，它会发现自己的道路被无数有敌意的卫兵堵住。在愤怒之下，在坚定的想法推动下，蜂王会极力冲出去路，或者从侧面绕过护卫者，但在任何地方都会有看守者们保卫熟睡的公主们。蜂王坚持前进，折回来冲击，都会被一次比一次猛烈的回击击退，甚至还可能遭到抵抗的方式会有些粗暴，直到最终它开始模模糊糊地了解到，这些不屈不挠的小工蜂们代表着一种法则，在这种法则面前，由它所定的那些法则都必须妥协屈服。

最后，蜂王会走开，从一个巢脾去到另一个巢脾。它不满的怒火会以一种战歌或是愤怒的抱怨作为宣泄，每一位蜜蜂守卫者们都能听懂。听声音有些像远方的银色战鼓响起，如此强烈，富有激情却又微弱无力。看守最为严密的蜂巢有双层的墙壁，那声音从距离墙壁二三码的地方传出仍然清晰入耳，在夜晚尤其如此。

[71]

这种发自皇族的叫喊会对工蜂们产生神奇的效果。它使这些蜜蜂恐惧，导致了一种由恭敬之心引发的惝恍迷离。蜂王在巢房前停下脚步，但被挡住去路，它就会发出叫声，那些一直在推搡它、把它推回去的工蜂会立刻停止动作，低下头，直等到那喊叫声停止。事实上，有人相信，正是由于这种叫声里含有的威严，才使得谜一样的阿特洛波斯闯入者将它一经模仿，就能在进入蜂巢后丝毫不会惊动守卫蜜蜂，堂而皇之地饱食蜂蜜。

在二三天里，有时甚至是五天中都能听到这种愤怒的怨叫声，这是蜂王在向自己那受到严密保护的对手们发出挑战。而对立的那一方也会形成挑战情绪，它们会变得焦急起来，急于尽快见到光明，也就开始啃起巢房的盖子。一场巨大的混乱现在似乎在威胁着这个共和国。但蜂巢的天才们在做出自己的决定时就能预见到随后会发生的每个后果。卫兵们已经得到指示，为了抵挡那种受挫的本能发起的攻击，它们确切地知道每个小时里什么是必须做的，并且会引导两股敌对的力量得到成功的结果。它们深知，如果现在叫嚷着要出生的年轻蜂王从巢房内逃出来，就会落入年长蜂王的手中，到那时就会无可避免地被一个个夺去生命。因此，随着被禁锢的蜂王不断掏薄巢房内壁，工蜂们会按墙壁厚度减少的比例相应地在外堆起新的蜡层。急不可耐的公主热火朝天地坚持自己的挖掘，几乎不会想到自己在被迫面对一种有法力的障碍，是刚在被毁坏的地点出现的。囚禁中的蜂王听到了对手挑战的呼喊，已经意识到自己身负的皇室职责和命运，虽然它还没有见到生活的真面目，也不知道蜂巢是生命，仍然从囚所内部做出了应战的回应。但它的叫声与外面的蜂王不同，是压抑和空洞的，因为这声音必须穿过一座坟墓的所有墙壁。夜幕降临时，叫嚷吵闹都归于平静，一言不发的星星高悬天空统治一切，养蜂人靠近了这些奇迹般的城市，站在它们的入口处，带着疑问去分辨、去了解在徘徊的蜂王和囚牢中的处女蜂王间传递的对话。

［72］

而对年轻的公主们来说，延长这种与世隔绝的生活有实际利益，因为那样一来在最终获得自由时，它们就已经发育成熟，身体健壮，能够飞行了。但在等待出世的期间内，第一只降生的蜂王也已经增强了实力，能够面对长途飞行中的险情了。因此，第二批分蜂的时间已经来到，离开的蜜蜂们将以那头名出生的蜂王为首领。而一待那位蜂王率众离开，留守的工蜂们就会放出一位囚禁的蜂王，获得自由的它会显露出同样的杀机，发出同样仇恨的呐喊，直到三四天后轮到它带领着第三批蜂群离开蜂巢。这样接连不断地延续着“分蜂热”，直至蜂群的母城完全陷于衰竭。

在司文模登的引述中提到过这样一个蜂巢，经历一次分蜂后，飞离的蜂群后来又有分蜂，在一个季节里就能发现由一个蜂巢分离出三十次蜂群。

在灾难性恶劣的冬季过去后，如此迅速膨胀的繁殖就最为明显。有人可能就会以为，蜜蜂们一直与大自然的神秘欲望联系紧密，所以它们能意识到威胁种族生存的危险。可是，在平常的日子里，这种“分蜂热”很少在一个发展壮大、管理井然的蜂巢中发生。许多蜂巢只分蜂一次，有一些还根本就不曾经历分蜂。

按规定，出现第二次分蜂后，蜂巢中的蜜蜂就不会再进一步分开。这既可能是因为它们已经注意到自己的库存极度匮乏，也可能是由于空中飞行正存在危险因素迫使它们做谨慎考虑。若的确放弃第三次飞离，蜜蜂们就会允许第三位蜂王屠杀囚禁着的公主们。蜂巢会立刻恢复正常生活。而且，由于工蜂们都非常年轻，蜂巢又人丁稀少，存粮不足，在冬季到来前需要有大量空缺要填补，所以蜜蜂们会以更高的热情投入工作。

［**73**］

第二次和第三次分蜂与第一次类似，条件都相同，只不过出发蜜蜂的数量更少，行动较少谨慎考虑，期间也没有派出侦察兵。此外，年轻的处女蜂王因为体内没有蜂卵拖累，又热情高涨，所以会飞得更远，在飞行的第一阶段就会率领蜂群飞到与蜂巢距离很远的地方。这第二次和第三次迁移会比第一次轻率得多，飞行中也会面临更多的问题。代表着蜂群未来的蜂王处于队伍的领头位置，还并未受孕。它们所有的命运都取决于蜂王今后的婚配飞行。一只经过的鸟儿、一场小雨、一次失误、一阵寒风，这其中任何一种情况都会引起无法弥补的灾难。蜜蜂们深知这点，因此当年轻的蜂王踏上寻觅爱人的旅途时，它们经常会放下手头已经开始的工作，会离开自己深爱的一天内建成的家园，行动一致地陪伴着蜂王，担心它离开自己视线，于是就紧紧跟随围绕，将它笼罩在无数倾心奉献的翅膀下，为它而牺牲自己。面对陌生的返家之路，每只蜜蜂的记忆都不会清晰，会对此犹豫不定，所以它们的陪伴会避免蜂王因爱而迷失方向，飞离蜂巢太远。

［**74**］

但是，未来的法则有如此强大的威力，它不会使任何一只蜜蜂因为这些不确定因素、这些死亡的威胁而踌躇不前。第二批和第三批蜂群展示出的热情丝毫不逊于第一批。母亲城市里一宣布飞离的决定，一群蜜蜂就会聚集在每只危险的年轻蜂王周围，急切地要追随它的命运，要陪伴它走完旅程，在那一段路途中会有太多的失去，除了满足一种本能的欲望以外，得到的又太少。它们从何处得来那种我们从未具有的能量，它们凭借什么与过去决裂，就像在决绝地面对敌人那样？是谁在蜂群中选择了那些将飞离的成员，又宣布了谁要留下呢？在那些留守的和流离母城的蜜蜂中没有特殊的类别区分，会有些年轻的蜜蜂在这里，一些年老的蜜蜂在那里。在每位永远都不会返回的蜂王周围，一些年长的觅食工蜂会把第一次面对炫目蓝天的小工蜂推向前方。蜂群内有比例的力量分配既不是由机遇决定，不被意外控制，也不会受一时的沮丧或者本能、想法或情感的转变而影响。我不只一次试着在组成飞离蜂群的蜜蜂数量和那些留下的蜜蜂数量上找到相关联系。虽然这种数量上的计算存在很大难度，无法达到数学上的精确，但我至少能从中归结出这种关系——如果考虑到孵化巢房，换句话说就是即将出生的蜜蜂数量，那么它就完全是个恒量，蜂巢的天才们的确对此进行了神秘的计算。

[**75**]

对这些蜂群通常极为复杂的多次历险，我们不会全程跟随。有时两个蜂群会彼此联合，而另有一些时候，二三只被囚禁的蜂王会利用蜂群离开时的混乱逃过警惕的看守卫兵，加入正在形成的团体。也有时，某只年轻的蜂王会发现自己被雄蜂包围，这样它就会在分蜂途中受孕，于是所有它的子民就被带到极高极远的地方。在养蜂的实践中，第二批和第三批遇到这种情形的蜂群通常会返回它们出发的蜂巢。两位蜂王会在巢脾相遇，工蜂们会聚集在四周，围观它们决斗。两位斗士中的强者战胜了弱者后，出于对工作的热忱和对无序的痛恨，蜜蜂们会清除掉斗败蜂王的尸体，就此关上未来暴乱的大门，忘记过去，回到它们的巢房中，继续踏上那条宁静的道路，在那里花朵正等待它们的回归。

[76]

为了简化事实，我们的话题会回到那位蜂王身上，它已经得到蜜蜂们的允许去杀害自己的姊妹，现在我们会继续讲述关于它的历险。正如我已经提到的，大屠杀有时是禁止的，而有时即使在蜜蜂们明显不打算进行第二次飞离，也会批准这种行为，因为我们注意到，就像一个大陆上的人们分属不同的国家一样，在一个养蜂场的不同蜂巢中也奉行不同的政治精神。而蜜蜂们做出同意屠杀的决定时显然不够谨慎，因为蜂王如果去世，或者在婚配飞行中迷路，而工蜂的幼虫又已经过了可以转变为皇室成员的年纪，那么就不可能有候补选择能弥补王位空缺。让我们姑且假设已经做出了这样的草率行为，那么就可以看到第一位出生的蜂王被子民们视为真正独一无二的君主。可它现在还是处女，要变成之前它母亲那样的蜂王，最紧要的是要在生命中头二十天内遇到雄蜂。如果因为某种原因而超过了这个期限，它就再不可能告别童贞了。但我们已经见到它并非不能生育，只不过它还是贞洁的处女。这里我们遇到了自然界中很大的一个谜题，或者说是预防措施，它被称为单性生殖。这种情况普遍存在于一定数量的昆虫中，比如蚜虫类昆虫、衰蛾科鳞翅目昆虫、瘿蜂科膜翅目昆虫等。处女蜂王能够产卵，所有这些它产在巢房里的蜂卵，不管大小，都只能孵出雄蜂。由于这类蜜蜂从不工作，都靠雌蜂来生活，如果不是为自己考虑绝对不会去觅食，通常都不能自给自足，所以在过了几周后，精疲力竭的工蜂们会全部过劳死，那时蜜蜂王国就会成为废墟，蜂群会全军覆没。我们已经说过，蜂王产下数千只雄蜂，它们每只体内都有数百万精子，可其中没有任何精子能进入它们母亲的体内。也许那并不比其他上千种类似的现象更让人惊奇。的确，在考虑这些问题、尤其是那些关于后代的问题时，我们会时时遇到那些未曾预料到的惊人情形，最主要的是它们很少如人们所常见的那样，更像发生在大多数奇幻的神话故事里，而它们又出现得格外频繁，以至于这类惊奇已经让我们觉得如此习惯，那时我们就几乎不会再感到惊异了。可这个事实已经古怪得足以引起我们注意。而另一方面，大自然会由于偏爱毫无价值的雄蜂而牺牲如此重要的工蜂，我们对此如何解释？那些寄生虫式的雄蜂虽然对整个王国有破坏效果，但仍然对维持种族延续不可或缺，那么大自然这样做是否就为了防止雌蜂也许会在自身智慧思想的诱使下过度地限制雄性同族的数目增长？或者这仅仅是一种防范出现蜂王生殖力弱的悲剧而做出的过激反应？我们在此见到的是否是一种盲目的过度预防措施，这类措施忽视了罪恶的成因，忽略了补救方法，并且为努力避免发生一种不幸的意外而带来了一场浩劫？我们绝不会忘记自然原始的真实状况与现在截然不同，森林中最初的那些蜂群比今天的要分布得更为广泛。因为雄蜂的数量总是很多，它们会从远方汇聚过来，所以蜂王生殖力弱实际上很少是出于缺少雄蜂，而是由于降雨和寒冷而在蜂巢待得太久。更常见的原因还是来自蜂王发育不全的翅膀，这样的蜂王就无法飞上高空满足雄蜂器官的要求。尽管如此，大自然不会考虑这些内因，而是如此深切地关注雄蜂的繁殖数量，因此有时我们会发现，在没有蜂王的蜂巢内，二三只工蜂极力希望维持种族生存，虽然它们的卵巢已经萎缩，但还会努力产卵。整个王国笼罩着激愤的情绪，它们的器官就在这样的氛围中伸长，并在巢房中成功地产下几颗蜂卵。可这些卵是处女母亲所生，它们只会孵出雄性蜜蜂。

［**77**］

在此我们会看到一种也许有些轻率的高级别力量主动进行干预，给一种智慧生命的意愿造成了无法逾越的障碍。在昆虫世界，这种干预较为频繁地出现，从对它们的研究中能发现不少。这是因为那个世界比其他世界的居民数量更为集中，也更复杂，自然界某些特殊的欲望在那里就经常会更明显地展现在我们面前。有时，在我们几乎确定并不完整的实验中途也能探测出这类欲望。大自然有一种常见的伟大欲望，它从方方面面展现出每个物种都会通过强者的胜出而得到自身改善。一般来说，这场决胜的战斗会在最为周密的组织下进行。而只要胜出者得到的奖励确定会兑现，那么对弱者的大规模屠杀也就无足轻重了。但有些时候，人们可能会想到，大自然没有足够时间解开自己设定的组合，这就意味着不可能得到奖赏，而且获胜者也注定不会比征服者面临的危险少。在这样的情况下就应该选择一个不会让我们太偏离蜜蜂主题的例子，而就我所知，没有什么例子比分舌蜂的三爪蚴更为显而易见的。从其中的许多细节可以发现，这件事也许比想象出的故事更为人类的历史经历所熟悉。

这些三爪蚴是一种寄生虫的初级幼虫，这种寄生虫的宿主是一种钝形舌的野生独栖性分舌蜂，它们把自己的巢穴建在地下通道里。三爪蚴的习性是等蜜蜂接近那些通道时就有四五只或者通常更多只一起跳上蜜蜂的背部，把自己埋藏在蜜蜂身上的绒毛中。假如此时发生了弱者对抗强者的战斗，那么就无可多说了，一切都会依照通行的自然法则来进行。可是，出于我们所未知的一种原因，不知是否这些三爪蚴本能的需要以及大自然随后的命令，只要能一直留在蜜蜂的背上，它们就保持安静。在蜜蜂采蜜、建设和为巢房输送供给品时，它们就耐心地呆在蜜蜂身上，而一旦产下了蜂卵，它们就会全部跳上去。对此一无所知的分舌蜂仔细地封好已经供有食物的巢房，从未想到就在密封的同时也让自己的后代必死无疑。

蜂巢一封好，三爪蚴就群体围着蜂卵展开了自然选择的战斗，这是不可避免又有益于自然的。更强壮、更灵活的一方会从盔甲下抓住对手，将它的下颚高高举起几小时之久，直到受害方气绝身亡。不过，这场战斗正在进行时，没有遭遇敌手的另一只三爪蚴已经得到了蜂卵，将它剖开。因此，战斗的最终胜利者还得让这位新敌手臣服，但这种征服并不困难，因为那位得手的三爪蚴还深深满足于出生前的饥饿感，牢牢抓住蜂卵不放，甚至没有试图去自我防卫。很快就见了分晓，最后只剩下一只三爪蚴，它拥有了那颗赢之不易的蜂卵，迫不及待地把头伸进前一只三爪蚴弄破的开口，开始了进餐时间很长的盛宴，通过饱餐让自己成为发育完全的昆虫。而另一方面，宣布了这场战斗考验的大自然吝啬地严格设定了获胜者的奖品，只有完整的一颗蜂卵才能满足一只三爪蚴发育的营养所需。我们能得知这些让人不安的历险要归功于马耶先生，正如他这样告诉我们的，由于最后一位遇害的竞争对手在临终前吃掉了部分蜂卵，获胜的征服者就相应地缺少了那部分的营养，因此就不能实现自身第一阶段的变形，于是这次轮到它被死神牵走，或者是黏在蜂卵的皮上，或者是自己掉入糖液中溺死。

[**78**]

虽然像这个例子这样如此贴近地观察是很少有的，但它也不是自然发展史中的个案。这次，在我们面前展露无遗的斗争就发生在三爪蚴有意识地产生的求生意志与大自然模糊又普遍的意志之间。大自然不仅希望三爪蚴生存，甚至还渴望它这种生命形式应该得到完善和强化，让这种改变的程度超出这一生物的意志对自身的驱使。可是，在一些奇怪的疏忽之下，自然的改进却压抑了即使是最适应自然的生物。眼光长远的自然法则规定强者会取得全胜，如果不是某些可能性在与自然的愿望背道而驰，允许了孤立的个体生物能逃出这一自然法则的掌控，分舌蜂本该早就离开这个世界了。

我们似乎还没有发觉这个无所不能又聪明无疑的力量，而它会不会错误地认为亲手组织并保留下的生物永远在证明自己是对的？当我们达到自身极限时，就容易求助于至高无上的理性，软弱是否会战胜这种理性？如果的确如此，那么谁来让这种软弱恢复正常呢？

从单性生殖中我们发现大自然进行着不可抵挡的干预，那么现在就回到关于这种干预的特殊形式上来。我们应该牢牢记住，那些我们面对的问题也许是来自一个遥远的世界，但它们的确与我们自身密切相关。对那种虽然表现得更隐蔽却没有减少任何危险性的干预现象，谁能肯定在人类社会就不存在呢？而摆在我们面前的这个例子里，最终哪一方是正确的，昆虫还是大自然？如果蜜蜂更温驯，或者拥有更高的智商，能更透彻地了解自然的欲望，并且极为严格地遵命行事，因为自然专横地提出需要雄蜂就无限地扩大雄蜂的数量，那么会发生事呢？它们不就会冒着种族毁灭的危险吗？关于大自然的一些意图，如果了解得太清楚反而危险，如果怀着太高的热情去追随反而会带来灾难，而且大自然的意愿之一就是不应该推断、追随其全部意愿，我们是不是就这么认为呢？这其中就没有可能有威胁人类这一物种的巨大危险吗？我们非常清楚自己身上那些无意识的力量，它们似乎在命令我们推翻自己在智力驱使下做的事。而我们的这种智力通常在达到极限后就不知该去向何方了，它是否应该加入到那些力量中，为其中增添自身不可预料的分量呢？

［**79**］

大自然并非总能协调使用的方法与产生的结果，而且如果要保存它想保护的事物，就时常会通过那些不得不与自身的预防措施相违背的预防措施，经常会通过它无法自己预见的陌生环境来达到目的。从单性生殖存在的危险中，我们是否有权得出这样的结论呢？

有人会说，大自然这个词就掩盖了我们所不可知的一切，几乎没有根据能以智力或目的去评说自然。此话不假。我们在这里碰到一些严密封存的瓶子，那其中就有我们对宇宙的概念。我们一次又一次不情愿地给它们贴上“未知”的标签，这既让人泄气又使人被迫沉默无语。根据它们的大小和显赫地位，我们在上面刻下“自然、生命、死亡、无限、选择、种族之灵”这些字样，而其他很多瓶子上甚至会像我们此前所遇到的一些那样，附上“神明、天意、命运、报应”等词语。如果有人愿意，那就顺其如此，无需多提。这些瓶子里盛装的仍然含糊不清，不过至少掌握了一个事实，那就是今天刻下的这些字样所透露出的对我们的威胁比从前更少，因此我们能靠近它们，触摸它们，怀着健康心态的好奇，把耳朵贴近它们去聆听。

而不管我们给瓶子贴上什么名称，至少可以确定它们中有一个最大的，就是那个两面贴着“自然”名字的瓶子，其中有一股非常真实的力量。那是所有力量中最真实的一种，能保存我们星球上数量巨大、质量惊人的生命，其保存方式如此地精妙，超越了人类所有天才设想能达到的地步。这种数量和质量能以其他方式维持吗？当我们想象自己看到预警时，我们是否在欺骗自己，因为也许那实际只是从一百万不幸机会中存在的一次幸运机会呢？

[80]

这也许是实情。不过，这些幸运的机会给我们上了钦佩的一课，从中学到的与在机会上一层次的领域学到的一样有价值。如果我们把眼光投向那些具有少许智慧和意识以外的动物身上，甚至关注到单细胞动物这种最初动物界的首批模糊代表以外的生物，我们会发现黏菌这样的最低级胚胎表现出一种意愿、欲望和偏好，而明显没有任何组织的纤毛虫，也显示出某种狡猾。从卡特先生的实验中可以找到关于这些发现的大量证明。以阿米巴虫为例,这种变形虫会耐心地等到壳吸管虫离开母体卵巢出生时出击,因为它们知道那时这些幼虫还长出有毒的触角。而阿米巴虫本身是既没有神经系统又没有可辨识的任何器官。如果我们不停下来考虑那些会像动物那样行动的肉食性植物物种,而是把视线转向那些植物就会看到,由于不能自行移动,它们似乎暴露在各种致命的灾难中。一些最不起眼的花都会设法让蜜蜂准确无误地提供自身所需的异花受精,由此展示出让人惊讶的天才。看看乡间平凡无奇的兰花吧,它将蕊喙与着粉腺的功能结合在一起,这种方式实在绝妙。我们会观察到兰花的花粉块以精确地自动倾斜和附着在一起,还会看到野生鼠尾草花粉囊那不差分毫的双重摆动。这种晃动在一个特殊位置触碰采蜜昆虫躯体,那些昆虫由此也会在另一个特殊位置去触碰旁边花朵的柱头。再看下马先蒿,它的柱头在连续摆动时经过了精确计算,蜜蜂飞进这种花每三朵中的任一朵都会振动花朵的所有器官,就像我们在镇上集会里看到的,技艺高超的神枪手一击中目标的黑点就会使所有的数字都在精密的打靶机器内活动起来。

正如拉斯金[①]在他的“灰尘的伦理”中提到的,我们还可以往更下一层展示晶体的性质、习性和诀窍。它们的计划比我们所能想象到的时间出现得还早得多,当一种外界物体企图阻碍这一计划时,我们会看到它们的争吵和进程模式。此外还会看到它们接受或排斥敌人的方式和弱者可能战胜强者的方式。比如,无比强大的石英在平凡又变化多端的绿帘石面前屈服,并允许对方最终征服自己;在无色水晶和铁块之间爆发的有时可怕、有时壮观的战争。有一种玻璃质晶块会出现完美无缺的规则膨胀,在纯度上从不让步,排斥任何杂质的

---

① 拉斯金(John Ruskin):英国作家、艺术家、艺术评论家。

掺杂，而它的同族却病态地生长，明显不恪守道德准则，容许外物污染，在真空中可悲地扭动。我们也可以引用到克洛德·贝纳尔[①]提过的晶体愈合与再聚合等等奇怪现象。不过这其中的神秘现象对我们来说就会变得太陌生了，还是继续关注花朵，它们与我们自身有着某种亲缘关系，是相关的最后一种生命的表现方式。我们现在谈到的不是动物或昆虫，对它们能存活下来我们归功于一种有智慧的特殊意志。不论对错，我们都认为，花朵没有那样的意志，至少我们不能从它们的器官中发现丝毫这种意志、智慧、主动行为的迹象在经常诞生和存在。因此，它们以如此令人惊叹的方式呈现的一切行为都必定直接源于我们在别处所称呼的自然。我们不再关心个体的智慧。这里，在个体诱骗自身的其他表现形式中，我们发现了无意识的、不可分割的力量。我们会因此拒绝相信这些诱骗纯属意外，它们的出现符合通常的那种偶然吗？现在我们还无权得出这样的推论，不过可以这样认为：假如这些花朵没有那些奇妙绝伦的组合，就不会存活至今，它们的位置就会被其他无需异花受精的物种取代。而不存在那些花朵也不会被谁注意到，对我们而言，在地球上摇摆振动的生命也不会显得少一点费解、少一些多样性，或是令人少一些震惊。

所有智慧和谨慎表现的行为会催生幸运的机会，并为之提供帮助，这一点很难不去承认。它们来自何处，是源于行为方自身还是源于行为方获取生命力的那种力量？我不会说“它干系不大”，相反地，知道这个答案对我们来说至关重要。而同时，我们会了解到是花朵在努力维持和完善大自然赋予的生命，还是大自然在极力维持和改善花朵展现的存在等级，或者说最终是否是机会在控制着机会自身。到那时，大量的相似处会使我们相信，时时会出现一些相当于我们最

① 克洛德·贝纳尔(Claude Bernard)：法国生理学家。

崇高思想的事物，两者有着共同的来源，我们不得不怀有崇敬之心，却不知道它位于何处。

有时，在我们看来的错误也出自这个共同的来源。虽然我们对此知之甚少，但有大量的证据说明这种看上去的错误事实上是一种我们起初不能把握到的谨慎行为。甚至是在我们视线所及的小范围内也不住地显示出，在近处我们视为大自然犯下的错误，却是由于它认为适应假定的疏忽从长远看是绝无害处。大自然将我们提到的那三种花置于如此困难的环境下，使它们不能自花受精。出于我们无法理解的理由，大自然认为应该让这些花的邻居来帮助它们受精，它们都会从中受惠。而且，它大大提升了受害者的智力水平，在我们右边展示出它未能在我们左边展示出的天分。有小道能抵达大自然的这种天分，我们对此仍未了解，不过它的标准总是相同的。假如可能有歧途的话，它就似乎要步入歧途，但立刻在负责修正歧路的器官帮助下再次升起。无论我们转向哪里，它都高高立在头顶之上。那是圆形的海洋，无潮的水域，而我们最无畏、最独立的思想在其之上仅仅是卑贱的浮沫。今天我们叫它“自然”，明天也许就会另起一个更温柔或更惊人的名字。与此同时，它会同步公平地支配生与死，以顶级的熟悉武器装备不可调和的姊妹俩，而这样的武器正可以装饰和转移丰富的内心思想。

[**81**]

这种力量是否采取了措施维持着那些在其表面正奋斗的事物，或者我们是否必须说，在最奇怪的圆形中，那些浮在表面的必定会保卫自身，防范给予其生命的天才？这个问题且先不解答。我们无法确定，一个物种得以生存到现在是由于更高级意志的努力，还是与这些努力无关，或者最终的原因仍然在于这些努力。

所有我们能说的就是，这样的一个物种存在着，并且在这点上，大自然看来是正确的。不过，谁能告诉我们，有多少已经成为它不安又健忘的智慧的受害者是我们还不知道的？除此外，我们只能分辨那些令人惊讶又时而流露敌意的生命形式，这些形式是我们称为生命的非凡液体，它们有时是完全无意识，其他时候又有某种意识。那种液体使我们同其他所有物种一样有了活力，产生了判断评价它的思想和试图讲述它来由的微弱声音。

六、婚配飞行

[**82**]

现在我们来考虑蜂王经历的受孕方式。大自然又一次采取了非同一般的措施，支持不同族群的雄蜂与雌蜂联姻。这是条奇怪的法则，似乎没有什么能强迫蜂王必须如此，它也许是一种任性或者最初的疏忽，弥补这些缺憾需要蜂王展示超凡的能力。

蜂王致力于异体受精和其他使生命更加确定的霸道欲望，如果它能将投入其中的一半天分用于减轻痛苦、软化死亡和防止可怕的意外，那么，宇宙展示出的谜题就可能没有我们如今努力解决的那些那样难于理解和引人怜悯。不过，我们的意识和由存在引发的兴趣却一定要解决存在现在是什么，而不是存在本应该是什么。

围绕着处女蜂王，以及和它在蜂巢中同住的是数百只活力十足的雄蜂，它们饮蜂蜜如同酗酒一般，生存的唯一原因就是进行一次爱的释放。而尽管两种在其他地方一定能战胜任何障碍的欲望在不停接触，它们的结合从未在蜂巢中发生，而且一只被俘的蜂王也没有可能受孕。麦麦克莱恩教授最近已经成功地让少数蜂王人工受孕，但这确实是一个外科手术的结果,手术极为精细和复杂。此外,那些蜂王的繁殖受到限制,而且生殖期很短。

虽然蜂王生活在雄蜂们中间,但那些爱人们却不知道它是谁。雄蜂们在空中、在遥远的天界深处追寻它,也许是因为急于飞走,所以从未想到在追逐的那一刻会离开它、与它共住一个巢脾、与它有过擦擦碰碰。有人可能几乎就相信,虽然雄蜂们神奇的眼睛像一个闪闪发光的头盔一样覆盖着头部,可除了蜂王飞向蓝天的时候以外,它们根本没有认出蜂王或是渴望过双宿双飞。每天从中午到下午三点,在阳光照耀最强烈的时候,一队自豪的蜂群就为寻找新娘而进发了,这位新娘比神话故事中最难以接近的公主更高贵,也更难以征服芳心。由于附近所有的蜜蜂城市有二三十群雄蜂会一哄而上,蜂王的追求者因此会超过一万名。而这上万名中只有一位会被选中与蜂王瞬间接吻,这个吻非同一般,成婚的雄蜂由此得到的快乐与死亡的感受不相上下。其他落选的雄蜂会围着纠缠在一起的爱侣无助地飞舞,然后很快会从世界上消失,再也见不到那个奇异的致命幽灵。

[**83**]

我不是在夸大自然的这种狂野和令人惊异的浪费挥霍。经营得最好的蜂巢通常会有四五百只雄蜂。较差或退化的那些则一般会有四五千只雄蜂之多。因为一个蜂巢越容易陷入毁灭,雄蜂就会产得越多。可以说在一般情况下,一个由十个蜂群组成的蜂场会在一个特定时刻飞出一万只雄蜂,其中最多只有十五只能获得机会完成自己为之出生的行动。

在蜂巢期间,雄蜂会耗尽城市中的供给。这些寄生虫中每一只都需要五六只工蜂不停地劳动来维持它的贪得无厌和无所事事,唯一活动的部位只限于上下颚。然而,大自然在对待爱的特权和优待时总是慷慨气派，只有在施与劳动的器官和工具时才会变得刻薄小气。在人们称为美德的方面，它尤为苛刻，但却以无数珍宝和厚爱铺满最无趣的爱人之路。“一经结合就多子多女，除爱以外别无法则和目标”，这似乎就是它在到处不停地呼喊，而它也在轻声自语，也许会说：“此后尽己所能活着，与我无关。”不论做任何事，渴望任何事，我们都会发现在自己的道路上每一处都有这种与自身的道德相去甚远的道德。并且我们也会注意到，大自然同样在这些小生物中表现出不公的贪婪和不理智的浪费。从出生到死亡，为了寻找藏在灌木丛深处的无数花朵，筹措食物的朴实蜜蜂不得不在外奔波，必须找到那些隐藏在花蜜的迷宫中和花粉囊深处的花蜜与花粉。但是，它的眼睛和嗅觉器官与雄蜂的相比就像在拿体弱者与健康人比较。即使雄蜂几乎双目失明，只剩下最基本的味觉，也很少会受苦。它们无事可做，无需捕猎，吃到的食物都是现成备好的，活着就是待在蜂巢的阴暗处，舔食巢脾的蜂蜜。不过，它们是爱的代理，最多、最无用的礼物都被双手扔进了未来的深渊。上千雄蜂中唯有一只会在青空深处追寻皇家处女的身影，在一生中仅此一次而已。上千雄蜂中唯有一只会在一瞬间追上空中那只不愿逃走的雌性。这就已足够。偏爱的力量猛烈甚至是兴奋无比地撞开了它的宝库。对每只不可能配对成功的爱人而言，九百九十九只都会在第一千只进行致命的婚配后几天内辞别这个世界。大自然为每只雄蜂头部的每一面都安上了一点三万只眼睛，而工蜂只有六千只。根据夏蒙的计算，大自然为每只雄蜂的触角提供了三点七八万个嗅觉腔，而工蜂的两根触角总共只有五千个这种器官。关于如此的比例失调，这里我们有了一个几乎最普遍的例子，它就出现在自然肆意泼洒的爱意礼物和吝啬施予劳动的礼物之间，在它向狂喜中创造新生命的一方给予优遇和它冷漠对待必须通过坚韧地劳动来维持生存的一方之间。只要追求忠实地描述大自然的特性，符合我们在此发现的特质，无论是谁都会设计出一个超凡的形象，它是我们理想中完全陌生的，只可能源于自然。但是，人类有太多是未知的，因此无法论述这幅肖像，除了一二点闪烁的光亮以外，它全部处于深深的阴影中。

[84]

我想很少有人窥探过蜂王婚礼的秘密，它发生在一片晴空中光芒四射的无边圆圈中。不过我们能目击准新娘犹豫地离开和新娘危险的返回。

无论有多不耐烦，新娘都会选择自己的日子和时间，并且在蜂巢入口的阴影中徘徊，直到在一个晴朗的清晨，深蓝色的天幕向婚配空间敞开大门。它深爱这样的时刻，那时露珠仍然滋润着叶子和鲜花，那时渐渐逝去的黎明正在以最后一丝芬芳与炙热的白昼搏斗，就像一名少女被一位壮实的武士揽在怀里。当正午在默默靠近时，又一次可以听到从日出时就回荡的一阵清澈呼喊。

接着，它会出现在蜂巢门槛，如果已经离开了蜂巢的姊妹，就会置身于冷漠的觅食蜜蜂中，而如果不能占据自己的位置，那就会被一群兴奋发狂的工蜂围住。

蜂王开始倒着飞行，二三次返回着陆板。它还从未从外部看到自己的王国，在已经于脑海中确定了王国的准确位置和方向后，它就像一支离弦的箭那样冲向蓝天的最高处。它翱翔在其他蜜蜂一生中从未达到的高度，在一个光亮的区域。远处，在花丛中悠然闲逛的雄蜂们注意到了那个幽灵身影，富有吸引力的香味在一群群雄蜂之间传播，直至附近每个养蜂场都弥漫着这种味道。蜂群很快聚集起来，在欢乐的海洋中踏上追随之旅，海洋那清澈的边际在不断后退。振翅的蜂王陶醉在飞行中，遵照种族的伟大法则选择自己的爱侣，按法则的规定只有最强者才能在孤独的气氛中得到它的垂青，于是它仍然在攀升高度。在蜂王一生之中，这是第一次有清晨蓝色的空气急速进入体内，唱着自己的歌，像天堂的血液进入无数气管囊的小管中，滋养充盈体内中心。它还在飞升，升到一个绝不会被鸟类袭击的高空，否则就会亵渎神秘的仪式。它继续高飞，下方那群不堪一击的杂牌军已经不断减少数量，变得七零八散。那些虚弱的、柔弱的、老迈的、不受欢迎的、营养不良的、来自沉闷或贫穷的城市的都撤出了追求大军，在空中消失不见。只有一小群不屈不挠的仍然悬在蛋白一样的无垠天空。蜂王鼓足气力，展翅做最后一搏。现在，无法理解的力量选择出了追求者，这只雄蜂已经来到蜂王身边抓住了它，在合力下一起飞往高空，它们的缠绕飞行形成一个上升的螺旋，在爱的疯狂派对中旋转了一秒之久。

[85]

大多数生物都有一个模糊的信念，认为是一种极为不确定的危险、一种透明的膜把爱与死亡分隔开，而且大自然有着深刻的见解，它要求生命的施予者应该在施与的时刻死去。关于这种想法的记忆仍然萦绕在人类的接吻时刻，而现在它得到了原始地直接呈现。结合一完成，雄蜂的腹部就会张开，器官自行分离，大团的内脏被带出来，翅膀像被闪电击中一样松弛下来，空空如也的躯壳自转着沉入深渊。

之前在单性生殖中也有同样的想法，认为要为不值得的雄蜂繁殖牺牲蜂巢的未来，现在成了为蜂巢的未来牺牲雄蜂。

这样的想法总是让人震惊，我们越是深究下去，对此就越不确定。达尔文是研究它的所有人中最有条理、最有热情的一位，这里以他为例。虽然其本人很少承认，但他研究的每一步都在丧失信心，面对不可预料和无法妥协的状况都会退却。人类天才与无穷尽的力量作战时出现了让人崇敬又觉得羞辱的场面,如果你面对这样的场景,就不得不像达尔文那样,努力去解开个别特性与普遍特性的一些变体或者是杂交的不育和多产中存在的法则,那些法则稀奇古怪、全无条理又神秘得难以想象。达尔文刚刚得出一条原则,就有无数的例外袭来,而这条很快就被彻底制服的原则高兴地在某个角落找到了避难所,顶着一个例外的头衔为自身存在留下了一小块遮体布。

这是因为有这样的事实存在:在杂交、在变异(在生长关联而著称的同时变异中尤为明显)、在本能、在重要竞争的过程、在有机物的地质更迭和地理分布、在双方的情投意合中,就像在其他任何方面那样,自然的想法在同样一个现象中同时自我展现出心思缜密与得过且过、吝啬与挥霍、谨慎与大意、多变与稳定、不安与坚定、一个与多个、崇高与卑贱。在自然面前是一块单纯的处女地,任其开垦,无边无际。它选择以微不足道的错误、稍有相互矛盾的法则遍布其中,就像一支盲目的羊群迷失于种种存在之中。的确,在眼前发生这些时,我们的眼睛只能反射出自身需要和精神境界互成比例的现实。我们没有任何理由相信大自然一直对自己游移不定的结果和成因视而不见。

不管怎样,大自然都很少会允许它们迷途太远以及靠近不合逻辑或危险的区域。它对两种力量的处置从未出错,当超逾特定界限的现象发生时,它会唤来生与死。而当这两者到来时就会重建秩序,不带任何关切之心地铲除路上所有的记号,重新来过。

[86]

大自然在各方面都让我们犯难,它否定我们的大多数规则,使我们的标准四分五裂。它在我们的右边远远沉在我们思想的水平线以下，在我们的左边又像雄起山峦一样高出一大截。它似乎在不停铸成大错，在它最后一个实验的人类世界里，也与在第一个实验的世界如出一辙。在人类世界，它予以支持平贱人群的本能、大众无意识的不公、智慧和美德的挫败、推动种族巨浪的平常道德。而这种道德明显次于人类的头脑所能设想或渴望的道德，这些头脑组成了细小又更清澈的波浪，高过了其他的波涛。可是，如果这样一种头脑的人自问，那些关于道德事实和那些非道德在内的全部事实最好不要在混乱中寻找，而要在自身寻找，因为这所有的事实在自身才会看起来清晰准确，他这样的想法会不会是错的？

像这样想法的人永远不会试图否认自己理想的理由或德行，因为众多英雄和圣贤都已经神圣地看待这种理想了。有时他会喃喃自语，自己的理想也许已经距离大众太远，而大众各不相同的美却是这种理想乐意展现的。到目前为止，他已经顺理成章地担心，努力使自己的道德适应自然的道德会在冒险，那可能就会毁掉自然的杰作。可到了今天，他对自然稍微多了一点理解，它的部分回应虽然还含糊不清，但已经显示了出乎预料的宽容。就此他已经能捕捉到一个计划和一种智慧的一点闪光，那比他自己无助的想象所能设想到的更宽广。因此，他已经变得不那么害怕，也不再感到同样的紧急需求，不需要自身特别的德行和理性给予他庇护。他得出结论，那些伟大却没有任何教育意义的东西可能就会自身走向渺小。而如果要让自己的信仰、原则和梦想顺从于一种更为明智的考查，他不知道这样做的时机是否已经到来。

他又一次根本没有打算要抛弃自己的人性理想。教导他回归这种理想的甚至就是最初转移他对理想坚持的。如果一个人拒绝将自己努力去把握的纳入伟大的计划，因为一种真相至少没有像自己渴求的真相那样崇高就拒绝将其视为权威性的崇高，那么大自然就不可能对这种人给出不良的建议。在这个人的生命中,只除了与他一同上升的以外,没有什么能替换自己理想的位置。他知道在发现自己接近古老的善的形象时,是正处于上升状态的,但在他的思想中一切都会更自由改变自身。而且,他能免于责罚地下降,因为他预感到连绵不断的山谷会引向自己期望的平稳高原。虽然他由此寻找着信心,虽然他的研究甚至会让他与自己所爱的完全背离,他仍然以最人性化的美好真理引导自己的行为,固守着当时看来等级最高的真理。所有能为美德增益的都立刻进入他的内心,所有可能减少留驻美德的就像不可溶解的实验那样,在决定性的实验时刻到来以前都不会改变。他会接受一种次等的真理,但在遵照那种真理行事以前他会等待,需要的话会等几个世纪,知道察觉那种真理与另一些真理间一定有联系,那些有关联的真理范围广阔无边,能涵盖并超越其他所有真理。

总而言之,他把道德秩序从智力秩序中区分出来,承认了前者,认为只有它才比此前的秩序更伟大、更美好。在一些情形中,把两种秩序分离开是应该谴责的。那些场合在生活中最为常见:有时我们会容忍自己的行为劣于自己的思想,有时看到了好的一面,我们会追随更恶劣的一面,而看到更恶劣的一面会追随更好的一面。把自己的行为提升到高于思想的地步必定一直是合理和有益的,因为人类的经验在一天天越来越清晰地表明,我们能达到的最高思想会长期次于我们追寻的神秘真理。另外,假如从前发生的没有一样是真实的,一个更简单更熟悉的理由就会建议他不要放弃自己的人性理想。他给予一些对人类设下了自我、不公正和残酷为榜样的法则更多力量,同时就会赋予更多力量给其他命令人们要宽容、公正与怜悯的法则。当他在最初、在开始均分或更精确地分配归功于宇宙和归功于自身的额度时,就会发现后面这些法则中包含了与前面那些法则同样深远的自然性。

[**87**]

让我们再回到蜂王的悲剧性婚配上来。雄蜂与蜂王的结合只可能在广阔的天空进行,这显然是大自然的愿望,有益于异体受精。可大自然的意愿并非唯一,它最有价值的法则必须要经过其他法则的筛孔过滤,在此之后也会轮到那些法则要被迫通过最先经过筛选的那条法则。

大自然在空中设下了许许多多危险关卡——寒风、风暴流、鸟类、昆虫、水滴,所有这些也都要遵守不可征服的法则。它必须尽可能简短地安排这次结合,而那雄蜂让人震惊的突然死亡也的确达到了这一效果。一个拥抱已经足够,其他一切都在新娘腹部两侧上演好戏。

新娘蜂王从蔚蓝的高空降落,返回蜂巢,在它身后拖着爱人的一串内脏,像一面旗帜。一些作家假设认为蜜蜂对蜂王的这次归来抱有极大希望,表现出万众欢欣的喜悦。在其他一些描写蜜蜂的作家中,毕希纳对此做了详尽的描述。经过多次守着等候蜂王婚配飞行归来,我得承认自己从未注意到蜜蜂中有任何不同寻常的情绪,除了有一次例外。那次是一只年轻的蜂王,它刚在队伍前面带领蜂群出发,这代表了它统治着一座新建起的空城,是整个城市独有的希望。在它归来的那一刻,全体工蜂都极度兴奋,冲过去迎接蜂王。而通常蜜蜂们似乎都把蜂王遗忘了,即使城市的未来经常处于不小的危险中。除了授权实行屠杀竞争王位的蜂王以外,它们处理所有事情都一直保持着谨慎态度。杀戮时刻到来时,它们的本能不再发挥作用,如同过去那样,它们的远见中出现了一个缺口,蜜蜂们似乎与平时判若两者了。它们抬起头可能就会看到蜂王受孕时的凶杀信物,不过仍然有怀疑，所以不会表现出任何我们猜想中描绘的欢乐情绪。它们肯定自己的行事方式，不擅幻想，在允许自己欣喜以前可能还需要进一步的证据。为什么要极力把如此有逻辑性、如此人性地把感情强加给这些与我们完全不同的小生物呢？在蜜蜂和其他任何闪现人类智慧零星光芒的动物中，都没有行为像我们的教科书记载得那么精确无误的。我们还有太多的情形一无所知。为什么要试着把蜜蜂描写得如此完美，超过了它们本身的实情呢？有些人认为蜜蜂代表着人类，把它们看得比人类更有趣。他们并没有真正意识到是什么能唤醒一个真诚的人的兴趣。观察者的目的不是为了让人惊奇，而是要去掌握事实。指出存在于一种智慧中的缺陷，以及与我们自身不同的大脑组织迹象，这比仅仅提到奇迹相关的内容更让人好奇。

但这种冷漠不是全体蜜蜂所共有。当上气不接下气的蜂王已经抵达着陆板时，一些蜜蜂就会组织起来陪伴它进入蜂巢。在蜜蜂参与的每个节日中，太阳都是英雄。而在蜂巢里，太阳正羞怯地小步踱进来，沐浴在湛蓝色中，投影在蜂蜡墙和蜂蜜帘幕上。而新娘实际上表现出的担忧并不比自己的子民多。在它那窄小、野蛮又实际的脑子里没有空间容纳更多的情感。它只有一个念头，就是尽快让自己摆脱交配留下的尴尬纪念品，那阻碍到它的行动。它让自己坐在门槛上，仔细地挣脱无用的器官，工蜂们会将那些器官搬到远离蜂巢的地方。雄蜂已经为它献上了自己的一切，远远多过它所需的。蜂王只在受精囊中留下了精液，那里有数百万的精子在浮动，直到它生命的最后一天。精子们会在蜂卵经过时一只只排出，于是在蜂王体内隐匿的部位完成了雄性与雌性成分的神秘结合，工蜂就是在那里出生的。在一种奇怪的倒置方式下，由蜂王来提供雄性原则，由雄蜂供给雌性。结合后两天，蜂王会产下第一批蜂卵，它的子民会立刻围在身边提供最特别的照料。从那一刻起，蜂王就拥有了双重性别，在它体内有着用之不竭的雄性成分，开始了自己真正的生活。除非陪伴分蜂，否则它永远不会再次离开蜂巢。只有濒于死亡时它的多产才会终止。

[88]

这些声势浩大的婚配最接近人们想象中的童话，以蓝天为背景，以悲情为主调，以欲望为驱动高高地在生命之上升起，不朽不灭又可怕可怖，世间罕见又困惑难解，孤独单一又宽广无边。死亡突然发生在一种值得赞叹的狂喜中，就发生在我们这个星球最清澄、最可爱的一切里、在圣洁无垠的空间里、在宽阔天空最崇高的透彻明亮中印下了幸福的瞬间。在无瑕的光亮中，它纯洁了那些总是盘旋在爱的上方的卑劣惨痛，使那一吻永难忘怀。这一次，大自然满足于什一税的微薄所得，为了不可分割的长久未来，以自己那近于母性的双手引来两个脆弱的小生命，使它们结为一体。

深层次的真相没有这般诗意，却拥有另一种我们不大可能把握但可能会用理解和爱来画上句号的诗意。帕斯卡[①]会将那两个生命称之为“简化的原子”。大自然并未特意为这些原子提供一桩华丽的婚姻或是爱的一个理想时刻。正如我们所谈到的，它关心的只是用异体受精来改善这个种族的发展。为了确保这点，它为雄蜂设计了一种只能在空中利用的器官。一次延长时间的飞行必须首先扩展雄蜂的两个大气囊。这些吸入空气的巨大接收器会使下腹部后挺，器官得以伸出。如此我们就了解到这场眼花缭乱的追逐和这些盛大婚配的全部生理秘密，在一些人看来这显得十分平常，而在其他一些人眼中，这近乎粗俗。

① 帕斯卡(Blaise Pascal)：法国数学家、物理学家、宗教哲学家。

[89]

诗人会发问:“那么,我们就一定总要为高于真理的领域欢喜吗?”

是的,为所有一切,在任何时候,我们不要为高于真理的领域高兴,因为那是不可能的,而要比我们眼睛能捕捉到的小小真理更高的领域而欣喜。如果一次机会、一段回忆、一个幻觉、一种激情,总之是能引起任何一种物体将自身展现在我们面前的动机,并且展示得比其他物体更为美好,那就让这种动机成为我们的第一珍爱吧。也许它只是个错误,但这样的错误不会使我们因为这个物体展示的最值得钦佩的一刻,而妨碍我们最可能看到它真实有多美的那一刻。我们借由这种美将自己的注意力指向它真实的美和壮观。每个遵守普遍、永恒的力量和法则的物体之间存在着必然联系,那些美和壮观就源于此,否则就可能会逃过我们的观察。一种幻觉可能会使我们内心产生崇敬之情,它会服务于迟早必定会到来的真理。正是怀有远古和幻想的美所创造出的一些话语、一些感觉以及热情,人性才会在今天欢迎那些也许从未发现、也许未能找到适宜归宿的真理。假如这些牺牲掉的幻觉没有首先进驻、点燃我们的内心,那些真理中的心智和理性就会堕落。有一双无需幻觉就能见到壮观景象的眼睛是多开心的事,因为正是幻觉教导其他人去观看、崇拜和喜悦,并且随心所欲地看得如此之高,不可能比那看得更高。当他们靠得更近,真理就会升起,当他们感到钦佩,他们就会靠得更近。不管他们欢欣的程度有多高,这样的欢喜永远不可能发生在虚空中,或是高于未知的永恒真理。那真理像悬而不定的美那样,凌驾于一切事物之上。

[90]

这是否意味着我们应该让自己着眼于错误和一种不真实的虚假

诗意，并且由于缺少更佳的而在其中发现自己的快乐呢？或者说在我们面前的例子本身毫无意义，但因为它代表了其他一千种例子，也代表了我们在面对真理命令时的全部态度，我们就以它为依据，忽略那些心理学的解释，留存并且只回味这次婚配飞行的情感？这些情感不管出于什么原因，仍然是最抒情、最美好的行为，它们是一种公平又不可抵挡的力量在突然间爆发的举动。所有的活着的生物都遵从于这种力量，并且关于称它为爱。由于每个虔诚的头脑今天已经养成了良好习惯，所以这种情形就显得太过幼稚，不可能发生。

事实无可争辩，我们显然必须承认只有通过气囊的扩展才可能让器官伸出。但如果我们满足于这个事实，就不会让眼睛游离于事实以外；如果我们由此推定每种升起得太快或游弋得太远的想法必定是错的，推断只有在具体物质的细节中才能发现真理；如果无论何处我们都不在通常比这个小小解释所能解决的不确定性多得多的不确定性，比如异体受精的奇怪神秘现象中去寻找，或者不在种族和生命的永恒存在中探寻，或是不在自然的规划中找寻；如果我们不在这些中寻求超出目前解释以外的一些事物，一些应该会延长当前的解释，引导我们进入隐藏在未知中的美与壮观，我几乎就能大胆认定，我们应该将自己的存在传递到离真理很远的地方，遥远的距离超过一些在这一例子中有意闭上双眼的人，他们只记下了这些浩大婚配的所有诗意行为以及自己全凭想象的解释。他们显然误判了真理的形式和色彩，与那些自鸣得意地相信全部真理就在双手掌握的人相比，他们更多地生活在真理的氛围和影响中。因为这类人已经做了充足的准备去接受真理，已经提供了最有利的空间去包容真理，即使眼睛可能看不到，但他们热切地盼望着无疑位于真理栖身之处的美和壮观。

我们对自然的目的一无所知，对我们来说，这种目的就是主宰其他一切事物的真理。而出于对这种真理的爱，为了在心灵中保有寻找它所需的热情,我们应该视它为伟大之物。而且,如果有一天我们发现自己步入歧途,发现这个目的不相关联,微不足道,那么就是以假定这种目的的壮观给我们心中带来的热情来发觉到它的渺小。一旦这种微小已经在心中确定,它就会教导我们必须要做什么。而同时,投入最大的干劲以及心灵和理性的无畏努力去寻找它并非不智之举。假如这些话里最后那句不那么入耳,那么将自然的目的如此空虚和渺小展现无遗就并非不起眼的小成就了。

[**91**]

一次,我同我们这个时代中一位伟大的生理学家一道散步,他对我说:"对我们来说还没有真理。尽管如此,但在每个地方都有三个最类似真理的事物。每个人都做出自己的选择,也许不如说那是强加于自己的。无论这个选择是外界强加的还是像平常的例子中那样,毫无应有的考虑就做出的选择,这都是他坚持的选择,都会决定着所有进入他内心的形式和举动。我们遇到的朋友、靠近我们微笑的妇人、打开我们心门的爱、封上我们心门的死亡或哀伤、9 月里我们头上的天空、这让人心情愉快的绝妙花园、在花园里我们能看到像科尔内伊①的'塞姬'中的画面、绿荫的凉亭罩在镀金塑像上、远方在啃食青草的羊群和它们睡着的羊倌、村镇里最后的房子、树木间的大海,所有这些都在进入我们内心前升级或降级,被装饰或是被掠夺,与我们做出选择而发出的小信号相一致。我们必须学着在这些与真理相似的事物中做出选择。我毕生都在热切地寻找比它们更小的真理和物质的成因。现在,在生命的最后阶段,我开始去珍惜,不是那些从这些事物中引导我的,而是先于它们的,位居首位的是那些会稍微超越它们的。"我们

① 科尔内伊(Corneille de Lyon):法国小品肖像画家。

来到诺曼底马槽乡的一块高地之巅，那里风景宜人，像一片英国公园，不过是天然形成，没有边际。这是地球上少有的地区，大自然在这里向我们展示了它那无穷尽的生机盎然的绿意。从此处略往北的地区面临着成为不毛之地的威胁，略往南则是阳光炙烤枯萎贫乏之地。在延伸至海边的平原尽头，一些农夫正堆起一垛玉米。“看，”生理学家说，“从这里看过去，他们多美。他们在做着简单却如此重要的事，第一位的是快乐，以及几乎经久不变的纪念碑——玉米垛，人类的生命就扎根在这纪念碑上。距离和夜晚的空气把他们喜悦的喊叫声交织成一支无词的歌，回应着在我们头顶低语的叶子们唱的高贵歌曲。在他们上方，天空让人沉醉。人们几乎可以想象到，仁慈的精灵和火苗一样舞动的棕榈树已经把所有光亮都拂向玉米垛，把更多的时间留给工人们。棕榈树的掌印还留在天空。看看工人们旁边那平凡的教堂，它俯瞰注视着工人们，位于圆形的酸橙树和平常坟墓的青草中，面向它所在地的大海。在死者的纪念碑下，他们在整齐地建起生活的纪念碑，死者们做着同样的姿势，仍然和他们在一起。看看整幅画面。没有任何特别的、有个性的特点，就像我们在英格兰、普鲁士或者荷兰所看到一样。这展现的是自然的快乐生活，它规模够大，也够普通，因此显得有象征意义。观察有节奏的人类生活如何变成其有用的时刻。看看那位领着马群的男子，看看另一位把成捆谷物扬在耙上的男子，看看那些弯腰拾玉米的女子，以及在玩耍的孩子们。他们没有挪换一块石头，也没有移走一锹土，却增添了景色的美。他们没有迈出不必要的一步，也没有种下不必要的一棵树或一朵花。人类为了在自然中这一刻的生存而做出了努力，而所有我们看到的仅仅是种不自觉的结果，它由这种努力而带来。我们中有些人只想制造或想象出和平、深刻思想或是无上幸福的景象，无论何时，假如他们想绘画或描述自己寻求展现给我们美或幸福的图画，就都找不到比这更完美的场景。这里我们有了第一个相似物，一些人会叫它真实。”

[92]

“让我们再离得近点。你能分辨出完美混合了树叶低语的歌声吗？它由辱骂和侮辱构成，当某位男士或女士讲了下流话时，或者拿弱者开玩笑，比如不能举起负重的驼背，或者他们撞倒的瘸子，或者被他们当做笑柄的白痴，就会迸发出大笑。”

“我研究这些人多年。我们都在诺曼底，那里土地肥沃，易于开垦。这个玉米垛附近的舒适感超过了人们通常对这种场面所引发的联想。结果绝大多数男子和许多女子都成了酗酒者。另一个毒药我无需命名，它已经在伤害这个族群。而正是酒精这个元凶让你在此地会看见这样的儿童：侏儒、兔唇、八字脚、瘰疬、低能。这里所有的人，男女老少都有农夫身上普遍存在的那些缺点。他们冷酷、多疑、贪婪、嫉妒，是些伪君子、说谎者、诽谤者。他们属意那些违法的蝇头小利，惯于做刻薄的解释、粗俗地奉承强者。生存的必需把他们纠合在一起，迫使他们互相帮助，不过每个人的私密愿望都是在不会给自己带来危险的情况下去伤害自己的邻居。镇上居民真正的快乐来自于他人的悲伤。如果一场巨大的灾难降临到他们中某人头上，它就会在其他人中成为让人愉快的长期秘密话题。每个人都在观察自己的同伴，在妒忌、痛恨和鄙视对方。尽管贫穷，但他们都因为主人的粗暴和贪婪而心怀仇恨，这压抑着的恨意在不断沸腾。如果轮到他们拥有仆人，就会利用自己服侍人的经验展示出比自己所遭受的更为变本加厉的粗暴和贪婪。这幅精致平和的图画是以卑鄙、欺骗、不公、独裁和怨恨为基础，我能给你提供关于这些基础构成的最微小细节。不要幻想着见到了这美妙的天空，见到这延伸至教堂后并呈现出另一个更温情天空的大海，大海在地上涌动，就像一面智慧和意识的镜子——不要幻想着大海或者天空能提升这些人的思想或是开阔他们的思维。这些人从不去看大海和天空。除了三四种相似的恐惧，就是害怕饥饿、武力、评论和法则以及临死时对地狱怀有恐惧以外，没有什么力量能影响或改变他们。要让人看出他们是什么样的人，我们必须一个个地考虑。看看在右边的那个高个子，他挥动着很重的玉米秆堆。去年夏天，他朋友在酒馆里的一次争吵中伤了他的右臂，是严重的复杂性骨折。我为他做了骨折复位，照料他很久，给他必要的生活安置直到他能重返工作。每天他都来我这里，并借此机会在镇上散播谣言，说发现我被自己的嫂子搂着，而且我母亲贪杯。他不邪恶，对我没有恶意，相反地，一见我他脸上就会绽放出爽朗开怀的笑。诱使他诽谤我的并不是社会仇恨。农夫相当看重财富，因此不会去憎恨富人。可我猜测这位扬玉米的老兄不能理解我照顾他自己却没有获得任何好处，一定有某种鬼鬼祟祟的密谋，他满意于这样认为，于是就拒绝上我的当。在他面前的人里，无论贫富，除开更恶劣的行为，已经不止一个人对他用类似的方式。他没有想过自己在向外界散布那些捏造的事实时是在说谎，只是在遵从一种在自己周围见到的道德命令，这种指令在混淆是非。他无意识地向它屈服，违背了自己的意愿，就像屈从于万能的欲望，那欲望是由普遍常见的恶毒带来。可是，为什么要以在乡间度过一些年的人们都熟悉的一切来结束这幅图画呢？这里我们有第二种相似处，有一些人会称之为真实的真相。那就是实际生活的真相。它无疑是基于最准确的唯一事实，人们能观察并检验到这类事实。”

[93]

“让我们坐在这些玉米垛上，”生理学家接着说，“再看看。我提到的现实建立在一些小小的事实基础上，我们不要否认这其中任何一件。让我们顺着它们的意，任它们去到空间深处。虽然它们碍到了画面的前景，可我们还没有意识到在它们背后存在着一股巨大又很奇特的力量，支持着整体全局的就是这力量。那么它只是支撑着，不会升起吗？这些我们眼前的人们至少不再是拉布吕耶尔[①]口中的凶猛动物，不再是那可悲的一群，不再会嘴里发出含糊的声音、夜晚蜷缩到自己窝里、就靠黑面包、水和草根为食。”

他说道：“你会告诉我，这个种族既不健壮也不健康。也许是这样。酒精和其他祸害都是人类不得不克服的意外。也许它们就是种考验，我们的某些器官，比如神经会从中受益，因为我们会发现生命就是从那些它克服的病痛中受益，这种发现从未改变。另外，明天我们会发现，只是一件小事就可能会让这些毒药无害。这些人的思想和感情与拉布吕耶尔提到的不同。”“我更喜欢那些裸露的简单动物，倒不是那些讨厌的半兽。”我这样低声说。“你现在想的是第一个相似处，”他回应，“我们以前看的那个相似处是诗人珍爱的，别把现在考虑的这个与它混淆了。这些想法和感觉都看来不值一提，你还可以认为它们是卑劣的。可那些渺小又卑劣的也比那些一无是处的要好。这些想法和感觉对自身毫无帮助，只会伤害别人，而且继续固守它们现在的平庸，不过这在自然界中不常发生。这些大自然赐予的礼物起初是用于邪恶，因为最初是用在它显然在追求改善的事物上，不过却适得其反。但这种邪恶最终常会以某种善意收场。此外，我绝不会急于证明这一过程是在进步，根据我们看待的位置，这种进步可以很小可以很大。也许让人类少一点奴性，少一点痛苦是很了不起的成就，是最确定的理想。可是，让思想暂时与物质的成果脱离，那么在进步的大篷车上阔步向前的人就同那些盲

① 拉布吕耶尔(Jean de La Bruyere)：法国讽刺作品作家、道德家。

目地被拖在车尾的人没有非常明显的差别了。这些年轻的乡村野夫头脑里全只是未成形的想法，他们中很多人在短期内可能会达到我们两人都欣赏的意识程度。我们在这些人身上看到的无意识与那些我们认为是至高无上的意识界线很窄，人们常会因此大吃一惊。”

“那么，我们所自豪的这种意识是由什么构成的？我们清楚地了解阴暗远比光明多，清楚地了解逐渐养成的无知远比掌握的知识多，清楚地了解那些一直都让我们捉摸不透的事远比那些我们实际了解的事多。而这种意识中有着我们一切的尊严，有我们最真实存在的伟大。这可能是这个世界上最让人惊奇的现象。正是它使我们会在未知的原则前抬起头发问对方：‘你是什么我并不知道，可在我内心有些东西已经把你包含进去。也许你会毁灭我，但如果你的目的不是在我残骸的之上建起一种优于我的有机物，就证明你比我要低等。我所属的种族在消亡后出现的沉寂会向你宣告，你已经得到了评判。而如果你甚至都没有能力去关心自己是否被公正地评判，你自身的秘密又有何价值可言？它一定是愚蠢或是丑陋的。偶然的机会使你能创造出一种你自身不够格制造的生物。与之相反的机遇会让你在那种生物深入了解你的无意识前压制他，这对他来说是幸运的。更幸运的是，他未能从你那无止境的可怕实验中存活下来。这样一来，他就与一个自己的智慧与永恒的智慧不符的世界全无瓜葛了，在那个世界中他向往更美好事物的意愿不会得到任何实际的好处。”

“再说一次，那些能吸引我们的景象无需进步，光那个谜题就已足够。它在农夫们身上与在我们自身一样，都是那么明显，神秘地闪现着。当我们追溯生命，回到生命那无所不能的原理，就会到处遇到它。每个成功的世纪都给这个原理起了一个新的名字。那些名字里有的是清晰又能带来安慰的。但人们会发现，那种安慰和清晰就像幻觉。可不管我们叫它神明、天意、自然、机遇、生命、宿命、灵魂或者任意其他的称呼，那种神秘始终从未改变。从数千年的经验中，我们已经不过只学会了给它起一个更宽泛的名字，让它更接近我们自身，使它与我们的预期、与无法欲知的事物更一致，此外一无所得。”

“那就是它今天拥有的名字，它从未有如今看起来这么伟大。在这里，在第三种相似处表现出的无数面孔中，我们又提到了其中一个，也就是真理。”

七、屠杀雄蜂

[**94**]

假如天空一直晴朗，天气还暖和，花朵上的花粉和花蜜依然充裕，工蜂们也许就会由于某种健忘的纵容或是过于慎重精明而在短期内继续忍受雄蜂的纠缠不休及其带来的灾祸。这使雄蜂在蜂巢中就像在尤里西斯屋里那些追求他妻子潘尼洛普的人那样，下流粗鲁又大手大脚，周身圆滚肥胖，洋洋自得于作为名誉爱人的逍遥悠闲。它们暴饮暴食，挤占街道，阻挡通行，妨碍工作，互相推搡，傲慢至极，浑身上下散发着愚不可及和与生俱来的目中无人。因此，它们从未想到工蜂们内心深处对自己权衡算计后抱有轻蔑，从未料到自己引起了不断增加的仇恨情绪以及等待自己的是什么样的命运。它们挑选蜂巢里最舒适的角落供自己美美地休息，睡醒后随随便便地起身，拥到蜜最甜的敞开巢房里，总是把排泄物弄脏巢脾。耐心的工蜂会牢牢地紧盯着未来的打算，安静地收拾乱摊子。从正午到下午三点，当泛着紫色光芒的乡村在七八月的太阳不可战胜的凝视下愉快又无力地颤抖时，雄蜂们就会在蜂巢门槛出现。它们的头盔由巨大的黑色珍珠制成，头上抖动着两缕高高的羽饰，身穿一件闪着黄色光芒的紧身丝绒上衣，身上的绒毛透出一股英气，披着一件半透明又坚挺的四折斗篷。它们制造了一场巨大的骚动，把哨兵撞到一边，将清洁工掀翻在地，当觅食者恭谦地劳作后满载而归时又与它们撞个满怀。就像一些不可或缺的神明同时应该在探寻一些不为粗俗者所知的命运那样，它们让自己显得忙碌不堪，摆出一副肆无忌惮的轻蔑态度。它们一只又一只地飞向高空，势不可当、荣光四射又悄无声息地寻到离得最近的花朵，在里面呼呼大睡，直到焕然一新的午后把自己唤醒。接着，又带着同样的耀武扬威和盛大的排场返回蜂巢，直接进入巢房，一头栽入蜜罐中，让饿瘪的身体如鼓身一样胀起来，从疲惫中恢复力气，然后迈着沉重的步子开始无忧无虑、无梦无扰的睡眠，睡意会把它们围裹，直到下一场大餐开席。

[95]

但蜜蜂的耐性不同于人类。一天清早，长久期盼的指令传遍了蜂巢，平和的工蜂变身为法官和刽子手。我们不知道命令是在何处下达的，似乎是从工蜂那冷漠、蓄意的愤怒中突然发出的。它一经做出就在每颗悸动的心中传吟，得到了这意见一致的共和国内天才们的鼓舞。一部分国民卸下了觅食的责任投身于主持正义的工作。那群体形魁梧的雄蜂闲来无事，正在蜂蜜墙壁睡得毫无知觉，就被一队愤怒的贞女们从睡眠中粗暴地扯回现实。它们醒来后，虚张声势地陷入惊讶，不能相信自己的眼睛，懒得深究却震惊不已，仿佛一道月光照过沼泽的水面，错愕地瞪着四周，确信自己一定是某种错误导致的受害者。需要母亲的想法在它们生命中第一次从混沌的大脑萌发，于是向前迈出一步，想在蜜罐里寻求安慰。但是，那属于五月的蜂蜜、酸橙树的酒花、散发百里香与鼠尾草以及牛至和白三叶草芳香美味的日子已经终结。友善又丰饶的储蜜仓库一度向它们敞开大门，热情地为它们的口中提供蜜蜡和蜜糖。如今，去往那里的路上却布着丛丛活生生的毒针，怒火正在针丛中沸腾。城市的气氛变了，毒药的辛辣味取代了友好的蜂蜜气味，无处不在。数千的小毒液滴在螯针的末端闪光，散发出敌意和恨意。在这些困惑的寄生者们能意识到蜜蜂城市的快乐法则已经分崩离析以前，它们就被最不可思议的方式拖入各自多种多样的命运中，每一只都遭到三四位正义特使的攻击。这些特使用力去切断它们的双翅，割断使腹部与胸部连接的腰节，截断它们兴奋不已的触角，在它们环形的胸甲之间找个地方下手插入毒剑。那些虽然块头大却手无寸铁的生物没有采取任何自卫的举动。它们试图逃跑，或者以自己肥硕的躯体挡住那雨点般的殴打。它们被推倒朝天，残忍的敌人顽固地纠缠不清。于是它们就用有力的爪子把敌人推来推去。或者它们会自己转身，拖着整群敌人乱转圈，不久这种费力的举动就停止了。只很短的时间里，它们的外表就如此惨不忍睹。此时，在我们内心深处从未与正义相隔太远的怜悯会很快涌上心头，会为它们寻求宽恕。不过都是徒劳，因为那些苛刻的工蜂只认识到大自然那严厉又深奥的法则。那些可怜的生物已经被折断翅膀，触角被啃掉，双腿被分段扭掉。它们硕大的眼中曾经映射出鲜妍的花朵，回闪出夏天蓝色的天光和天真的骄傲，现在却由于饱受折磨而失神，反射出走到生命尽头的痛楚和苦难。一些雄蜂重伤不治，立刻就被二三位刽子手拖到远处的墓地。另一些伤势较轻的成功地在某个角落藏身，挤在一起，在那里被一群无情的卫兵团团围住，直到缺衣少食而丧命。很多雄蜂会够着大门，拖着敌人逃到空中。可到了夜晚，饥饿与寒冷会把它们成群地赶回蜂巢的入口,乞求庇护之所。而在那里会遇到另一位冷酷的卫兵。第二天清晨,在出发启程以前,工蜂们会清理蜂巢门槛,因为那里到处是无用雄蜂的巨大尸体。那好吃懒做的一族会被淡忘,直到下一个春季来临。

[96]

就在养蜂场的这许多蜂群中,这样的屠杀会经常在同一天发生。最富足、管理最好的蜂巢会发出信号,接着几天后,不够繁荣的小共和国们会随之相应。只有最贫乏、最弱小的蜂群,就是那些蜂王已经很大年纪,几乎不育的蜂群,会保留它们的雄蜂,直到冬天到来,这样就不会放弃它们等待处女蜂王受精的希望,这处女蜂王也许还未出生。灾难会不可避免地随之而来:所有族群——蜂王母亲,寄生的雄蜂和工蜂,都会饥饿地紧紧纠缠在一起,在第一场雪到来以前静静地离开世界,就在蜂巢的昏暗处永远地告别。

处死雄蜂后,在人丁兴旺的富饶城市里就会恢复工作了。不过工作热情正在减少,因为开放的花朵变得稀少。盛大的节日,重要的演出都告一段落。但秋季的蜜会在适宜的墙壁中积累起来,能就此完成必要的供给需要。最后一批蓄蜜仓库会被不易腐蚀的白色蜂蜡封住。施工停止,出生率降低,死亡率倍增。黑夜变长了,白昼越来越短。狂风暴雨、清晨的雾水、一闪而逝的暮光设下的埋伏都会使数百只工蜂有去无回。这些小小的种群们像希腊阿提卡地区的蝗虫一样渴盼着阳光。很快,冬季严寒的威胁就悬在它们上方了。

养蜂人已经从蜜蜂的收成中分走了一部分。每个经营良好的蜂巢都会为人类提供八十或一百磅蜂蜜,产量最高的甚至能达到二百磅,那代表着一大片液化的光亮和每天受访一二千次的无尽花田。养蜂人向这些转为蛰伏的蜂群投去最后一瞥,从最富有的蜂群中取出它们盈余的财富分给那个一无所获的不幸群体。在这个劳碌的世界中,总有些那样遭遇的生灵。这样做就可以给不幸的蜜蜂提供生存所需。然后,他盖上蜜蜂的住处,半掩上蜂巢的门,撤下无用的框架,留下蜜蜂在它们漫长的冬季休眠。它们聚集在凤翅刀中心位置,蜷缩身体,紧紧贴着如实摆放财富缸罐的巢脾。在霜降的日子里,它们体内会分泌出夏季变异的物质。蜂王在蜜蜂们中间,被它的卫兵围着。第一排工蜂身体贴着密封的巢房,第二排盖着第一排,第三排又盖住第二排,就这样依次连续直到最后一排,形成了一个封套。当这个封套中的蜜蜂感到寒冷袭来时,就会重返群体,由其他蜜蜂顶替它们的位置。悬垂的蜂群像一个没有光亮的球体,被巢脾的墙壁分隔开。它以人们难以觉察到的幅度升起又落下,前进或后退都与蜜蜂所贴紧的巢房变空的程度有关。与人们的普遍看法相反,虽然蜜蜂在冬天的生活放慢了节奏,却未受掣肘。从阳光烈焰下活下来的这些小小蜜蜂们协力一起拍打翅膀,快慢节奏与也许不会改变的温度一致,它们依次使形成的球体保持始终不变的温暖,使温度相当于春季的气温。这隐秘的春天来自迷人的蜂蜜,而蜂蜜本身知识一线热源转换而来,如今它又回到了最初的状况,像丰富的血液一样在蜂巢中循环流动。在充实的巢房里的蜜蜂把它送给自己的邻居,又轮到这些邻居来进行转递。于是,它就在一只只手、一张张嘴中传递,一直抵达蜂群的最外层成员中。这一种命运、一种思想就被传递和统一到上千颗心里。它就这样替代了阳光和鲜花,直至它的兄长,那真实世界的真正阳光和美好的春天透过半掩的门扫过自己的第一缕柔和的视线。在那里,银莲花与紫罗兰又一次绽放生机,轻轻地唤醒了工蜂,再一次向它们展示了蓝天下的世界。那连接着生与死的圆形从未间断地转动,开始了新一轮的生息。

八、种族的进步

[97]

蜂巢归于了冬季蛰伏的静籁。在我们关上它，结束这本书以前，在我透露给人们蜜蜂的勤力和生活准则，让他们震惊不已时，我急于面对他们一直提出的那些反对异议。是的，他们会说，这一切都十分精彩，但从未表现出其他的样子。蜜蜂数千年来都生活在精妙绝伦的法则下，但在这数千年里，那些法则却一成不变。它们花了数千年建起那些无与伦比的巢脾，我们对此无需画蛇添足，也不能酌减分毫，因为那些巢脾是化学家、几何学家、建筑师与工程师完美合作的结晶。在石棺上，在埃及的石块和纸草上，我们发现了关于巢脾的图画，每个具体部位都完全相同。说出一个事实就会显示出最小的进步，举出一个蜜蜂已经设想出一些新特色或更改了习惯路线的例子，我们就会愉快地退步承认，蜜蜂不只拥有一种让人钦佩的本能，而且还有一种智慧，它值得人类为之靠近，值得分享人们所未知的一种命运。那命运的层次比等待无意识和服从于物质形态更高。

这种语言不仅限于世俗说法，为了否认蜜蜂拥有智慧，认定它只是在超凡却不变的本能那窄小的地带中茫然地兴风作浪，卡比与斯宾塞那样级别的昆虫学家也在运用这一语言。“给我们看看，”他们说，“看一个例子，能说明蜜蜂在那里受到一些事件的压力激发而产生了念头，比如用蜂蜡或蜂胶替代黏土或灰泥。给我们举个这种例子，我们就会承认它们有推理能力。”

罗曼尼斯提到这种争论时说成是“求问式的论辩”，它也可以被称为“不知足的论辩”，是极为危险的。假如在人类范畴考虑，会使我们太偏离主题。仔细检查下就会发现它源于“单纯的常识”，那通常很有害。那种“常识”这样回应伽利略：“地球没有转动，因为我看到的是太阳在天空运动，早上升起晚上落下。没有什么能凌驾于亲眼验证的事实。”常识给思想制造了必要的完美背景。然而，除非是被一种崇高的担忧看管，随时准备着提醒常识，在环境要求时提醒它自己的无知无可估量，否则常识就会沦落到仅仅是人类智慧中更基本的常规一面。不过，蜜蜂自己已经回答了卡比与斯宾塞两位学者提出的异议。他们的异议刚出炉，另一位自然学家安德鲁·奈特就用一种由松脂和蜂蜡制成的胶结材料来覆盖一些有病虫害的树木的树皮，他发现蜜蜂完全放弃了收集蜂胶，在快速使用后就专门使用那种它们未知的材料，并且在它们住所附近发现了大量已经备好的这类物质。

事实上，养蜂学一半的科学理论和实践都是在给予蜜蜂自由发挥主动性，以及为它们开拓性的智慧提供机会以进行真实的发现和真正的发明。例如，当大量的消耗使蜂巢中的花粉匮乏之时，为了帮助培养幼虫和蜂蛹，养蜂人就会在蜂巢附近洒面粉。在一种自然的状态下，蜜蜂在亚洲地区山谷的原生林腹地也许生活到了第三纪以前那么久的时间，蜜蜂显然从未遇到过面粉这类物质。但入口小心地给一些蜜蜂用“饵”，把它们放在面粉上，它们会触碰并且测试面粉，然后认为这种东西的属性多少有些类似花粉囊中的粉末。于是蜜蜂会在自己的姊妹中散播这个消息。我们就会很快发现，每只觅食的蜜蜂都匆匆扑向这种既没有预计过又无法理解的食物。在它们遗传的记忆里，这种食物一定与花萼密不可分。在逝去的多少个世纪里，花萼一直以铺张奢华的诱人方式欢迎它们飞行来访。

［**98**］

就在一百多年前，由于哈伯的研究，我们对蜜蜂的了解第一次得到了重大推动，并且揭示出基本的重要事实，使我们收获了丰富的观察成果。理性的实践性养蜂学可能形成基础是在那大约五十年后，以齐耳聪和朗斯特罗什设计的可移动巢脾和框架作为实现手段。原本只有死神才能揭开面纱的蜂巢展露了神秘的一面，由此不再是不可侵犯的处所。最后，在昆虫学实验室用的显微镜得到改进以来不到五十年时间里，工蜂、蜂王和雄蜂主要器官的秘密都得以准确地展现。我们需不需要弄清是否自己拥有的知识和经验一样不足？蜜蜂已经在世界上存在了数千年，而我们观察它们才五六十年光阴。即便能证明从我们第一次打开蜂巢开始，那里就从未发生改变，我们就有权得出结论认为在我们第一次对此带着疑问的目光以前就从未改变过吗？我们是否并不了解，在物种进化的历史中，一个世纪不过是翻滚河水中的一滴雨露，一个千年也只在宇宙物质的生命历程中飞速地流过，就如同一个民族历史上的几年而已？

［**99**］

我们无法保证蜜蜂的习性从未改变。假如以一种不偏不倚的眼光来调查它们，不要放在被实际经验点亮的小小地带进行，我们就会得出相反的结果，发现显著的变化。而且，谁能说出有多少是我们没有注意到的？假若有一位观察者，身高是我们的一百五十倍，体重大约为我们的七十五万倍（这样的体形和重量正是我们相对于微小蜜蜂的比例），并不了解我们的语言，所拥有的感官判断也和我们的截然不同，假若这样一位观察者一直在研究我们，他会在最近三分之二个世纪里认识到出现了某些奇怪的物质变化，但却完全不能在脑海中对我们的道德、社会、政治、经济以及宗教发展形成任何概念。

所有科学假设中可能性最大的一个提出，我们目前可以把人工饲养的蜜蜂与包括所有野生蜜蜂在内的“阿尔卑斯”蜂群联系起来，在阿尔卑斯地区可能会发现蜜蜂的祖先。那样一来,我们就会从生理、社会、经济、工业和建筑上去理解这些变化,它们比人类进化史上的这些方面更特别。而现在我们会只限于目前所说的家养蜜蜂。如今已知的有十六个最有特色的蜂种,但从本质上说,无论是体形最大的大蜜蜂还是体形最小的小蜜蜂,除了由于气候因素以及被迫适应环境而导致的细微改变以外,这类昆虫都是完全相同的。

*作者注:家养蜜蜂在生物学上的分类如下:

纲……昆虫

目……膜翅

科……蜜蜂

属……蜜蜂

种……西方蜜蜂

"西方蜜蜂"这个叫法是出自林奈[①]的分类,不是所有的蜜蜂科昆虫都受人类欢迎,其中也许还包括有某些寄生式的蜜蜂。斯科波利[②]、雷阿乌姆尔和圣希莱尔[③]分别以"Cerifera"、"Domestica"、"Gregaria"来称呼这种蜜蜂。至于名为"Apis Ligustica"的意大利蜂,它是"西方蜜蜂"的另一个变种。

不同蜂种之间的区别完全没有像英国人与俄国人、日本人与欧洲人之间的差异大。因此,在这些预注里,我们会仅限于那些亲眼实际可见的范围,如果一种假设的可能性不够大或者不够专业就不会借助于它。我们将提及的事实绝无任何直接的证明可以质疑,并且只会很快以一些更为明显的事实作为参考。

① 卡尔·林奈(Carolus Linnaeus):瑞典自然学者,现代生物学分类命名奠基人。

② 斯科波利(Giovanni Antonio Scopoli):意大利医生、博物学家。

③ 圣希莱尔(Etienne GeoffroySaint-Hilaire):法国博物学家。

［100］

让我们首先来考虑最重要、也最彻底的改善，就人类而言可以算需要耗费大量劳力来完成的改善：种群的外部保护。

蜜蜂不像我们人类，人类的城镇来去天空自由，暴露在风雨肆虐中，它们生活的城市完全被保护性的套子覆盖。可如果在自然的状态下，在理想的气候中，情况就并非如此。假如蜜蜂只听从最基本的本能驱使，它们就会在露天场所兴建巢脾。在东印度群岛，大蜜蜂不急于寻找空树洞或者岩洞。蜂群会悬在树枝的弯曲处，它们的巢脾会比一般的长。蜂王产卵和储存供给都毫无遮挡，只有工蜂自己的躯体可以用来遮盖。据我们所知，在天气极好的蒙蔽性影响下，生活在北方的蜜蜂时常会回复这种本能，人们会发现蜂群居住在灌木丛中，但即使在东印度岛，这一看来天生的习性也绝不会带来有利的结果。为数甚众的西方蜜蜂被迫留在一个地点，只维持那些制蜂蜡和养育蜂卵所必需的温度，只建一个单独的巢脾悬在树枝上。然而，如果至少有一个遮蔽物，它们就能建起四五个或者更多巢脾，蜂群的繁殖和成活蜜蜂的数量就会相应地增加。实际上我们发现，那些在寒冷和气候温和地区生活的蜜蜂并未采用这种原始的方法。这种昆虫聪明的主动性显然得到了自然选择的认可，得到的允许是，只有成员最多、自我保护得最好的族群才能在冬季幸存。因此，一个原本只是与本能作对的想法已经慢慢地变成一种本能性的习惯。可丝毫不假的事实是，那些蜜蜂放弃了对它们来说极为重要的大量自然光线，在一棵空树或一个洞穴的阴暗中寻找藏身处。基于观察、也可能基于经验和推理，它们遵循了最初本是大胆想法的一种念头。而且这几乎就昭示出，那种想法对家养蜜蜂命运相当重要，就如同火的使用发明对于人类命运相当重要。

[101]

这样伟大的进步并未因为源自遗传和古已有之而丧失真实性，还伴随着种类繁多的细节。它们可以证明蜂巢内的勤劳和策略并未变成不可违背的规则。我们已经提到了高明地用面粉替代花粉以及把蜂胶用人造胶合物替代。我们也已经看到蜜蜂拥有的能力，它们能让入住后时而感到不安的住所符合自己需要，还灵巧地利用了以蜡为基础的巢脾。这些奇迹般的巢脾虽然并不完整却不可思议地具有功用，在处理它们时，蜜蜂展示出了非比一般的创造性。就事实来看，蜜蜂们是在中途遇到了人类。让我们设想下，假如我们几个世纪以来兴建城市都不是用石头、砖块和石灰，而是用体内特殊的器官痛苦地分泌出的某种柔软物质。有一天，一种全能的生物把我们放在一个巨大的城市。我们发现建造它的材料类似于我们的分泌物，但除此以外的一切就是场梦，那里的逻辑如此扭曲，如此简化，并且十分密集，这比不连贯一致更让人不安。我们惯用的计划就在那里。实际上我们发现一切都如自己预料，但一切又都被某种力量先行一步凑在一起，似乎是这种力量弄碎了它们，又把它们留在一个模子里，妨碍它们的完成。那些房子一定有四五码左右高，它们只是些突起物，我们用双手就能罩住。数千墙壁用标志指示出，暗示着此前建造的规划和材料。其他一些地方标记得有偏差，一定要改正过来。沟壑要填平，然后和谐地与其他宽广的表面连接，这些表面并不稳定，还需要足够的支撑。这项工程有希望进行，但困难重重，危险密布。这似乎是某种至高无上的智慧构想出的，我们的大多数想法都能被预测到，但在实行的时候并不灵活，巨大的空间造成了障碍。因此我们必须揭开现在还是混沌的一切，必须了解这超自然捐赠者最起码的意图，必须在几天时间里建起通常要花我们几年时间的建筑，必须弃用我们自然的习惯,从根本上改变我们工作的方式。的确,为解决将要出现的问题或者为充分利用慷慨的远见提供的帮助,人类投入全部关注也不为过。而那大概就是蜜蜂在我们现代的蜂巢中正在做的。

*作者注:我们现在关注的是蜜蜂的建筑。要注意的是,这里会一带而过小蜜蜂的某种奇怪特例:在它们为雄蜂建的巢房里,墙壁不是六边形,而是圆柱形。显然,它还没有成功地将一种形式应用到另一种情况下,没有清晰地采用更好的选择。

[**102**]

我已经谈到,即使是蜜蜂的策略也可能被改变影响。这一点是最常见的,也是最难证实的。我不打算纠缠在蜜蜂们对待蜂王的各种方法,或是它们的群体飞离法则,以及其他这类问题。那种法则在每个蜂巢居民身上都不尽相同,显然是代代相传。然而,在这些还不足以成立的事实以外,还有其他从未改变的确切事实。它们能证明,并非所有种族的家养蜜蜂都达到同一政治文明程度,而且它们中有一些的公共精神还在摸索自己的道路,也许还在寻找着另一种皇室问题的解决方法。例如叙利亚蜂,通常它们会养育一百二十位或更多的蜂王,而西方蜜蜂最多只会培养十、十二只蜂王。夏蒙提到在一个毫无异象的叙利亚蜂蜂巢中发现了一百二十只辞世的蜂王,还有九十位蜂王无惊无扰地生活着。在一种奇特的社会发展史上,这可能是出发点,也可能是到达点,更彻底地对此研究会是很有趣的。就养育蜂王而言,我们还可以补充一点,塞浦路斯蜂的情形与叙利亚蜂接近。最后,还有一个事实更明确地显示,蜂巢的习俗和谨慎的组织不是一种原始冲动的结果,并非机械性地在不同时代和气候中传袭,那是由于支配这小小共和国的精灵完全能注意到新的环境条件,并且最大限度地加以利用，这其中体现的能力就像长期以来它能面对围绕四周的危险那样。如果把我们这里的黑蜂送到美国加州或澳大利亚，它的习性就会彻底改变。在发现了夏天永无休止、花朵一直大量开放以后，它就会在此后的一二年满足于日复一日地过活，只采集足够一日消耗的花蜜和花粉。而且，在细心观察这些新的环境特点后，那些遗传的过往经验不再占上风，它就会停止为冬季做供给储备。事实上，为了刺激它的行为活动，系统地剥夺它的劳动成果就变得很必要。

*作者注：毕希纳引用过一个类似的事实。在巴巴多斯，蜜蜂的蜂巢如果是设在制糖厂内部，那里在全年都能找到丰富的糖，它们就会完全放弃拜访花朵的行为。

九、生命的本能

[**103**]

关于我们亲眼能见的可以告一段落了。有一种理论认为，除了人类的智慧和未来以外，每种智慧都被抑制，每个未来都被清晰的界定。应该承认，我们以上提到的一些奇特事实绝不支持那种理论。

而如果我们选择暂时接受进化的假设，那么奇怪的现象就会扩展开来，它那不可确定的富丽光芒很快就会照耀到我们自己的命运。每一个仔细关注的人都难以否认，即使并非显而易见，在大自然中也存在这一种意志，它会将物质的某部分提升到一种更微妙、或许是更好的状况下，并且以一种充满神秘感的流体一点点渗入这物质的表面。这种流体最初我们称为生命，后来叫它本能，最后以智慧相称。这种意志的结局如何我们还不知道，它组织、增强并促进了一切的存在。虽然还不能确定，但已经有很多例子使我们相信，假如能做一个实际的估计，那些最初时起进行自我提升的物质数量一直会不断增加。我承认这个说法不是那么理直气壮，但那是我们能从引导自身的隐藏力量中唯一得到的结论，而且，它对这个世界意义重大。在这个世界里，直到相反的一面得到确信以前，对生命的信念就一定是我们的首要职责，即使生命自身传达给我们的并非令人鼓舞的清晰明确。

我知道强烈反对进化论的所有套路。无数证据和最有力的论证都对进化论有利，但还不能无可辩驳地对此确信不疑。我们必须当心，不要放弃自我，毫无保留地投向我们时代盛行的真理。今后的一百年里，在今天充斥着这种真理的书中，许多章节都会像我们如今看到的十八世纪哲学著作那样古老，在那些著作里通篇写的是那种完美得不存在于世间的人，或者会像十七世纪的很多作品，因为作者的观念中存在一种严苛又狭隘的神明，所以它们的价值大打折扣。

尽管如此，当我们不可能了解一件事情的真相时，就应该接受一种假说。在人类碰巧来到世界的那个时期，这种假说最迫切地呼唤了人类的理性。它有可能是错的，但只要我们相信它是真的，它就会起到功用，使我们重拾勇气，激励我们在一个新的方向展开研究。也许第一眼看过去，它比推进这些天才的设想更为高明，因为它说出了一个我们未知的深刻真相，但这个真相只有在写出我们从未知道的事物时才有帮助。同时，这真相会导致一种停滞不前的状态，那种内心的状态比最让人苦恼的幻觉更致命。对我们这样一种造物来说，没有什么能比自己的错误导致的跳跃能让我们跳得更远或更高。就事实而言，我们的零星所知都要归功于那些经常有危险性又总是荒谬的假设。而且，以一条普遍规则看，今天的这种假设比以往更为谨慎。也许它们并不明智，但它们维持了人们从事研究的热情。一位在严寒中颤抖的旅行者抵达客栈后，身边坐着一个守护壁炉的人。

对这旅人来说，只要那守护者尽其所能让照看的炉火还在燃烧，那人是双目失明还是垂垂老矣就都不重要。假如我们能传递出这种热情，不是传递到我们的那种，而是加入我们自己热情之后的热情，那就是好事。没有什么能比这种进化的假说更适合添加在热情中的了，因为它会激发我们以从未有过的严厉方式和不断增加的热情，对地球表面及其内部存在的一切提出疑问，这样的质疑可以深入海洋、广布天空。如果拒绝接受它，那么我们能以什么来反对它，以什么来替代它？只有承认一无所知，完全坦承在科学上的无知。可那就等于一种习惯性的懈怠，而且会蓄意挫伤对人类来说比智慧更为需要的好奇心。或者是选择接受种族确定的假说和万物神造的假说，那相比起来更难以论证。它们一直在剔除问题中的鲜活因素，什么都解释不了。

[**104**]

已知的野生蜜蜂大约有四千五百种，所以无须赘言，我们不会在此列出清单。也许到某一天会有一项深入的研究，一些调查实验以及一种迄今为止不明究竟却会耗尽一生时间投入的观察，它们都会使人们确切地了解蜜蜂进化的历史。现在我们全部能做的就是进入这个被掩盖的假想地带，而且摒弃所有对此肯定的评述，努力追踪这个膜翅目族群，发现它们以更智慧的存在为方向进化，以获得更多一些安全感和舒适感为方向进化，略微指明这种长达数千年的上升进步中存在着明显的特点。该族群已经为我们所知，那就是“阿尔卑斯”蜂群，它的根本特征十分突出，有明显的标志，人们因此会把它的所有成员都归于一个共同的祖先。

*作者注：我们随后会使用的术语都采用了埃米尔·布兰查德[①]

① 埃米尔·布兰查德(Charles Émile Blanchard)：法国动物学家、昆虫学家。

先生的分类——阿尔卑斯蜂群、蜜蜂科和蜜蜂属——它们彼此间不会出现混乱，这一点尤为重要。阿尔卑斯蜂群包含了所有蜜蜂科的昆虫。蜜蜂科指的是这些科中的第一科，它可以细分为三群：无刺蜂、蜜蜂(属)、野蜂。蜜蜂属包括了所有种类的家养蜜蜂。

[105]

包括海尔曼·米勒[1]在内的一些达尔文信徒都认为，一种全世界都可以见到的野生小蜜蜂——叶舌花蜂是原始蜜蜂真实存在的代表，今天我们已知的所有蜜蜂都源自它们。

提到不幸的叶舌花蜂与住在我们蜂巢中的蜜蜂，几乎可以比照为住在洞穴中的人与那些在大城市居住的幸运儿。你可能不只一次见到这种蜜蜂在灌木丛里、在你家花园某个废弃的角落振翅飞过，并未意识到自己无意中见到了一位可敬的先辈。我们可能要把绝大多数的花朵、果实(因为据确实估计，如果没有蜜蜂采蜜，上万种植物都会从地球上消失)，甚至还可能有人类的文明都归功于它，因为一切都与这些神秘昆虫有干系。它灵活敏捷，富有吸引力，黑色的躯体优雅地配以白色，是法国最常见的蜂种，但在这优美雅致下却隐藏着不可思议的穷困。它过着食不果腹的生活，几乎赤身裸体，而其他科的姊妹们却身着奢华的温暖毛料。它不像蜜蜂有篮子收集花粉，不像地花蜂属的姊妹那样，自身缺少绒毛，腹部也没有毛刷。它的爪子太小，要从花朵的杯萼中收集花粉就会很吃力，它必须吞下那些花粉才能把花粉带回藏身处。除了自己的舌头、嘴和爪子外，它别无其他工具，可它的舌头太短，双腿虚弱乏力，下颌骨使不上劲。由于不能分泌蜂蜡、在木头里打孔或是掘地，它只好设法在干果仁质地软的髓上

① 海尔曼·米勒(Hermann Müller)：德国植物学家。

笨拙地开了小通道，建起少数几个蹩脚的巢房，在里面给自己永远见不到的后代存少许食物。至于这乏善可陈的任务会导致什么结果，它并不知晓，而其中的目的我们也依旧不甚了了。完成任务后它就离开了，在一个角落里离开世界，走的时候就像活着时那样寂寞。

许多中间的种族我们会一掠而过，那其中能见到舌头在慢慢变长，以便从花冠中能吸取更多花蜜，还能见到收集花粉的工具现形以及随后生长发育，包括了绒毛、毛丛和胫节、跖节、腹部的毛刷。随着爪子和下颌骨逐渐强壮，有用的分泌物就开始形成，住所建筑上的天赋正往各个方向探寻非凡的改进方式。以上这类研究需要一整章讲述，而我只会列出这一章的大纲，或者还不到一章，一页而已。这一页中会显示出，为生存的意志和活得更好的意愿而做出了那些犹豫不决的努力，它们是如何导致了社会智慧诞生、发展和得到肯定。

我们已经看到，不幸的叶舌花蜂在这广袤的宇宙中默默地承受了自己孤独的命运，它身上却拥有恐怖的力量。它的一些姊妹属于已经拥有更多技巧，配有更好工具的种群，比如衣冠楚楚的分舌蜂，擅长切割玫瑰枝叶的切叶蜂。这些蜂种也是离群索居，如果碰巧某种生物黏着它们，与它们分享住所，那要么是个敌人，要么更多时候是位寄生者。

蜜蜂的世界充斥着幻影，它们比我们世界里的更为奇特。许多物种会因此有一种神秘又迟钝的替身，与它们选择的受害者完全相同，只不过这种源于太古时期的懒惰已经使它们一个个失去了劳动的工具，只能依靠同族中工作的那一类进行劳作来生存。

＊作者注：例如，野蜂就有伪庞蜂这种寄生虫，而黄斑蜂也是一些寄生蜂的宿主。M. J. 佩雷斯在他的《蜜蜂》一书中极为公正地写道："关于寄生蜂与其受害者之间常出现的身份识别，人们必须要承认，这两种昆虫只是同一类型的不同形式，它们彼此以最为密切的关

系联结在一起。对相信进化论的自然学家来说,这种关系不是纯粹理想化的,但是真实存在。寄生种被视为觅食蜂的一支,由于适应了寄生的生活而丧失了采蜜器官。”

在蜂族中有一些成员被太随意地称为“孤独的蜜蜂科”。它们的社会本能已在压抑中燃烧着,就像一团被重物压制的火焰,那压在上方的物质的不可一世,能使所有原始生命窒息。不管是在这一处、在那一处,还是在所有无法预料的方向,火焰在到处小心翼翼地侦查,有时会突然难以想象地爆发。它会成功地穿透压制自身的巨大物体,那本是火葬的柴堆,终有一日会为火焰的胜利殉身。

假如这个世界上的一切都是物质实体,那么这一定是它最非实体的举动。这样的转变是源于一种不安、自我又残缺的生活在召唤,那生活呼唤着要变得相亲相爱、多点确信、多点幸福。精神必须理想地将躯体内实际已分离的那些联合起来。个体必须为种族自我牺牲,以可见之物替代不可见之物。我们发现自己置身于一个幸运的地点,在那里本能从各个方面辐射进入自身意识中,如果蜜蜂没有在第一眼就实现这样荣幸的我们尚未揭示的事物,我们就需要疑惑吗?见到新的思想如何摸索自己的道路,最初从吞食地球上一切事物的黑暗中探寻,这也足以让人好奇,几乎是让人感动的。它源自物质,仍然很物质化。它寒冷、饥饿、恐惧,变形后仍然是无形的。它围绕巨大的危险、绕着漫漫长夜茫然地吃力地行进。冬季将至,疑似近于死亡的一场睡眠即将来临……

[106]

木蜂是强壮有力的蜜蜂。它们把巢建在干燥的木材中,总是独来独往。而到夏季将近时,人们会发现木蜂科的一个特别蜂种里会有些成员抖抖索索地挤在一起,缩成一团在日光兰的茎梗中过冬。

在木蜂科里,这个行为缓慢的同胞是少见的群聚特例。而与它亲缘关系最近的独居蜂却形成了固定的群体习惯。一种思想正在萌芽。在木蜂科身上,它戛然而止,还未能成功地通过第一条模糊的爱之界线。

在其他阿尔卑斯蜂群成员中,这样的思想以其他的形式探索前进。在户外生长的石蜂是蜂群中的建筑师。毛足蜂和隧蜂都在土里掘洞穴。它们联合起来形成大群体建筑巢穴。可这种不现实的群体是由一些各自独立的团体组成的,彼此间并没有相互理解,也不会行为统一。在集体中,每一只都拒人千里,只为自己做窝,毫不理会自己的邻居。M. 佩雷斯说:"它们只是一群乌合之众,相似的口味和习性把它们凑到到一起,但都小心地为自己恪守着各自的生存箴言。事实上那就是一小撮工蜂,仅仅在数量和工作热情上与蜂巢里的蜂群相似。这样的组合也只是由于居住在一处的个体数量甚众。"

而当我们提到毛足蜂的亲戚巴汝奇蜂时,一小束光亮突然就显示出这偶然的一群是如何产生一种新的情绪的。它们与其他蜂种一样聚集,每只都挖掘自己的地下洞穴,但开口是对所有同族开放的,从地表延伸地下的通道也通向不同的巢房。佩雷斯先生补充道:"所以,就巢房的工作而言,每只巴汝奇蜂都似乎在做自己的那一份工,但它们在共用通向巢房的通道。这样一来,群体就从个体的劳动中受益,省却了需要建造各段走道的时间和麻烦。如果能发现这样的初步工作是否共同进行,是否工蜂接力进行,各自轮流放松,那会是很有趣的。"

不论会怎样,这种友爱的思想已经穿透了隔断两个世界的墙壁。再不是无法辨认的野蛮世界,再不是被饥寒或是畏惧死亡的本能扭曲的世界,而是一个积极生活推动的世界。可它又一次地停滞不前,这次不会再有所进展。无妨,它并未失去勇气,还会寻找其他的渠道。它走入了野蜂之中，在那里发展成熟，体现了一种不同的环境，使第一批决定性的奇迹成真。

［107］

我们熟知的野蜂体形魁梧，体毛发达，吵闹不休，外表凶猛却于人无害，最初它们也过着独居的生活。三月伊始，受孕的雌蜂在熬过冬季后开始筑巢，根据所属的种群不同，它的蜂巢有的会建在地下有的又会造在灌木丛中。万物苏醒的春天到来，它就是形单影只的那一个。它选择巢址，清理地点，挖掘后铺盖，在上面建起几乎不成形状的蜂蜡巢房，向其中存放花蜜和花粉，产卵孵化，照料喂养出生的幼虫，很快身边就围绕着一群巢内巢外为自己帮手的女儿，同时它们中的一些很快也开始产卵。巢房的建筑得到改善，蜂群数量增长，生活舒适度增加。而女创立者仍然是蜂巢的灵魂、主要的母亲，并且现在是王国的首脑，这个王国可能就是蜜蜂王国的模型。可这个模型还在粗糙的草创阶段。

野蜂的繁殖从未超过一定限度，它们的法则定义不清，遵行不严，原始的同类相残和杀害幼虫行为时有重现，建筑物没有规则形状，耗费了大量材料。但它与蜜蜂的城市间最重要的差别在于，一个是永久居所，另一个则是昙花一现。事实上，野蜂的巢穴会在秋季烟消云散，其中数百居民会不复存在，不会留下任何奔波来去和挥洒汗水的迹象。但有一只雌蜂会活下来，下一个春季到来时，它会像自己的母亲那样孤身一个，穷困潦倒，重新开始进行同样的无用工作。不过，意识到自身力量的想法已经滋长，野蜂中还没有想法超出我们提及的地步。它们忠于自己的习性，继续自己的惯常路线，但立刻就会经历一种不觉疲倦的轮回，自身得到重生，在最后的胜利中颤抖，在另一个群体中强大无比，臻于完美。那个群体是最后一个我们的家养蜜蜂即将摘得进化桂冠前的种族，属无螫蜂亚科，由热带麦蜂属和无刺蜂属组成。

[108]

这里的组织与我们的蜂巢中一样完备，成员有唯一的一位母亲蜂王、一些未受精的工蜂和熊蜂。某些细节方面似乎还设计得更好。比如，雄蜂并非完全空闲无事，它们会分泌蜂蜡。蜂巢的入口也会因此得到更为悉心的看守。夜晚寒气袭来时，巢穴还有一扇门可以关闭，而气候暖和时会有挂起一种帘子，使热气流通进入。

可与我们现代的蜜蜂相比，这个共和国还不够强大，日常生活也不稳定，繁盛程度也更有限。哪里引进野蜂，哪里的无螫蜂就会在它们面前消失。在这两个种群里，友爱的想法都经历了相同的伟大发展过程，只有一点不同：在无螫蜂中，这个想法没有像在野蜂的少数后代中那样发展进步。从分配劳力的机械组织和精确劳动的经济俭省中，简而言之，从蜜蜂城市的建筑中，无螫蜂都明显表现得更逊一筹。关于这点，我只需要指出，在本书的第 42 节已经有提及。另外要补充的是，尽管蜜蜂蜂巢中的所有巢房都可以用作培养幼虫和储存供给，并且与整个城市一样持久耐用，但无螫蜂的所有巢房只有其中的一个功用，而且作为蜂蛹摇篮的巢房在孵化后就会被销毁。

＊作者注：在无螫蜂中是否有确实地观察到唯一的王族或是唯一的母亲原则，这还未确认。布兰查德很公正地评说道，由于没有螫针，也就不能像我们家养的蜜蜂那样蜂王间随时会刺杀对方，在同一个蜂巢就可能一起居住着很多蜂王。因为蜂王与工蜂间有很多相似之处，而且在我们的气候里也不可能培养长成无螫蜂，所以对此无法取得确定的结果。

因此，关于我们已经不完全地粗略描述动向的那种思想，正是在我们家养的蜜蜂身上达到了它最完美的形式。在这些种族中每一种身上，那些动向是否的确一直被压制着，而且这种联系的线是否只存在于我们的想象中呢？我们且不要在这未完全开发的地带建起一种体系，只要暂时得出些结论，优先让那些结论传达出最高的希望。因为假如我们被迫要做一种选择，时而闪现的光芒就会宣告，我们最希望做的推断会被证明是最真实无误的。此外，让我们不要忘记自己仍然很无知，只不过学着在睁开双眼。数以千计可以做的实验还没有去尝试。例如要关起叶舌花蜂，或者强迫它们与自己的同类共同居住，如此一段时间后它们会不会跨越完全孤立的铁障碍，心满意足地过上一般毛足蜂那样的生活，或者会与巴汝奇蜂建立友好情谊？假如我们让巴汝奇蜂身处异常环境，它们的城市会不会从共同的走廊通道进一步升级为共用的巢房？假如野蜂的母亲们被迫一起冬眠，它们会不会达成共识，分工劳动？无螯蜂有没有过蜡基的巢脾？它们会不会接受这种巢脾、利用这种巢脾，使自身的习性适应这种并不常见的建筑呢？我们向这些十分微小的生物提出了这些问题。而这问题就包含有重大的信息，涉及我们最大的秘密。我们无法做出回答，因为我们的经验只是昨天才累积。从雷阿乌姆尔开始，野生蜜蜂的习性首次被人类关注，自那时起已过去了大约一百五十年。雷阿乌姆尔只不过熟悉了那些习性中很少的一部分。此后我们又观察到了一些。但也许另有成百上千都只被毫不知情的旅行者匆匆瞥过。自从《回忆录》的作者[①]发表了他很有价值的作品一来，那些我们已知的蜜蜂习性就没有任何改变。一七三〇年，在雷阿乌姆尔位于查伦顿的花园中，全身金色粉末的野蜂活力十足地呼扇翅膀，就像太阳的愉快低语，那是当时它们采蜜的情景。而就在明天，四月再次到

① 居维叶(Georges Cuvier)：法国自然学家、动物学家、比较解剖学与古生物学奠基人。

来时，我们在温森森林里看到那些嗡嗡飞舞的黄蜂几乎与查伦顿花园的那些一模一样，其实两个地方不过几码距离之隔，从雷阿乌姆尔的时代到我们现在的时代也不过一眨眼工夫。而许多人的生命轨迹就那样首位相连着，形成了自然思想史上仅仅一秒时间而已。

［**109**］

虽然我们的目光一直在追随的那种思想在家养蜜蜂身上得到了极致的体现，但绝不能由此推断蜂巢毫无瑕疵。有一件杰作，六角形的巢房臻于绝对的完美，即便世界上所有的天才聚在一起召开秘密会议商讨，也无法对这种完美再锦上添花。没有任何生物，即使人类也无法在自身的世界达到像蜜蜂在它们的世界取得的那种成就。如果有从另一个世界来的外星生物降临地球，询问这里生命逻辑性最完美的造物是什么，我们将不得不呈上平凡的蜂蜜巢脾。

但这种完美的标准并未自始至终地保持下去。我们已经谈到了其中一小部分问题和缺陷，它们有时显见有时神秘，比如闲懒的雄蜂数量过多对整个城市有毁灭性影响，单性生殖，婚配飞行中的危险，分蜂次数过多，毫无怜悯之情，以及个体对集体做出过于巨大的牺牲。此外还必须增加一条奇怪的偏好，储存大量的花粉，数量远远超过自身需要。因为花粉会很快变味、变硬，阻碍巢脾表面的通行。往深层次说还有些问题，比如第一次分蜂与第二位蜂王受孕期间过长的蜂王不育期等等。

在这些问题中最严重的，也是唯一对我们的气候一直有灾难性影响的就是重复性地分蜂。但这里我们必须要牢记，家养蜂的自然选择在数千年来一直被人类阻挠。从法老时代的埃及人到我们现代的农夫，养蜂人总在悖逆着蜜蜂种族的愿望与有利因素行事。最繁荣兴旺的蜂巢在夏初以后只进行一次分蜂。它们已经完成了母亲的职责，确保了蜂群血统的维系和蜂王之位的必要更迭，保证了蜂群的未来，使其成员早熟，数量充足，在秋季到来前有时间能建起储藏丰富的牢固处所。假如任其发展，这类蜂巢和它们分蜂的支脉会成为唯一能度过严冬的蜂群，因为那样的冬天总是会毁灭那些由不同本能激活的蜂群。而且，受限制的分蜂法则也会因此慢慢地在北方蜂种的生活里占据一席之地。可是，为了占有蜜蜂的财富，人类常常摧毁的正是这些精打细算、顺应环境的富足蜂巢。到今天还会作为人类常用做法的是，只允许实力最弱的蜂群存活。它们是退化的蜂群、第二或第三次分蜂后的蜂群，只有勉强足够的食物能撑过冬季，或者人类也许会提供几滴蜂蜜给这类存粮匮乏的蜂群。这样做的结果可能就是，蜂种变得更弱，过度分蜂的倾向形成了遗传。如今，几乎人类所有的蜜蜂，尤其是黑色蜜蜂，都经常分蜂。养蜂学中的“移动式”新方法现在已经实行了一些年，起用了纠正这种危险习性的方法。当我们回想人工选择的行为对牛、狗、鸽子、羊和马等绝大多数家养动物产生了多迅速的影响时，就可以相信，不久以后我们就会驯化出一种蜜蜂，它们将完全放弃自然的分蜂习性，全身心投入到采集花蜜和花粉中。

［**110**］

而说到其他的问题：如果一种智慧更清晰地意识到了共同生活的目标，那么它有没有可能从问题中自我解放呢？关于这些问题有很多可讲，它们有的源自蜂巢中我们所未知的，有的来自分蜂及其错误后果，对此人类要承担部分责任。不过，就让每个人为自己而评价吧，已经目睹了此前的经历，只要觉得合适，就让人们给予蜜蜂以智慧或者拒绝这种施与。我并不急于为蜜蜂辩护。在我看来，在很多场合都有证据证明蜜蜂能理解，可我的好奇心不会因为它们统统是盲目行为就有所减少。观察一个大脑内部拥有超出一般的才智，可以对抗饥寒、死亡、时间、空间、孤独以及所有生命中出现的物质形体的敌人，这是很有趣的。但是，一种生物成功地维持了自身小小的深奥又复杂的存在，同时并未超越本能的界线，并未有任何超常之举，这也是趣味十足又非同一般的。在大自然的怀抱里让这平凡和超凡都回到真正的位置，它们的价值就会转变，一种就等同于另一种。我们发现它们的名字被篡改了。不是它们，而是我们不能理解和解释的其他事物。那些事物会吸引我们的注意力，使我们的行为恢复活力，给我们的思想、情感和言语带来一种更公正的新形式。不依附外物是一种智慧的表现。

［**111**］

进一步说，我们的智慧并非正当的裁决法庭，不应把蜜蜂召唤到面前，把它们的问题进行审查。在人类自身，意识和智慧长期建立在错误和问题中未被觉察，也一直没有一种解决方法奏效，我们是否没有发现这点？如果一种生物应了自身命运最特别、又几乎是有组织性地召唤而存在于世，召唤来与纯粹的理性相一致地组织并过着大家共有的生活，那么这种生物就是人类。而让我们看看人类获得的成功，将蜂巢的错误与我们自己社会的错误做做对比。比如我们是观察人类的蜜蜂，当我们注意到一种不合逻辑、有失公平的工作存在于一种在其他方面都显示出卓绝理性的生物中，我们该有多惊异！我们应该发现，在地球表面，在那所有共同生命的唯一发源地，所有成员中的十分之二、十分之三不称职地痛苦耕作；另有十分之一完全闲暇无事，还夺去了前一类成员的劳动产品，夺得的份额比劳动者所得的份额更大；剩下的十分之七无奈地永远生活在半饥饿状态，自己被奇怪和无用的努力弄得筋疲力尽，从中毫无收益，只会使闲散者的生活更加复杂、更难以解释。我们应该得出结论,这些生物的理性和道德感一定属于一个与我们迥然不同的世界,它们一定不可救药地遵循着我们无法理解的原则。不过,让我们不要太过深入地回顾自己的问题。这些问题总是出现在我们的思想中,不过它们的存在收效甚微。一个世纪又一个世纪,它们中只有一个会在片刻从睡梦中苏醒,发出一声困惑的呼喊,伸展下撑着头部的疼痛手臂,换个位置,接着躺下,又一次进入梦乡。直到睡眠的枯燥疲劳产生了新的疼痛,才会再次醒来。

[**112**]

阿尔卑斯蜂群的进化,或者起码是蜜蜂科的进化得到了承认,或者在与维持不变的可能性相比时,它的可能性被视为更大。现在让我们来考虑这种进化有着怎样总体不变的方向,看起来蜂群的进化之路与人类的相同。它显然趋向于减少争斗、不安和种族的悲剧,趋向于增强权威性和舒适感,并且激生有利的机会。为了这一趋势的结果,就会毫不迟疑地牺牲个体,以独处中那些虚幻又悲痛的自由换取集体的力量与幸福。似乎大自然认同修昔底德①对伯里克利②的赞许:生活在一座繁荣城市的个体会更幸福,即使这些个体在承受痛苦,但所拥有的幸福感也会胜过在一个衰败国度里个人的发迹。大自然保护了强盛城市的勤劳奴隶,而那些不负担任何职责,只有不稳定联系的会遗弃给无名、无形的敌人,那些敌人就在时间的分分秒秒、宇宙的次次运动和空间的深深角落。现在不是讨论它安排得如何的时候,也不是自问人类追随它是否合适的时机。但可以确定的

---

① 修昔底德(Thucydides):古希腊历史学家。

② 伯里克利(Pericles):古希腊民主政治家。

是，无论那无限的群体允许我们在哪里捕捉一种思想的表象，这种表象都选择了一条我们未知终点的路。我们注意到大自然以不懈关注来保持的和它在进化的种族中固守的，以及所有从物质敌意的惰性中赢得的，这就已足够。它记下每一种幸福的努力，为还击不可避免的反抗而设想出不为我们所知的法则，这些法则既特别又怀有善意。几乎不能否认，这种进步存在于那些最智慧的物种中。除了自身最初的推动力以外，也许它已经没有其他目的，也不知道自己会去向何方。但是，在一个只有少数这类事实指示了一种确切意志的世界，我们应该看到某些生物在缓慢又连续不断地提升，至少这意义就足够重大。在势不可当的黑暗中，即便蜜蜂只为我们展示出这种螺旋上升的神秘光芒，也足以使我们不会后悔投入在它们小小姿态和微贱习性中的时间。那些姿态与习性看似相隔千里，却本是与我们的全部激情和高傲的命运如此近在咫尺。

［**113**］

　　也许做这些都是徒劳。我们自己螺旋上升的光芒丝毫不逊于蜜蜂的，除了以黑暗为乐以外，点亮这样的光芒再无其他目的。所以，也可能某个重大的事件会突然横空出世源源不绝，或是从另一个世界、从一个新的现象中意外地涌现，要么就得认为这种现象有确切意义，要么就明确地毁灭它。而我们必定继续自己的方式，就像没有任何异常曾经降临自己身上。明天，有一些发现，比如一种讯息，它来自比地球更古老、更光明的地方，会根除我们的天性，会抑制法则、激情和我们体内基本的真理，我们最明智的计划还会是将今天的一切投入在这些激情、法则和真理的研究中，让它们必须与我们的思想交融一致。对这类发现及其带来的一切我们是否知道呢？而且，还要忠实于加诸我们身上的命运。生命中令人费解的力量被这命运征服,并且在我们内心和周围被它提高到了一定程度。

也许这些全都不会在新的发现中留存。可那些最终精彩地完成了整个人类使命的人,一定会处在迎接这类发现的最前沿。如果从中了解到,冷漠,或是对未知的顺从是真正的职责,他们就会比其他人更理解这最终的顺从和冷漠,更能将它们加以利用。

[114]

但这样的思索可能应该完全避免。不要让集体消亡的可能性模糊我们对眼前任务的看法。首要的是,我们不要指望机遇奇迹般的伸出援手。因此,尽管有依靠个人想象的希望,我们仍然要常常依赖自己,依赖自身才智。地球上每一项有用且持久的成就都源于我们最平凡的努力。这并非不可接近,我们可以选择等待,等到某种怪异事件发生后变得更好或更坏的结果,但条件是这种期望不应妨碍我们人类的任务进行。在这里,就像大自然一贯所为那样,它用蜜蜂给我们上了精彩的一课。蜂巢里的确发生了很大的干扰事件。一种能毁灭或改变蜜蜂种族的力量、能转变蜜蜂命运的力量将它们玩弄于股掌之中。蜜蜂的奴隶身份远比人类更真切。而它们并未因此在履行重大的原始职责时打任何折扣。而且,在它们中,那些忠于职责的蜜蜂的的确确是能最彻底地充分利用超自然干预的,而这种干预今天已经提升了它们种族的命运。实际上,发现生命中这种无法压抑的职责没有人们想象的困难。这一直可以从显著的器官中了解,其他器官都从属于这种器官。就像在写到蜜蜂的舌头、胃和嘴时会提到它们一定是用作酿蜜的,在写到人类的眼睛、耳朵、神经、骨髓和头部每处凸起时,我们必须提到它们与大脑物质有关,而没有必要推断使用这种物质的意图。蜜蜂不知道是否会吃到自己收获的蜂蜜,正如我们也不知道谁会受益于我们已经形成的脑部物质，或是那些当生命终止或死后仍然不断地从脑部流出并散播到宇宙的智慧液体。鉴于蜜蜂在花间采集的蜂蜜比它们自身及其后代所需的量还要多，就让我们在现实间为了无法理解的火焰去寻找助燃物。而且，由于确信已经完成了我们根本的职责，就让我们为会来临的一切做好准备。让我们将这火焰越烧越旺，以自己的感情和激情，以一切所见所想、所听所触，以火焰自身的本质，这本质源自对火焰每一种运动的发现、体验和观察。这样就会到来一个时刻，那时所有的事物都会如此自然地向有利于一种精神的方向转变，这种精神已经献身于对朴素的人类职责的忠实欲望。而如果怀疑这辛苦疲惫的努力可能全无目的，那么这怀疑就只会使那职责更清晰，只会向仍然追寻职责的热情中增添更多的纯净、力量、无私与自由。

附　录

关于蜜蜂方面，列出一份完整的参考书目会超出这本书的范围。因此，我们会在此仅举出些作品中更有趣的相关内容：

1. 养蜂学历史发展：

(a) 古代：亚里士多德作品《动物志》(译者：Bart. St. Hilaire)；T. 瓦罗作品《论农业》第Ⅲ章第ⅩⅥ节；普林尼作品《博物志》第Ⅺ节；科庐梅拉作品《论农事》；帕拉迪乌斯作品《论农事》第Ⅰ章第 xxxvii 节。

(b) 现代：司文模登一七三七年作品《自然圣经》；马拉尔第一七一二年作品《蜜蜂的观察》(Observations sur les Abeilles)；雷阿乌姆尔一七四〇年作品《昆虫史实录》(Memoires pour servir a l'Histoire des Insectes)；Ch. 邦纳一七七九——一七八三年作品《自然史的艺术品》；A. G. 施拉克一七六七年作品(Physikalische Untersuchung der bisher unbekannten aber nachher entdeckten Erzeugung der Bienen—mutter);J. 亨特一七三二年发表于《皇家学会哲学汇刊》的作品《谈蜜蜂》;J. A. 扬莎一七七三年作品(Hinterlassene Vollstandige Lehre von der Bienenzucht);弗朗克斯·哈伯一七九四年作品《蜜蜂新观察》(Nouvelles Observations sur les Abeilles)

2. 养蜂实践:

齐耳聪作品《关于新的蜜蜂朋友的理论与实践》;朗斯特罗什作品《蜜蜂》(Ch. 达东所译的法语版本"L'Abeille et la Ruche"在原书基础上做了更正和补遗);乔治·德拉耶斯与博尼耶作品《养蜂入门》(Cours Complet d'Apiculture);弗兰克·夏蒙作品《蜜蜂与养蜂》(第ii卷—实用);E. 贝文医生作品《蜜蜂》;T. W. 考恩作品《英国养蜂者指南》;A. 鲁特作品《蜜蜂养殖启蒙》;亨利·阿利安作品《养蜂人手册》;L. 阿贝·柯林作品《养蜂者指南》;Ch. 达东作品《实用养蜂简明教程》;Ed. 伯特兰作品《驾驭蜜蜂》;韦伯作品《实用养蜂手册》;阿梅作品《养蜂入门》;德·鲍伯斯作品《养蜂者指南》;波尔曼作品《蜜蜂及其喂养》;耶克尔、克莱默与蒂勒作品《瑞士蜜蜂之父》;S. 西明斯作品《现代蜂场》;F. W. 弗格尔作品"Die Honigbiene und die Vermehrung der Bienvolker";A. 冯·别尔列普什男爵作品《蜜蜂及其劳动成果》

3. 总论:

F. 夏蒙作品《蜜蜂与养蜂》(第i卷—科学性);T. W. 考恩作品《蜜蜂》;J. 佩雷斯作品《蜜蜂》;吉拉德作品《养蜂手册》("蜜蜂"章,"器官与功能"部分);舒克卡德作品《英国蜜蜂》;卡比与斯宾塞作品《昆虫学介绍》;吉尔德伍恩作品《蜜蜂的解剖与生理》;F. 夏蒙作品《蜜蜂解剖图示》;贡德拉什作品《蜜蜂的自然发展史》;L. 毕希纳作品《动物的精神》;O. 比奇利作品《蜜蜂发展史》;J. D. 哈威兰作品《蜜蜂

的社会本能及其起源和自然选择》

4. 专论(器官、功能等)

F. 迪雅尔丹作品《昆虫神经系统实录》;杜马斯与米勒·爱德华兹作品《蜂蜡的分泌》;E. 布兰查德作品《昆虫神经系统的解剖研究》;L. R. D. 布鲁厄姆作品《蜜蜂巢房结构的观察、说明与经验》;P. 卡梅隆作品《膜翅目动物的单性生殖》(一八八八年发表于《格拉斯哥自然学报》);埃里克森作品"De Fabrica et Usu Antennarum in Insectis";B. T. 劳恩作品《昆虫的单眼和复眼》(一八七九年发表于"哲学学报");G. K. 沃特豪斯作品《蜜蜂与黄蜂的巢房建造》;C. T. E. 冯·西博德医生作品《飞蛾与蜜蜂真正的单性生殖》;F. 雷迪格作品《节肢动物的眼睛》;怕斯托·舒诺费尔德一八五四——一八八三年作品《蜜蜂报》、一八八五——一八九〇年作品《图说蜜蜂报》;阿什穆斯作品《蜜蜂的寄生虫》

5. 膜翅目采蜜动物备查

E. 布兰查德作品《昆虫的变形、本能与习性》即《昆虫的历史》;达尔文作品《物种起源》;法布尔作品《昆虫记》(第三系列);罗曼尼斯作品《动物的精神进化》即《动物的智慧》;勒佩勒提耶·法尔若作品《膜翅目动物自然史》;V. 马耶作品"Memoire sur les Moeurs et sur les Metamorphoses d'une Nouvelle Espece de la Famille des Vesicants"(一八七五年发表于 Ann. Soc. Entom. de France);H. 米勒作品"Ein Beitrag zur Lebensgeschichte der Dasypoda Hirtipes";E. 霍费尔作品《蜜蜂和寄生蜂的生物学观察》;杰希作品《自然史拾遗》;约翰·卢伯克爵士作品《蚂蚁、蜜蜂和黄蜂》即《动物的感觉、本能与智慧》;沃肯纳作品"Les Haclites";韦斯特伍德作品《昆虫研究介绍》;V. 雷度作品《牲畜的智慧》;埃斯比那作品《动物群落》